VAMPIRBEUTE

VIVIAN MURDOCH

Übersetzt von
FRANZISKA HUMPHREY
Lektorat
YANINA HEUER

Copyright © 2020 Vampirbeute von Vivian Murdoch und Midnight Romance LLC

Alle Rechte vorbehalten. Dieses Exemplar ist NUR für den ursprünglichen Käufer dieses E-Buchs bestimmt. Kein Teil dieses E-Buchs darf ohne vorherige schriftliche Genehmigung des Autors in gedruckter oder elektronischer Form vervielfältigt, gescannt oder verbreitet werden. Bitte nehmen Sie nicht teil an oder fördern Sie Piraterie von urheberrechtlich geschützten Materialien durch die Verletzung der Rechte des Autors. Kaufen Sie nur autorisierte Ausgaben.

Veröffentlicht in den Vereinigten Staaten von Amerika

Midnight Romance

Dieses E-Buch ist ein fiktives Werk. Während auf aktuelle historische Ereignisse oder bestehende Orte Bezug genommen werden kann, sind die Namen, Charaktere, Orte und Vorfälle entweder das Produkt der Vorstellungen des Autors oder werden fiktiv verwendet. Jede Ähnlichkeit mit tatsächlichen Personen, lebenden oder toten, Geschäftsbetrieben, Ereignissen oder Orten ist völlig zufällig.

Dieses Buch enthält Beschreibungen von vielen BDSM- und sexuelle Praktiken, aber dies ist ein Werk der Fiktion, und als solches sollte es nicht verwendet werden, um in irgendeiner Weise als Leitfaden zu dienen. Der Autor und Verleger haftet nicht für Verluste, Schäden, Verletzungen oder Tod, die aus der Nutzung der darin enthaltenen Informationen resultieren. Mit anderen Worten: Versuchen Sie das nicht zu Hause!

 Erstellt mit Vellum

HOLEN SIE SICH IHR KOSTENLOSES BUCH!

Tragen Sie sich in meine E-Mail Liste ein, um als erstes von Neuerscheinungen, kostenlosen Büchern, Sonderpreisen und anderen Zugaben zu erfahren.

https://geni.us/jungfrauunddervampir

Ich widme dieses Buch meinem Dom, auch bekannt als mein Ehemann. Ohne ihn hätte ich weder die Zeit noch den Geisteszustand gehabt, um dieses Buch zu schreiben. Vielen Dank für all die Mahlzeiten, das Putzen, die Katzenbetreuung und die Lieferung von Snacks. Ohne dich gäbe es dieses Buch nicht. Ich möchte mich außerdem persönlich bei den großartigen Mitgliedern meiner Kink-Gemeinschaft bedanken. Ihr wart immer da und habt mich an euren Ideen teilhaben lassen. Ganz besonders danke ich Huxxley. Du hast dieses Buch zu dem gemacht, was es heute ist. Danke für all die Stunden, die du mit mir verbracht hast, um mir Fesseln zu zeigen, meine Fragen zu beantworten und mir verschiedene Möglichkeiten zu demonstrieren, wie man Empfindungen mit Messern erzeugen kann. Du bist ein großartiger Fesselkünstler und ein wunderbarer Freund.

An meine Leser. Ich hoffe von ganzem Herzen, dass ihr Adrian und Evangeline genauso sehr liebt, wie ich es tue. Vielen Dank für eure ständige Unterstützung, eure witzigen Beiträge, eure Kommentare und nun ja, dafür, dass ihr einfach ihr seid.

KAPITEL 1

vangeline

ENERGIE PULSIERT im Takt der Musik, die aus dem Club Toxic dröhnt, durch meinen Körper. Sie macht mich auf eine Weise nervös, die einfach nicht aufhören will. Meine Finger wollen wie von selbst zu meinem Mund wandern, aber ich zwinge sie hinunter, weil ich weiß, dass ich mein Make-up ruinieren würde, wenn ich jetzt anfinge, an den Fingernägeln zu kauen. Stöhnend betrachte ich mein Spiegelbild in den verdunkelten Fenstern des Clubs. Gott sei Dank kann Vater mich nicht so sehen. Ich fühle mich so verunsichert, dass ich meine Shorts noch ein wenig nach unten ziehe. Ich drehe mich um und mustere meinen Hintern. Zum Glück ist er nicht so entblößt, wie ich dachte. Ich kann mit vielen Dingen umgehen, aber nicht mit Arschbacken, die für alle sichtbar heraushängen. Ich werfe noch einen Blick auf mein Handy. Das zwanghafte Bedürfnis lässt mich Vaters Namen aufrufen und nach weiteren Nachrichten suchen. Es gibt nichts Neues und ich atme erleichtert auf. Ich stecke das Mobilfunkgerät ein, streiche mein Outfit glatt und atme ein paarmal tief durch.

Mein erster Arbeitstag, und ich bin verdammt noch mal nicht bereit. Ich reibe mir vorsichtig die Augen, um das Jucken dieser verdammten Kontaktlinsen zu lindern, während ich immer noch auf Barbara warte. Eigentlich sollte ich ihr dankbar sein, dass sie mir hilft, einen Job zu finden, aber es ist auch nicht so, als wollte ich überhaupt hier sein.

Lektionen und Bibelschriften schwirren durch mein Gehirn, während ich mein Spiegelbild anstarre. Vaters Stimme klingt wie ein unaufhörliches, weißes Rauschen, das nicht verstummen will, durch meinen Kopf. Es hört nie auf. Ich schließe die Augen und versuche, mich zu beruhigen. Mich an den Ort zu begeben, an dem mich nichts berühren kann, nicht einmal er. Langsam verblasst das Geräusch zu einem leichten Summen. Es ist zwar immer noch da, jedoch leise genug, um es zu ignorieren. Das enge Korsett um mein Herz beginnt sich zu lockern.

„Du siehst heiß aus, Chica!"

Ein Schock der Panik durchströmt meinen Körper und nimmt meine normalen Reflexe in Besitz. Ohne nachzudenken, geht mein Körper in die Hocke und ich fange an, mein Bein auszustrecken. Es dauert eine Sekunde, aber mein Verstand und mein Körper fangen sich schließlich und ich erkenne, dass Barbara hinter mir steht. In letzter Sekunde ziehe ich das Bein zurück und verhindere, dass ich ihr die Beine unter den Füßen wegschlage.

„Oha!" Sie weicht zurück und starrt mich mit weit aufgerissenen Augen an. „Entschuldige, Mädchen! Ich wollte dich nicht erschrecken."

In einer fließenden Bewegung ziehe ich mich wieder hoch und schüttle mich. „Ich komme aus schlechter Nachbarschaft." Die Lüge kommt mir leicht über die Lippen. „Bist du so weit?" Ich mustere sie von oben bis unten und frage mich, ob ich in diesen Shorts genauso lächerlich aussehe wie sie. Aber es heißt jetzt oder nie. Ich kann nicht länger hier draußen stehen und mir Gedanken über mein Outfit machen, wenn dort drin ein Job auf mich wartet. Ich hole tief Luft und gehe auf den großen, muskulösen Türsteher am Eingang zu.

Ich habe schon öfter heiße Typen gesehen, aber verdammt, der hat Muskeln auf seinen Muskeln. Ich schlucke und versuche, meinen Blick auf sein Gesicht und nicht auf den wohlproportionierten Bizeps zu richten. Er ist ein bisschen zu muskulös für mich, aber ich kann die ganze Arbeit, die er investiert haben muss, um wie ein Gott auszusehen, durchaus zu schätzen wissen. Und bereits während mir diese Gedanken durch den Kopf schießen, folgt ihnen ein Stechen der Schuld. *Reiß den Kopf aus der Gosse, Evie. Diese Gedanken führen zu nichts Gutem.*

„Hi, Süßer!", zwitschert Barbara, die sich von Herkules nicht im Geringsten beirren lässt. „Sie gehört zu mir." Sie dreht sich zu mir um, zwinkert mir zu und legt ihre Hand auf seinen durchtrainierten Arm. „Hoffentlich können wir sie überzeugen, bei uns zu arbeiten. Du hilfst mir doch, oder Großer?"

Dieses Ungetüm eines Mannes mustert mich von oben bis unten und grunzt, bevor er die Tür öffnet. In einer schwerfälligen Bewegung. Wahrscheinlich ist er kein Blutsauger. Ich will ihn mir für später merken, denke aber vorerst nicht weiter über ihn nach. Es gibt Wichtigeres, als einen Verteidiger auf Steroiden zu fangen. So süß er auch sein mag, er ist nicht der Grund, warum ich hier bin.

„Mach dir keine Sorgen, Mädchen. Sie werden dich lieben!"

Ein Grinsen umspielt meine Mundwinkel. Wenn dieser ahnungslose Mensch mein Unbehagen bemerkt, dann muss ich mir wirklich mehr Mühe geben. Ich schließe die Augen und atme tief durch, um meine Gedanken zu beruhigen und mich zu konzentrieren. Ich kann es mir nicht leisten, mich so früh zu verraten. Aber wenn die Besitzer dieses Ladens genauso sind wie Barbara, dann werden sie leicht zu beeindrucken sein. Ich greife auf mein gesamtes Training zurück und bereite mich auf den bevorstehenden Kampf vor. Dies ist meine erste Mission, aber ich muss erfolgreich sein. Vaters Anerkennung hängt davon ab. Mein Status in Der Familie hängt davon ab. Verdammt, ich bin nicht so dumm, dass ich nicht wüsste, dass meine eigene Selbstachtung davon abhängt.

Als ich mich in den Innenraum begebe, wird die Musik sogar noch lauter. Mit aufgerissenen Augen mustere ich jedes Gesicht und versuche, sie mir einzuprägen. Wer weiß, wann ich mich wieder an sie erinnern muss. Barbara zerrt immer wieder an meinem Arm und zieht mich weiter und tiefer in die Menge. Aber das ist für mich in Ordnung. Wenn ich einen Moment innehalten muss, ist das kein Problem. Ich werde später genug Zeit haben, den Ort auszukundschaften, wenn ich diesen Job bekomme. Es ist besser, zu Beginn so zu tun, als wäre ich begierig darauf, zu arbeiten, als einen Verdacht auf mich zu lenken.

Heiße, verschwitzte Körper zucken und winden sich zur Musik. Sie füllen jede Lücke, durch die ich mich drängen will. Es fühlt sich an, als würden wir gegen eine steigende Flut ankämpfen, während wir uns unseren Weg durch die Menge und in Richtung des Büros im Obergeschoss bahnen. Die Hitze, die von den Körpern ausstrahlt, ist genauso intensiv wie die Musik. Ich mache mich klein, um den Kontakt auf ein Minimum zu beschränken, aber selbst dann streift mich hin und wieder ein Arm oder ein Hintern. Als wir die Treppe erreichen, lichtet sich die Menge und ich kann wieder durchatmen, ohne den Schmutz der Lust zu spüren.

„Ist es hier immer so voll?"

Barbara schaut mich von oben herab an und runzelt kurz die Stirn. Dann blickt sie über die Menschen hinweg. „Das nehme ich an. Mir fällt es nicht mehr so auf. Je länger du hier arbeitest, desto leichter fällt dir der Umgang mit den Leuten. Es sei denn, man ist klaustrophobisch. Aber die meisten Tage sind nicht ganz so wie heute. Du solltest dankbar sein. Deshalb brauchen wir zusätzliche Hilfe. Wenn keine Kunden da sind, bedeutet es, dass du hier nicht gebraucht wirst."

Ich nicke und folge ihr in die oberen Büros. Verglichen mit der Atmosphäre im Club ist es hier oben fast ruhig. Zu schade, dass ich die Dinge nicht von hier oben aus beobachten kann. Ich würde meine Jobbeschreibung sofort dafür ändern! Ich sehe mich um und versuche, die Augen für alles offenzuhalten, was ungewöhnlich erscheint. Vielleicht gibt es hier doch keine Vampire. Es scheinen jedenfalls keine Särge herumzuliegen. Je schneller ich meine Informationen bekomme, desto eher kann ich nach Hause zurückkehren, wo ich hingehöre. Wo ich sicher bin und gebraucht werde.

„Klopf, klopf, Theophilus! Das ist das Mädchen, von dem ich Ihnen erzählt habe!"

Barbara drückt meinen Arm mit der Hand, als sie an mir vorbeigleitet. Ich lächle sie an und versuche, die Reaktion einer Freundin vorzutäuschen – nicht die einer Fremden, die nicht gern berührt wird. Ihr breites Grinsen zeigt mir, dass ich erfolgreich war.

„Viel Glück!"

Ich brauche es nicht. Ich habe das hier in der Tasche. „Danke, Süße!" *Ich nehme an, das ist eine gute, normale Reaktion?* Mit einem Schulterzucken lasse ich es auf sich beruhen und wende meine Aufmerksamkeit der nächsten Hürde zu.

Der Mann vor mir ist beeindruckend genug. Ich senke

den Blick und studiere ihn durch meine halb geschlossenen Augenlider. Seine Bewegungen scheinen ganz normal zu sein. Nicht ganz so gestelzt, wie es sein Körperbau vermuten lässt, aber auch nicht völlig außerhalb des Bereichs des Möglichen. Als er sich jedoch erhebt, um mich zu begrüßen … Bingo. Ich habe einen in der Wildnis gefunden. Seine Bewegungen sind geschmeidig wie die einer Dschungelkatze. Zu gewandt für seine Statur und seinen Körperbau.

„Barbara sagte, Sie suchen einen Job?"

Ich setze mein gewinnendstes Lächeln auf. „Das stimmt, Sir." Ich füge das *Sir* extra hinzu. Männer lieben es, *Sir* genannt zu werden. Es gibt ihnen das Gefühl, männlich und stark zu sein. Ich habe kein Problem damit, diese Schwäche auszunutzen. Tief im Inneren sind alle Männer oberflächlich; alle Männer haben diese Überheblichkeit.

Er zieht eine Augenbraue hoch und starrt mich an. „Was wissen Sie über die Arbeit hinter der Bar?"

„Ich habe Cocktail ungefähr zwanzigmal gesehen. Zählt das?" Mein Lächeln wird noch breiter. Ich klimpere sogar ein wenig mit den Wimpern und bringe vollen Körpereinsatz. Mein Magen krampft und zieht sich zusammen. *Alles okay. Du schiebst nur einen Fuß in die Tür. In Wirklichkeit bist du keine Hure. Genau dafür wurdest du ausgebildet. Vater wird nicht schlecht von dir denken.*

Er kneift die Augen zusammen. „Ich habe weder die Zeit noch die Geduld. Wenn Sie den Job wirklich haben wollen, beantworten Sie einfach meine Frage, ohne frech zu werden."

Aha. Also entweder kein Unsinn oder ich bin völlig auf dem Holzweg. Kein Problem. Reagieren, anpassen, neu versuchen. Nur weil ich ihn falsch gelesen habe, heißt das nicht, dass ich die Sache nicht noch retten kann. Männer bewegen sich innerhalb einer gewissen Bandbreite, wobei nur wenige von ihnen tatsächlich davon abweichen. Bis jetzt lässt mich nichts an diesem Mann denken, dass er außerhalb dieser Quadranten liegt.

„Es tut mir leid. Ich bin einfach nur nervös – ich brauche diesen Job wirklich."

Er seufzt und reibt sich mit einer Hand über das Gesicht. „Schon gut. Aber ich muss wissen, ob Sie irgendwelche Erfahrung haben."

Ja! Ich halte inne und erlaube mir einen kurzen Moment der Genugtuung, bevor ich mich wieder der Sache zuwende. Wer glaubt, dass Männer kompliziert sind, hat wirklich keine Ahnung. Ein kleiner Anflug von Schuldgefühlen schwirrt durch meinen Kopf. *Wenn Vater wüsste, dass ich ihn manipuliert habe, um diesen Auftrag zu bekommen ...* Ich unterbreche diesen Gedankengang direkt an der Quelle. Er hätte mich nicht gehen lassen, wenn er vermutet hätte, dass ich Hintergedanken habe. Mein Verhalten ist sündhaft und beschämend, aber ich bin jetzt hier. Zeit, meinen Wert zu beweisen.

„Natürlich! Sonst wäre ich ja nicht hergekommen. Ich kenne vielleicht nicht jedes Getränk, aber ich kenne die Grundlagen und kann ein Rezept lesen."

Ich halte den Atem an. Dies ist der Moment der Wahrheit. Wenn ich hier keinen Job bekomme, muss ich mir eine andere Strategie einfallen lassen. Zu diesem Zeitpunkt ist Scheitern keine Option. Aber angesichts unserer bisherigen Interaktion bin ich mir ziemlich sicher, dass ich den Job in der Tasche habe. Allerdings könnte er immer noch ein Sonderfall sein. Die tauchen immer dann auf, wenn man es am wenigsten braucht.

„Können Sie heute Abend anfangen?"

Ein weiterer typischer Mann für den Sieg! Es kostet mich jedes Quäntchen Willenskraft, meine Faust nicht jubelnd über mein Können in die Luft zu reißen.

„Ich glaube, ich habe mich dem Anlass entsprechend gekleidet."

Ich drehe mich ein wenig, damit er einen Blick auf alle meine Vorzüge werfen kann.

„Wie es scheint. Das ist ein wenig eng an Ihnen, nicht wahr?"

Ich halte inne und fahre mit meinen Händen über meine Brüste und meinen Hintern. Ich fühle mich schmutzig, mich auf dieses Niveau zu begeben, aber nur für den Fall, dass er Mr. Kein-Blödsinn und nicht Mr. Vom-anderen-Ufer ist, möchte ich mich nicht nur als potenziell wertvolle Mitarbeiterin, sondern auch als leckeres Häppchen verkaufen. Manchmal muss man sich auf seinen Körper verlassen, um sich aus der Patsche zu helfen. Es ist ehrlich gesagt einfacher, gleich am Anfang niedrige Ansprüche zu demonstrieren. So ist es viel glaubwürdiger. Ich hoffe nur, dass Vater mit meiner Leistung zufrieden ist und mich nicht dafür tadelt, weil ich einen anderen mit meinen fleischlichen Reizen in Versuchung führe.

„Ich musste mir etwas von Barbara borgen. Anscheinend bin ich ein bisschen kurviger als sie." Ich beuge mich vor und klimpere mit den Wimpern. „Aber wenn die Getränke dadurch fließen, kann man sich nicht beschweren, nicht wahr?"

„Da ist etwas dran. Das ist nur eine Probeschicht. Wenn ich irgendwelche Beschwerden höre, werde ich Sie hinausbegleiten lassen. Ausweis, bitte."

„Verstanden." Ich greife in die tief ausgeschnittene Bluse, um nach meinem Ausweis zu suchen, und lege ihn auf den Tisch.

Er greift danach und starrt ihn lange an, während sein Blick von meinem Gesicht zu dem Ausweis wandert. Ich zwinge mich, gleichmäßig zu atmen, und dränge mein Gehirn in den sicheren Raum, in dem die Nervosität nicht an die Oberfläche kommen kann. Das habe ich mit Vater geübt. Ich bin schon zu weit gekommen, um jetzt alles zu vermasseln. Nur noch eine Hürde. Noch eine, und ich bin frei.

„Ihre Augen sind anders."

„Natürlich sind sie das", erwidere ich mit einem gezwungenen Lachen. „Das Ziel ist es, die Gäste zu unterhalten und Geld zu machen. Das kann ich nicht mit beschissenen braunen Augen. Diese blauen Modekontaktlinsen verleihen mir einen Hauch von Mystik. Ich muss verführerisch sein, um meine Beute von den anderen Barkeepern abzulenken."

Er starrt mich einen Moment lang einfach nur an. Es kommt mir so vor, als würde er meine Worte abwägen, aber ich habe keine Ahnung, gegen was.

„Mississippi ist ein weiter Weg von hier. Was führt Sie nach Tucson?"

„Die Kakteen?"

Er wirft mir einen weiteren Blick zu. Ich hebe ergeben die Hände und seufze.

„Meine Eltern. Okay? Ich versuche, so weit wie möglich von ihnen wegzukommen. Das können Sie doch sicher verstehen. Ich meine, Sie arbeiten in einer Bar. Das schreit förmlich nach Rebell."

Er hebt eine einschätzende Augenbraue, entscheidet sich jedoch, keinen Kommentar abzugeben. „Es gibt noch andere Orte als Tucson."

„Das stimmt. Und tatsächlich könnte dies nur ein Zwischenstopp werden. Aber die Sache ist die. Ob ich nun einen Monat oder ein Jahr hierbleibe, ein Mädchen muss essen."

Der Atem stockt in meinem Hals, als er näher an mich herantritt. *Gleichmäßiges Atmen. Gleichmäßiges Atmen.*

„Sagen Sie mir." Er starrt mich an und seine Augen verlassen meine nicht. „Was machen Sie wirklich hier? Was wollen Sie im Club Toxic?"

In diesem Moment spüre ich es. Diesen leichten Druck. Sein Verlangen nach Einlass. Bestätigt. Ich weite die Augen leicht, bevor ich meinen Blick in falscher Ehrerbietung zu Boden senke. Als ich wieder aufschaue, starre ich ihn genauso hart an, wie er mich. „Ich bin hier, um Arbeit zu finden und meinen Lebensunterhalt zu verdienen. Solange, bis ich mich entschlossen habe, entweder zu bleiben oder in den nächsten Staat weiterzuziehen."

Er nickt und gibt mir meinen Ausweis zurück. „Probeschicht. Lassen Sie sich von Green einweisen."

„Ja Sir, Mister Theophilus!"

Ich warte nicht auf eine Reaktion. Schmunzelnd drehe ich mich um und gehe den Weg zurück, den ich gekommen bin. Das war doch ein Kinderspiel.

* * *

Adrian

ICH BIN AM VERHUNGERN. Dieser Abend hat bereits hektisch begonnen. Wenn man das zu den anderen Wochen hinzufügt, in denen ich überarbeitet war, und dazu noch das völlige Fehlen kompatibler Beute, dann ist es die perfekte Mischung für einen gereizten, notgeilen, hungrigen Vampir. Vielleicht wird heute Abend anders. Die meisten der Frauen, die hierherkommen, scheinen sich mehr um den Geschmack ihres Getränks zu sorgen als um die Nachrichten des Tages.

Normalerweise ist das in Ordnung, aber ich bin ein Mann, der sich sowohl nach einem wohlgeformten Geist als auch nach einem wohlgeformten Arsch sehnt. Und in letzter Zeit gab es nur Letzteres. Es scheint, als könnten die meisten Männer diese beiden Dinge gut trennen, aber ich halte es nur eine gewisse Weile aus, bevor ich mich nach einer tatsächlichen intellektuellen Verbindung sehne. Es hilft auch nicht, dass viele Frauen einen falschen Eindruck von mir und meinen … Neigungen haben. Um ehrlich zu sein, versuche ich es in den meisten Nächten nicht einmal. Entweder bekomme ich das, was ich brauche, von einer willigen Frau oder ich bestelle es mir vom Zapfhahn. Dem Schicksal sei Dank, dass in dieser Bar Blut serviert wird.

Die Luft ist dick vom Geruch erregter Menschen. Sie sind wie Vieh, einer wie der andere. Ich habe das Gedränge von Menschen und Menschenmengen noch nie gemocht, selbst dann nicht, als ich selbst noch sterblich war. Manche Dinge ändern sich nie. Ich strecke meine Nase in die Luft und schnuppere, so weit ich mich traue. So viele Gerüche strömen auf mich ein, aber nicht der, nach dem ich suche.

Verzweiflung hat für mich einen ganz eigenen Geruch, der mich abstößt. Und das ist es, was ich normalerweise rieche, wenn ich in den Club Toxic komme. Verzweiflung und Lust. Manchmal gibt es auch einen Hauch von Neugierde – und das ist es, was mein Interesse weckt. Aber nicht heute Abend.

Ich nicke dem heutigen Türsteher zu, gehe hinein und begebe mich sofort zu einer der hinteren Sitzecken. Da noch niemand hier mein Interesse weckt, setze ich mich und ziehe etwas Arbeit für meinen Nebenjob heraus.

„Du bekommst noch Falten, wenn du dich weiter so konzentrierst."

Barbara. Ihr Duft weht zu mir herüber, noch bevor sie spricht. Er ist nicht so abstoßend wie der einiger anderer, aber er zieht mich auch nicht an. Ich versuche, nett zu sein, lächle zu ihr auf und schiebe mein Handy an die Tischkante, wo sie es sehen kann. Jetzt ist sie an der Reihe. Fast augenblicklich ziehen sich kleine Falten über ihre Stirn. Es wäre süß, wenn ich irgendwelche Gefühle für sie hätte, aber leider ist sie nur ein durchschnittlicher Mensch. Nichts Besonderes.

„Und? Verzeihst du mir meine Konzentration?"

Sie schiebt das Handy zu mir zurück, bevor sie sich eine verirrte, braune Locke hinter das Ohr streicht. „Das ist es, was du dir den ganzen Abend ansiehst? Kumpel, du bist in einer Bar! Hol dir ein Getränk oder such dir eine Tussi. Verdammt, was ich damit sagen will, ist: lass dich flachlegen!" Sie klimpert mit den Wimpern und lehnt sich näher heran, wobei ihre steifen Nippel meinen Arm berühren. „Was sagst du, Professor, du könntest mich haben. Und du musst mir nicht einmal ein Getränk spendieren. Ich kann mir selbst eins machen."

Und dann rieche ich es. Diesen Hauch von Verzweiflung. Er strömt in Wellen von ihr aus. Ihre hellgrünen Augen sehen so traurig aus, als sie mich anstarrt. Es wäre nur zu einfach, nachzugeben und ihr zu geben, was sie will. Aber das kann ich nicht. Sie arbeitet hier. Und nicht nur das, es wäre auch eine leere Erfahrung. In meinem kalten, toten Herzen schlägt ein kleiner Funke des Mitgefühls. Ich könnte sie bezirzen, damit sie kein Interesse zeigt. Aber das wäre ihr gegenüber nicht gerade fair.

Ich greife nach ihrer Hand und hebe ihr Handgelenk an meine Lippen. Ihr Puls bebt knapp unter der Haut und ja, es ist verlockend. Bei den Göttern, es verführt mich. Aber ich habe ihr nichts zu geben. Und am Ende hat sie mir auch nichts zu geben. Seufzend drücke ich einen keuschen Kuss auf die Innenseite ihres Handgelenks. Ich lasse meine Lippen nur einen kurzen Moment verweilen, um den Puls des Lebens an meinem Mund zu spüren.

„Nein, meine Liebe. Das kann ich nicht. Außerdem würde es mir im Traum nicht einfallen, all diesen Kunden deine großartigen Reize vorzuenthalten." Ich zwinkere und lasse ihre Hand los.

„Du Charmeur."

Ihr Erröten ist bezaubernd und ebenso die Art, wie sie ihren Kopf senkt. Mein Bauchgefühl sagt mir, dass sie eine fantastische Untergebene abgeben würde ... für jemand anderen.

„Das bin ich. Und außerdem möchte ich dich nicht ausnutzen. Davon abgesehen", ich deute auf einen Mann an der Bar, der anständig und sterblich aussieht – das ist das Wichtigste – „hat dieser Mann dort drüben seine Augen nicht von dir abgewandt, seit du angefangen hast zu bedienen."

Sie fährt sich mit den Fingern durchs Haar und richtet sich auf. „Nun, wenn du mich nicht willst, werde ich sehen, ob er es tut." Sie zwinkert mir zu und geht weg, was mich relativ beruhigt. Soweit ich es beurteilen kann, habe ich keinen Schaden bei ihr angerichtet. Und falls es welchen gibt, wird der Kerl an der Bar ihn wahrscheinlich ausbügeln. Ich kann mir ein Glucksen nicht verkneifen, als ich auf mein Handy schaue und mit der Übersetzung vor mir weitermache.

Gäste kommen und gehen, doch niemand weckt mein Interesse auch nur im Entferntesten. Mehrere Vampire haben ihre Eroberungen bereits zum Spielen und Essen mitgenommen. Trotzdem sitze ich noch immer hier. Meine Arbeit ist getan und ich habe vier Gläser geleert. Frustration macht sich in mir breit. So viele andere Vampire scheinen in diesem Club ihr Glück zu finden. Und doch sitze ich hier und bin kurz davor, ins Verlies zu gehen, um ein gezapftes Glas zu trinken.

Das Blut dort gibt mir zwar Kraft, aber es hat keine Seele, kein Leben, keine Unterhaltung. Ich stehe von meinem Platz auf und gehe zielstrebig los. Entweder begebe ich mich auf die Jagd oder ich werde mich eines Süßblutes bedienen. Ich will nicht noch eine weitere Nacht der Frustration vergehen lassen.

Die Musik dröhnt, pulsiert und lockt. Ich bewege meinen Körper im betörend wiegenden und schwingenden Rhythmus mit. Mehrere Frauen fallen mir ins Auge, aber nach nur einem Lied bin ich bereit, weiterzuziehen. Der heutige Abend ist ein Reinfall. Nicht eine einzige Person erregt mein Interesse. Vielleicht habe ich aber auch nur zu hohe Ansprüche. Grummelnd mache ich mich auf den Weg zur Garderobe.

„Willst du es heute Abend nicht mal versuchen?"

„Lass es stecken, Tiberius." Sein Lachen lässt mir einen Schauer über den Rücken wandern.

„Jetzt komm schon. Was ist mit der heißen, kleinen Nummer dort drüben?"

Ich folge seinem Blick zu einer Blondine, die auf der Tanzfläche herumwirbelt. „Ich habe sie gesehen. Genau wie jeder andere Mann hier auch. Ich bin mir ziemlich sicher, dass sie schon bald jemandes Abendessen sein wird."

„Du kannst dir das nicht länger antun. Was ist mit der dort?" Er zeigt auf ein anderes Mädchen, mit dem ich vorhin schon gesprochen habe.

„Nicht mein Typ."

„Nicht dein Typ? Sie ist jedermanns Typ! Nun, nicht meiner. Aber das wissen wir ja. Wonach genau suchst du denn? Vielleicht kann ich dir behilflich sein?"

Schnaubend schließe ich für einen Moment die Augen. „Nun, ich liebe den Körper der Blondine. Aber gepaart mit jemandem, der tatsächlich ein Gespräch führen kann? Das wäre die Perfektion."

Tiberius lacht wieder. „Und wie kommst du darauf, dass irgendjemand diesen Ansprüchen genügen wird?"

„Ansprüchen? So hoch sind sie doch gar nicht. Was ist so

falsch daran, einen intellektuell ebenbürtigen Partner finden zu wollen?"

Tiberius zieht die Mundwinkel nach unten, während er mich mustert. „Einen intellektuell ebenbürtigen Partner? Keine Sterbliche könnte dir jemals ebenbürtig sein. Es sei denn, du findest zufällig eine, die schon Jahrhunderte alt ist. Aber ich kann dir garantieren, dass sie keinen Körper wie diese Blondine haben wird." Er hält inne und schaut sich im Raum um. „Zweitens bist du in einer Bar. Das hier ist eher eine Partykneipe und kein Ort für Konversationen. Ich bin mir ziemlich sicher, dass die Leute hier einfach nur Spaß haben wollen. Und das ist mehr, als ich von dir sagen kann."

Ich starre ihn an und ein Grinsen bildet sich auf meinen Lippen. „Ich habe von *Bake-Onna* getrunken." Mir fällt sein leerer Blick auf. „So ähnlich wie ein Süßblut für euch, aber eher eine kultivierte Kurtisane. Sie stimulieren mich auf eine Weise, die du unmöglich verstehen kannst. Gib ihnen die Schuld für meine hohen Ansprüche."

„Oh, ,*Bake-Onna*.' Sei still mein klopfendes Herz."

„Lach du nur. Aber glaube mir, wenn du einmal eine gehabt hast, gibt es nichts Vergleichbares mehr. Ich sehe nicht ein, warum ich mich selbst tiefer sinken lassen soll, nicht einmal in Bezug auf die Ansprüche an mein Abendessen. Das bekommt mir nicht."

Ich klopfe Tiberius auf die Schulter und mache mich auf den Weg zur Garderobe, als mir ein Duft in die Nase steigt. Ich drehe mich um und starre in die faszinierendsten kobaltblauen Augen. Mein Schwanz zuckt und ich bin völlig überrascht. Welch ein Leckerbissen ist das denn? Ihr Haar ist zu einem engen französischen Zopf geflochten, dessen Ende aufreizend hin und her schwingt. Normalerweise gehören solche Zöpfe zu verklemmten Frauen. Aber dieser hier, der nach unten gleitet und bis zur Rundung ihres Hinterns reicht, lockt mich wie eine

Feder, die eine Katze verführt. Vielleicht ist sie anders. Wenn nicht, habe ich genau die richtigen Mittel, um sie aufzutauen. Ich zucke, als mir Visionen, wie ich ihr Haar um meine Faust schlinge und ihren Kopf nach hinten ziehe, vor Augen schweben. Wenn ihre Kleidungsstücke noch enger wären, würden sie ihr vom Leib platzen. Und welch dekadenter Anblick das wäre.

„Du starrst."

„Und du bist ein Arsch, Tiberius."

Gerade als ich mich auf den Weg zu ihr machen will, dreht sie sich um und stürmt zum Tresen. Nun, wenn sie weglaufen will, habe ich kein Problem damit, die Verfolgung aufzunehmen.

KAPITEL 2

vangeline

WAS IST GERADE PASSIERT? Ich umklammere den Tresen. Das Mahagoniholz fühlt sich kühl unter meinen fiebrigen Händen an. Die abgerundeten, aber glatten Kanten drücken in meine Handflächen und geben mir für einen Moment Halt. Ich atme tief durch und versuche, meinen Herzschlag zu verlangsamen. Wenn es hier tatsächlich Vampire gibt, darf ich mich nicht als Beute anpreisen. Das ist das Letzte, was ich brauche.

Ich werfe einen Blick über die Schulter und sehe wie Mr. Leckerbissen sich seinen Weg durch die Menge bahnt. Mist. Vielleicht ist er hinter jemand anderem her? Ich drehe mich wieder um. Er zieht die Augenbrauen zusammen, als er mich anschaut. Mit einem entschlossenen Gesichtsausdruck geht er weiter in meine Richtung. Doppelt Mist. Was soll ich jetzt tun? Moment.

„Green?"

„Was gibt's?"

Eine wunderschöne Frau mit grünem Haar hebt ihr Gesicht von dem Getränk, an dem sie gerade arbeitet, und lächelt mich an. Ihr warmer Ausdruck ist wie Balsam für meine strapazierten Nerven. Ich schaue wieder auf ihr Haar und lächle. Jetzt ergibt alles viel mehr Sinn. „Ich bin hier, um meine Schicht zu beginnen. Theokropolis hat gesagt, ich solle nach dir suchen."

Sie bricht in Gelächter aus. „Theokropolis? Lass ihn lieber nicht hören, dass du ihn so nennst. Ich werde es mir aber merken. Das ist ein guter Witz."

Sie schüttelt den Kopf, während sie den Cocktail zu Ende mischt. „Nun, dann komm mal hinter den Tresen. Ich werde dich einweisen. Ich helfe nur bei Bedarf aus, also wirst du die meisten Nächte auf dich allein gestellt sein."

Green reicht das Getränk mit einem breiten Grinsen weiter. Der Typ an der Bar grinst zurück, aber sie scheint es nicht zu bemerken. Stattdessen schaut sie erst hinter mich, dann in mein Gesicht und dann wieder hinter mich.

„Aber ich weiß nicht." Green lächelt und deutet über meine Schulter. „Ich glaube, du hast deinen ersten Kunden. Soll ich dich ins kalte Wasser werfen oder soll ich dir helfen?"

Ich schaue nicht einmal hinter mich. Das muss Mr. Leckerbissen sein. Niemand sonst in dieser Bar hat mich auch nur angeschaut. Mit einem möglichst realistischen Lächeln schüttle ich den Kopf und mache mich auf den Weg hinter die Bar.

„Der? Er ist nicht wegen mir hier. Ich weiß nicht einmal–" Ich versteife mich, als mein Körper seine Gegenwart wahrnimmt. Eine Gänsehaut breitet sich auf meiner Haut aus, als sein kühler Atem meinen Nacken kitzelt. Ich beiße mir auf die Zunge und verkneife mir ein Stöhnen.

Mein Körper sollte nicht so reagieren. Was zum Teufel ist hier eigentlich los?

Green schenkt mir ein wissendes Lächeln, bevor sie ein Glas abtrocknet.

„Hast du einen Namen, meine Schöne?"

Lieber Gott. Sogar seine Stimme klingt wie die Sünde. Tief, heiser und pure Dekadenz. Ich muss mich beherrschen, mich nicht einfach umzudrehen, um ihn noch einmal anzusehen. Ich darf mich nicht so mitreißen lassen. Dies ist mein erster Abend hier. Wie zum Teufel soll ich denn Wochen oder Monate überleben, wenn ich auf den erstbesten Kerl hereinfalle?

Ich atme tief durch und stärke meine Entschlossenheit, bevor ich mich zu ihm umdrehe. Ich mustere ihn von oben bis unten und versuche, ihn einzuschätzen, ohne meinen Unterleib die Führung übernehmen zu lassen. Zerzaustes, blondes Haar, für das er wahrscheinlich Stunden braucht. Ein teurer Anzug, der entweder ein Imitat ist oder einfach nur verschwenderisch. Schuhe, die nur ein arrogantes Arschloch tragen würde. Und natürlich die Krönung, eine teure Uhr. Wahrscheinlich eine Rolex. Ich unterhalte mich nicht mit Männern, die so viel von sich halten. Niemals. Normalerweise haben solche Männer zu viel Geld und nicht genug Verstand oder Talent.

Aber seine Augen. Seine Augen erinnern mich an den wolkenlosen Himmel in meiner Heimat. In einer blitzartigen Bewegung hebt er seine Finger und streicht sich über die Lippen. Unwillkürlich folge ich mit den Augen und werde mir seiner vollen Lippen bewusst. Lieber Gott, diese Lippen sehen so einladend aus. Ich möchte meinen Mund über sie gleiten lassen, um zu spüren, ob sie so weich sind, wie sie aussehen.

„Du starrst."

Greens Stimme reißt mich mit einem Ruck aus meinem lustvollen Tagtraum. Ich reiße mich sofort zusammen. Er runzelt augenblicklich die Stirn. Es ist, als würde er merken, dass ich mich aktiv gegen ihn wehre. Das macht nichts. Das hier darf und wird nicht passieren. Zu schade, dass meine weiblichen Körperteile andere Vorstellungen haben. Alles in mir schreit und tanzt: „Nimm mich, nimm mich!" Ich presse die Knie zusammen und Scham durchflutet meinen Körper. *Was ist denn los mit dir? Nur weil er heiß ist, heißt das noch lange nicht, dass du ein Mitspracherecht bekommst. Oh Gott. Was würde Vater dazu sagen?* Meine Wangen glühen vor Hitze, als ich mir die Demütigung vorstelle, die meine Begierden verursachen können.

Kaum ist dieser Gedanke verflogen, schleicht sich ein noch beängstigenderer ein. Vampire können Erregung riechen. Ich mache mich zu einem Leuchtfeuer. Tief durchatmen. Tief atmen. Ich beobachte, wie der Mann vor mir sanft in der Luft schnuppert, bevor sich sein Gesicht zu einem Lächeln verzieht. Oh. Mein. Gott. Er ist nicht nur einer von ihnen, er hat auch gerade herausgefunden, dass er mich anmacht. Ich kneife die Augen zusammen und schicke eine Nachricht nach unten. *Abbruch der Mission! Das ist nicht der Mann, nach dem du suchst. Lieber Gott, hör auf, mich so anzutörnen.*

Als ich meine Augen öffne, hat er seinen Blick immer noch auf mich fixiert. Meine Wangen färben sich rosa, als er seinen Blick gemächlich an meinem Körper hinunterschweifen lässt, als gehöre ich ihm. Kein Mann hat es je gewagt, mich auf diese Weise anzustarren! Jedenfalls nicht, wenn ich dabei zusehe. Ich nicke knapp und wende mich wieder Green zu. „Darf ich bitte eine Schürze haben?" Die Gelassenheit in meiner Stimme überrascht mich. Ich weiß, dass ich gut bin. Aber das ist selbst für mich Profiniveau.

„Du hast mir immer noch nicht deinen Namen gesagt", knurrt er hinter mir. Die Gänsehaut kehrt zurück. *Er darf keinen Effekt auf dich haben. Du bist stärker als er. Oh, wem mache ich denn etwas vor?*

Ich drehe mich wieder um und habe ein strenges Lächeln aufgesetzt. „Ich bin nicht interessiert." *Lügnerin.* „Aber wenn du ein berauschendes Getränk haben möchtest, bin ich mehr als einverstanden, dich zu bedienen." *Oder zu befriedigen. Ist doch dasselbe. Halt die Klappe!* Oh, das ist so irritierend. Was hat er nur an sich, dass er mir so unter die Haut geht? Und er ist ein Vampir. Warum zum Teufel bin ich scharf auf einen Blutsauger? Was ist nur los mit mir? Pheromone. Das muss es sein. Er verströmt etwas in der Luft. Machen Vampire das? Das müssen sie! All diese Gedanken schwirren mir durch den Kopf, während ich den Dämon vor mir anstarre.

Sein Atem beschleunigt sich. Ist es möglich, dass er von mir genauso ergriffen ist, wie ich von ihm? Ich verdränge diesen Gedanken so schnell, wie er aufgetaucht ist. Dieser Frage kann nichts Gutes entspringen. „Nun, Sir? Was darf es sein?"

„Dein Name."

Oh wow. Hartnäckig? „Und was würdest du tun, wenn du ihn hättest?"

Langsam kommt er näher, bis ich mit dem Rücken an den Tresen gepresst werde. Ich kann nirgendwo anders hin. Ich atme tief ein und versuche, den Bauch einzuziehen, um nur einen weiteren Zentimeter Platz zu haben.

Sein Lachen spült über meine Haut. „Dann wüsste ich wenigstens, wie ich dich nennen soll. Oder wäre es dir lieber, wenn ich mir etwas ausdenke?"

Er tippt mit seinen langen, schönen Fingern gegen seinen hypnotisierenden Mund. Und wieder fühle ich mich von der Bewegung angezogen. Verrucht zieht er die Mundwinkel hoch.

„Ich weiß." Er greift nach mir, gleitet mit den Fingern

hinter mich und an meinem Zopf hinunter. „Wie wäre es mit Rapunzel?"

„Wie originell." Ich reiße meinen Arm hoch, um seine Bewegung zu blockieren und ihn von mir wegzuschieben. Großer Fehler. Seine Arme sind hart wie Stahl. Wie konnte ich nur die Superkräfte eines Vampirs vergessen? *Reiß dich zusammen, Evangeline.* Ich ziehe mich zurück und versuche, mir heimlich den Arm zu reiben, aber er merkt es natürlich. Sein Glucksen, als er nach meinem Arm greift und ihn reibt, lässt mich noch kindischer fühlen.

Er sieht mir wieder in die Augen. Hätte es noch irgendeinen Zweifel gegeben, wäre er jetzt verflogen, als ich das eindringliche Bohren spüre. Sein durchdringender Blick stößt gegen mein Gehirn und verlangt Einlass. Ein leichter Schmerz setzt ein, aber ich versuche, ihn zu ignorieren. Ich darf mir noch nichts anmerken lassen.

„Dein Name", verlangt er und seine Stimme streichelt sanft über mich.

„Evangeline", flüstere ich und versuche, meinen Arm aus seinem Griff zu entziehen. Es ist besser, diese kleinen Kämpfe zu verlieren, damit er nichts merkt. Am Ende wird es mir mehr nützen. Außerdem kann er mit meinem Namen nicht wirklich etwas anfangen.

Zum Glück lässt er mich los. Ich habe keine Ahnung, was ich tun würde, wenn er mich weiter berührt. Meine Nerven sind im Moment so blank und roh.

„Evangeline." Er schließt die Augen, als er das sagt. Als wollte er meinen Namen genießen.

Aber warum? Es gibt nichts Besonderes an mir oder meinem Namen.

„Möchtest du dich zu mir setzen?"

Ich zeige auf den Tresen hinter mir. „Erster Tag, schon vergessen? Ich muss einen guten ersten Eindruck machen."

Ich bewege mich zurück zum Tresen, als er mir hinterherruft.

„Willst du gar nicht wissen, wie ich heiße?"

„Nein, ich würde das Mysterium lieber bewahren."

* * *

Adrian

WENN DAS KEIN Schlag in die Magengrube war. Ich beobachte, wie Evangeline weggeht und mein Durst verlangt von mir, dass ich sie packe und von ihr trinke. Was ist es an ihr, das mich dazu bringt, tief einzutauchen und sie für mehr als nur eine Nacht behalten zu wollen? Es muss der Durst sein. Ich habe zugelassen, dass ich zu wählerisch wurde. Und ich habe definitiv nicht genug getrunken. Entschlossen, sie mir zu holen und die Sache zu beenden, pirsche ich mich an sie heran, bevor mich ein Arm zurückhält.

„Du erinnerst dich an die Regeln, die ich dir gegeben habe?"

Lucius. Ich atme tief ein und schließe die Augen, bis der Durst abklingt. „Ja. Ich erinnere mich."

„Einvernehmlich. Immer nur einvernehmlich."

Ich wirble herum. „Und denkt Ihr, ich würde das nicht respektieren? Sie nicht respektieren? Außerdem, Lucius, ist es nur eine einmalige Mahlzeit. Ihr kennt mich doch."

„Ja. Ich kenne dich. Deshalb warne ich dich."

Ich sehe zu, wie Evangeline sich entfernt. Die Aufregung in meinem Bauch lässt nicht nach. Ich sollte etwas trinken, sollte auf der Jagd sein. Aber ich tue es nicht. Stattdessen beobachte ich meine Geisha, die umherflattert und mit jedem Mann flirtet, der an den Tresen kommt. Jeden Mann, der sich ihr nähert, will ich tot sehen. Allerdings bin ich nicht nur an das Gesetz des Landes, sondern auch an meine eigene Ehre gebunden. Ich würde mich für eine Mahlzeit niemals so weit herablassen.

Aber ist sie nur eine Mahlzeit? Ich schnuppere in der Luft und finde es beunruhigend, dass ich sie nicht riechen kann. Sicher, ich kann ihre Haut riechen, ihr Shampoo, ihre Pflegeprodukte, aber ich kann *sie* nicht riechen. Sie lächelt und lacht, und es sieht echt aus, aber ich nehme keine Düfte wahr, die mich glauben lassen, dass sie diese Dinge tatsächlich fühlt. Einerseits ist es erfrischend, dass ich nicht ständig von süßlichen Düften umspült werde. Selbst die Geishas waren in ihren Gefühlen viel subtiler. Aber gar nichts?

Irgendetwas ist hier faul. Ich brauche einen Moment, aber schließlich stelle ich fest, was es ist, das mich zu ihr zieht. Die Tatsache, dass ich sie nicht lesen kann. Ich kann nichts von dem, was sie ausstrahlt, herausfiltern und dadurch etwas über sie erfahren. Ich kann jedoch mit Sicherheit sagen, dass ich einen Effekt auf sie habe, auch wenn sie es nicht zugeben will. Ich sehe die kleinen Blicke, die sie mir immer wieder zuwirft. Tatsächlich ist es niedlich. Sie versucht so sehr, sich selbst zu verleugnen. Um sich mir zu entziehen. Wenn sie nur wüsste, dass ich sie vom ersten Moment an gefangen habe. Jetzt wird sie nicht frei kommen, es sei denn ich will es.

Es reicht. Ich kann spüren, wie mein Körper nach Blut verlangt. Und ich weiß, dass er erst zufrieden sein wird, wenn ich mich an meinem kleinen Rätsel genähert habe. Da dies heute Abend nicht infrage kommt, muss ich mir ein Glas vom Fass holen. Ich kann nicht zulassen, dass ich die Kontrolle verliere. Schon gar nicht in ihrer Nähe.

Ich verlasse langsam die Sitzecke und gehe noch einmal zu ihr zurück. Ein letztes Mal. Nur noch ein letztes Schnuppern. Als ich näherkomme, wird mir von der berauschenden Mischung ihrer Haut und des Vanilledufts, den sie trägt, ganz schwindelig. Nur noch ein paar Schritte und ich kann sie erobern.

„Möchtest du das Spezial, Adrian?"

Ich blinzle und schaue hinüber. Green steht da und versperrt mir die Sicht auf meine Eroberung. Sie mixt immer noch Getränke, aber sie wirft mir einen besorgten Blick zu. Verdammt, was muss ich denn ausstrahlen, dass sie sich einmischt?

„Danke, aber ich bin nur gekommen, um mich zu verabschieden. Ich werde meinen Mantel holen und gehen." Ich muss diese Sache im Keim ersticken.

„Das ist vielleicht das Beste. Hast du mir nicht gesagt, dass du früh aufstehen musst?"

Ich nehme ihre Tarnung dankbar an. „Ja. Genau. Auf Wiedersehen, Green. Auf Wiedersehen, Rapunzel." Sie zieht die Stirn in Falten und kneift die Augen zusammen. Ich glucke über ihren Versuch, grimmig zu wirken. Wenn sie nur wüsste, was für ein gefährliches Geschöpf ich eigentlich bin. Aber es ist niedlich. Ich liebe es, wenn mein Abendessen Rückgrat zeigt. Heute Abend werde ich sie als Gewinnerin dieser Runde betrachten. Nächstes Mal bin ich dann dran.

Als ich zur Garderobe gehe, sehe ich, dass Tiberius den Bereich immer noch bewacht. Ich stöhne über sein fettes Grinsen und versuche, mich an ihm vorbeizudrängen.

„Klappt es immer noch nicht?"

Ich zeige ihm den Mittelfinger, während ich mich auf den Weg ins Verlies mache. „Fick dich, Tiberius." Sein leises Lachen folgt mir, als ich die Treppe hinuntergehe.

Wie immer riecht es in diesem Bereich stark nach Sex und Blut. Mein früherer Ständer richtet sich mit voller Wucht wieder auf. Die sich windenden Körper rufen nach mir; sie lenken meine Gedanken zurück zu einem bestimmten blonden Leckerbissen mit unendlich langen Beinen und einem Arsch, der nicht aufgeben will. Sie sollte hier unten bei mir sein, unter mir. Aber nein. Ich lasse sie dort oben bleiben und arbeiten. Vielleicht ist es sicherer, aber für wen? Ich will nicht zu lange von ihr abgelehnt werden.

Ein kurzer Blick zu Lucius und Selene reißt mich wieder auf den Boden der Tatsachen zurück. Lucius hat mir die Türen zu diesem Ort geöffnet, ohne mich überhaupt zu kennen. Ich schulde ihm viel mehr, als eine seiner Angestellten wegzulocken, wenn er sie am meisten braucht. Wenn es darum geht, die Bedürfnisse des Kollektivs zu befriedigen, kann ich meine eigenen Bedürfnisse normalerweise zurückstellen. Heute Abend erweist sich das jedoch als sehr schwierig.

Mir schwirrt der Kopf von der berauschenden Mischung aus Schmerz und Lust. Stöhnen, Schreie und Seufzer verschmelzen zu einer dekadenten Harmonie. Mein Körper wiegt sich im Takt der florentinischen Peitschen in der Nähe und jeder Zentimeter meines Körpers spannt sich vor Bedauern an. Verdammt soll meine Moral sein. Verdammt der edle Weg. Sie hätte mit mir hier unten sein sollen.

Ich muss hier raus, bevor ich mich nicht länger beherrschen kann. Zum Glück verlasse ich morgen die Stadt, um für eine Woche Familie zu besuchen. Das sollte genug Zeit sein, um meinen Kopf wieder auf Kurs zu bringen.

Ein oder zwei Besuche bei meinen liebsten *Bake-Onnas* sollten ausreichen, um mich wieder ins Gleichgewicht zu bringen. Doch bereits während ich dies denke, weiß ich, dass ich die freche Blondine nicht aus meinem Kopf vertreiben kann. Solange ich sie nicht erobert habe, kann ich sie nicht hinter mir lassen. Sie wird Mission Nummer eins sein, sobald ich wieder nach Hause komme. Ich lächle, als ich mich auf den Weg zur Bar mache. Ich bin ein Mann mit einem Plan. So gefällt es mir.

„Ich nehme, was es vom Fass gibt."

„Er nimmt das Spezial."

Ich drehe mich um und sehe, wie Lucius zu mir an die Bar kommt. Warum bestehen alle darauf, dass ich das Spezial probiere? Ist es Einhornblut?

„Vom Fass ist in Ordnung, Lucius."

„Ich bestehe darauf."

Ohne meine Antwort abzuwarten, entfernt sich der Barkeeper von den Zapfhähnen und holt das Blut aus einem anderen Bereich.

„Wer bin ich denn, dass ich Euch etwas abschlagen kann, Lucius?"

„Ganz genau." Sein Lächeln ist raubtierhaft, aber ich kann auch einen Hauch von Heiterkeit darin erkennen. Wenigstens setzt er mich nicht völlig unter Druck. Es ist ja nicht so, als wäre er mein Schöpfer oder so.

„Ich muss etwas fragen. Was ist so besonders an diesem Blut? Sogar Green hat es mir angeboten."

„Sagen wir einfach, es gibt einen kleinen Extrakick. Ich glaube, du wirst dich viel besser fühlen, wenn du etwas davon trinkst." Er setzt sich neben mich auf den Barhocker und starrt mich an. „Ich mache mir Sorgen um dich. Ich weiß, dass ich nicht dein Schöpfer bin, aber dies hier ist mein Club und mein Zuhause. Alles, was eine Bedrohung für mich und die Meinen darstellt, macht mir Sorgen."

Ich werfe den Kopf zurück und lache, wofür ich von einigen der Leute, die in ihre Sessions vertieft sind, böse Blicke ernte. Ernüchtert hebe ich meine Hände zur Entschuldigung. „Ihr macht euch Sorgen um mich? Weil ich nicht jeden Abend spiele?"

„Aber es ist ja nicht einmal jeder zweite Abend, nicht wahr? Du bist jetzt schon seit Monaten immer wieder in meinem Club und ich habe noch nie gesehen, dass du dich für jemanden interessiert hast. Ich weiß, dass du immer Blut konsumierst, weil ich dich jede Nacht hier sehe. Wenn du fertig bist, hinterlässt du einen Haufen leerer Gläser. Liegt es an der Auswahl? Regt dich keines der vielen Clubmitglieder an? Keine meiner Mitarbeiterinnen?" Ich denke sofort wieder an die eine Mitarbeiterin, die ich im Moment nicht haben kann. Ich schüttle den Kopf, um meine Gedanken zu ordnen. Nein. Ich darf nicht die Kontrolle verlieren. Nicht hier und schon gar nicht in Lucius' Gegenwart.

Er gestikuliert in die Richtung des Spielbereiches. Frauen und Männer tummeln sich dort und bedienen die Vampire entweder mit Getränken oder mit sich selbst. Ein Puls der Sehnsucht füllt meine Brust. Wonach suche ich? Tatsächlich sollte mich jedes Süßblut dort befriedigen können. Worauf warte ich denn? Sie sind Nahrung. Was hält mich davon ab, mich sattzutrinken?

Auf Lucius Winken hin tritt eine Frau mit gesenktem Blick nach vorn. „Würde sie dich befriedigen?"

Sie schaut mit einer Mischung aus Hoffnung und Lust zu mir auf, die von ihrem Körper ausstrahlt. Sie ist atemberaubend. Schimmerndes weiches Haar, Brüste, die eine gute Handvoll sind und ein Arsch, der wie zum Versohlen gemacht ist. Optisch ist sie alles, was ich will. Aber sie ist nicht sie. Verdammt noch mal! Warum kann ich sie mir nicht aus dem Kopf schlagen? Das ist der Beweis, dass ich den Verstand verliere. Seit wann interessiere ich mich denn so für die Jagd, für das Mysterium? Diese Frau hier ist willig und begehrenswert und doch fühle ich mich immer noch von der leichten Säure der Barkeeperin oben angezogen.

„Danke, Lucius, aber dieses Getränk reicht mir."

Er winkt die Frau weg und ich wende mich ab, bevor ich den enttäuschten Blick in ihren Augen sehen kann. Ich bin auch enttäuscht. Es gibt zwei Dinge, die mich davon abhalten, wieder nach oben zu stürmen und meinen Preis für diese Nacht einzufordern. Erstens wird sie in Lucius' Club gebraucht. Zweitens habe ich mich nicht unter Kontrolle. Ich kann nicht garantieren, dass ich ihr nicht wehtun würde. Oder Schlimmeres. Ich seufze. Tatsächlich sind es sogar drei Dinge. Ich habe ihr Einverständnis nicht. Aber wenn ich zurückkomme, werden sich alle diese Dinge ändern.

„So alt bist du nicht, Adrianus. Du sprichst und verhältst dich wie ein Vampir, der viermal so alt ist wie du. Ich fürchte, du wirst einiges verpassen, wenn du weiter so hohe Ansprüche stellst." Er schaut zum Podium hinüber und ein Hauch von Zärtlichkeit blitzt in seinen Augen auf, als er Selene ansieht. „Genieße dein Blut. Ich muss mich um meinen eigenen Preis kümmern."

Als er geht, greife ich nach meinem Glas und trinke es in einem Zug aus. Er hat recht. Ich hasse es, dass er recht hat, aber er hat recht. Das Blut fließt durch mich hindurch und nimmt meinem Durst die Schärfe. Für heute Abend ist es genug, aber nach meiner Reise werde ich nicht weiter vom Fass leben. Ich werde mir nehmen, was ich will. Alles ist besser als das, was es am Fass gibt.

Ich lasse mir noch ein Glas bringen und stürze es hinunter, bevor ich in meine Gruft zurückkehre. Ich habe viel zu planen, wenn ich Rapunzel davon überzeugen will, ihr Haar für mich herunterzulassen. Aufregung schleicht sich in mir ein. Wie viele Jahrzehnte ist es her, seit ich auf die Jagd gegangen bin? Viel zu viele.

Ich schließe die Augen und stelle mir vor, wie sie vor mir steht. Ich kann mir gut ausmalen, wie meine Reißzähne in ihr Fleisch eindringen und das warme Blut über meine Zunge strömt. Die Tatsache, dass meine Durststrecke bald zu einem Ende kommt, macht es umso süßer. Bald werde ich ihre Mauern überwinden und mir meinen Preis holen.

KAPITEL 3

vangeline

„Wie lange dauert es, bis jemand einen Mantel bekommt? Vielleicht wurde ich an der falschen Stelle eingesetzt. Ich hätte seinen Mantel innerhalb weniger Minuten holen können." Ich schaue wieder auf die Uhr hinter mir. „Es ist schon fast eine Stunde her."

„Was ist eine Stunde her?"

„Im Ernst?" Ich fahre mit der Hand über mein Haar. Mein Zopf hat sich bereits zur Hälfte gelöst, warum soll ich mich also darum kümmern, wenn der Rest jetzt auch noch aufgeht? „Seit er seinen Mantel holen gegangen ist."

Green schaut in die Richtung der Garderobe. Ein Ausdruck, den ich nicht entziffern kann, huscht über ihr Gesicht. Sie weiß etwas. Ich kann es spüren. „Bist du dir sicher, dass er nicht zwischendurch gegangen ist, als du nicht hingesehen hast? Ich habe mehrere Leute kommen und gehen sehen."

„Natürlich bin ich mir sicher. Ich habe ihn beobachtet, seit er dort hinter gegangen ist."

Sie dreht sich zu mir um, stemmt die Hände an die Hüfte und hat ein Grinsen im Gesicht. „Ach, hast du das? Anstatt deinen Job zu machen, hast du also einem Mann hinterhergehechelt, von dem du hoch und heilig schwörst, dass du dich nicht zu ihm hingezogen fühlst?"

„Nein, natürlich nicht. Ich habe meinen Job gemacht!" Ich deute auf die Getränke vor mir. Die derzeitigen Kunden scheinen fröhlich an ihren Cocktails und ihrem Bier zu schlürfen. Das Letzte, was ich gebrauchen kann, ist rausgeschmissen zu werden. „Probeschicht." Theophilus' Stimme hallt in meinem Ohr wider. Ich muss hier wirklich vorsichtig sein. Jetzt, da ich weiß, dass es im Club Toxic mindestens zwei Vampire gibt, muss ich mich unentbehrlich machen. Diese Nacht darf nicht meine letzte sein.

„Ach ja. Das kann ich sehen. Du hast das hier wirklich gut gemacht. Und deshalb bin ich ziemlich sicher, dass du ihn verpasst hast. Glaube mir, so groß dieser Club auch ist, der Platz ist doch begrenzt. Je schneller wir die Leute rauskriegen, desto schneller können wir neue Leute hereinlassen. Das bedeutet, dass wir mehr Getränke servieren und mehr Trinkgeld bekommen. Auch an der Garderobe gibt es Trinkgeld dafür, wie schnell sie die Mäntel herausgeben. Warum sollten sie sich so viel Zeit lassen? Denk doch mal nach?"

Verdammt. Da ist etwas dran. War ich wirklich so gedankenabwesend, dass ich ihn nicht herauskommen sah? Ich reiße die Augen weit auf. Wie konnte ich nur so dumm sein. Natürlich kann ich ihn nicht sehen. Er ist ein Vampir. Wahrscheinlich hat er seine Supergeschwindigkeit benutzt, um hinauszustürmen. Oder vielleicht hat er sich in eine Fledermaus verwandelt? Ich fange an, den Tresen vor mir abzuwischen, und reibe kräftig über eine Stelle im Holz. Genau das ist es, was passiert sein muss. Wie dumm bin ich eigentlich?

Wahrscheinlich ist er dort draußen unterwegs, um eine arme, ahnungslose Frau auszusaugen, während ich hier herumstehe und das Kindermädchen für einen Haufen Betrunkene spiele.

Ich wische immer schneller und härter. Ich hasse es, dass ich hier festsitze. Wozu bin ich denn gut, wenn ich nur Getränke serviere?

„Ich bin mir ziemlich sicher, dass die Stelle sauber ist. Wenn du noch mehr schrubbst, reibst du noch ein Loch in den Tresen."

Ich halte inne und schaue nach unten. Es ist jetzt bereits eine leicht abgenutzte Stelle zu sehen. „Du hast recht, Green. Entschuldige. Ich war wohl in Gedanken versunken."

Sie lacht. „Das kann passieren, vor allem, wenn es hier dem Ende zugeht." Sie schaut wieder auf die Uhr. „Es ist fast an der Zeit für die letzte Runde. Willst du sie ausrufen oder soll ich das machen?"

„Mach du es. Ich fange an, die leeren Gläser einzusammeln." Zu diesem Zeitpunkt gibt es keinen Grund, noch mehr Aufmerksamkeit auf mich zu lenken. Ich beschäftige mich mit den Gläsern, halte den Kopf gesenkt und die Augen offen. Ich erwarte nicht, dass ich heute Abend noch mehr Geheimnisse aufdecken werde. Zwei Vampire an einem Ort sind schon mehr als genug. Mit zwei kann ich wahrscheinlich umgehen, mehr könnten ein Problem werden.

„Letzte Runde! Wer noch etwas trinken will, muss jetzt bestellen oder sich später nicht beschweren, wenn er nichts mehr bekommt!"

Ein Lachen droht in mir aufzusteigen, als ich Green oben auf dem Tresen stehen sehe. Ich weiß nicht genau, was es mit ihr auf sich hat, aber ich kann einfach nicht anders, als zu lachen, wenn wir uns unterhalten. Ich kann mir gut vorstellen, was Vater dazu sagen würde. Freut euch, wenn euer Bruder sich freut. Ansonsten nur: Die Mission kommt zuerst. Ich zwinge erneut die Maske auf mein Gesicht und ersetze meine Fröhlichkeit durch Leere. Die Mission kommt zuerst. Das ist es, was er sagen würde, wenn er jetzt hier bei mir wäre.

Panik durchströmt mich. Ich muss das hier gut machen. Ich darf es nicht vermasseln. Jetzt ist nicht die richtige Zeit, um Freunde zu finden. Ich muss beweisen, dass ich das Zeug habe, ein Mitglied ‚Der Familie' zu sein. Der Familie, der ich angehöre, seit ich sechs Jahre alt bin, und in der ich immer noch versuche, mir meinen Platz zu verdienen. Mit diesem Gedanken nehme ich die Bestellungen, so schnell ich kann, entgegen. Meine oberste Priorität ist es, diesen Job zu behalten, damit ich auf diesem Posten bleiben kann. Der Blick muss auf der Mission liegen.

Der Rest der Nacht erscheint wie im Flug zu vergehen. Es ist viel einfacher, meiner Arbeit nachzugehen, wenn der eine Vampir von oben nicht herunterkommt, und der andere sich nicht noch einmal blicken lässt, seit er gegangen ist. Was war das mit diesem anderen Kerl? Adrian, hat sie ihn genannt, glaube ich. Noch nie in meinem Leben hatte jemand einen solchen Effekt auf mich. Es ist nicht so, dass ich nie Sex gewollt hätte oder so. Und es gab ein paar Momente, in denen ich mich hinausgeschlichen habe, um meine Triebe zu befriedigen. Aber es war nie etwas Besonderes gewesen. Ganz sicher nichts, was es wert gewesen wäre, mich vor Vater erklären zu müssen. Vater, der mich aufnahm, als ich niemanden sonst hatte. Vater, dem ich irgendwie nie genügen konnte. Das einzige Mal, als er mich dabei erwischte, wie ich mich selbstbefriedigt habe, gab es Schläge mit dem Lineal auf die Hände und eine Kaltwassertherapie. Fröstelnd verdränge ich diese Erinnerung aus meinem Gehirn. Daran darf ich jetzt nicht denken.

„Erde an Evangeline."

Erschrocken schaue ich zu Green auf. „Es tut mir leid, ich muss vor mich hin geträumt haben."

Sie verschränkt die Arme und grinst. „Lass mich raten, du hast von einem bestimmten heißen Typ geträumt?"

„War er wirklich so heiß? Er wirkte zu hochnäsig, um attraktiv zu sein."

„Ach komm schon, lüg doch nicht. Ich habe gesehen, wie du zu ihm warst. Ich wette, du kannst es kaum erwarten, ihn in dein Höschen zu lassen."

Hitze verschlingt mein Gesicht. „Das schätzt du völlig falsch ein. So ein Mädchen bin ich nicht."

„Ich bitte dich." Sie wirft ihren Lappen weg und stemmt die Hände an die Hüfte. „So ein Mädchen. Die Art, die kein Problem damit hat, sich zu nehmen, was sie will?"

Ihr fortwährendes Beharren beginnt, mich wirklich zu irritieren. Bevor ich mich zurückhalten kann, stemme ich die Hände an meine Hüfte. So viel dazu, meinen Kopf unten zu halten. „Warum fickst du ihn nicht, wenn er so toll ist?" Ich seufze und reibe mir die Stirn. Green war die ganze Zeit nett zu mir. Es wird mir nicht gut bekommen, mir Feinde zu machen. „Entschuldige. So habe ich das nicht gemeint."

Ihre Augen verlieren einen Hauch der Feindseligkeit, als sie lächelt. „Nein, du hast es genauso gemeint." Kichernd packt sie ihre Sachen zusammen, während die Spannung aus der Luft weicht. „Mädchen, mach dir nichts draus. Ich bin aus härterem Holz geschnitzt. Wenn es nur ein paar wütende Worte bräuchte, damit ich die Fassung verliere, könnte ich nicht in einer Bar arbeiten."

„Außerdem", mischt sich eine schroffe Stimme hinter mir ein, „hat sie schon jemanden, den sie toll findet und ficken will."

Ich zucke zusammen und mache dem Neuankömmling Platz. Es ist offensichtlich, dass die beiden ein Paar sind, allein durch die Art, wie sie sich ansehen. Die Liebe in ihren

Augen zischt und knistert, als sie sich zu einer engen Umarmung annähern. Ich wende mich ab. Es ist offensichtlich, dass ich einen persönlichen Moment zwischen den beiden störe.

„Entschuldigung. Ich wusste nicht, dass ich das so laut gesagt habe."

Die beiden tauschen einen Blick aus. Was habe ich jetzt verpasst? Green sieht fast verlegen aus, als sie ihren Körper an den Mann schmiegt, der sie festhält.

„Es war gar nicht so laut. Das liegt an der seltsamen Akustik hinter der Bar."

Der Mann gluckst und weicht Greens Ellbogen gerade so aus, als sie versucht, ihn zum Schweigen zu bringen. Ich übersehe definitiv etwas. Stirnrunzelnd betrachte ich sie einen Moment lang. Ich hasse es, im Dunkeln gelassen zu werden. Leider bin ich zu müde und verärgert, um mich weiter darüber aufzuregen.

„Bist du bald so weit, Schatz? Ich bin am Verhungern und will etwas essen."

Er schmiegt sich an ihren Hals. Diese Zurschaustellung von Liebe und Zuneigung ist so widerwärtig, dass es mir fast den Magen umdreht. Als ich mich abwende, um den beiden etwas Privatsphäre zu gönnen, dreht sich eines der blinkenden Discolichter in seiner Rotation und streift Green und ihren Mann. Das Licht fällt auf seinen Mund, als er an ihrem Hals lächelt.

Oh. Gott. Er ist auch einer. Ich werde leichenblass, als ich wie versteinert dastehe. Das ist ein riesiges Problem. Weiß Green überhaupt davon? Dem stockenden Atem nach zu urteilen, als er mit den Lippen über ihren Hals spielt, weiß sie es nicht nur, sondern es gefällt ihr auch.

Abscheu durchströmt mich. Ich will wegschauen, aber ich kann mich nicht bewegen. Jetzt verstehe ich, wie sich ein Schiffbrüchiger fühlt. Wie kann sie denn zulassen, dass er sie überhaupt berührt? Ich meine, ich wollte auch, dass Adrian mich anfasst, aber ich habe mich dagegen gewehrt. Ich werde keinen toten Kerl ficken, egal wie heiß er ist.

Greens Mann eingeschlossen, sind es jetzt schon drei. Oder ist Green selbst Nummer vier? Ich habe sie alkoholfreie Daiquiris trinken sehen, die nicht einmal einen Hauch von etwas Rotem enthielten, also kann sie unmöglich einer sein. Vampire können weder essen noch trinken. Jeder weiß das.

Was soll ich nur tun? Ich stehe da und kontrolliere meinen Atem. Das ist der Grund, warum ich hier bin. Dafür habe ich jahrelang trainiert. Ein ruhiges Lächeln huscht über mein Gesicht, als ich mich von den beiden abwende. „Genießt euren Abend, ich werde jetzt gehen."

„Ganz allein?"

Beim plötzlichen Geräusch von Bewegung drehe ich mich gerade rechtzeitig um, um zu sehen, wie Green sich von ihrem Mann löst und auf mich zugeht.

„Möchtest du, dass dich ein Türsteher nach Hause begleitet?" Sie dreht sich zu ihrem Kerl um. „Vielleicht könntest du–"

„Er hat Hunger. Ich möchte nicht zwischen einem Mann und seiner Mahlzeit stehen. Ich habe fünf Brüder zu Hause. Ich weiß, wie es ist, wenn ein Mann Hunger hat. Glaub mir, da willst du nicht in der Nähe sein."

Er gluckst. „Da hast du recht. Wir können regelrecht heißhungrig werden." Er grinst Green an.

Es dreht mir den Magen um. Wenn ich jetzt nicht gehe, werde ich mich verraten. Für einen Moment steigt Nervosität in mir auf, aber ich berühre den Anhänger, der an meinem Handgelenk hängt, und beruhige mich. „Ich habe Pfefferspray. Ich komme schon zurecht."

„Bist du dir sicher?"

„Vertrau mir, ich wurde dazu erzogen, immer auf der Hut

zu sein. Sei lieber besorgt um die Person, die sich mir in den Weg stellt."

Ich winke und gehe zur Tür hinaus. Drei Vampire, und das ist erst meine erste Nacht. Was zum Teufel ist in Tucson los? Als ich zu meinem Auto gehe, greife ich mit der Hand in meine Tasche und ziehe den Schlüssel heraus. Sobald ich die Tür geöffnet habe, setze ich mich auf den Fahrersitz und nehme mein Handy aus dem Handschuhfach, bevor ich den Wagen starrte.

Okay ... „Siri, ruf Vater an."

Das Telefon klingelt, als ich den Parkplatz verlasse und in Richtung Highway fahre.

„Statusbericht, Schmetterling."

Mein Herz stockt für einen Moment. Was macht Simon mit Vaters Telefon? Ich werfe einen Blick auf das Display und prüfe die Nummer. Fehlanzeige. Es ist tatsächlich Vaters Nummer. Galle steigt in meinem Hals auf, als seine Stimme aus dem Telefon tönt.

„Ich warte, Schmetterling."

Mann. Dieser blöde Codename. Warum zum Teufel besteht er darauf, mich so zu nennen? Jedes Mal, wenn er das sagt, dreht sich mir der Magen um. Ich beiße die Zähne zusammen und verdränge mein Unbehagen.

„Drei Zielobjekte identifiziert."

„Entdeckt?"

„Unentdeckt."

„Aktueller Status?"

„Weitermachen wie befohlen, bis ich die Mission erfüllen kann."

„10-4. Vater wird fortlaufende Berichte wünschen, wann immer möglich. Halte deinen Geist, dein Herz und deinen Körper rein und du wirst Erfolg haben. Wenn du versagst, wird es an deinem mangelnden Glauben liegen. Lass dich nicht von falschen Komplimenten beeinflussen. Sie interessieren sich nur für dein Blut und nicht für deine Seele. Du hast ihnen nichts zu bieten als dein Lebensblut. Glaube ihren Lügen nicht, wenn sie von deiner Schönheit sprechen. Sie wollen dich nur von unserem Herrn und der Mission ablenken."

„Ja, Raptor." Ich zwinge mich, nicht an seinem Decknamen zu ersticken. „Ich werde mich nicht kompromittieren lassen."

„Braves Mädchen. Schlafe ein wenig und reinige deinen Geist und Körper, bevor du ihnen wieder gegenübertrittst. Allein ihre Anwesenheit reicht aus, um dich mit ihrer Sünde und ihrem Schmutz zu besudeln."

„Verstanden, Raptor."

Tränen laufen mir über die Wangen, als ich mich auf den Weg zu meiner Einzimmerwohnung mache, die für absehbare Zeit mein Zuhause sein wird. Fast hätte ich diesem schrecklichen Vampir geglaubt. Wut und Schuldgefühle kochen in mir hoch, als ich mich an den attraktiven Mann erinnere, der mir fast den Kopf verdreht hätte. Aber Simon hat recht. Ich bin für ihn nur eine Mahlzeit. Das ist alles, was ich je sein werde.

Ich mache mich auf den Weg zu meiner Tür und halte kurz inne, um auf die funkelnden Lichter von Tucson zu blicken. Ein tiefer Schmerz erfüllt mich, als ich die Scheinwerfer der herumfahrenden Autos beobachte. Sie sind ein Zeichen des Lebens, das selbst in der Dunkelheit sichtbar ist. Irgendwann werde ich mir eine Nacht der Schwäche gönnen. Und dann geht es wieder an die Arbeit.

Stille empfängt mich, als ich meine Wohnung betrete. Das spärlich eingerichtete Apartment hat genug, um mich existieren zu lassen, aber nicht, um es zu einem warmen Zuhause zu machen. Sicher, es gibt ein Bett, Kommoden, sogar einen älteren Fernseher. Aber es hängt keine Kunst an den Wänden und es gibt keine fröhlichen Kissen im Raum. Es ist kalt und steril. Da ich jedoch nicht dafür bezahle, sollte ich mich nicht beschweren. Trotzdem sehne ich mich nach etwas, das ich mein eigen nennen kann. Etwas, das diesen Raum etwas lebendiger wirken lässt.

Ich gehe meine Checkliste durch: Die Tür ist verschlossen, die Fenster sind verriegelt. Der Knoblauch ist an den Vorhängen befestigt und mein Kit liegt neben dem Bett. Zufrieden, dass ich mich jetzt in Sicherheit befinde, gehe ich in das schlichte Badezimmer, um meine Kontaktlinsen herauszunehmen und die Dusche aufzudrehen. Das Geräusch ist ohrenbetäubend und übertönt meine Gedanken, als ich erst eine und dann die zweite Kontaktlinse entferne, um sie in ihren speziellen Behälter zu legen.

Ich schnappe mir ein paar Augentropfen und blinzle schnell, sodass die beruhigende Flüssigkeit meine Augen ausspült. Ich stöhne und reibe sie leicht, um meine Augen nicht völlig zu überreizen. Im Spiegel betrachte ich mein Gesicht, meinen Körper und dann die blutunterlaufenen, mausbraunen Augen. Ein Teil von mir wünscht sich, ich könnte sehen, was Adrian in mir sieht. Sicherlich geht es doch nicht nur um eine Mahlzeit. Oder? Es muss doch noch irgendetwas anderes Annehmbares an mir geben.

Seufzend halte ich die Hand unter die Dusche und vergewissere mich, dass das Wasser richtig schön heiß ist: genauso, wie ich es mag. Langsam trete ich unter den Strahl. Ein Keuchen entweicht meiner Kehle, als das heiße Wasser auf meine Haut trifft und Schmerzempfindungen durch meinen Körper sendet. Ich genieße den Schmerz. Ich lebe für ihn. Es ist dieser Schmerz, der mich wissen lässt, dass ich am Leben bin und immer noch fühlen kann. Der Schmerz durchbricht die Taubheit. Selbst wenn es nur für ein paar Augenblicke ist, fühle ich mich lebendig. Ich werfe den Kopf zurück und lasse das Wasser über meine Kopfhaut rinnen und an meinem Körper hinunterlaufen.

Ich stehe da, während das Wasser hinunterprasselt, und erlaube meinen Tränen, sich mit dem fließenden Wasser zu vermischen. Ich denke an Green und ihren Mann und wie er sie mit solcher Liebe und Hingabe angesehen hat. Es scheint so real zu sein. Das ist es nicht, aber es ist ein schöner Traum. Wie oft habe ich mir schon gewünscht, dass mich jemand so anschaut?

Es ist unmöglich, dass ein Blutsauger sich wirklich für sie interessiert. Aber es ist schön, so zu tun. Meine Gedanken wandern zurück zu Adrian. Zu seinem Lächeln, seinen Augen. Was würde es schaden, heute Abend nur so zu tun und morgen dafür zu sühnen?

Ich sehe sein Gesicht vor mir, während ich mit den Fingerspitzen über meine Haut gleite. Ich bin bereits feucht, als ich mit meiner Hand über meinen Schamhügel reibe und meine äußeren Schamlippen reize. Hier kann ich frei sein. Niemand wird mich verurteilen. Und was Gott betrifft, so werde ich morgen früh Buße tun. Heute Nacht gibt es nur mich und Adrian. Wenn ich ihn aus meinem Körper und aus meinem Geist herausstreichle, kann ich mich vielleicht von ihm befreien und zu meiner Mission zurückkehren.

Meine Gedanken fühlen sich hohl an, aber das ist es, was es mir erlaubt, mich diesen geheimen Momenten hinzugeben. Mein Körper bäumt sich auf, als ich mit dem Finger in meine Öffnung eindringe. Die Nässe der Erregung erleichtert mein Eindringen und ich gleite tief hinein, bevor ich mit dem Finger in meinem Inneren auf und ab reibe. Ich ziehe die Muskeln zusammen. Hart. Ich will mehr. So viel mehr. Es ist ein blasser Vergleich zu dem, was ich mit einem echten Mann fühlen würde, aber es ist so viel weniger Scham dabei. Viel weniger Schuldgefühle. Mein schmutziges kleines Geheimnis.

Ein Stöhnen bildet sich in meiner Kehle, aber ich halte es zurück. Stille ist das Entscheidende. Mein Atem beschleunigt sich, als mein Finger hinein und heraus gleitet. Ich füge noch einen hinzu und die Dehnung ist so köstlich, dass ich mir auf die Unterlippe beiße, um still zu bleiben. Ich bin schon kurz davor und lehne mich gegen die Kacheln. Es ist kalt an meinem Rücken und heiß an meiner Vorderseite. Nicht genug. Niemals genug. Ich krümme die Finger in mir und reibe über die Stelle, die mich immer zum Höhepunkt bringt. Die Geräusche, die mein Körper von sich gibt, wenn ich meine Finger tief hineinstoße, sind obszön. So feucht, so nah dran.

Ich beiße mir auf die Unterlippe und die winzigen Funken des Schmerzes verstärken meine Erregung. Ich weiß, was ich für einen Orgasmus brauche. Es ist das Einzige, was mich immer zum Orgasmus bringt. Ich atme tief ein, bevor ich mit meiner freien Hand in meine Brustwarze kneife. Fest. Der Schmerz lässt mich fast aufschreien. Aber ich tue es nicht. Ich darf es nicht. Stille ist das Entscheidende. Ich drücke noch einmal zu, gerade als sich mein Inneres um meine Finger zusammenzieht. Mein Körper liebt den Schmerz. Er sehnt sich danach. Braucht ihn. So pervers es auch ist, er ermöglicht es mir, endlich loszulassen.

Die Geräusche der Dusche übertönen meinen keuchenden Atem. Es ist die perfekte Tarnung für eine solch unzüchtige Handlung. Böse oder nicht, ich werde kommen. Ich brauche diese Erlösung, so wie ich atmen muss. Der Dampf erstickt mich, während ich keuche und mein Inneres sich noch weiter zusammenzieht. Fast bin ich da. Ich schließe die Augen, damit ich mich konzentrieren kann. Unaufgefordert schwebt Adrians Gesicht durch meine Gedanken. Jetzt kann ich mein Stöhnen nicht mehr unterdrücken. Es strömt leise und atemlos aus mir heraus, übertönt von der Dusche.

Es ist, als ob er bei mir wäre. Seine Finger ersetzen die meinen. Seine Stimme knurrt in mein Ohr und fordert meine Erlösung. Er besitzt meinen Körper. Mit den Händen packt er mich so grob, so besitzergreifend. Meine. Er knurrt in meinem Kopf. Ich starre ihm in die Augen, als er auf mich herabschaut. Es ist eine seltsame Mischung von Ausdrücken auf seinem Gesicht. Aber hinter allem schimmert die Liebe durch.

In diesem Moment komme ich. So viel härter als je zuvor, wenn ich mich selbst befriedigt habe. Es verschlägt mir den Atem. Ich halte einen Moment inne, um nach Luft zu schnappen, bevor ich an der Rückwand der Dusche in die Wanne hinunterrutsche. Ein Schluchzen durchzuckt meinen Körper, während ich meine Arme um meine Knie schlinge. Oh, was würde ich dafür geben, wenn das alles real wäre.

Ich drehe den Kopf zur Seite und stütze ihn auf meine Knie. Ich muss weinen. Das ist alles, was ich brauche. Ich muss mich nur einmal so richtig ausheulen und dann werde ich so gut wie neu sein. Meine Wut, Scham und Schuldgefühle strömen aus mir heraus, während ich dasitze und vor und zurück wippe. Als meine Tränen nachlassen, spüre ich, wie sich die normale Leere und Taubheit wieder in meinem Körper breitmachen. Alles wird gut. Ich werde meine Mission erfüllen, Vater stolz machen und mich als Teil Der Familie etablieren. Ich brauche die Liebe eines Monsters nicht, wenn ich die Sicherheit und Kameradschaft Der Familie haben kann.

Ein Seufzer entweicht meinen gespitzten Lippen, während ich kaltes Wasser auf mich herabprasseln lasse. Jetzt ist es an der Zeit, Buße zu tun. Ich zwinge mich, dort zu sitzen und das Eiswasser auf mich peitschen zu lassen, bis ich zittere. Ich stehe wieder auf, greife nach meinem Schwamm und schrubbe mich ab. Genau wie der verdammte Fleck, der nie wieder rausgeht, reibe und schrubbe ich, bis mein ganzer Körper rosa und wund ist. Jeder Nerv ist elektrisiert. Das kalte Wasser fühlt sich wie Nadeln an, die meine

Haut durchbohren. Tränen schnüren mir die Kehle zu, aber ich erlaube mir nicht zu weinen. Während der Buße wird nicht geweint.

Nach einigen weiteren Minuten drehe ich die Dusche ab und wickle mich in ein großes flauschiges Handtuch. Der einzige Luxusgegenstand, den ich mir von zu Hause mitgebracht habe. Vom Bad aus ist es ein kurzer Weg zu meinem Bett. Als ich mich auf die Bettkante setze und mein Haar flechte, schaue ich zur Decke hinauf. „Bitte vergib mir meine Indiskretion. Gewehre mir Gnade und ewiges Leben. Bitte nimm mir meine fleischlichen Gelüste nicht übel." Ich flechte den Zopf zu Ende und ziehe das Handtuch ab, bevor ich ins Bett schlüpfe.

Die Laken sind rau auf meiner Haut, aber das Brennen hilft mir, Vergebung zu spüren. Ich falle in einen unruhigen Schlaf. Mein Geist und meine Träume sind erfüllt von der einen Sache, die ich nie haben werde.

Am nächsten Abend reißt mich ein eindringliches Summen aus dem Schlaf. Zum ersten Mal seit der Dusche befand ich mich endlich in einem tieferen, erholsameren Zustand. Und dann muss das Summen des Telefons alles kaputt machen. Ich drehe mich um und blinzle auf den Bildschirm.

„Aufwachen! Hallo! Hallo!"

„Was ist denn los, Barbara?"

Ich reibe mir die Augen und versuche, den Schlafsand wegzuwischen. Als ich mich im Bett aufsetze, versuche ich mich auf das zu konzentrieren, was sie sagt. Erschöpft nehme ich ihre Worte wahr.

„Du musst heute Abend wiederkommen. Eine Bedienung ist ausgefallen."

„Bin schon unterwegs."

Stöhnend stehe ich aus dem Bett auf und strecke mich. Heute ist ein neuer Tag und ich werde ihn voll ausnutzen.

Ich gehe zum Kleiderschrank und nehme eine neue Uniform heraus. Diese passt mir viel besser. Ich bin dankbar, denn ich habe bereits mit einem attraktiven Mann zu kämpfen ... Vampir ... und ich will wirklich nicht noch mehr Aufmerksamkeit auf mich ziehen.

Um ehrlich zu sein, wäre ich als Partygast vielleicht besser dran gewesen als als Mitarbeiterin. Dann könnte ich mich wenigstens unbemerkt einschleichen, ohne dass jemand von mir verlangt, dass ich meine Aufmerksamkeit teile. Aber dann erinnere ich mich an die Schlange, die sich normalerweise um den Block herumzieht. Auf diese Weise gäbe es keine Garantie, dass ich es überhaupt bis zur Tür schaffen würde. Ja, es stimmt. Dort zu arbeiten ist viel besser.

Heute Nacht ist es genauso voll wie gestern. Zum Glück arbeite ich dieses Mal mehr als Bedienung und nicht als Barkeeperin. Das gibt mir mehr Freiheit, mich zu bewegen und den Ort zu erkunden. Ich bin mir ziemlich sicher, dass ich nichts weiter herausfinden werde, denn drei Vampire an einem Ort sind schon schlimm genug.

Ich schlängle mich zwischen den Körpern hindurch, um Getränke abzuliefern. Es ist ein Wunder, dass keins davon umfällt. Wie machen das normale Kellnerinnen nur? Ich spüre die Müdigkeit bis in die Knochen. Meine Füße tun jetzt schon weh und ich vermisse die Bar. Dort kann ich mich wenigstens anlehnen und der Boden ist gut gedämpft. Aber ich sollte mich nicht beschweren. Dies ist ein kleiner Preis für die Glorie meiner Arbeit. Die Ewigkeit ist viel wertvoller als mein Komfort.

Als ich mit dem Blick die Menge absuche, wird mir klar, dass ich eigentlich nicht nach Vampiren im Allgemeinen, sondern nach einem ganz bestimmten Vampir suche. Wie lange habe ich mich so gehen lassen? Ich schaue auf die Uhr. Zwei Stunden vergeudet. Ich stelle die Getränke bei einem glücklichen Pärchen ab und mache mich auf den Weg zur Bar.

„Hey Purple? Was dagegen, wenn ich eine Pause mache?"

Sie lächelt und deutet in die Richtung eines anderen Kellners. „Carl ist gerade reingekommen. Er kann erst einmal einspringen!"

Perfekt. Ich schaue mich um, bevor ich mir einen Platz suche. Es gibt einen hohen Tisch, von dem aus ich das ganze Lokal überblicken kann, ohne aufzufallen. Minuten vergehen und nichts. Es geht überhaupt nichts Seltsames vor sich! Ich ziehe mein Handy heraus und überfliege die Nachrichten. Es gibt auch keine Berichte über Leichen. Sie sind einfach noch nicht gefunden worden. Eine Bewegung fällt mir auf und ich sehe ein Paar, das auf die Garderobe zusteuert. Es ist das glückliche Pärchen von vorhin. Aber bei ihnen sind ein paar Männer in feinen Anzügen, die ich irgendwie übersehen habe. Seltsam. Warum sollten Türsteher die Leute zu ihren Mänteln bringen? Sicher, sie sind ein wenig angetrunken, aber es gibt buchstäblich haufenweise Leute, die betrunkener in den Straßen unterwegs sind, ohne dass sie jemand aufhält. Ich sitze da und habe den Blick auf die Garderobe gerichtet. Ich bin nicht verrückt. Dort drüben muss etwas im Busch sein. Ich schaue auf mein Handy. Fünf Minuten. Es dauert keine fünf Minuten, um Mäntel zu holen.

Der Mann, der die Tür bewacht, bewegt sich nicht. Niemand geht hinein oder kommt heraus. Interessant. Mit einem Seufzer stehe ich auf und gehe zurück an die Arbeit. Zum Glück habe ich bei den nächsten Getränkebestellungen freie Sicht auf die Garderobe. Weitere fünfzehn Minuten vergehen und es ist noch immer niemand da. Ich bin mir jetzt ziemlich sicher, dass ich den Raum nicht aus meinem Blickfeld gelassen habe, aber genau wie gestern besteht die Möglichkeit, dass ich etwas übersehen haben könnte. Mein

Bauchgefühl sagt mir jedoch *Nein*. Leider bin ich heute Abend so beschäftigt, dass ich nicht noch einmal in die Nähe kommen kann. Aber das ist jetzt Priorität Nummer Eins. Ich werde einen Weg in diese Garderobe finden und ihre Geheimnisse aufdecken.

KAPITEL 4

*A*drian

Es ist jetzt eine Woche her, seit ich meine Rapunzel gesehen habe. Meine Reise hätte ein Urlaub sein sollen. Leider hat mich ihr Gesicht in jedem wachen Moment gequält. Ich kann mich nicht ausruhen, kann nicht essen und jedes Gesicht in der Menge verwandelt sich in das ihre. Jetzt habe ich genug. Ich will sie haben, damit ich sie endlich vergessen kann.

Ich dränge mich am Türsteher vorbei und ignoriere Tiberius vollkommen, als ich mich auf den Weg zum Tresen mache. Die Menschenmenge, die sich auf der Tanzfläche windet, teilt sich vor mir. Ich muss entschlossener aussehen, als ich gedacht hätte.

„Wo ist sie?"

Red schaut zu mir auf und ein Grinsen huscht über ihr Gesicht. Heute ist nicht der richtige Abend.

„Hallo Adrian. Wie ist es dir ergangen? Ich nehme an, deine Reise war ein Vergnügen?"

Meine Reißzähne pulsieren, als ich mich nach vorn beuge. „Wo. Ist. Sie?"

Red hat die Frechheit, sich aufzurichten und mich auszulachen. Sie steht tatsächlich da und lacht über mich.

„Würdest du mich in den Witz einweihen?"

„Kein Witz. Ich schätze, wenn du dich verliebst, dann verliebst du dich schwer, nicht wahr?"

„Ich weiß nicht, wovon du sprichst."

Sie verdreht die Augen und lehnt sich gegen das Getränkeregal. „Ach wirklich? Denn wenn du normalerweise von einer Reise zurückkommst, laberst du immer irgendwelchen Unsinn, der niemanden interessiert. Artefakte hier, Übersetzungen da. Dieses Mal kommst du direkt zur Sache."

Sie lehnt sich zu mir und kneift die Augen zusammen. „Hast du getrunken?"

„Was ist das denn für eine Frage?", knurre ich und lehne mich noch näher an sie heran. Sie weicht nicht zurück. Red macht nie einen Rückzieher. „Natürlich habe ich getrunken."

„Warum dann diese Verzweiflung? Es sei denn, du willst zugeben, dass du dich in sie verliebt hast."

„Verliebt, in wen?"

Scheiße. Lucius. Genau, was ich brauche.

Red zeigt auf mich. „Ich glaube, jemand hat sich in unsere Bereitschaftsbarkeeperin verknallt."

„Ach wirklich?" Sein Gesicht strahlt, als er mich mit einem Lächeln ansieht.

Ich knirsche mit den Zähnen. „Nicht verknallt. Wir haben nur ein paar unerledigte Angelegenheiten."

Lucius' Lächeln wird sogar noch breiter. „Hast du deshalb letzte Woche an der Bar Trübsal geblasen? Na los, lade sie nach unten ein. Was hält dich auf?"

Ich fahre mir mit den Fingern durch die Haare. „Sie hat gearbeitet."

„Jetzt lüg doch nicht, Adrian." Red grinst, als sie sich zu Lucius hinüberbeugt. „Sie hat ihn abgewiesen."

Ich knurre und stoße mich vom Tresen ab. „Ich bin hinten, falls mich jemand sucht."

„Japanische Artefakte werden dich nachts nicht warmhalten, mein Freund", ruft Lucius hinter mir.

Ich widerstehe dem Drang, dem König der Vampire einen Mittelfinger zu zeigen, als ich mich auf den Weg zu meiner üblichen Sitzecke mache.

„Hey Sexy! Ist schon eine Weile her!"

Barbara. „Das Übliche", knirsche ich. Als ich aufschaue, sehe ich, wie sie das Gesicht verzieht. „Bitte", füge ich hinzu und versuche, die Wogen zu glätten. „Es tut mir leid, Liebes. Es ist eine harte Nacht."

„Ich verstehe dich. Ich komme gleich mit deinem Getränk wieder."

Sie zwinkert mir zu und ich fühle mich ein wenig besser. Ich stehe vielleicht ein wenig neben mir, aber das gibt mir nicht das Recht, es an ihr auszulassen. Auch wenn sie nur ein Abendessen auf Beinen ist, hat sie immer noch Gefühle.

„Hier bitte schön! Red hat gesagt, sie hat etwas Besonderes hineingetan." Sie stellt mein Getränk ab, beugt sich vor und flüstert. „Ich bin mir ziemlich sicher, dass sie einen Extraschuss hinzugefügt hat. Versprich mir, dass du etwas isst, bevor du nach Hause fährst."

Oh ja. Ich habe fest vor, zu speisen, bevor die Nacht vorbei ist. „Sicher doch, Püppchen." Ich greife nach ihrem Arm, als sie sich umdreht und weggehen will. „Übrigens habe ich deine Freundin noch nicht gesehen. Geht es ihr gut?"

„Oh ja." Sie schaut auf die Uhr hinter der Bar. „Ich glaube, sie sollte in etwa dreißig Minuten hier sein."

Ausgezeichnet. Mein Schwanz zuckt bei dem Gedanken,

endlich meinen Schuss zu bekommen. Seit ich sie gesehen habe, steht mein Gehirn in Flammen. Heute Abend werde ich endlich über sie hinwegkommen und mein Leben zurückgewinnen.

„Aha. Sie ist also diejenige, für die du mich abservierst." Ihr Lächeln verrät mir, dass sie nicht wirklich verletzt ist. Aus irgendeinem Grund fühle ich mich dadurch ein wenig besser. Ich schätze, ich werde auf meine alten Tage noch weich. „Ich würde dich nie abservieren, Püppchen."

Sie lacht und stößt mir spielerisch mit der Hand gegen die Schulter.

„Wie dem auch sei, du Charmeur. Aber sei vorsichtig. Ich glaube, sie mag niemanden wirklich. Du hast dir wahrscheinlich ein bisschen was vorgenommen."

Oh, das habe ich schon geahnt.

Ich trinke immer weiter und warte auf meine unerreichbare Prinzessin. Die Vorfreude kribbelt mir die Wirbelsäule hinauf und in mein Gehirn. Ich habe das Gefühl, in Flammen zu stehen. Ich fühle mich lebendig. Jetzt verstehe ich den Wunsch und das Bedürfnis nach der Jagd.

Als ich auf die Uhr schaue, nimmt meine Verärgerung von Minute zu Minute zu. Sie sollte längst hier sein. Gerade als ich aufstehe, um zu gehen, rieche ich es. Diesen Duft, der ganz der ihre ist. Ich kneife die Augen zusammen und schaue mich im Club um. Ich kann sie riechen, aber ich kann sie nicht sehen. Wenn ich es nicht besser wüsste, würde ich sagen, dass dieses kleine Luder schwer zu haben spielt. Meine Reißzähne verlängern sich, während ich den Raum absuche. Wo bist du kleines Luder? Oh ja, die Jagd macht mir wirklich Spaß.

Da ist sie. Ihr Haar schwingt über ihren Rücken und lenkt meinen Blick auf ihre üppigen Reize. Mir läuft das Wasser im Mund zusammen, als ich ihre Kurven betrachte. Oh ja, in der Tat ein köstliches Abendessen.

Mit meiner Schnelligkeit hole ich sie ein, bevor sie wieder verschwinden kann. Ihr erschrecktes Keuchen, als ich ihren Ellbogen packe, schießt mir direkt in den Unterleib. Ich kann es kaum erwarten, zu hören, was sie noch alles keuchen wird, bevor ich mit ihr fertig bin.

„Hast du mich vermisst?"

Sie blinzelt mich an, bevor sie ihren Arm aus meiner Hand reißt.

„Wohl kaum. Wer bist du noch mal? Ich weiß nicht, ob du mich beim letzten Mal genug interessiert hast, um nach deinem Namen zu fragen."

Zack. Das wird sie mir büßen. Ich drücke mich an sie, bis sie flach an die Wand hinter ihr gepresst wird. Langsam gleite ich mit meiner Hand an ihrem Arm hinauf und halte einen Moment über ihrem Schlüsselbein inne. Ihr Herzschlag flattert schnell unter ihrer Haut. Die Schläge sind so hektisch wie ein Schmetterling, der in einem Glas gefangen ist. Ist sie verängstigt oder erregt?

Ein Schnuppern verrät mir alles, was ich wissen muss. Knurrend schlinge ich meine Finger um ihren Hals und drücke leicht zu. Nicht so fest, um die Blutzufuhr zu unterbrechen, aber fest genug, damit sie weiß, dass sie mir nicht entkommen kann. Ihre Unterlippe zittert so anbetungswürdig, dass meine Aufmerksamkeit auf die kleine untere geschwungene Linie gelenkt wird. Ich erlaube mir, ihre Weichheit mit meinem Daumen zu erkunden.

Plötzlich streckt sie ihre Zunge heraus, um über meine Daumenkuppe zu lecken. Mein ohnehin schon harter Schwanz schmerzt bei dieser zarten Berührung. Ihre Augen weiten sich vor Schreck. Hat sie das nicht absichtlich getan? Sie kann doch ganz sicher nicht so unschuldig sein, dass sie nicht weiß, dass sie mit dem Feuer spielt. Ich beuge mich vor, um mit meiner Nase über ihren Hals zu gleiten und sie erstarrt. Jeder Anflug von Erregung verschwindet. Seltsam.

Sie kann auf keinen Fall wissen, was ich bin. Warum die plötzliche Angst?

Ich ziehe mich zurück und schaue ihr in die Augen. Ich kann in diesen blauen Tiefen nichts lesen.

„Ich heiße Adrian."

„Also gut, Adrian. Kannst du mich wieder an die Arbeit gehen lassen?"

Stirnrunzelnd lasse ich von ihr ab. Ich entferne mich zwar noch nicht weit genug, damit sie fliehen kann, aber so weit, dass sie sich wohler fühlen sollte.

„Ich werde dir nicht wehtun."

„Natürlich wirst du das nicht."

Ich suche ihre Augen ab. Nichts. Wie eine komplette Wand. „Darf ich dich dann zum Essen einladen? Um dich kennenzulernen, wenn du nicht arbeitest."

Sie lacht. Der hohle Klang prallt von meinen Ohren ab.

„Du schlingst deine Hand um meinen Hals und fragst jetzt nach Abendessen? Nein, danke. Ich werde nicht dein Sexspielzeug sein. Ich habe einen Job zu tun."

Knurrend packe ich wieder fester zu.

„Mach dir darüber keine Sorgen, Prinzessin. Ich ficke nicht, wo ich esse."

Ich strecke meine Hand aus und streiche über ihren Zopf, bevor ich die seidenen Strähnen um meine Faust wickle. Genauso weich, wie ich es mir vorgestellt habe.

„Aber du hast etwas an dir, dass mir nicht aus dem Kopf geht." Mit einer schnellen Bewegung ziehe ich meine Hand von ihrem Hals, greife nach ihrer und führe sie nach vorn an meine Hose. „Spürst du, was du mit mir machst?"

Ihre Hand zappelt in meinem Griff und sie versucht, sich zu befreien. Ich lasse sie los.

„Du hast mich in deinen Bann gezogen, und ich muss diesen Bann brechen. Vertrau mir, ich will nichts als einen

One-Night-Stand. Unsagbares Vergnügen für dich und mich. Danach wirst du mich nie wiedersehen."

Sie zieht ihren Zopf aus meiner Hand und richtet sich zu ihrer vollen Größe auf.

„Oh, ich kann dir eines versichern, ich werde dich wiedersehen. Und jetzt lass mich los, sonst schreie ich. Ich bin mir ziemlich sicher, dass das nicht die Art von Aufmerksamkeit ist, die du willst. Vor allem, wenn du dich noch mit jemand anderem vergnügen möchtest."

Erschrocken weiche ich zurück. „Spreche ich eine andere Sprache? Im Moment gibt es niemand anderen. Ich sehne mich nach dir und nur nach dir. Ich dachte, das Verlangen beruhe auf Gegenseitigkeit. Oder irre ich mich? Kannst du wirklich sagen, dass du mich nicht genauso begehrst wie ich dich?" Die Hitze ihres Körpers lockt mich an. Ihr Duft ist das stärkste Aphrodisiakum. „Nur eine Nacht. Nur eine exquisite Nacht der Lust. Ich verspreche dir, du wirst es nicht bereuen."

Ein kaum hörbares Schniefen dringt an meine Ohren. Ich schaue nach unten und sehe wie sich Evangeline die Augen reibt. „Komm schon, Liebes. Ich weiß nicht, wie schlimm es früher für dich war, aber ich verspreche dir, du kannst mich mit niemandem vergleichen."

Sie wirft mir einen finsteren Blick zu, bevor sie mich wieder von sich stößt. „Ich werde nicht dein One-Night-Stand sein. Weder jetzt noch jemals. Ich weiß nicht, wie leicht es dir bisher gefallen ist, aber ich verspreche dir eines: Meinen Körper wirst du nie bekommen. Also wende deine Tricks bei jemand anderem an. Ich werde niemals, nie wieder zulassen, dass du eine Hand an mich legst. Und das ist ein Versprechen."

„Niemals? Oh, meine Liebe. Das ist eine sehr lange Zeit."

* * *

VIVIAN MURDOCH

Evangeline

ER STEHT DA und sieht wie ein halber Gott aus. Es juckt mich in den Fingern, die Stelle an meinem Hals zu berühren, wo er meine Kehle mit der Hand gequetscht hat. Zum Niederknien. Nur so kann man es beschreiben. Ich versuche so sehr, nicht zu stöhnen, als ich mich daran erinnere, wie er meine Haare um seine Faust geschlungen hat. Tatsächlich kribbelt meine Kopfhaut immer noch und erinnert mich daran.

Meine Knie fühlen sich schwach an, aber die Kraft seines Körpers hält mich aufrecht. Was mache ich denn? Ich kann mich von dem, was er mit mir macht, nicht mitreißen lassen. Ich muss die Unnahbare spielen. Das ist im Moment die beste Vorgehensweise.

„Darf ich jetzt wieder an die Arbeit gehen?"

Die perfekte Ausrede! Wahrscheinlich wird sie nicht lange reichen, denn er will mich zum Essen ausführen. Was völlig lächerlich ist. Ein Vampir umwirbt seine Beute nicht. Sie nehmen sich, was sie wollen, ohne Rücksicht auf die Konsequenzen. Ich kann hier nicht einfach sitzen und mir seine Lügen anhören. Schmerz durchzuckt mich. Vater hat recht. Sie wollen nicht mich. Nur mein Blut. Ich muss aufhören, so zu tun, als würde ich ihn wirklich interessieren.

„Ich werde nicht dein Fickspielzeug sein."

Natürlich will er mich nur für einen One-Night-Stand. Was zum Teufel habe ich eigentlich gedacht? Bevor ich sie aufhalten kann, rollt eine Träne über meine Wange. Ich hasse es, dass ich so schwach bin. Ich verachte mich mehr als je zuvor. Und sosehr ich mich selbst verabscheue, hasse ich dieses Monster vor mir noch mehr.

Ich nehme all meine Energie zusammen und stoße ihn weg. Entweder bin ich stärker, wenn ich wütend bin, oder

VAMPIRBEUTE

ich habe ihn überrumpelt. Ein einziger Stoß reicht aus, um von ihm wegzukommen.

Er sagt etwas, als ich davongehe, aber das ist mir egal. Ich habe es satt, diesem Blutsauger und seinen Lügen zuzuhören. Ich habe es satt, dass mein Herz und meine Muschi meinen Verstand beherrschen. Von jetzt an wird sich nichts mehr zwischen meine Mission und mich stellen. Ich werde ihn nie wieder mit meinen Gefühlen spielen lassen.

Hocherhobenen Hauptes mache ich mich auf den Weg zurück zum Tresen. Es ist an der Zeit, dass ich hier tatsächlich etwas tue. Es ist mir egal, wie heiß er ist – er wird mich nicht davon abhalten, ein vollwertiges Mitglied Der Familie zu werden, das für seine Arbeit geschätzt wird. Meine Überzeugung ist groß, aber mein Selbstvertrauen ist erschüttert. Ich hätte nie gedacht, dass ich ein so leichtes Ziel sein könnte. Heute Nacht, wenn ich nach Hause komme, werde ich den Abend im Gebet verbringen. Vielleicht gelingt es mir dann, seine Bosheit aus meinem Körper zu vertreiben.

Ich wische über den Tresen und warte darauf, dass jemand ein Getränk bestellt. Es ist wirklich alles meine Schuld. Ein einziger Moment der Schwäche und schon bin ich offen für das Böse, das über mich hereinbricht. Ich hätte mir Anfang der Woche mein eigenes Vergnügen nicht erlauben dürfen. Ich weiß es besser als das. Es sollte nicht so schwer sein. Wenn ich wirklich Buße tue, kann ich der Versuchung des Teufels vielleicht widerstehen.

KAPITEL 5

drian

VERDAMMTE SCHEIßE. Diese Nacht wird auf gar keinen Fall so enden. Sie sollte mir gehören. Die heutige Nacht sollte die beste Nacht unserer beider Leben werden.

Die Wut baut sich in mir auf und brodelt so nah unter der Oberfläche. Ich traue mich im Moment nicht, ihr zu nahe zu kommen. Nicht, wenn meine Emotionen so aufgewühlt sind. Ich gehe eine Weile durch den Club, um meinen Geist und Körper zu beruhigen. Einen Moment lang hatte sie Angst vor mir. Ich habe es gespürt. Daran wird auch ihr Gezeter nichts ändern.

Wenn ich auch nur die geringste Hoffnung haben will, sie zu kriegen, kann ich nicht wütend wie ein Stier hereinplatzen. Nachdem ich durch den ganzen Club und wieder zurück gelaufen bin, denke ich mir, dass es vielleicht besser wäre, einfach wieder Blut vom Fass zu trinken und mich an einer der willigen Unterwürfigen zu bedienen. Während ich mich auf den Schlaf vorbereite, kann ich mir dann einen neuen Plan überlegen, wie ich sie zurückgewinnen kann.

Als ich mich der Garderobe nähere, sehe ich sie in Tiberius' Armen. Wut erfüllt meinen Blick, bis ich nah genug dran bin, um den Austausch zu hören.

„Es ist mir egal, was du glaubst hier zu tun. Du bist hier, um Getränke zu servieren, nicht um in der Garderobe herumzuschnüffeln."

Gelassenheit macht sich in mir breit. Wenn ich nur eine Sekunde nachgedacht hätte, hätte ich mich daran erinnert, dass Tiberius keine Bedrohung darstellt. Es überrascht mich jedoch immer noch, wie sehr mich diese Frau aufwühlt. Verdammt. Ich bete, sie ist köstlich. Hoffentlich hat sich die ganze Aufregung um sie gelohnt.

„Was? Glaubst du, ich versuche, etwas zu stehlen?"

Ihr Zorn lässt mich glucksen. Sie hat definitiv Feuer. Normalerweise mag ich meine Frauen sittsam, kultiviert und still. Ich finde es interessant, dass ich mich zu dieser großspurigen, lauten Frau hingezogen fühle. Hmm. Ich könnte meinen Schwanz als Knebel benutzen? Sofort drängt sich das betreffende Glied in den Vordergrund. Offenbar gefällt ihm diese Idee auch. Ich richte die Vorderseite meiner Hose und mache mich auf den Weg, um mein Fräulein zu retten. Ich habe keine Ahnung, warum sie hier ist, aber jetzt ist die perfekte Gelegenheit, um zuzuschlagen.

„Tatsächlich weiß ich nicht, ob das deine Absicht war oder nicht. Deshalb möchte ich, dass du gehst, bevor ich dich rauswerfe."

„Ist schon gut, mein Freund. Kein Grund, das Frauenzimmer rauszuwerfen." Ich schlage Tiberius auf die Schulter. „Sie gehört zu mir."

Der schockierte Ausdruck auf ihrem Gesicht, als sie den Kopf zu mir neigt, ist es wert. Jetzt kann sie nirgendwohin. Entweder sie lehnt meine Forderung ab und verliert ihren

Job oder sie kommt mit mir mit und lässt mich gewähren. Jetzt ist sie am Zug und ich bin mir ziemlich sicher, dass ich genau weiß, welche Entscheidung sie treffen wird.

Ich kenne sie zwar nicht wirklich, aber ich weiß genug. Sie wird meinen Bluff durchschauen und nicht kleinbeigeben. Das ist einer der Gründe, warum ich es kaum erwarten kann, sie zu brechen. Ich will sie willig unter meiner Fuchtel haben. Den Göttern sei Dank, denn dann kann ich mir diese Frau endlich aus dem Kopf schlagen. Ich meinte, was ich gesagt habe. Es ist nur für heute Abend. Mit Essen schließt man keine Freundschaften. So war es schon immer und so wird es immer sein.

Tiberius wirft mir einen bösen Blick zu, aber was kümmert mich das? Ich kriege meinen Preis. Er kann über mich urteilen, wie er will. Als wir in Richtung Garderobentür gehen, packt er mich beim Arm und knurrt mir leise ins Ohr.

„Du solltest ihre Erinnerungen besser hinterher löschen. Es ist mir egal, was ihr beide sagt. Sie verhält sich verdächtig, seit sie hier angekommen ist."

Ein räuberisches Grinsen huscht über mein Gesicht. „Sorge dich nicht weiter darum. Ich beseitige meine Spuren. Wenn ich fertig bin, wird sie so high sein, dass es nichts braucht, um ihre Erinnerungen verschwinden zu lassen. Sie mag stur sein, aber sie kann weder mir noch meinen Reizen widerstehen."

Tiberius verschränkt die Arme und zieht eine Augenbraue hoch. Es ist offensichtlich, dass er unbeeindruckt ist.

„Sei vorsichtig. Mein Bauchgefühl sagt mir, dass hier etwas nicht stimmt."

Ich schaue zu Evangeline hinüber, die uns nicht die geringste Aufmerksamkeit schenkt. Stattdessen versucht sie vergeblich, heimlich den Garderobenbereich zu inspizieren. Es ist wirklich seltsam. Ich hatte erwartet, dass sie sich zu

Tode langweilen oder vehement ihren Standpunkt vertreten würde. Stattdessen tastet sie die Wände ab, streicht mit ihren flinken Fingern über alle harten Oberflächen und duckt sich zwischen die Mäntel an der Wand. Ich werde dieser Sache auf den Grund gehen. Wenn ich sie erst einmal unter Kontrolle habe, wird sie nicht widerstehen können, mir alle ihre Geheimnisse zu verraten.

„Ich kümmere mich darum. Ich habe mehr als genug Mittel in meinem Arsenal, um sie zum Reden zu bringen." Ich halte inne und erhebe meine Stimme für Sterbliche hörbar. „Tiberius, kannst du uns eine Minute allein lassen?" Ich gehe zu Evangeline hinüber. „Bist du so weit, mein Schatz?" Ich schwöre, wenn wir beide allein wären, würde sie mir die Zunge herausstrecken. Ihr schmollendes Gesicht ist bezaubernd und ich kann es kaum erwarten, diese Lippen im Einsatz zu sehen.

„Natürlich Liebster."

Ich beuge mich vor und schmiege meine Nase an ihr Ohr. Sie verspannt sich und versucht, sich loszureißen. Aber sie ist eine Sterbliche und ich bin ein Vampir. Es gibt aus meinen Fängen kein Entkommen. „Vorsicht Liebes. Dein Gesicht könnte so einfrieren."

Jetzt streckt sie mir tatsächlich die Zunge heraus. Die Frechheit dieser Frau. Ich werfe den Kopf zurück und lache. Oh, der heutige Abend wird definitiv ein denkwürdiger sein. Ich schiebe uns weiter, bis sie mit dem Rücken an der Tür zum Verlies steht. Sie drückt ihre Hände in einem schwachen Versuch, mich von ihr wegzuschieben, gegen meine Brust. „Nein, meine Süße. Du hattest deine Chance, dich zurückzuziehen. Jetzt bist du mir ausgeliefert. Und du solltest besser zu den höheren Mächten, an die du glaubst, beten, dass ich dich tatsächlich gehen lasse."

„Du Lügner." Sie spuckt die Worte aus und Wut lodert in ihren Augen. „Du hast bereits gesagt, dass dies eine einmalige

Angelegenheit wird. Du *wirst* mich also gehen lassen, sobald ich meine Pflicht erfüllt habe."

Ich neige den Kopf zur Seite. „Deine Pflicht? Willst du mir wirklich weismachen, dass du nicht wissen willst, was es hier unten gibt? Kannst du wirklich so dreist sein, mir ins Gesicht zu lügen und zu sagen, dass du dich nicht zu mir hingezogen fühlst?"

Sie verschränkt die Arme zwischen uns, um sich ein wenig Raum zu verschaffen. Ich werde es zulassen. Für den Moment. Ich habe kein Problem damit, sie denken zu lassen, dass sie im Moment die Oberhand hat. Wenn sie sich sicher fühlt, wird sie ihre Mauern vielleicht so weit senken, dass ich herausfinden kann, wie sie tickt.

Ich weiß jedoch, dass sie zumindest ein gewisses Maß meiner Dominanz genießt. Ich bin nicht verrückt. Ihre Erregung überflutete meine Sinne von dem Moment an, als ich meine Hand um ihren Hals schlang.

„Ehrlich gesagt, ist es im Moment völlig egal, was du jetzt willst, oder?" Ihre Augen weiten sich, als ich mich näher zu ihr beuge. „So sieht es aus, Rapunzel. Du wurdest definitiv dabei erwischt, wie du hier herumgeschnüffelt hast. Warum? Ich weiß es nicht. Und ehrlich gesagt, ist es mir auch egal. Das ist es nicht, was mich im Moment interessiert. Ich weiß allerdings, dass wir an einem Scheideweg stehen. So wie ich das sehe, musst du eine Entscheidung treffen. Du kannst dich für mich entscheiden oder du wirst gefeuert. Ich kenne Tiberius schon eine Weile und weiß genau, dass er kurz davor war, deinen Arsch hinauszubefördern."

Ich lehne mich zurück, um ihr etwas Raum zu geben. Ich will nicht, dass körperliche Dominanz der Grund dafür ist, dass sie sich für mich entscheidet, obwohl sie so oder so nicht wirklich eine Wahl hat. Oh, wie köstlich. Ihr Puls beschleunigt sich, aber abgesehen davon kann ich sie nicht lesen. Was denkt sie? Die Zahnräder drehen sich eindeutig.

Sie wirkt so zerrissen, so unsicher. Genau wie ich meine Beute mag.

„Du weißt nicht, ob ich gefeuert werde."

Ahh. Darauf will sie also hinaus. Ich kann ihren Bluff durchschauen und es ihr gleich tun. „Weißt du, du hast recht. Natürlich weiß ich es nicht. Warum gehen wir nicht wieder hinaus und du kannst ihn selbst fragen? Oder, wenn es dir lieber ist, können wir gleich den Besitzer fragen, was er von Angestellten hält, die herumschnüffeln und sich verdächtig verhalten. Ich bin mir ziemlich sicher, wenn das Vertrauen erst einmal gebrochen ist, ist es schwer zurückzugewinnen."

Stille. Sie steht da und denkt über meine Worte nach, aber alles dauert viel zu lange. Ich greife nach ihrem Arm und bin bereit, sie zurück in den Club zu zerren.

„Nein. Nein, es ist schon gut. Ich bleibe bei dir."

Ein riesiges Grinsen breitet sich auf meinem Gesicht aus. „Endgültige Antwort?"

Sie zögert. „Ja. Endgültige Antwort."

Endlich spüre ich etwas von ihr, aber es ist nicht das, was ich spüren will. Der blanke Terror strömt ein paar Augenblicke lang in Wellen von ihr aus und hört dann einfach auf. Ich bin verwirrt. Warum hat sie solche Angst? Ich strecke die Hand aus, um ihr Haar zu streicheln, und sie weicht vor mir zurück. Das ist nicht gut. Knurrend drücke ich sie mit meiner Hand an ihrer Kehle gegen die Tür. Sie wird in meinen Armen ein wenig schlaff. Bingo.

„Ist es das, was du willst, kleines Mädchen?" Ich drücke fester zu. Sie schweigt und doch spüre ich das Zittern ihres Wimmerns durch ihren zarten Hals. Macht und Erregung durchströmen mich. „Willst du, dass ich mich an dir vergreife? Dass ich dich mir einfach nehme? Dass ich dir keine andere Wahl lasse, als vor Verlangen unter mir zu zittern?"

Sie öffnet die Augen. Ein Bedürfnis, das stärker ist, als ich es je zuvor gespürt habe, strömt aus ihr heraus. Das ist es. Sie kann nicht mehr loslassen. Nun, ich habe das perfekte Mittel dagegen. Ich ziehe sie von der Tür weg und greife mit meiner Hand an ihren Nacken. „Solange wir dort unten sind, habe ich das Sagen. Du wirst mir gehorchen, sobald ich dir einen Befehl gebe. Wenn du es nicht tust, wirst du bestraft werden." Ich spüre, wie sie sich versteift. „Mach dir keine Sorgen, meine Kleine. Ich bin mir sicher, dass dir die verschiedenen und köstlichen Arten, wie ich dich bestrafen kann, gefallen werden. Aber sei gewarnt, nicht alle Bestrafungen sind körperlich."

Sie versucht, ihren Hals meinem Griff zu entziehen. Ich lockere meine Hand und lasse sie ihr Gesicht zu mir drehen. Sie hat die Augenbrauen hochgezogen. Offensichtlich versucht sie, meine Worte zu entschlüsseln. Lächelnd fahre ich mit meiner Handfläche an ihrem Hinterkopf entlang und gleite mit den Fingern unter ihren Zopf, während ich leichten Druck ausübe.

„Zum Beispiel," ich verstärke meinen Griff, „könnte ich dir einen Orgasmus verweigern." In dem Augenblick, in dem meine Hand ihre Kopfhaut berührt, schließt sie die Augen. Doch bei meinen Worten fliegen sie sofort wieder auf. „Was? Gefällt dir diese Idee nicht?" Sie starrt mich nur an und schweigt. „Nun? Antworte mir."

Sie schaut zu Boden und spricht mit leiser Stimme. „Nein. Ich glaube, diese Idee gefällt mir nicht." Sie windet sich und versucht, sich meiner Hand zu entreißen. Ich packe nur noch fester zu.

„Dann schlage ich vor, du bist ein gutes Mädchen und gehorchst. Erste Regel im Geschäft. Wie bereits gesagt. Du gehorchst mir sofort, wenn ich dir einen Befehl gebe. Zögern zählt als Ungehorsam. Du sollst nicht denken, nur handeln. Wenn du einen Befehl nicht verstehst, sagst du es. Ich bin kein Tyrann. Ich mag fordernd sein, aber ich bin auch nachgiebig. Zweitens: Von diesem Moment an sprichst du mich mit Sir an. Jede andere Antwort führt zu einer sofortigen Bestrafung. Ich erwarte natürlich von dir, dass du die Regeln auf die Probe stellst, und ich freue mich bereits darauf, dich zu bestrafen."

Ich spüre, wie sie sich unter meiner Hand windet. Ich beuge mich zu ihr vor und lächle sie an. Dies ist kein süßes, rührseliges Lächeln. Es ist räuberisch. Und sie weiß es. Ich kann es in ihren Augen sehen, in ihrem Körper lesen. Soweit ich das beurteilen kann, bewege ich mich auf schmalem Grat zwischen Angst und Erregung. Gut. Soll sie doch Angst vor mir haben. Ich bin ganz und gar das Monster, vor dem ihre Mutter sie gewarnt hat.

Innerhalb weniger Augenblicke reiße ich die Hand aus ihrem Haar und packe erneut ihre Kehle. Sie windet sich unter mir. „Hör auf, dich zu bewegen", knurre ich und packe fester zu. Meine freie Hand gleitet hinunter in meine Jackentasche. Ich lächle, als ich ein kleines Stück Seil herausziehe. „Ich werde dich jetzt loslassen. Bleib stehen. Hast du verstanden?" Sie nickt. „Benutze deine Worte, Kleines."

„Ja. Ich habe es verstanden." Ich kann mir das breite Grinsen nicht verkneifen. Tatsächlich ist es so breit, dass meine Kiefermuskeln ein wenig zucken. „Aber, aber. Solltest du mir so antworten?"

Sie reißt die Augen weit auf. „Sir! Oh, ja, Sir!"

„Zu spät, Liebste. Das wird dich etwas kosten." Mein Schwanz drängt gegen die Vorderseite meiner Hose, während ich die wechselnden Emotionen auf ihrem Gesicht beobachte. Sie beißt sich auf die Lippe und ein Hauch von Angst steigt mir in die Nase. Armes Ding. Nicht wirklich, aber ein Teil von mir hat Mitleid mit ihr. Nein. Eigentlich nicht. Nicht wirklich. Ich habe ihr den perfekten Ausweg aus alledem geboten. Sie hat sich entschieden, mit mir hier zu sein. War es wirklich fair, ihre Anstellung infrage zu stellen? Nun, niemand hat mich je beschuldigt, fair zu sein.

Aber so oder so muss es aufhören. Ich will nicht, dass ihre Angst mir das Essen verdirbt. Das, und ich werde auf gar keinen Fall eine ängstliche Frau in Lucius' Verlies mitnehmen. Er würde mir sicher den Kopf abreißen. Ich trete zurück, um Evangeline und mir etwas Freiraum zu verschaffen, während ich das Seil in meinen Händen abwickele.

„Ich sehe, du fühlst dich unwohl. Würdest du dich besser fühlen, wenn ich dir sage, was deine Strafe sein wird?" Sie schaut wieder zu mir auf und ihre Augen glänzen leicht. Wird sie etwa weinen? Nein, so geht das nicht. Ich strecke die Hand aus und streichle über ihre Wange. Ihre Haut ist wie Seide unter meinen Fingerspitzen. Es kostet mich jedes Quäntchen Selbstbeherrschung, sie nicht unter mich zu ziehen und jedes Stück von mir in ihr zu versenken.

Seufzend blicke ich ihr tief in die Augen. „Ich werde dir nichts antun. Das kann ich nicht. Nicht, dass ich es wollte. Aber du bist hier von Leuten umgeben. Das allein sollte dir ein Gefühl der Sicherheit geben."

„Wie kann ich mich sicher fühlen, wenn alle diese Leute wahrscheinlich genauso sind wie du? Sir."

Ich sehe sie mit zusammengekniffenen Augen an. „Was meinst du damit?" Sie verlagert ihr Gewicht leicht und beißt sich auf die Unterlippe. Sie sollte wirklich damit aufhören, bevor ich anfange, zurückzubeißen. Es ist so eine Ablenkung. Bevor ich mich zurückhalten kann, strecke ich die Hand aus und quetsche ihre Unterlippe zwischen meinen Daumen und Zeigefinger. „Hör auf, Zeit zu schinden, und antworte mir." Ich lasse sie los und verschränke die Arme.

„Nun, du hast die Situation völlig ausgenutzt, Sir. Und nicht nur das, du tust es auch noch bei meiner Arbeit, Sir. Ich nehme an, das bedeutet, dass die Geschäftsleitung damit einverstanden ist, wie du ihre Angestellten behandelst, Sir. In dieser Hinsicht kann ich also mit Sicherheit davon ausgehen, dass die Leute genauso sind wie du, Sir. Sir. Nur zur Kontrolle sind das genug Sirs für dich? Sir? Oder, Sir, soll ich noch ein paar Sirs zur Sicherheit hinzufügen? Sir?"

Oh. So will sie also spielen. Ich trete zurück, verschränke die Arme und mustere sie ein paar Augenblicke lang. Es dauert nur einen Moment, bis ich das Seil wieder in die Tasche gesteckt habe. Der Geruch von Angst ist immer noch da, aber nicht mehr so stark wie noch vor ein paar Momenten. Der Mut, den sie an den Tag legt, ist beeindruckend. Aber ich werde nicht zulassen, dass ein einfacher Mensch mich so anpöbelt und damit davon kommt. Aber was soll ich tun?

Je länger ich sie anstarre, desto mehr beginnt sie sich zu winden. Gut. Soll sie sich doch winden. „Nun, wenn du ein braves Mädchen gewesen und nicht so frech wärst, hätte ich dir deine Strafe verraten. Es sollte eine nette ruhige Angelegenheit werden, bevor ich dir den intensivsten Orgasmus aller Zeiten beschere. Aber das hat sich jetzt alles geändert." Ich lehne mich ganz nah heran, sodass mein Atem über die Haarsträhnen an ihrer Schläfe wirbelt. „Jetzt wirst du dich öffentlich dafür entschuldigen, dass du mich privat verärgert hast. Ich liebe die Herausforderung einer frechen Göre und du kannst es gern noch einmal versuchen, wann immer dir danach ist. Du solltest nur wissen, dass ich mit dir umgehen kann und werde. Und sei dir gewiss, es wird dir nicht gefallen." Ich streiche ihr das Haar zurück und fahre mit den Fingern über ihren Hals. „Oder vielleicht gefällt es dir doch", murmle ich. „Ich kann es kaum erwarten, herauszufinden, was deine Fotze nass werden lässt, meine liebe Rapunzel."

Ihre Augen weiten sich und werden größer. Ihr Atem kommt in leisen Schüben. Ihr verlockender Duft liegt bereits in der Luft. Ausgezeichnet. Mein Abendessen heute wird doch noch befriedigend werden.

„Tiberius", rufe ich und trete von ihr zurück. „Ich brauche deine Hilfe." Sie reißt die Augen weit auf und presst sich mit aller Kraft gegen die Tür, als ob das Holz sie wie durch ein Wunder verschlucken würde. Nur mit Mühe kann ich mir das Lachen verkneifen. Menschen sind immer so viel amüsanter, wenn sie in die Enge getrieben werden.

Ich höre, wie er hinter mir eintritt, aber ich konzentriere mich nur auf das schöne Häppchen vor mir. „Hab keine Angst. Er wird dich nicht anfassen. Solange du in meiner Obhut bist, wird dich niemand berühren."

„Obhut", schnaubt sie spöttisch. „Als würdest du auf mich aufpassen."

Ich ziehe die Augenbrauen hoch. Anstatt ihren Tonfall zu ändern oder ihre Worte zu korrigieren, steht sie da und starrt mich mit ebenfalls hochgezogenen Augenbrauen an.

„Wieder stehen wir an einem Scheideweg, meine Liebe. Du bist diejenige, die diese Entscheidungen trifft. Ich schlage vor, dass du deine Frechheit auf ein moderates Maß beschränkst, dir selbst zuliebe. Du willst doch nicht alles auf einmal aufbrauchen. So. Tiberius sollte die Tür bewachen, während ich mit deiner Bestrafung beginne. Aber jetzt wird er ein Zuschauer sein."

„Einen Teufel wird er tun!"

Wenn Blicke töten könnten, wäre ich schon tot. „Tiberius, ich fürchte, die kleine Evangeline weiß noch nicht, wie sie ihre Krallen einziehen soll. Würdest du mir einen Hocker von draußen bringen?"

Er grinst und verschränkt die Arme. „Überhaupt kein Problem."

In dem Moment, in dem sich die Tür hinter ihm schließt, bin ich wieder auf Evangeline. Ich schiebe meine Finger nah an ihrer Kopfhaut in ihr Haar. Sie geht nirgendwohin. „Also gut, das ist das letzte Mal, dass ich dir dieses Angebot mache. Du hast Zeit, bis Tiberius zurückkommt, um dich zu entscheiden. Entweder du sagst die Wahrheit und gibst zu, dass du herumgeschnüffelt hast, oder du unterwirfst dich mir und dem, was ich mit deinem Körper anstellen werde. Ich bewundere deinen Mut, aber du solltest wissen, dass ich immer gewinne."

„Bitte tu mir nicht weh", flüstert sie und ihre Stimme ist bei der pulsierenden Musik kaum zu hören.

Ich ziehe sie näher an mich. „Liebes. Ich werde dir wehtun. Sehr sogar. Aber du wirst es genießen und nach mehr verlangen. Das kann ich dir versprechen." Ihr Atem beschleunigt sich, als die Tür sich wieder öffnet. „Danke, Tiberius. Stell ihn bitte neben die Tür." Ich kann spüren, wie Evangeline sich anspannt, als er sich nähert. „Wie ich schon sagte, Liebes. Er wird dich nicht anfassen, ohne dass ich es erlaube. Und glaube mir, heute Nacht behalte ich dich ganz für mich allein. Also dann." Ich lasse sie los und schaue zwischen ihr und Tiberius hin und her. „Zeit für eine Entscheidung, Kleines."

Meistens bin ich ein sehr geduldiger Mann. Im Moment trifft dies jedoch nicht zu. Ich kann den Konflikt auf ihrem Gesicht sehen. In Momenten wie diesen wünschte ich, ich wäre ein besserer Mann. Aber leider bin ich das nicht. Ihr Konflikt schießt direkt in meinen Schwanz. Jedes Mal, wenn sie sich auf die Lippe beißt, sendet dies einen weiteren Impuls in meine Länge. Ich habe sie genau da, wo ich sie haben will. Wir wissen es beide. Ein Teil von mir ist wütend auf mich selbst, weil ich ihr den Ball zugespielt habe, aber man muss kein Hellseher sein, um zu wissen, dass sie diesen Job zu brauchen scheint und alles tun wird, um ihn zu behalten. Ich weiß zwar nicht genau, warum, denn es gibt noch andere Clubs, aber ich werde ihr dieses Geheimnis gönnen. Für den Moment.

Ihre Atmung ist schnell und flach. „Ich werde mich dir unterwerfen."

„Ahh, siehst du? Das war doch gar nicht so schwer, oder? Und jetzt. Ausziehen."

„Wie bitte?"

Stirnrunzelnd setze ich mich auf den Hocker und ziehe Evangeline auf meinen Schoß. Sie wehrt sich. Oh, wie sehr sie sich wehrt, aber es gibt jetzt kein Entrinnen mehr. Sie hat ihr Schicksal mit diesen Worten besiegelt. Ihre Hüfte wackelt genüsslich auf meinem Schoß. Es macht nichts, dass die Wut nur so aus ihr heraussprudelt. Endlich habe ich sie in meinen Armen und es fühlt sich so gut an. „Ich habe dir doch schon gesagt, dass du mich mit Sir ansprechen sollst. Oder hast du das so schnell vergessen?" Sie antwortet nicht. „Schweigen wird dich nicht retten. Also was ist es? Hast du es vergessen oder bist du einfach nur stur?"

Ich beuge mich vor, um einen guten Blick auf ihr Gesicht werfen zu können. Sie hat die Unterlippe nach vorn geschoben. Ein überraschtes Lachen sprudelt aus mir heraus. „Mehr Antwort brauche ich nicht, Prinzessin." Bevor sie etwas sagen kann, zerre ich ihr die Shorts hinunter. „Oh, was haben wir denn da. So einen hübschen Spitzentanga. Du freches, unanständiges Luder. Du hast mir deinen Arsch auf einem Tablett serviert."

„Warte!"

Meine Hand landet auf ihrem Hintern. Ich spüre, wie der Muskel unter dem Druck nachgibt, bevor er wieder nach oben springt. Entzückend. Sie kreischt auf und bäumt sich unter meiner Hand auf. Ich packe sie fester an der Taille und bewege meine Hüfte, sodass sie zum Boden geneigt ist und ihr Hintern noch höher herausragt. Ich hätte nicht gedacht, dass mein Schwanz noch härter werden könnte, aber als ich sehe, wie ihr Hintern sich von nur einem Schlag rosa färbt, bin ich kurz davor, mich zu blamieren.

„Nimm deine verdammten Hände von mir, du Arschloch, Sir", schreit sie und strampelt in meinen Armen herum.

Immerhin hat sie den Satz mit Sir beendet, das muss man ihr lassen. Grinsend verpasse ich ihr ein paar Hiebe und ignoriere die Schimpfwörter, die aus ihrem Mund strömen. Ich werde sie brechen. Selbst wenn es ihr auf lange Sicht mehr Schmerzen bereitet. Ich lehne mich ein wenig zurück und verpasse ihrem Sitzfleisch eine schnelle Tracht Prügel. Das macht immer Eindruck. Wie erwartet, heult sie vor Schmerz auf und strampelt noch heftiger.

„Bist du fertig?"

„Ich werde niemals fertig sein. Wie kannst du es wagen, mich so zu behandeln?"

Ich sehe sie an. Nicht einmal der Hauch einer Träne. Wow, meine kleine Prinzessin kann ganz schön was einstecken. Ich lächle und helfe ihr wieder auf. „Du hast es so gewollt. Du hast dich entschieden, dich mir zu unterwerfen. So wie du dich verhältst, solltest du dankbar sein, dass ich das nicht als Vertragsbruch betrachte. Nun. Wenn du weiterredest, werde ich dich wohl einfach knebeln müssen."

„Fick dich, Sir!"

„Okay, das reicht." Ich stoße sie hoch und von mir hinunter und drehe sie herum, bis sie mit dem Gesicht gegen die Tür gepresst wird. Ich drücke meinen Arm an ihren Nacken, um sie zu fixieren, während ich das Seil wieder aus meiner Tasche fische. „Ich bin ein einsichtiger Mann", fahre ich ruhig fort, während ich ihren Hals loslasse und beide Handgelenke hinter sie ziehe. Ich schaue nach unten und sehe eine silberne Armbandkette an ihrem rechten Handgelenk. Das Geflecht sieht stabil aus, aber was mir ins Auge sticht, ist das verschnörkelte Silberkreuz, das daran hängt. Mit einem Glucksen löse ich das Armband und stecke es mir in die Tasche. In diesem Moment bewegt sie sich rasend schnell. „Das kannst du nicht haben! Ich brauche es."

„Du brauchst es? Wofür denn? Soweit ich es beurteilen kann, ist es noch lange nicht Zeit fürs Gebet. Aber ich habe auch kein Problem damit, dir die Beichte abzunehmen und die Absolution zu erteilen. Sag mir, mein Kind, hast du gesündigt?"

„Bitte, es ist ... es ist. Zerbrechlich."

So eine Lügnerin. Aber das werde ich ihr jetzt nicht vorwerfen. Es gibt andere Sünden, für die sie zuerst büßen muss. „Ich kann dir versichern, dass es in meiner Tasche sicher ist. Dem Armband wird nichts passieren." Sie sträubt sich noch immer gegen mich. Ich lache nur über ihre schwachen Versuche. Mit schnellen Bewegungen schlinge ich das Seil um ihre zarten Handgelenke, sodass ein doppelter Fesselknoten entsteht, bevor ich ihn festzurre. Ich schiebe meinen Zeigefinger in den Zwischenraum und wackle damit herum. Gut. Sie kann so viel zappeln, wie sie will, ohne dass die Blutzufuhr zu ihren Handgelenken abgeschnitten wird. Jetzt, da sie teilweise ruhiggestellt ist, ziehe ich ihre Hotpants wieder hoch und greife nach vorn, um sie zu schließen. Ihr herrlicher Hintern, der meine Entschlossenheit auf die Probe stellt, ist wirklich das Letzte, was ich jetzt brauche.

Als ich über meine Schulter blicke, sehe ich Tiberius mit einem wissenden Grinsen auf dem Gesicht dastehen. Ein Knurren steigt in meiner Kehle auf. Aber es ist nicht er, auf den ich wirklich wütend bin. Es ist diese Menschenfrau, die sich mir so mutwillig widersetzt. Mit einem Nicken fordere ich ihn auf, den Raum zu verlassen. Er schüttelt nur den Kopf, bevor er gluckst und die Garderobe verlässt. Der plötzliche Lärm, als er die Tür öffnet, lässt Evangeline zusammenzucken. Ihr ganzer Körper verkrampft sich in meinen Händen, während sie sich dreht und wendet und verzweifelt versucht, sich umzudrehen.

„Ich kann nicht glauben, dass du einfach dasitzt und diesem Wichser erlaubst, dass der ganze Club zusieht, was du mit mir machst. Hast du kein bisschen Schamgefühl?"

Stille macht sich wieder im Raum breit, als sich die Tür

hinter ihm schließt. Stirnrunzelnd drehe ich sie wieder um und presse sie gegen die Tür.

„Ich werde dich knebeln. Nur noch nicht jetzt. Ich habe einen besonderen Knebel im Sinn, aber der muss warten, bis wir unten sind. Nun dann."

Ich ziehe sie zum Hocker und setze sie hin. Ihre Augen sprechen Bände. Hass, Wut, Erregung, Verlangen. All das fließt in unterschiedlichen Intervallen durch ihren Blick. Ihr Zopf lockert sich bereits, wo ich daran gezerrt habe. Kleine Strähnchen flattern um ihr Gesicht und machen es ein wenig weicher. Während ich sie ansehe, bildet sich ein kleiner Riss in meinem Herzen, das ich schon lange für tot hielt. Ich räuspere mich und festige meine Entschlossenheit.

„Ich werde mich nicht mit dir über deine Strafen streiten. Bei allem anderen ja. Ich finde das Katz-und-Maus-Spiel lustig und erheiternd. Aber wenn du deine Strafe nicht mit Anstand und Würde erträgst, werden wir getrennte Wege gehen müssen."

Ich bin mir für eine leichte Manipulation nicht zu schade und lasse meine Finger über ihre Wangen, ihren Hals und ihr Schlüsselbein gleiten.

„Ich weiß nicht, wie du das siehst, aber ich bin zumindest neugierig, wie diese eine Nacht mit dir sein wird. Wirst du ein braves Mädchen sein und deine Bestrafungen mit Ehre und Würde hinnehmen?"

Ich stehe stumm da. Sie wird auf keinen Fall ja sagen. Mein Herz wird schwer. Das war es. Das ist unser Wendepunkt. Ich hasse es, dass ich sie so sehr bedrängt habe. Ich sollte es inzwischen besser wissen.

„Es tut mir leid."

Blinzelnd schaue ich sie einfach nur an. Ich neige den Kopf, mein Herz schlägt höher, aber mein Verstand weigert sich, meinen Ohren zu trauen.

„Was war das?"

Sie sieht so niedergeschlagen aus, dass ich den Drang verspüre, sie in den Arm zu nehmen. Wo zum Teufel kommt das denn her?

„Ich sagte, es tut mir leid. Ich weiß nicht, warum ich mich so verhalten habe."

„Hör zu, Kleines. Du weißt nichts über mich. Ich verstehe es. Du hast jedes Recht, Angst zu haben." Sie streckt ihren Kiefer nach vorn. Schmunzelnd ziehe ich sanft an ihren Haaren. „Es ist völlig in Ordnung, Angst zu haben. Aber es gibt nichts anderes, was ich tun kann, um dir zu versichern, dass du nicht zu Schaden kommen wirst. Ich kann dir große Ekstase zeigen, wenn du mich lässt." Ich lege meine Hand auf ihr Herz. Es schlägt so schnell, dass ich Angst habe, es könnte aus ihrer Brust fliegen. „Kämpfe gegen mich. Das ist gut so. Aber du musst auch lernen, dich zu fügen, wenn man es dir sagt. Deshalb wirst du bestraft. Du bist ein so umgezogenes kleines Mädchen und benutzt solch eine schreckliche Sprache."

Sie neigt ihren Kopf nach unten. Ihre Wangen färben sich rot.

„Sieh mich an, Evangeline."

Tränen laufen ihr über die Wangen, als sie den Kopf hebt. In dem Moment, in dem ich in ihre feuchten Augen sehe, bin ich erledigt. Es ist wie ein Schlag in die Magengrube, als mir klar wird, dass dies kein One-Night-Stand bleiben wird.

Ich beuge mich vor und lasse meine Zungenspitze dem Weg ihrer Tränen folgen. Der salzige Geschmack ihrer Haut ist göttlich. Meine, brummt mein Gehirn, als ich ihr Gesicht zu meinem neige. Ich presse meine Lippen zu einem wilden Kuss auf ihre. Elektrizität schießt von ihrem Körper in meinen.

Ihre winzigen Laute der Lust werden verschluckt, als meine Lippen über ihre wandern. Sie wehrt sich immer noch und kämpft gegen mich an. Ich lecke über den Rand ihrer

Lippen und entlocke ihr ein überraschtes Keuchen. Da ich mir keine Gelegenheit entgehen lasse, schiebe ich meine Zunge in ihren Mund. Himmlisch.

Sie krümmt sich mir entgegen und reibt ihre Hüfte am Stuhl. An ihrer Erregung gibt es jetzt keinen Zweifel mehr. Ich bin mir ziemlich sicher, dass Vampire jenseits der Staatsgrenzen sie riechen können. Knurrend packe ich sie bei den Haaren und ziehe ihren Kopf zurück, sodass ihr Hals meinem Blick ausgesetzt ist. Ihr Puls ruft nach mir. Die rhythmische Bewegung des Fleisches lässt meine Eier prall werden und meine Zähne schmerzen. Unfähig zu widerstehen, lasse ich meine Zunge über ihre Haut dorthin gleiten. Nur ein kleiner Zungenschlag. Ein Lecken, mehr gönne ich mir im Moment nicht.

Ihr Atem stockt für einen Moment und ihr ganzer Körper spannt sich an. Als ich aufschaue, sehe ich wieder die Angst in ihren Augen.

„Ist es dein Hals? Soll ich diesen Bereich in Ruhe lassen?"

Sie nickt schnell. Wut und Furcht kochen in meinem Magen hoch. Etwas oder jemand hat ihr Angst gemacht. Wenn ich den Bastard finde, der ihr etwas angetan hat, wird er nie wieder einen weiteren Sonnenaufgang erleben. Evangelines schnelles Atmen holt mich in den Moment zurück. Ihr kleiner Körper ist so weit auf dem Hocker nach hinten gedrückt, wie es nur geht. Ein schwacher Hauch von Angst liegt in der Luft und mir wird klar, dass auch ich wie ein Monster wirken muss.

Ich zwinge mich, die Anspannung von meinem Gesicht und meinen Händen zu lösen und setze ein leichtes Lächeln auf. Ich hoffe, sie dadurch wieder in einen Zustand der Gelassenheit zu locken. Ein Moment vergeht, dann ein weiterer. Schließlich lässt ihre eigene Anspannung ein wenig nach. Ich löse meine Hand aus ihrem Haar, lächle und reibe mit dem Daumen über ihre Unterlippe.

„Das ist in Ordnung, Liebes. Ich werde deinen Hals nicht berühren."

„Nur mit deinen Lippen. Du kannst ihn mit deinen Händen berühren, wenn du willst, Sir."

Sie starrt auf ihre Füße hinunter und die Röte kehrt in ihre Wangen zurück.

„Ach, mit den Händen darf ich dich berühren?"

Es ist so einfach, wieder in einen Zustand der Neckerei zu verfallen. Sie macht es mir fast zu leicht. Ich lasse meine Handfläche an ihrem Hals hinaufgleiten, bevor ich meine Finger langsam um ihn schlinge.

„So?"

Sie antwortet nicht. Ich blicke nach unten und sehe, wie sie die Augen schließt und wie ein Lächeln um ihre Lippen spielt. Sie sieht so schön und gelassen aus. Aber sie hat noch Strafen vor sich. Und wer bin ich denn, ihr das Recht auf Buße zu verweigern? Ich ziehe an ihr und hebe sie vom Hocker.

„Bist du bereit für den Rest deiner Strafe?"

Sie blinzelt mit großen Augen zu mir auf. „Habe ich die nicht gerade erst bekommen?"

„Was, als ich dir den Arsch versohlt habe? Nein, nein, meine Liebe. Das war eine separate Bestrafung fürs Frechsein. Ich spreche von der, auf die ich mich vorhin bezogen habe. Wie dem auch sei, ich schlage dir ein anderes Geschäft vor. Du nimmst deine Strafe ohne Murren an und ich werde Tiberius nicht wieder hereinrufen."

Sie denkt einen Augenblick darüber nach. Meine kleine Göre brütet in ihrem Gehirn etwas aus, das merke ich doch.

„Ja, Sir. Ich werde mich meiner Strafe mit Ehre und Würde unterwerfen."

Mein Herz schwillt vor Stolz an. Vielleicht ist es doch keine verlorene Sache. Aber ich werde mir nicht erlauben zu denken, dass ich gewonnen habe. Das würde mich faul und selbstgefällig machen. Stattdessen werde ich dies als einen Sieg in einem Feuergefecht betrachten und nicht als den Sieg im Krieg. Ich drehe sie um, löse schnell das Seil und lasse es wieder in meine Tasche gleiten, bevor ich ihre Handgelenke massiere und sie erneut umdrehe.

„Wenn das so ist, zieh dich aus."

Noch während ich die Worte ausspreche, spüre ich, wie sich die Besessenheit in mir ausbreitet. Es ist ein Dilemma, das ich selbst geschaffen habe. Zuvor war mir dieser Leckerbissen völlig egal, aber jetzt macht mich der Gedanke verrückt, ihre Vorzüge mit dem Rest des Clubs zu teilen.

Aber ich darf nicht nachgeben. Allem, was ich gesehen habe, nach zu urteilen, ist sie eine stolze Frau. Der einzige Weg, sie vollständig zu brechen und sie meinem Willen zu unterwerfen, ist, sie ihres Stolzes und ihrer Würde zu berauben. Ich beobachte sie genau. Ich sehe den Krieg, der in ihr tobt. Dies ist der richtige Schritt. Ich kann es spüren.

Ich lasse meine Finger in die Taschen gleiten und spüre ihr Armband an meiner Hand. Sie ist offensichtlich sehr religiös. Gibt es einen besseren Weg, sie zu befreien, als sie buchstäblich und im übertragenen Sinne ihrer Hemmungen zu berauben. Sie tun ihr nicht gut und werden mir nur im Weg stehen. Ich möchte, dass sie frei ist, sich selbst zu erforschen. Es wäre egoistisch von mir, irgendetwas anderes zu tun.

„Wir können das hier und jetzt beenden. Ich werde dir nicht einmal Tiberius auf die Pelle hetzen. Aber wirst du mir vertrauen?" Sie schaut hinter sich zur Tür. Ein weiteres Zuckerbrot, dass ich ihr vor die Nase halte. „Die einzige Möglichkeit, wie du sehen kannst, was sich dort unten befindet, ist mit mir. Und ich nehme dich nur mit, wenn du mir auch wirklich gehorchst, ohne zu murren. Ich werde nicht zulassen, dass das ungezogene Verhalten, dass du an den Tag gelegt hast, dort unten weitergeht. Ich werde nicht zögern, dich sofort zu maßregeln, wenn du nicht gehorchst."

„Ich muss mich ausziehen, Sir?"

„Ja, mein Liebling. Der einzige Weg in den Himmel führt durch die Hölle. Betrachte dies als einen Teil deiner Buße. Hier unten bin ich dein Gott und ich möchte, dass du mich anbetest, bevor die Nacht vorbei ist. Wirst du für mich durch die Hölle gehen?" Ich sehe, wie sie zur Tür zurückschaut. „Lass mich eines klarstellen. Wenn du durch diese Tür gehen willst, wirst du mich anflehen, dich dorthin mitzunehmen. Bete zu deinem Gott und schau, ob er dir antwortet."

* * *

Evangeline

SAKRILEG. Schlicht und einfach. Dies ist ganz sicher meine Prüfung und doch weiß ich irgendwie schon, dass ich versagen werde. Warum hat Gott mich im Stich gelassen? Warum muss ich eine so schwere Last allein tragen? Mein pochendes Herz dröhnt mit jedem stetigen, schnellen Schlag in meinen Ohren. Ich kann spüren, wie das Blut durch meinen Körper pulsiert.

Was soll ich tun? Der Mann vor mir ist ein Vampir. Ein kaltblütiger Killer. Ich weiß es; und doch kann ich meinen Körper nicht kontrollieren. Atme. Atme einfach. Eine Gänsehaut breitet sich auf meinem Körper aus, als er mit den Händen über meine Arme gleitet.

Ich schaue zu ihm auf und er fixiert mich mit seinem Blick. Ich weiß, was er will. Ich weiß, was ich will. Aber wie kann ich beides wahrwerden lassen? Ich drehe mich noch einmal um und schaue zur Tür. Dies ist das einzige Hindernis, das mich noch davon trennt, Teil Der Familie zu werden.

Kann ich mich dieser Sache wirklich hingeben? Was würde Vater dazu sagen? Würde ich jemals Vergebung finden, nicht nur von Gott, sondern auch von mir selbst?

Das ist wirklich ein Dilemma. Damit ich dienen kann, muss ich mich mit seiner Art umgeben. Aber wenn ich das tue, verdamme ich mich für alle Ewigkeit. Verzeiht Gott Sünden eigentlich, die in seinem Namen begangen werden? Ich schnaube gedanklich, weil ich weiß, dass es nur für mich und für niemand anderen wäre, wenn ich mit ihm schlafe.

Winzige Funken des Schmerzes durchbrechen meine wirbelnden Gedanken. In diesem Moment merke ich, wie sehr ich meine Fäuste balle. Ich schüttle die Hände aus, während ich über meine Möglichkeiten nachdenke. Ich kann meinen Job nur machen, wenn ich sehe, was Adrian dort unten meint. Ohne Adrian kann ich nicht hinuntergehen. Vielleicht kann ich einfach loslaufen? Ich bin näher an der Tür als er. Besteht die Möglichkeit, dass ich einen Blick darauf werfen könnte?

„Ich kann sehen, wie der Rauch aus deinen Ohren quillt. Worüber denkst du eigentlich so angestrengt nach? Es ist ganz einfach. Gib dich mir hin. Das ist alles, was du tun musst."

Mein Herz klopft wieder. Wie kann er diese Macht über mich haben? Ich sollte doch über alle seine fleischlichen Tricks erhaben sein. Ich bete und läutere mich täglich. Was mache ich nur falsch? Es ist demütigend. Selbst während ich über meine Moral nachdenke, werde ich schon wieder feuchter. Ich schließe meine Augen und presse die Schenkel zusammen. Alles, um diese schrecklichen, köstlichen Empfindungen loszuwerden.

Wenn überhaupt, macht es das noch schlimmer. Es kostet mich jedes Quäntchen meines Trainings, nicht zu stöhnen. Denn das Zusammenpressen bewirkt genau das Gegenteil von dem, was es eigentlich tun sollte. Der enge Stoff spannt sich über meine empfindliche Haut und reibt all die richtigen Stellen auf die falsche Weise. Panisch schaue ich auf, um zu sehen, ob er es bemerkt. Wenn ich Glück habe, weiß er vielleicht nicht, welche Wirkung er auf mich hat.

Ein Blick auf sein Gesicht sagt mir alles, was ich wissen muss. Erwischt. Er spitzt die Lippen und seine Nasenlöcher beben. Er kennt die Wahrheit jetzt. Ich kann mich nicht mehr vor ihm verstecken. Scham durchflutet meinen Körper, während ich seine Nase wie die eines Süchtigen zucken sehe. Ich sollte mich stets unter Kontrolle haben. Was ist nur los mit mir?

„Letzte Chance, Rapunzel. Zieh dich aus oder es ist vorbei."

Dieses tiefe Knurren in seiner Stimme bringt mich fast um den Verstand. Ein Stöhnen entweicht über meine Lippen, als er auf mich zuschreitet und seinen Körper gefährlich nah an meinen drückt. Was, wenn er mich tötet. Dann hat er Der Familie wenigstens einen Gefallen getan. Ich bin es nicht wert, ein Teil von ihnen zu sein, wenn ich mich dem erstbesten Vampir hingebe, der mir über den Weg läuft.

Entschlossene Finger heben mein Kinn. Ich bemühe mich so sehr, die Tränen zurückzuhalten, aber ein paar entweichen doch. Er streicht mit den Fingerspitzen über mein Gesicht und hinterlässt eine nasse Spur.

„Ich bringe dich zurück in den Hauptbereich. Ich werde dich nicht weiter quälen."

„Nein! Warte!"

Ich entziehe mich seinem Griff. Meine Gedanken rasen in meinem Kopf. *Was mache ich nur? Du rettest dein Erbe. Es ist immer noch Zeit, das Blatt zu wenden. Sex ist erlaubt, wenn er dem Allgemeinwohl dient. Vater wird es verstehen. Die Familie wird es verstehen. Aber sie müssen es ja auch nicht wirklich wissen. Oder?*

Ich schaue mich in der Garderobe um. Hier drin sind nur

Adrian und ich. Ich muss nicht lügen. Ich werde ihnen nur nicht erzählen, woher ich meine Informationen habe. Außerdem ... hat er es selbst gesagt. Es ist eine einmalige Sache. Er bekommt, was er will, und ich bekomme, was ich will. Eine Win-Win-Situation.

„Ich. Ich glaube, ich schaffe es."

Ich hasse es, wie zittrig meine Stimme klingt. *Reiß dich zusammen, Evangeline. Wofür zum Teufel hast du trainiert, wenn nicht für diesen Moment?* Ich blicke an meinem schlichten Outfit hinunter und wünschte, ich hätte mich schicker angezogen. Ein wenig erotischer. Wenn ich mich Satan hingebe, sollte ich dann nicht ein rotes Kostüm mit einem Tanga tragen? Ich zupfe mit den Fingern an den Knöpfen. Ich weiß, dass ich zögere, aber niemand hat mir beigebracht, wie man sexy ist.

„So geht das nicht." Seine Stimme knurrt in mein Ohr. „Ich will nicht, dass du hier stehst und aussiehst, als würdest du auf deine Hinrichtung zusteuern."

„Aber ist es das nicht?", erwidere ich schnippisch, bevor ich mich zurückhalten kann. „Ich habe keine Garantie, dass du mich nicht in den Tod lockst."

Sein Lachen überrumpelt mich. So viel Wärme und Fröhlichkeit hätte ich von einem solchen Ungeheuer nicht erwartet.

„Kleines. Warum sollte ich dich denn töten wollen? Dich bestrafen? Ja. Dir Schmerzen zufügen? Ja, natürlich. Dir die größte Lust bereiten, die du je erlebt hast? Mehr als alles andere. Aber ich habe nicht die Absicht, dich zu töten. Außerdem", er hält inne und streichelt über meine Wange, „was ist, wenn ich noch einmal in den Genuss deiner Freuden kommen möchte? Es wäre nicht in meinem Interesse, dich zu töten."

Er hat nicht ganz unrecht. Aber ich weiß auch, dass Vampire lügen. Wie auch immer, wenn er mich wirklich tot sehen wollte, hätte er es wahrscheinlich schon längst getan. Warum dieser ausgeklügelte Plan?

„Was gibt es dort unten eigentlich?"

Er verschränkt die Arme und schaut mich finster an. „Warum hältst du mich hin? Außerdem", Schmerz schießt durch meinen Kopf, als er mich bei den Haaren packt und in Richtung Boden zieht, „hast du gesagt, dass du es kannst. Du hast dich entschieden, dich mir zu unterwerfen. Man betet nicht im Stehen."

Wut durchströmt mich. „Ich weiß nicht, was ich tue, okay? Ist es das, was du von mir hören willst? Ich bin nicht gut darin, sexy zu sein. Es tut mir leid, aber niemand hat mir beigebracht, wie man einen Mann verführt, geschweige denn jemanden wie dich." Ich lehne mich auf meine Fersen zurück und ignoriere den Teppich, der an meiner Haut kratzt. Warum erzähle ich ihm das?

„Jemanden wie mich? Was soll das denn heißen?"

Oh Scheiße. Ich darf ihn nicht wissen lassen, dass ich es weiß. Schnell. Sag etwas, irgendetwas. „Verdammt heiß!" Ich schlage mir die Hand vor den Mund. *Nicht das. Warum hast du das gesagt? Weil es wahr ist? HALT DIE KLAPPE!*

Aber es funktioniert. Ich sehe, wie das Misstrauen aus seinen Augen weicht und er die Brust aufbläht. Lieber Gott. Jetzt habe ich sein Ego in diese Sache mit hineingezogen. Das ist das Allerletzte, was ich jetzt gebrauchen kann. Meine Finger zittern, als ich nach unten greife und mit dem obersten Knopf meiner Bluse kämpfe. So wie ich es sehe, hat es nicht einmal Sinn, wütend zu sein. Resignation durchströmt mich. Ich bin eine Hure. Schlicht und ergreifend. Danach wird es für mich kein Zurück mehr geben. Nach heute Abend werde ich beschädigte Ware sein.

„Hör auf."

Ich schaue auf und erwarte, dass er anfängt, mich wieder

anzubrüllen. Stattdessen sieht er mich mit sanften Augen an. Fast zärtlich.

„Hände an die Seite, Rapunzel."

„Aber ich …"

„Keine Widerrede."

Der harte Blick ist wieder da. Mein Magen zieht sich zusammen, als er mich anschaut. Ich sollte Angst haben. Völlig verängstigt sein. Warum fühle ich mich zu ihm hingezogen? Ich blinzle mehrmals, wodurch meine Augen tränen. Vielleicht sind meine Kontaktlinsen ausgetrocknet? Das muss die Erklärung sein. Nachdem ich meine Augen einen Moment lang geschlossen habe, rolle ich sie herum und versuche, die Linsen zu befeuchten, ohne wie eine Verrückte auszusehen.

Ich öffne die Augen wieder und sehe ihn nur einen Hauch von mir entfernt. Der Sauerstoff entweicht meiner Lunge, als er seine Lippen auf die meinen senkt. Lustvolles Vergnügen durchströmt meinen Körper und setzt mein Gehirn außer Kraft. Dieser Kuss ist anders als der letzte. Er ist sanft, neckend, lockend. So einen Kuss habe ich noch nie erlebt. Die sanfte Berührung seiner Zunge an meiner Unterlippe lässt mich fast zerbrechen.

„Öffne dich für mich, Baby", flüstert er mir zu. Seine Stimme ist wie in Schokolade getauchte Sünde. Ausnahmsweise zögere ich nicht. Wenn ich schon in der Hölle lande, kann ich den Weg dorthin auch genießen. Ich werfe den Kopf zurück und mein ganzer Körper wird schlaff, als er seine Zunge an meinen Lippen vorbei in meinen Mund schiebt. Himmlisch. Ich seufze und strecke die Spitze meiner Zunge zu ihm heraus. Sein Stöhnen füllt meinen Mund, während er mit der Hand in mein Haar greift.

Keuchend strecke ich die Hand aus und lasse meine Handflächen über seine Brust gleiten. So hart. So heiß.

„Ich sagte, Hände an die Seite", knurrt er und zieht sich von mir zurück.

Er löst sich so plötzlich von mir, dass ich ein wenig nach vorn kippe. Er stützt mich ab, aber seine Hände sind jetzt viel grober als zuvor. Ich werfe einen flüchtigen Blick auf sein Gesicht und sehe seinen finsteren Ausdruck mit Entsetzen.

„Ich ... es tut mir leid. Es ist nur so, dass ich ..." Ich verstumme.

Ich kann ihm auf gar keinen Fall sagen, dass er mich Molekül um Molekül in den Wahnsinn treibt. Diese Genugtuung kann ich ihm nicht geben. Ich richte mich auf und begegne seinem finsteren Blick mit meinem eigenen, nun härteren Blick.

„Du, was? Sprich, Prinzessin. Wir haben nicht die ganze Nacht."

„Weißt du was? Nichts. Einfach nichts. Du bist ein Arschloch und du weißt es selbst. Du genießt es, zu sehen, wie ich mich winde. Nun, ich spiele dein Spiel nicht mit, Kumpel. Ich habe mehr Würde als das."

Sein finsterer Ausdruck wandelt sich zu einem Blick, den ich noch nie bei einem Mann gesehen habe. Es erschreckt mich ein wenig und macht mich sehr an. Wie erstarrt kann ich nur zusehen, als er anfängt, seinen Gürtel zu öffnen. Oh Gott! Will er mir damit den Hintern versohlen? Ich schlucke und schaue an ihm vorbei. Vielleicht kommt Tiberius ja bald zurück und holt mich aus diesem Schlamassel heraus? Warum muss mein Mundwerk mich immer in Schwierigkeiten bringen?

„Er wird dich nicht retten, Kleine", grummelt seine Stimme heiser. Ich muss mich anstrengen, sie über das Klopfen meines Herzens hinweg zu hören.

Zitternd greife ich mit den Armen um mich. „Das weißt du doch gar nicht."

„Ich glaube, du weißt, dass ich das tue. Also. Wir werden Folgendes tun. Entweder du ziehst dich selbst aus oder ich werde es tun. Vertrau mir. Du willst nicht, dass ich dich ausziehe. Ich habe diese Spielchen satt, Evangeline. Ich weiß, dass du mich willst. Ich spüre es in jeder Bewegung." Er kommt näher. „In jedem Atemzug." Noch näher. „In jedem Stöhnen." Er umschließt meine Kehle mit den Fingern.

Ein Stöhnen entweicht über meine Lippen. Ich kann es nicht mehr zurückhalten. Jeder Zentimeter fühlt sich an, als stünde er in Flammen. Ich schaue ihm tief in die Augen. „Bitte."

„Bitte, was?" Er packt fester zu.

„Ich kann nicht."

Endlich. Die Wahrheit bricht aus mir heraus. Ich kann mich ihm nicht hingeben. Ich kann es einfach nicht. Aber wenn er sich meinen Körper nehmen will, kann ich ihn nicht aufhalten.

Er verzieht die Lippen zu einem Lächeln. „Ich höre dich, Baby."

Ohne mir einen Moment Zeit zum Nachdenken zu geben, greift er mit den Händen vor mir nach unten und reißt mir die Bluse mit einer Bewegung auf. Ich schreie, als Knöpfe in alle Richtungen fliegen und leise auf dem Teppich landen. Instinktiv bedecke ich meinen BH, so gut ich kann.

„Nein, nein. Du behältst deine Hände dort, wo ich es dir sage, oder deine Strafe wird noch härter ausfallen."

Ich starre auf seinen Gürtel hinunter.

„Ja, der wird dazugehören", gluckst er.

Ich weiß, dass der Gürtel kommen wird. Aber wenn ich brav bin, vergisst er ihn vielleicht und wird ihn nicht gegen mich einsetzen. Ja klar. Ich bin mir ziemlich sicher, dass Vergesslichkeit nicht zu den bekannten Schwächen von Vampiren gehört. Ich lecke mir über die Lippen und mein

Atem kommt stoßweise. Ich fühle mich, als würde ich ersticken.

„Braves Mädchen", murmelt er, als ich die Hände wieder an die Seiten senke.

Seine Worte sollten mich nicht so wärmen, wie sie es tun. Es fühlt sich so unangenehm an, jemanden so sehr zu verachten und trotzdem ein Kribbeln in meinem Körper zu spüren, wenn er mich lobt. Der vertraute Schmerz beginnt sich in meinem Herzen zu bilden und ich habe Mühe, meine Hände davon abzuhalten, über meine Brust zu reiben.

Bevor ich einen weiteren Atemzug nehmen kann, sind seine Finger an meiner Hotpants und zerren am Knopf. Ich spüre, wie meine Ohren heiß werden. Was, wenn Tiberius wieder hereinkommt?

„Bitte. Wenn er uns sieht."

Seine Finger halten an meinem Hosenschlitz inne. „Dann hörst du besser auf, mich abzulenken. Je schneller du dich ausziehst, desto schneller bringe ich dich nach unten. So. Soll ich jetzt weitermachen oder willst du es übernehmen?" Er zieht die Augenbrauen hoch, als er zu mir hinunterschaut.

„Ich glaube, ich höre jemanden an der Tür."

Das kann doch nicht sein Ernst sein! Ich suche sein Gesicht nach irgendetwas ab. Einen Hinweis oder die Andeutung, dass er einen Scherz macht. Verflucht soll er sein. Mir gehen die Möglichkeiten aus. Ich beiße mit den Zähnen in meine Unterlippe und schaue zwischen ihm und dem vorderen Garderobenbereich hin und her. Wie ich Adrian kenne, würde er sich Zeit lassen, nur um sicherzugehen, dass die Fremden mich nackt sehen.

Zähneknirschend werfe ich meine Bluse zu Boden. „Dafür bist du mir etwas schuldig", brumme ich, während ich den Knopf meiner kurzen Hose öffne.

Er lacht. „Ich bin mir ziemlich sicher, dass das nicht stimmt."

Ich schlüpfe aus meiner Hotpants und sein Gelächter stoppt. Ich beuge mich hinunter, um sie über meine Knöchel zu streifen, und finde mich direkt vor seinem steifen Glied wieder. Ich schlucke. Selbst unter seiner Hose sieht er beeindruckend aus.

Erst als er spricht, wird mir bewusst, dass ich immer noch halb vornüber gebeugt bin und auf seine Erektion starre.

„Beeile dich, sonst bekommt hier noch jemand mehr als nur eine Peepshow von dir."

Als ich zu ihm aufschaue, sehe ich den intensiven Blick in seinen Augen. Mein Atem stockt für ein paar Augenblicke. „Ja, Sir", flüstere ich und richte mich wieder auf. Eine Gänsehaut überzieht meinen Körper, während die kühle Luft mich umspielt. „Ich bin jetzt bereit, hinunterzugehen."

„Ich glaube, du bist noch nicht ganz bereit."

Verwirrt schaue ich an mir hinunter. Ich trage nur noch meinen BH und meine Unterwäsche. Dem Himmel sei Dank, dass ich heute tatsächlich ein hübsches Set anhabe. Meine Brustwarzen ragen skandalös unter dieser Spitze hervor. Es ist so schwer, sie nicht mit den Händen zu verdecken. Meine Arme und mein Gehirn kämpfen miteinander, bis ich meine Hände hinter meinem Rücken verschränke, um sie stillzuhalten. Die Bewegung drückt meine Brüste noch weiter nach vorn und dem scharfen Einatmen nach zu urteilen, ist Adrian nicht immun dagegen.

„Aber ich bin doch ausgezogen."

„Du bist noch nicht nackt." Er verschränkt die Arme und starrt mir auf die Brust.

„Aber. Nein ... Das kann nicht dein Ernst sein."

„Todernst."

„Ich kann dir doch nicht einfach alles von mir zeigen! Das ist mehr als unanständig!"

Sein bellendes Lachen erschreckt mich. Ich kann keinen

Humor mehr darin hören. Ich habe das Gefühl, dass sich seine Geduld dem Ende neigt.

„Unanständig? Reden wir einmal über unanständig, kleines Fräulein. Wer war es denn, der beschlossen hat, sich an einen Ort zu schleichen, an den sie nicht gehört?"

„Aber ich ..."

„Und wer ist es, der über seine Schnüffelei gelogen hat?"

„Nun, ich ..."

„Und wer", fragt er, als er mich an sich zieht, „hat immer wieder seine Versprechen gebrochen?"

Ich winde mich in seinen Armen, aber sie sind wie Eisen um mich herum. Ich kann ihm nicht entkommen. Jeder Atemzug füllt meine Lunge mit seinem Duft und zieht mich noch mehr in seinen Bann. „Ich–"

„Du weißt, dass du es verdienst, bestraft zu werden." Er greift nach unten und hebt meinen Kopf an, damit ich ihn ansehe. „Gehorche mir und füge dich. Dann ist die Sache vom Tisch und wir können den Rest der Nacht genießen. Du willst doch nicht, dass dir das hier zum Verhängnis wird, oder?"

Die Enttäuschung, die von seinen Lippen tropft, durchbohrt mein Herz. Ich beichte immer und tue immer Buße. Immer. Warum ist es dieses Mal so schwer? *Weil du denkst, dass du eigentlich nichts falsch gemacht hast?* Aber das habe ich. Er hat recht. Alles, was ich heute Abend getan habe, war falsch. Schuldgefühle steigen in mir auf. Ich muss es wiedergutmachen. Der Stolz soll verdammt sein. Warum ist das immer meine größte Sünde?

Wenn ich zurückblicke, bin ich jedes Mal wegen meines Stolzes bestraft worden. Ich hätte gedacht, Vater hätte mir das inzwischen ausgetrieben. Ich schätze, ich bin einfach ein hoffnungsloser Fall. Gewissensbisse erfüllen mich. Das ist genau das, was ich verdiene. Ich folge meinem Stolz immer tiefer und weiter in die Tiefen der Hölle. Jetzt werde ich von Satan umworben. Wie passend.

Ich greife nach hinten und öffne meinen BH, während ich mit der anderen Hand die Vorderseite an Ort und Stelle festhalte. Scham durchströmt mich, als ich mich gegen Adrian presse. Ich bin so nah an ihm dran, wie es nur geht, während ich meinen BH ausziehe. Ich habe Mühe, ihn zwischen uns herauszuziehen, aber ich will verdammt sein, wenn ich mich mehr entblöße als nötig. Außerdem kann ich, sobald ich nackt bin, meine Sachen wieder anziehen und nach unten gehen.

In diesem Bewusstsein drücke ich meine Brust gegen seine, während ich meine Daumen seitlich in meinen Tanga einhake. Je schneller ich es hinter mich bringe, desto schneller kann ich alles wieder anziehen.

„Was genau versuchst du eigentlich?"

Er lacht über mich. Der Trottel lacht mich tatsächlich aus.

„Du weißt, was ich versuche!" Ich strenge mich an. Das ist es, was ich tue. Aber egal, wie sehr ich meine Hüfte drehe und wende, ich schaffe es nicht, meine Unterwäsche hinunterzuziehen und trotzdem meine Brust weiter an ihn zu drücken.

Er lacht erneut und seine Brust bewegt sich dabei. Sein Hemd kratzt über meine Brustwarzen und jagt mir einen Schauer der Lust über den Rücken.

„Wie wäre es, wenn du vielleicht ein wenig zurücktrittst?"

Ich funkle ihn an.

Abwehrend hebt er die Hände hoch und sein Glucksen verstummt. „Oder ich könnte dir einfach helfen und die Sache schneller hinter uns bringen." Seine Augen glänzen, als er sein Gesicht zu mir senkt. „Was sagst du dazu? Willst du, dass diese Quälerei ein Ende hat?"

Mein Verstand schreit nein, aber mein Kopf nickt. Ich schätze, mein Kopf gewinnt. In weniger als einem Wimpernschlag hebt Adrian mich hoch und wirft mich über seine

Schulter. Ich öffne den Mund, um zu schreien, aber seine starke Hand klatscht mir hart auf den Hintern und bringt mich zum Schweigen.

„Ich kann spüren, dass du tief einatmest, Kleines. Es wäre mir lieber, wenn du jetzt nicht schreien würdest. Wenn wir unten sind, kannst du so viel schreien, wie du willst."

Seine Stimme durchdringt mich. Lieber Gott. Das ist noch schlimmer, als nur neben ihm zu stehen. Diese tiefe, sinnliche Stimme strömt in meinen Körper und macht mich zu Brei. Ich beiße mir auf die Unterlippe und entspanne mich in seinem Halt. Ich versuche, das leichte Unbehagen zu ignorieren, dass seine breite Schulter in meiner Mitte auslöst. Atmen. Ein und aus. Ein und...

„Hey!"

Ich stoße gegen seinen Rücken und beuge mich nach oben, um seinem Gesicht näher zu kommen.

„Was machst du da?"

Seine Finger halten an meinem Höschen inne. „Ich bin dabei, dir die Kleidung auszuziehen. Jetzt sei ein braves Mädchen und entspann dich."

Entspannen. Glaubt er, ich kann mich einfach entspannen, wenn er so sexy spricht? Ich schließe die Augen und fürchte mich vor diesem Moment. Ich werde völlig entblößt sein. Das ist einfach nicht richtig. Es ist nicht ... Ein weiterer Schlag landet auf meinem Hintern und entlockt mir einen kleinen Schrei. „Was? Was–"

„Deine Atmung hat sich verändert. Ich merke, dass du dich in deine Gedanken hineinsteigerst. Hör auf damit. Gib einfach auf und lasse zu, dass ich mich um dich kümmere. Du bist sicher bei mir. Ich verspreche es."

Als er ‚Ich verspreche es' sagt, sackt mein ganzer Körper auf ihm zusammen. Vielleicht ist es eine Lüge. Vielleicht nimmt er mich mit nach unten, um mich dort zu töten. Aber in diesem Moment macht etwas in mir *klick*. Ich glaube ihm.

Ich weiß auch nicht, warum. Das ist so etwas von verrückt. Ich habe keinen Grund, diesem Mann ... nein, diesem Monster zu vertrauen. Reiß dich zusammen, Evie. Du kannst doch nicht einfach ... Dieser Schlag ist so viel härter. Tränen prickeln unter meinen Augenlidern.

„Genug. Ich weiß nicht, was dich so in Aufruhr versetzt. Ich verspreche dir, es ist nicht so schlimm, wie du denkst. Wirst. Du. Jetzt. Endlich. Loslassen?"

Jedes Wort wird von einem stechenden Schmerz auf meinem Hintern betont. Wärme breitet sich in meinem Körper aus und setzt sich tief in meinem Inneren fest.

„Ich versuche es ja!" Ich hasse dieses leichte Zittern in meiner Stimme. Es verrät ihm alles. Es sagt ihm, dass er gewonnen hat. Warum zum Teufel kann ich mich nicht einfach unter Kontrolle behalten, verdammt noch mal? Ohne Vorwarnung hebt er seine Hand wieder an den Bund meiner Unterwäsche, aber sie bleibt nur für den Bruchteil einer Sekunde dort. Bevor ich noch einmal flehen kann, hakt er seine Finger unter das Bündchen und zieht sie mir hinunter.

Ich presse meine Schenkel so fest zusammen, wie ich nur kann. Aber selbst das ist nicht genug. Ich spüre den Luftzug an meinem Unterleib. Lieber Gott. Ich bin jetzt völlig entblößt. Ich vergrabe meinen Kopf an Adrians Rücken und versuche verzweifelt, meine Scham davon abzuhalten, ihn zu alarmieren.

Ich weiß nicht viel über Vampire, aber mir ist bewusst, dass sie die subtilsten Dinge wahrnehmen.

„Na also, es geht doch. Mein braves Mädchen. Jetzt ist die Bestrafung fast zu Ende."

Ich bäume mich wieder auf. „Warte. Wir sind noch nicht fertig? Du hast gesagt, nackt sein! Ich bin nackt. Ich bin so nackt, wie du mich kriegen wirst!" Sein leises Lachen löst weitere Überschläge in meinem Bauch aus und noch mehr

Nässe sammelt sich an meinen Schenkeln. Na toll, noch etwas, für das ich mich schämen muss.

„Ich glaube, es war die Rede davon, öffentlich dafür zu büßen, was du im Privaten getan hast?"

Die Hitze entweicht aus meinem Gesicht. Oh. Oh nein. Er will mich doch nicht denjenigen zur Schau stellen, die dort unten sind, oder? Das kann ich nicht. Oh Gott, ich kann es nicht. Mein Gehirn rast und versetzt mich in Panik. Währenddessen hebt er seine Hand hoch und legt sie auf die Rückseite meiner Oberschenkel. Ironischerweise ist es seine Berührung, die mich beruhigt und meinen Kopf freimacht. Was für eine Art von Magie ist das denn? Warum wurde ich nie darüber informiert?

Ich kann mich nur auf seine Hände und die köstlich herumwirbelnde Spannung in meinem Unterleib konzentrieren. Er bewegt seine Daumen in trägen Kreisen über meiner Haut. Aber ich weiß es besser. Alles was er tut hat einen Zweck.

„So ist es gut. Atme einfach wie ein braves Mädchen weiter. Es wird bald vorbei sein."

Seine Stimme ist tief und hypnotisch. Aber nicht drängend. Es ist etwas anderes. Ganz anders. Er versucht nicht wirklich, mich zu kontrollieren. Könnte es sein, dass er in Wirklichkeit ein guter Kerl ist? Nein. Er ist ein Monster. Er wird immer ein Monster sein. Aber Monster hin oder her. Er kann mich den ganzen Tag lang so reiben und ich würde mich nicht beschweren.

Seufzend ergebe ich mich und lasse ihn mein Gewicht spüren. Seinem zufriedenen Schnurren nach zu urteilen, muss ich wohl endlich das Richtige tun.

„So ist es gut, Kleines. Ich bin so stolz auf dich, dass du mir endlich vertraust."

Ich möchte ihm widersprechen. Ich möchte ihm sagen, dass er zurück in die Hölle gehen soll. Aber ich kann es nicht.

Gott stehe mir bei, ich kann es nicht. Seine Finger sind genauso hypnotisierend wie seine Anziehungskraft. Ich spüre, wie ich mich entspanne, hoffe und bete. Ich bin so verdammt einsam gewesen und seine Berührung weckt alle Bedürfnisse, die ich mir selbst verweigere. Es fühlt sich gut an, die Last ausnahmsweise jemand anderen tragen zu lassen.

Meine Gedanken fühlen sich schwer und verschwommen an, während ich mich immer weiter gehen lasse. Bis er mit dem Daumen über meine Schamlippen gleitet und ich von einem so starken Verlangen durchzuckt werde, dass ich mich seiner Hand fast entgegenstrecke.

„Lieber Gott, du bist so feucht für mich."

„Ich … ähm …"

„Psst. Genieße einfach den Moment. Nicht alles muss ein Kampf sein. Entspanne dich, meine Liebe. Du hast es dir verdient."

Ist es das, worauf ich gewartet habe? Die Erlaubnis zu hören? Die Erlaubnis, loszulassen und einfach zu fühlen? Das ist leicht für ihn zu sagen, aber ich brauche seine Erlaubnis nicht. Wessen dann? Meine? Gottes? Vaters? Er kneift mir mit dem Daumen und Zeigefinger fest in die Schamlippen. Jaulend stemme ich mich ihm entgegn.

„Hör auf nachzudenken. Ich schwöre, ich werde dich irgendwie dazu bringen, dich zu entspannen. Ich würde dir Alkohol anbieten, aber ich mag es nicht, wenn meine Partnerinnen betrunken sind. Ich will, dass du bei vollem Bewusstsein bist, wenn du dich mir ergibst."

Nachdem er die Stelle gerieben hat, in die er gekniffen hatte, lässt er seine Finger über jeden Zentimeter meines Körpers wandern, lernt meinen Körper kennen und kommt der Stelle, wo ich ihn am meisten brauche, ach, so so nahe. Aber jedes Mal streicht er daran vorbei. Nach dem dritten oder vierten Mal zucke ich mit der Hüfte und versuche, mich seinen Fingern entgegenzustrecken.

Er lacht nur und packt mich fester mit dem anderen Arm, damit ich mich nicht so sehr bewegen kann. „Oh? Brauchst du etwas?"

Ich knirsche mit den Zähnen, als ich meine Finger in sein Hemd kralle. Nein. Auf keinen Fall. Diese Genugtuung gönne ich ihm nicht.

Er lacht erneut und fängt wieder an, mich zu quälen.

Nach ein paar Augenblicken schiebt er seine Finger hinein. Nur die Spitze. Gerade so weit, dass ich – oh Gott steh mir bei – stöhnen muss. Das wollüstige Geräusch erfüllt die Luft. Zu diesem Zeitpunkt ist es mir sogar egal. Ich will nur, dass die schmerzende Leere in mir endlich gefüllt wird.

KAPITEL 6

drian

BEI DEN GÖTTERN. Sie tropft praktisch auf meine Hand. Ich hatte keine Ahnung, dass sie so empfänglich für mich sein würde. Es kostet mich jedes Quäntchen meiner Willenskraft, sie nicht einfach auf den Boden zu werfen und wie eine Bestie über sie herzufallen. Aber sie hat mehr verdient. So viel mehr als das.

Sie ist so kaputt. Ich habe keine Ahnung, was sie gebrochen hat – und Monster das ich bin, werde ich sie weiter brechen, bevor die Nacht vorbei ist. Der Unterschied ist, dass ich sie wieder zusammensetzen werde, sodass sie, wenn ich mit ihr fertig bin, stärker ist, als sie vorher war. Sie trägt eine solche Kraft in sich. Viel mehr, als ihr bewusst ist. Wenn ich ihre Mauern erst einmal überwunden habe, und zwar alle, werde ich ihr beibringen, wie sie sich ihre glorreiche Kraft zunutze machen kann.

Ich schüttle den Kopf. Denke ich ernsthaft auf lange

Sicht? Das wird nicht passieren. Es spielt keine Rolle, dass mein Herz und die Bestie in mir sie in Besitz nehmen wollen. Ich habe bei meinen Impulsen ein gewisses Mitspracherecht.

Aber warum habe ich das Gefühl, dass ich mich gerade selbst belüge? Ich lenke meine Aufmerksamkeit wieder auf die bedürftige Frau über meiner Schulter und necke sie weiter mit den Fingern. Ihr bedürftiges Wimmern durchströmt mich. Ich muss mich von ihr distanzieren, bevor ich mich in Verlegenheit bringe. Schon jetzt habe ich das Gefühl, dass ich mit nur einem Stoß in ihr kommen könnte. Wie soll ich die Nacht überstehen, wenn ich mich jetzt nicht abgrenze?

Ich richte mich mit meinem Bündel auf der Schulter auf, um die Treppe hinunterzugehen. Zum Glück für uns ist es nicht überfüllt. Ich möchte zwar, dass sie Demut lernt, aber je weniger Leute ihr nacktes Fleisch sehen können, desto besser für mich. Normalerweise bin ich kein besitzergreifender Typ. Selbst für einen Vampir bin ich ziemlich sanftmütig. Offensichtlich wirft diese Frau all meine harte Arbeit und Meditation über den Haufen.

Sie versteift sich an meiner Schulter, als ich die Tür öffne.

„Muss ich mich nicht erst wieder anziehen?"

„Ich werde deine Bestrafung nicht wiederholen. Wenn ich dazu gezwungen werde, muss ich noch einen draufsetzen. Hast du das verstanden?"

„Ja, Sir."

Ein frisches Rinnsal ihrer Erregung sickert an ihren Schenkeln hinunter und auf meinen Arm. Ich kann nicht anders – ein strahlendes Grinsen breitet sich auf meinem Gesicht aus. Endlich gewinne ich den Krieg gegen diese scharfe, freche Frau. Es fühlt sich noch authentischer an, weil es so hart erkämpft ist. Sie ist keine einfältige Prinzessin, sie ist eine nicht zu ignorierende Kraft.

Ich schiebe mich durch die Tür und passe auf, dass ich sie

nicht streife oder stoße. Nur noch ein paar Schritte, und ich kann meinen Leckerbissen endlich verschlingen. Ich spüre, wie sie sich an mich presst, als wir die Treppe in den unterirdischen Raum hinabsteigen.

Genau wie ich es mir gedacht habe. Es sind nur eine Handvoll Leute hier und die meisten davon sind bereits mit anderen Partnern beschäftigt. Ich bahne mir meinen Weg in die Mitte des Raums, von wo aus mir Lucius und Selene Blicke zuwerfen. Ich nicke nur leicht, da ich meinen Preis noch nicht bekanntmachen möchte. Sie klammert sich mit den Fingern an mich, als ich sie auf dem Boden absetze. Es ist so bezaubernd, wie zerbrechlich und menschlich sie ist.

Als ich sie schließlich wieder aufrichte und sie die Umgebung um uns herum wahrnimmt, sehe ich, wie sich ihre Augen vor Schreck weiten. Vielleicht dränge ich sie zu sehr. Es ist klar, dass sie in einer sexuellen Situation noch nie mit anderen zu tun hatte, geschweige denn in dieser perversen Szene.

Sie reißt den Kopf hin und her, während sie ihre Umgebung mustert. Ich folge ihren schnellen Blicken. Um ehrlich zu sein, sieht nichts zu sehr fehl am Platz aus. Das Einzige, was etwas seltsam wirkt, sind die Throne und das Podest. Aber was wäre ein Verlies ohne ein paar Eigenheiten? Schließlich bleibt ihr Blick an einer Frau hängen, die gerade ausgepeitscht wird. Der kupferne Geruch ihres Blutes steigt mir in die Nase und lässt meine Zähne schmerzen. Noch blutet sie nicht offensichtlich, aber das heißt nicht, dass es nicht irgendwann passieren wird.

Ich blicke nach unten, als Evangeline erschrocken einatmet. Es ist keine Angst, die sie die Augen weit aufreißen lässt. Es ist Erregung. Ich kann sie riechen. Sie liegt in der Luft und überschattet sogar den Geruch von Blut. *Meine*, knurrt mein Gehirn, als ich sehe, wie andere Vampire Notiz davon nehmen. Ich ziehe sie an mich und starre jeden einzelnen nieder, der ihr Blicke zuwirft.

Ich ziehe sie an mich, hebe ihren Kopf und halte ihr Kinn fest, damit sie sich von all den Dingen, die hier vor sich gehen, nicht ablenken lässt. „Du hast dir heute Abend eine Auszeit verdient, meine Kleine. Mehrere Clubmitglieder sind bereits mit ihren Untergebenen beschäftigt. Es wäre sehr unhöflich von mir, ihre Sessions zu unterbrechen, nur um dir eine Lektion zu erteilen. Also betrachte deine Buße als getan."

Hätte ich nicht genau hingesehen, wäre mir der Blick in ihren Augen vielleicht entgangen, der fast wie Enttäuschung wirkt. Interessant. Was kann sie denn getan haben, das so falsch war, dass sie tatsächlich das Bedürfnis hatte, bestraft zu werden? Eine Geschichte für ein anderes Mal. Ich wäre verdammt, wenn ich die Bedürfnisse meines Schatzes verleugnen würde. Außerdem ist das Bedürfnis nach Buße etwas, das ich sehr gut kenne.

„Mach dir keine Sorgen, Prinzessin. Du wirst trotzdem bestraft werden. Nur nicht so, wie ich es ursprünglich geplant hatte. Und du wirst dich mir unterwerfen, ja?"

Ihr Atem streift mein Gesicht, als sie erleichtert seufzt. „Ja, Sir. Ich werde mich unterwerfen."

Interessant. Hier ist definitiv etwas im Busch und ich kann es kaum erwarten, der Sache auf den Grund zu gehen. Ich trete einen Schritt zurück und wende mich an eine der Haussklavinnen des Clubs. Ihr Name ist mir entfallen, weil ich ihn eigentlich gar nicht wissen wollte. Man gibt seinem Essen keinen Namen, bevor man es verschlingt.

„Zeige ihr, wie man niederkniet."

Ohne zu fragen, sinkt die Sklavin auf die Knie, führt ihre Hände hinter ihren Rücken und umfasst die gegenüberliegenden Ellbogen. Sie neigt den Kopf. Ihr Haar flattert zu beiden Seiten ihres Gesichts, sodass es nicht zu sehen ist. So ein hübsches Bild der Unterwerfung. Mein Schwanz zuckt bei diesem Anblick jedoch nicht. Diese Ehre wird heute Abend nur einer Frau zuteil.

„Ausgezeichnet. Aufstehen." In einer fließenden Bewegung erhebt sie sich. Sie hält den Kopf noch immer gesenkt, die Arme hinter dem Rücken verschränkt und wartet auf weitere Anweisungen. „Bring meine Tasche zur Bar und stell sie dort für mich ab. Das wäre alles."

Mit einem schnellen „Ja, Sir" macht sie sich auf den Weg, um den Auftrag auszuführen. Evangeline hat einen misstrauischen Blick in den Augen.

„Ich glaube nicht, dass ich das so gut kann wie sie." Eine leichte Röte färbt ihre Wangen. „Ich bin keine Größe zweiunddreißig und nicht gerade anmutig."

Stirnrunzelnd deute ich auf den Boden. „Auf die Knie."

„Aber ich…"

„Hier gibt es kein Aber. Nur Master, Sir oder Gott. Ich sagte, auf die Knie." Es dauert einen Moment, bis sie sich in Position gebracht hat. Obwohl sie recht hat, dass sie nicht ganz so anmutig ist, überwältigt sie mich trotzdem mit ihrer Schönheit. „Du wirst so bleiben, bis ich dir etwas anderes befehle. Hast du das verstanden?"

„Ja, Sir."

Ich trete von ihr weg und starre auf ihre kniende Gestalt hinunter. Oh ja. Daran könnte ich mich gewöhnen. Schmerz durchzuckt mich, als ich mich zwinge, mich von ihr abzuwenden und zur Bar zu gehen. Das ist kein gutes Zeichen. Ich darf mich nicht binden. Ich darf mich NICHT binden. Neben der Bar sehe ich meine Tasche bereitstehen. Ausgezeichnet!

„Tasha hat die für Sie abgegeben, aber sie hat nicht gesagt, ob Sie auch etwas trinken möchten, Sir."

Ich schaue einmal zu meinem Schützling hinüber. Soweit ich es beurteilen kann, kniet sie immer noch und hält still. Ich lasse das Gefühl des Stolzes noch einen Moment auf mich wirken, bevor ich in die Realität zurückkehre.

„Weißt du was, ich nehme ein Glas vom Fass."

Normalerweise trinke ich nicht gern vorm Spielen. Aber ich weiß, dass dies eine lange Session werden wird, und ich werde all meine Kraft brauchen.

„Hier bitte schön, Sir!"

Ich nicke der Blondine kurz zu, bevor ich nach dem Schnapsglas greife und mich wieder zu meiner schönen Prinzessin umdrehe. Das Licht tanzt über ihren Körper und bringt jede üppige Rundung und Kurve zur Geltung. Ich führe das Glas an meine Lippen und trinke es in einem Zug aus. Das Blut trifft auf meine Zunge und schießt durch mich hindurch. Ich habe es mehr gebraucht, als mir bewusst gewesen war. „Noch eins."

Als mir das nächste Glas gereicht wird, behalte ich meinen Preis im Auge. Ein weiterer Schluck. Das Blut stärkt mich. Ich drehe mich wieder um und stelle das Glas vorsichtig auf die Theke, bevor ich meine Tasche nehme und mich wieder auf den Weg mache.

Welch ein Anblick, wie sie einfach nur dasitzt und auf mich wartet. Wenn ich ehrlich zu mir selbst und weniger egoistisch wäre, wäre es vernünftiger, sie für jemand anderen dort zu lassen. Oder besser noch, mich gar nicht erst auf sie einzulassen. Doch in dem Moment, als ich sie gesehen habe, wusste ich, dass sie mein Schicksal ist. Sie ist meine verbotene Frucht und ich verlange eine Kostprobe.

Als ich wieder vor ihr stehe, überlege ich, wie dieser Abend verlaufen soll. Wenn ich mich normalerweise für eine Mahlzeit entscheide, ist es eine schnelle Angelegenheit. Blutsklaven müssen nicht gehätschelt oder unterhalten werden. Sie sind nur dazu da, mir zu dienen und mich zu befriedigen. Dieser Leckerbissen hier muss jedoch mit Sorgfalt zubereitet werden. Ich kann mich nicht einfach an ihr satttrinken, ohne ihr etwas zurückzugeben.

Ich bin hin- und hergerissen. Wäre ich zu Hause in meinem Nest, bräuchte ich keiner Frau beizubringen, was ich mag oder brauche. Sie würde es bereits wissen. Sie wäre dafür ausgebildet worden. Vielleicht ist das der Grund, warum sie mich so anzieht. Sie ist frisch und kann so geformt werden, wie ich es will. Ich umkreise ihren knienden Körper, als Ideen und Szenarien durch meinen Kopf schwirren. Was ich alles mit ihr machen könnte. Wenn ich wüsste, dass wir auf Dauer zusammen sein werden, würde ich damit beginnen, sie in der Kunst einer echten *Bake-Onna* zu trainieren. Aber wir sind beide zu dem Schluss gekommen, dass heute unsere einzige Begegnung bleiben wird. Hat es denn dann überhaupt Sinn, sie zu trainieren?

Mein Schwanz beantwortet diese Frage mit einem harten Pulsieren in meiner Hose. Die Vorstellung, sie zu trainieren und zu formen, sie meinem Willen zu unterwerfen, ist ein Aphrodisiakum, das ich noch nicht probiert habe, aber unbedingt probieren möchte. Meine letzte Runde um ihren Körper führt dazu, dass ich direkt vor ihr zum Stehen komme. Ich senke mich auf meine Unterschenkel hinunter, richte meine Füße aus und setze mich auf meine Fersen. Meine Knie sind etwa zwei Fäuste breit geöffnet.

„Sieh mich an."

Sie neigt den Kopf nach oben und ihre Augen funkeln im Licht. Hat sie geweint? Ich streiche mit einem Finger über die weiche Haut ihres Gesichts und stelle fest, dass sie trocken ist. Gott sei Dank. Ich möchte mein Abendessen wirklich nicht beschwichtigen müssen. Ein leichter Schmerz zuckt durch meine Brust. Aber sie ist mehr als nur ein Abendessen, nicht wahr? Es gibt immer noch einen Teil in mir, der sich einfach nur satttrinken und sie dann in Ruhe lassen möchte. Der größere Teil jedoch – der einsame Teil –

möchte sie an sich reißen und sie für immer zu meiner Frau machen.

Niemals in meinen Jahrhunderten wollte ich einen anderen Vampir erschaffen. Und doch sind wir jetzt hier. Ein einziger Blick in ihre Augen genügt, um alle meine Überzeugungen über Bord werfen und sie zu der Meinen machen zu wollen. Es ist ein unangenehmes Gefühl. Also sitze ich da und kneife die Augen für einen Moment zu, um selbst zu Atem zu kommen. Meditation ist mein Mittel der Wahl, um mich zu beruhigen. Seltsamerweise hilft mir das im Moment nicht so sehr.

Sie ist mir zu nah. Ihr Duft dringt in jede meiner Poren. Je länger ich dort hocke, desto mehr will ich sie. Es ist, als ob das Blut, das ich zuvor getrunken habe, mich überhaupt nicht gesättigt hätte. Sie. Sie ist die Eine. Dessen bin ich mir sicher. Als ich die Augen wieder öffne, sehe ich, dass sie überall hinstarrt nur nicht zu mir. Mit einem leisen Lachen packe ich ihr Kinn und zwinge ihren Blick zu mir zurück.

„Wenn du mit mir zusammen bist, wirst du deine Augen nur auf mich gerichtet halten. Es sei denn, du bekommst andere Anweisungen. Ich bin das Zentrum deiner Aufmerksamkeit. Dein Gott. Weißt du noch?"

Sie belohnt mich mit einem kleinen Erröten. Bis zu diesem Moment hatte ich nicht das Bedürfnis, sie in Verlegenheit zu bringen oder ihr seelisches Unbehagen zu bereiten, aber wenn es zu ihr kommt, ist das alles so natürlich wie Blut zum Frühstück. Ich lebe für diese kleinen Momente und zähle sie als Siege, wenn es darum geht, ihre Abwehr zu durchbrechen.

„Ja, Sir." Sie versucht, ihren Blick abzuwenden, aber das kann ich nicht zulassen.

„Augen auf mich."

Ihre Arme zucken hinter ihrem Rücken, während sich ihr ganzer Körper windet. „Aber ich …"

„Du warst vorhin so ängstlich, was deine Bestrafung angeht. Bist du wirklich so erpicht darauf, noch mehr hinzuzufügen?"

Das schnelle Hin und Her ihres Kopfes lässt mich erneut glucksen.

„Und nun zu deiner nächsten Lektion. Auch wenn wir nur heute Nacht zusammen sind, werde ich dir beibringen, wie du dich in meiner Gegenwart zu verhalten hast. Es wird eine lange Nacht werden und ich möchte, dass du einen gewissen Anstand an den Tag legst." Sie zieht die Augenbrauen zusammen und ich kann nicht sagen, ob es sie ärgert oder ob sie verwirrt ist. „Einwände? Fragen?"

„Sir, ich habe Anstand. Du hast dich nur nicht wie ein Gentleman verhalten, Sir."

Ahhh. Sie ist verärgert. Das macht nichts. Sie wird sich trotzdem meinem Willen beugen, entweder freiwillig oder gezwungenermaßen. Die Entscheidung liegt letztendlich bei ihr.

„Ich habe hier das Sagen. Ich kann handeln, wie ich will. Du hast jedoch zugestimmt, heute Abend meine Sklavin zu sein. Als solche wirst du tun, was ich dir sage und nicht, was du denkst, was du tun solltest. Also gut. Siehst du, wie ich hier sitze?" Ich lege jede Hand auf das entsprechende Knie und drücke meinen Rücken durch. „Das nennt man *Kiza*, aber ich werde es abwandeln und es dich ein wenig anders machen lassen." Ich bewege meine Hüfte, bis mein Hintern den Boden berührt und schiebe die Unterschenkel zur Seite. „Das nennt man *Wariza*. Wenn ich dir sage, du sollst in *Wariza* gehen, möchte ich, dass du genau diese Position einnimmst. *Kiza* hebe ich mir für Momente auf, in denen du extrem unartig bist. Also. *Wariza*."

Mein Schwanz sehnt sich nach ihr, als sie anfängt, ihren üppigen Körper in Position zu bringen. Ich sehe, wie sie zu mir hinüberschaut, um sich zu vergewissern, dass ihre

Haltung die meine widerspiegelt. In dem Moment, in dem sie ihre Knie spreizt, weiß ich, dass ich verloren bin. Ihre Schenkel sind glitschig und glitzern im Licht. Der Geruch ihrer Erregung trifft mich hart und entlockt mir ein Knurren. Sie reißt ihren Blick zu mir auf und ihre Pupillen weiten sich leicht.

„Mach dir keine Sorgen, Kleines, du erfreust mich sehr. Gut." Ich gehe zurück in die *Kiza*-Position, ziehe ein Bein hoch und stütze mein Gewicht auf einen flachen Fuß. Mein Knie ist nun in einem Neunziggradwinkel angewinkelt und mein anderes Knie noch immer gegen den Boden gedrückt. „Diese Position wird *Tatehiza* genannt. Du wirst dich jetzt in diese Haltung begeben."

Als ich ihre unsicheren Bewegungen beobachte, nehme ich mir vor, mit ihr an ihrem Gleichgewicht zu arbeiten. Köstliche Ideen strömen durch meinen Kopf, wie ich dies für uns beide lustvoll gestalten kann. Ich halte jedoch inne, als ich mich erinnere, dass sie den heutigen Abend als One-Night-Stand betrachtet. Ich muss sie erst davon überzeugen, die Meine zu werden. Dann kann ich mir ausmalen, wie ich sie foltern kann.

Ich schaue auf meinen Preis hinunter. Ihr Blick ist sanft und einladend. Verschwunden ist der Ausdruck des Misstrauens und der Bosheit. Zumindest für den Moment. Ich kann nicht so töricht sein, zu hoffen, dass ich das mächtige Biest schon gezähmt habe.

Lächelnd stehe ich auf und krümme den Finger, um ihr zu signalisieren, auf die Knie zu gehen. Ich habe lange genug gewartet, um sie zu probieren. Es ist an der Zeit, dass ich sie büßen lasse. Außerdem werde ich mich endlich wieder konzentrieren können, wenn dies hilft, die Spannung ein wenig zu brechen.

„Normalerweise", sage ich und öffne meine Gürtelschnalle, „würde mich meine Unterwürfige ausziehen und mich auf die kommenden Aktivitäten vorbereiten; aufgrund unserer Vereinbarung ist dies jedoch eine einmalige Angelegenheit."

Sie starrt auf meine Finger, die langsam den Gürtel aus den Schlaufen ziehen. Ich werde sie nicht korrigieren, denn obwohl ihr Blick nicht auf mein Gesicht oder das, was ich sage, konzentriert ist, schaut sie doch auf mich.

„Es sei denn, du möchtest unsere Vereinbarung ändern." *Verdammt noch mal. Muss ich so hoffnungslos klingen? So wehmütig? Reiß dich zusammen. Ehre, zu jeder Zeit.*

„Nein, Sir. Nur heute Nacht, Sir."

Sehe ich einen Ausdruck des Bedauerns in ihren Augen? Oder ist das mein hormongesteuertes Gehirn, das nach irgendeiner Möglichkeit sucht, sie für immer in Besitz zu nehmen? Wenn ich ehrlich zu mir selbst bin, schmerzt mich ihre Ablehnung. Nur einen Hauch. Aber es ist das Beste so. Vampire sind keine guten Gefährten für Menschen. Ein dunkles Glucksen durchfährt mich. Es ist ja nicht so, dass sie überhaupt weiß, was ich bin, um eine informierte Entscheidung darüber zu treffen, auf wen sie sich einlassen würde. Diese Frau macht mich zu einem Softie. Und das gefällt mir nicht.

„Dann ist es abgemacht." Ich ziehe meinen Gürtel zügig durch die Schlaufen heraus. Sie zuckt zusammen und schwankt auf den Fersen nach hinten, um Abstand zwischen uns zu bringen. „Was ist los?"

„N-Nichts." Sie richtet sich erneut in die *Tatehiza*-Position auf. „Es geht mir gut. Du hast mich nur erschreckt. Das ist alles."

Ich kneife die Augen zusammen, ziehe den Gürtel zurück und halte ihn in einer Schlagposition nach oben. Sofort reißt sie die Hände hoch, um sich zu schützen, bevor sie sie schnell wieder herunternimmt und so tut, als wäre nichts passiert.

„Nichts, was?"

Wütend werfe ich den Gürtel auf den Boden. Wer hat es gewagt, diese schöne Frau dazu zu bringen, meinen Gürtel zu fürchten. Ich werde ihn töten, ihn in Stücke reißen. Ich atme tief durch, bis sich der Nebel der Wut verzieht. Ich darf nicht zulassen, dass sie denkt, sie sei Schuld an ihren Reaktionen. Mich anzulügen? Oh ja. Das wird eine andere Reaktion hervorrufen, aber nicht die unheilige Wut, die mich eben überkommen hat.

„Ich dulde keine Lügen und werde sie auch niemals tolerieren. Ich möchte ganz klar sagen, dass ich verärgert und enttäuscht bin, dass du mir nicht die Wahrheit sagst. Ich mache dir die Vorwürfe nicht allein, da du und ich in keinerlei Art von Beziehung stehen. Aber für heute Abend und für die Zukunft – solltest du jemals beschließen, dich mit jemand anderem auf diese Art von Spiel einzulassen–"

Ich muss tief Luft holen. *Als würde ich jemals irgendwen anders mit ihr spielen lassen. Du bist unvernünftig. Sie gehört dir nicht. Sie kann spielen, mit wem sie will. Nur über meine Leiche,* knurre ich in meinem Kopf. Ich brauche noch ein paar Sekunden, um mich zu beruhigen.

„Du musst deine Trigger offenlegen. Ich will dich reizen und quälen, ja. Aber ich will dir nicht schaden. Das ist ein großer Unterschied. Und jetzt begebe dich zurück in *Wariza*, bis ich dir eine andere Anweisung gebe."

Ich brauche diesen Moment der Trennung, um meine Gefühle in den Griff zu bekommen. Normalerweise bin ich nicht der Typ, der über irgendetwas in Wut gerät. Was macht diese Frau mit mir? Ich gehe zur Bar und verlange nach einem weiteren Getränk.

„Sag Trish, ich brauche frischen Ingwer und ein Schälmesser. Ich werde ihn selbst schälen."

Ich greife nach dem servierten Schnapsglas und trinke das Blut aus. Wie oft werde ich dies noch machen müssen, bevor die Nacht vorbei ist? Ich versuche, mir Zeit mit ihr zu lassen, aber mein Körper verlangt, dass ich endlich so schlemme, wie es mir geschuldet ist.

Ich stehe an der Bar und beobachte sie. Ihre Schultern zucken. Ich weiß, dass sie weint, aber ich kann und will sie in diesem Moment nicht trösten. Sie muss lernen, wie man sich in solchen Situationen richtig verhält, sonst könnte sie ernsthaft verletzt oder getötet werden. Mein Herz schmerzt bei diesem Gedanken mehr, als es das Recht dazu hat. Ich hatte gedacht, dieses nutzlose Organ sei schon seit Jahrhunderten tot. Warum meldet es sich jetzt auf einmal zu Wort?

„Ärger im Paradies?"

Ich unterdrücke das Knurren, das in meiner Kehle aufsteigt. Lucius hat nie etwas anderes getan, als meinen höchsten Respekt zu verdienen.

„Ich habe das Gefühl, im Zwiespalt zu sein."

„Nun, das sehe ich", sagt er mit einem leisen Lachen, lehnt sich gegen die Bar und starrt meine Untergebene an.

Ein weiteres Knurren steigt in mir auf. „Sie ist nicht das, was ich mir unter einem untrainierten Menschen vorstelle."

Lucius leises Glucksen wandelt sich zu einem richtigen Lachen, als er mir auf die Schulter klopft. „Untrainiert oder nicht, die meisten Frauen sind nicht das, was du erwartest. Ich bin nur froh, dass diese hier eine Herausforderung für dich darstellt. Ich habe dich beobachtet, wie du allein an der Bar gesessen und über deinem Telefon gebrütet hast. Du brauchst etwas Aufregung. Irgendetwas sagt mir, dass sie dir viel mehr bescheren wird, als du erwartest. Aber am Ende wird es das wert sein. Ah!" Er deutet auf die Haussklavin, die an meiner Seite erscheint. „Das ist also die Richtung, die du einschlagen willst. Ich kann es kaum erwarten, zu sehen, wie es laufen wird."

Das Funkeln in seinen Augen geht mir unter die Haut. Bis zu diesem Moment war ich in meinem ganzen Leben noch nie so besessen von einer Frau, geschweige denn einem

Menschen. Ich muss ihm den Rücken zukehren, bevor ich etwas sage oder tue, was ich später bereuen werde. Ich nehme das Messer und den Ingwer entgegen und pirsche mich wieder an meine Beute heran. Je näher ich komme, desto klarer kann ich sehen, dass sie tatsächlich weint. Nicht laut genug, um von Menschen wahrgenommen zu werden, aber sie weint trotzdem. Ich muss gegen den Drang ankämpfen, mich neben sie zu knien und sie in die Arme zu schließen. Das hebe ich mir für später auf. Jetzt muss sie erst einmal die Konsequenzen ihres Handelns begreifen.

„*Tatehiza*." Sie wischt sich mit der Handfläche über das Gesicht und drückt sich auf die Fußballen hoch. „Sieh mich an, meine Kleine." Ihr weinerlicher Ausdruck macht mich fertig. In diesem Moment weiß ich, dass ich sie vor der ganzen Welt beschützen werde. Sogar vor mir, wenn es sein muss. „Ahhh, meine Liebe", beruhige ich sie und wische ihr die Tränen aus den Augen. „Ist es denn so schlimm?"

Mit einem Satz stürzt sie sich auf mich und schlingt ihre Arme wie einen Schraubstock um meine Taille. Frische Tränen fallen auf meine Brust und jede einzelne brennt sich in mein Gewissen. Ich habe sie tatsächlich zu weit getrieben. Ihr Haar ist weich unter meiner Hand, als ich es streichle. Ich ziehe sie näher an mich heran und drücke sie fest an mich, ohne mich darum zu kümmern, wer zuschaut und urteilt. Diese kleine Prinzessin gehört mir und niemand wird sie mir wegnehmen. Sie weiß es noch nicht, aber sie wird nie wieder frei von mir sein.

„Sag mir, was dich quält, Kleines. Ich werde es bald in Ordnung bringen."

„Es tut – es tut mir leid", schluchzt sie und klammert sich fester an mich. „Ich will nicht lügen. Ich kann dir nur einfach nicht alles erzählen. Wenn Vat–, wenn ich …ich kann einfach nicht!", jammert sie.

Mein Gehirn rattert und versucht, alle Teile zusammenzufügen. Sie hat wirklich Angst vor jemandem. Aber vor wem? Ich lasse meinen Blick durch den Club schweifen und stelle fest, dass alle anderen ihr eigenes Ding machen und uns nicht die geringste Aufmerksamkeit schenken. Nichts scheint fehl am Platz zu sein und doch fühlt sich die Luft viel schwerer an als zuvor. Ich ziehe sie noch fester an mich. Ich werde die Monster, die sie jagen, erschlagen. Sie werden den Tag bereuen, an dem sie ihr begegnet sind. Zu diesem Zeitpunkt ist es mir sogar egal, dass sie mich nicht mit *Sir* angesprochen hat. Momente wie dieser brauchen keine Formalitäten. Ich werde sie gewiss nicht dafür bestrafen, dass sie es in einem Moment der Schwäche vergessen hat.

So plötzlich, wie sie mich gepackt hat, hört sie auf zu weinen und zieht sich zurück. Ich spüre den Verlust ihrer Wärme sofort. Doch ihre Reaktion verwirrt mich. Sie tut so, als wäre überhaupt nichts geschehen. Stirnrunzelnd greife ich nach ihr, aber sie zieht sich weiter zurück.

„Es geht mir gut. Ehrlich. Ich weiß nicht, was über mich gekommen ist. Ich ... leide unter meinen Hormonen, Sir."

Ich schnuppere in der Luft. Nichts an ihr scheint ungewöhnlich zu sein. Ich bin mir fast sicher, dass sie wieder lügt. Wann wird mein Mädchen es endlich lernen? Mein Inneres wärmt sich bei dem Gedanken, sie zu der Meinen zu machen. Aber zuerst muss ich sie für mich gewinnen. Sie mit ihren Lügen davonkommen zu lassen, wird dabei nicht helfen.

„Wirklich? Heißt das, ich kann dich jetzt mit dem Gürtel schlagen?" Ich greife nach dem Gürtel, den ich auf den Boden geworfen habe, und halte ihn ihr vors Gesicht. Sie zuckt zurück, aber ihre Reaktion ist viel kontrollierter als zuvor. Sie hat sich gut trainiert. Das muss ich ihr lassen. Mit einer Handbewegung schlinge ich den Gürtel um ihren Hals und führe beide Enden nach vorn, wo sie sie sehen kann. „Ist es das, was du willst? Bestraft zu werden und für all deine vielen Sünden zu büßen?" Ich schaue ihr tief in die Augen. Bingo. Das ist ein Teil davon. „Erzähl es mir, kleines Mädchen. Beichte es. Was hast du getan, das so falsch ist?" Ich weiß, dass ich es wahrscheinlich nicht sollte, aber ich versuche, sie mit meinen Worten leicht zu bezirzen. Sie muss sich mir unbedingt öffnen. Wenn sie es nicht tut, wird es nicht funktionieren.

Sie kneift die Augen zusammen. Ihr Gesicht nimmt plötzlich einen seltsam leeren Ausdruck an. Das habe ich noch nie bei ihr gesehen. Was zum Teufel geht in ihrem Gehirn vor sich?

„Ich gestehe, dass ich dich belogen habe. Ich verdiene es, bestraft zu werden, Sir." Ihr Blick klärt sich nach einem Moment und begegnet dem meinen.

Es ist nicht das, was ich hören will; sie hat die Frage jedoch beantwortet. Aber tief in meinem Herzen werde ich das Gefühl nicht los, dass sie mir etwas verheimlicht. Das ist kein Problem. Ich werde es früh genug erfahren. Seufzend schiebe ich den Gürtel durch die Schnalle und ziehe ihn fest, bis er sich um ihren Hals schließt.

„Ja. Du musst bestraft werden. Lass es uns nicht länger hinauszögern." Ich greife nach meiner Tasche, dem Ingwer und dem Messer, stehe auf und schaue auf sie herab. Wie gern, würde ich nachgeben und ihr einfach nur Lust bescheren, damit ich auf meine Kosten kommen kann. Aber das ist ihr gegenüber nicht fair. Oder uns. Wenn diese Sache funktionieren soll, dann muss sie richtig gemacht werden.

„Komm mit." Ich ziehe am Gürtel und grinse, als sie auf die Füße stolpert. Vielleicht bin ich also *doch* ein kleiner Sadist. Als ich sie zum Podium führe, bemerke ich, wie sie Lucius und Selene anschaut und versucht, sich zu bedecken. „Nein. Du hast dir das Recht nicht verdient, dich zu bedecken. Vielleicht hältst du dich das nächste Mal mit deiner Frechheit zurück, dann können wir uns diese Peinlichkeit ersparen." Ich beuge mich hinunter und knurre ihr ins Ohr. „Sei dankbar, dass ich dich nicht zwinge, zu ihnen zu gehen und dein Verbrechen zu gestehen. Stell dir vor, du stehst nackt vor deinem Arbeitgeber und wirst von ihm und von mir bestraft", schelte ich sie leise. „Was für ein ungezogenes kleines Mädchen du warst. Aber mach dir keine Sorgen. Heute Abend werde ich dich ganz für mich allein behalten."

Ich schaue auf und sehe, dass sowohl Selene als auch Lucius ihr Lächeln verbergen. Ich bin dankbar, dass sie mir ein wenig Ernsthaftigkeit zugestehen, wenn es um sie geht. Wir biegen scharf nach rechts ab und bleiben vor einer Prügelbank stehen. Ich warte ein paar Augenblicke, damit sie sich die Bank genauer ansehen kann.

„Ich verstehe nicht, Sir."

„Das nennt man eine Prügelbank, meine Liebe. Ich werde dich so darauf platzieren, wie es mir gefällt, und dann werde ich mit deiner Bestrafung beginnen." Ich beuge mich vor, um meine Sachen abzustellen, halte den Gürtel jedoch fest umklammert. Kein Grund, eine Flucht zu riskieren. Nicht, dass sie in einem Raum voller Vampire überhaupt weit kommen würde.

Sie beäugt mich misstrauisch. „Ich dachte, du hättest gesagt, du würdest den Gürtel benutzen, Sir."

„Willst du darüber verhandeln? Ist der Gürtel ein Trigger für dich?"

Sie schüttelt den Kopf und mein Herz wird schwer. Wieder muss sie die Dinge auf die harte Tour machen. Ich ziehe den Gürtel von ihrem Hals und halte ihn in meiner Hand.

„Was würdest du sagen, wenn ich dir sage, dass ich den Gürtel tatsächlich benutzen werde?"

Sie senkt ihren Blick zum Boden. „Ich würde sagen, ich habe es verdient, Sir."

Mein Herz bricht. Solange ich dieser Sache nicht auf den

Grund gehen kann, wird es keine Gürtel geben, die jemals benutzt werden. Ich schiebe meinen Finger unter ihr Kinn und hebe ihr Gesicht an, damit sie mich anschaut.

„Du verdienst, was ich entscheide. Wenn ich der Meinung bin, dass du einen Gürtel verdienst, dann werden wir darüber reden. Ich finde, du warst extrem frech und streitlustig. Ich bin jedoch nicht der Meinung, dass du einen Gürtel verdient hast. Es gibt so viele andere Möglichkeiten, dich zu bestrafen." Ihr hoffnungsvoller Blick, als ich über den Gürtel sprach, schwindet schnell, als ich andere Bestrafungen erwähne. „Nun, ich brauche ein paar Informationen über dich. Bist du auf irgendetwas allergisch?"

Überrascht reißt sie den Kopf hoch. Offensichtlich hat sie nicht erwartet, dies von mir zu hören.

„Ich meine, nicht wirklich? Wespen und Bienen bekommen mir nicht, aber-" Ihr Gesicht wird bleich, „so etwas wirst du doch nicht gegen mich einsetzen, oder?"

Ich lache erschrocken. „Um Himmels willen, Kleines. Für was für ein Monster hältst du mich denn? Nein, ich habe keine Wespen für dich parat. Mir geht es hauptsächlich um Lebensmittelallergien."

Sie setzt ihre neutrale Maske wieder auf. „Dann nein, Sir. Ich bin gegen nichts allergisch."

„Gut. *Tatehiza*."

Sie hält einen Moment inne und scheint zu versuchen, sich zu erinnern, was mein Befehl bedeutet. Zu ihrer Verteidigung sei gesagt, dass dies technisch gesehen immer noch der erste Tag ihrer Ausbildung ist. Ich lasse ihr alle Zeit, die sie braucht. Sobald ich täglich mit ihr trainieren kann, werden die Bewegungen so natürlich wie das Atmen. Nachdem sie sich in Position gebracht hat, schaut sie zu mir auf. Ihr Blick ist eine Mischung aus Angst und Hoffnung. Ich nehme mir einen Moment Zeit, um sie von oben bis unten zu mustern.

„Perfekt, Kleines." Sie strahlt einen Moment lang, bevor sie sich mir wieder verschließt. „Irgendwelche Kreislaufprobleme, von denen ich wissen sollte?"

„Ich glaube nicht, Sir."

Ich greife nach ihren Händen und fühle ihre Temperatur. Ich strecke ihr zwei Finger entgegen und lege ihre Hand um sie. „Drück zu." Obwohl ihr Gesichtsausdruck an Respektlosigkeit grenzt, ist sie klug genug, ihren Mund zu halten. Vielleicht meldet sich endlich der Selbsterhaltungstrieb in ihr. „Gut. Jetzt nimm deinen Fingernagel und bohre ihn in die Kuppe deines Daumens. Spürst du das Stechen?"

Sie schaut mich an, als sei mir ein zweiter Kopf gewachsen. „Ja, Sir?"

„Perfekt. Egal, was heute Abend passiert, ich möchte, dass du dies immer wieder selbst prüfst. Wenn du merkst, dass du das Gefühl verlierst, wirst du mich sofort alarmieren. Es könnte schlimme Folgen haben und ich rechne dabei noch nicht einmal mit ein, was ich mit dir anstellen werde." Ein Anflug von Panik, der mir sehr fremd ist, steigt in mir auf. Vielleicht ist es töricht, mit einem Menschen zu spielen. So viele Dinge können schiefgehen. Ich schüttle den Kopf. Ich habe schon mit Seilen gespielt, bevor ich unsterblich war. Ich weiß, worauf ich achten muss. Es wird gut gehen. Ehrlich gesagt, gibt es nur wenige andere Vampire, denen ich mit ihren Seilen vertrauen würde, aber die sind weit weg von hier.

Ich knie mich vor sie, öffne den Reißverschluss meiner Tasche und beginne, darin herumzuwühlen. Ihr Kopf und ihre Augen bewegen sich, während sie meinen Handlungen folgt, aber so neugierig sie auch ist, bleibt sie doch in ihrer Position. Meine Hände landen auf dem Strang eines dunkelblauen Bambusseils. Die weiche, seidige Textur lässt mich Frieden in meiner Seele spüren. Hier fühle ich mich Zuhause. Ohne ihr Zeit zum Nachdenken zu geben, schlinge ich das Ende um ein Handgelenk und binde es fest, bevor ich mich dem anderen Handgelenk widme. Der Anblick des Seils, das an ihr herunterhängt, lässt meinen Schwanz noch mehr anschwellen. Ich werde mich bald sättigen müssen.

„Aufstehen." Als sie sich erhebt, baumeln die Seile an ihren Seiten hinunter. Bei den Göttern, aber sie sehen perfekt an ihr aus. Das Blau hebt sich kontrastreich von ihrer milchigen, blassen Haut ab. Es streichelt sie wie die Liebkosungen eines Liebhabers und zum ersten Mal bin ich tatsächlich neidisch auf meine Ausrüstung. Ich drehe sie um und positioniere sie über der Bank. Sie passt perfekt dorthin. Ihr Kopf ist genau an der richtigen Stelle, um mir einen blasen zu können, was ich auch vorhabe, sie bald tun zu lassen. Ihre gespreizten Beine geben mir perfekten Zugang zu ihrer Muschi und ihrem Arschloch. Sie beide werden ganz schrecklich geschunden sein, wenn diese Nacht vorbei ist. Sie hat sich mir mit ihren Eskapaden lange genug verweigert und sie wird mit ihrem Körper dafür bezahlen.

Ich gehe herum, führe die Enden des Seils durch die Ringe der Bank und binde sie fest. Sie hat ein wenig Spiel im Handgelenk, aber ansonsten ist sie gut gesichert. Schnell gehe ich zu ihrem anderen Handgelenk hinüber und binde es auf die gleiche Weise fest. Nun zu meinem Lieblingsteil. Die Beine. Sie sind vor mir gespreizt und sie sieht aus wie ein Altar, der darum bettelt, dass ich ihn anbete. Sie windet sich, als ich auf ihren Unterleib starre. Als sie aufschaut, sehe ich, wie sie errötet, weil ich sie so aufmerksam mustere.

Ich sehe ihr tief in die Augen, während ich wieder in meine Tasche greife, um noch ein Seil herauszuziehen. Nur noch eine Fessel an jedem Bein und ich habe sie so gesichert, wie ich sie haben will.

„Schau mich weiter an. Ich will nicht, dass du deinen Blick abwendest, bis ich es dir erlaube. Ist das klar?"

„Ja, Sir."

***

Evangeline

LIEBER GOTT. Worauf habe ich mich nur eingelassen? Ich prüfe meine Fesseln, aber alles ist fest. Ich beobachte Adrian immer noch, wie er es befohlen hat, aber das ist der härteste Befehl, den ich je in meinem Leben bekommen habe. Merkt er denn nicht, wie demütigend das ist? Niemand außer meiner Frauenärztin hat jemals so aufmerksam dorthin geschaut. Was erwartet er denn zu finden? Den Mars? Ich versuche, meine Beine zusammenzupressen, aber auch sie sind fest verschnürt. Verdammt noch mal.

Wie bin ich nur in diesen Schlamassel geraten? Obwohl ich ihn ansehe, bin ich so in meine Gedanken vertieft, dass ich nicht wahrnehme, wie er die Hand bewegt, bevor sie meinen Hintern trifft. Ein scharfer Schmerz durchzuckt mich. „Au, du Arschloch, das hat wehgetan!"

„Aber, aber. Schimpfwörter und dann noch vergessen, mich richtig anzusprechen. Was soll ich nur mit dir machen?" Er lässt seine Hand auf meinem Hintern liegen und starrt mich an.

„Nun, Sir, du könntest mir verzeihen, weil du mich erschreckt hast?"

„Ahh." Er fängt an, seine Hand in langsamen Kreisen zu reiben, was den schlimmsten Schmerz lindert. „Wenn du getan hättest, was ich dir gesagt habe, hätte es dich nicht so erschreckt. Ich glaube, ich muss deinem Mund eine Lektion erteilen. Wirklich schade. Ich wollte dich eigentlich verwöhnen, bevor ich dich für deine Lügen bestrafe."

Die Hitze strömt aus meinem Gesicht. In dem ganzen Durcheinander hatte ich den Vorfall mit der Lüge völlig vergessen. Doppelt verdammt. Natürlich würde er sich daran erinnern. Er ist genau wie Vater und führt eine Liste mit meinen Vergehen, die er nach Belieben einsetzen kann. Ein weiterer Schlag, dieses Mal auf die andere Pobacke, unterbricht meine Gedanken.

„Weißt du, Kleines, ich kann das die ganze Nacht lang machen. Oder du könntest mir einfach sagen, was dich so sehr bedrückt."

Das kann ich nicht. Absolut nicht. Aber ich weiß nicht, was ich ihm sagen kann, um ihn vom Herumschnüffeln abzuhalten. Er weiß schon viel zu viel. Noch mehr, und die ganze Operation könnte auffliegen.

„Es tut mir leid. Ich werde versuchen, präsent zu sein, Sir."

„Hmmm." Er lässt seine Hand an meinem Hintern hinuntergleiten und dann zur Rückseite meiner Oberschenkel. „Vielleicht würde es helfen, wenn ich dir etwas gebe, worauf du dich konzentrieren kannst?" Bevor ich antworten kann, spüre ich die Hitze seines Atems an meinen Schamlippen. Stöhnend versuche ich, mich ihm zu entziehen. Keine meiner sexuellen Erfahrungen beinhaltete irgendeine Art von Oralverkehr. Ich bin mir nicht sicher, ob ich bereit bin, mit Adrian so intim zu werden. Bevor ich protestieren kann, taucht er seine Zunge ein und lässt Funken der Lust durch mich sprühen. Mein Unterleib kribbelt und flattert bei dieser neuen Empfindung. Nun, vielleicht kann er mich doch ein wenig oral befriedigen. Ich bin sowieso bereits auf dem Weg zur Hölle, dann kann ich genauso gut alles ausprobieren, was er zu bieten hat.

Er erforscht meine Schamlippen mit seiner Zunge und findet jeden Teil von mir, der mir Lust bereitet. Verdammt, er findet sogar Stellen, von denen ich nicht einmal selbst wusste, dass sie existieren. Er stöhnt in mich hinein, lässt mich vibrieren und die Lust durch meinen Körper schießen.

Ich versuche, in meinen Fesseln zu zappeln. Alles, um dem Ansturm seiner Zunge zu entkommen. Er lacht leise.

„Es gibt kein Entkommen für dich, Prinzessin. Du gehörst mir."

Er krümmt die Finger um meine Schenkel, während er mich weiter mit seiner Zunge angreift. Rein und raus, rein und raus. Ich spüre, wie die Lust in mir aufsteigt und sehne mich so verzweifelt danach zu kommen. Er zieht sich zurück und widmet sich meiner Klitoris. Du lieber Himmel. In dem Moment, in dem er seine Lippen auf meine Klitoris drückt, spüre ich, wie sich die Spirale der Lust in meinem Unterleib aufbaut und tiefer sinkt. Die lustvollen Laute strömen aus meinem Mund, aber ausnahmsweise ist mir das egal. Ich kann nur fühlen.

Als ich kurz davor bin, über den Abgrund zu stürzen, zieht er sich zurück. Ich wimmere aus Protest und versuche, mich ihm entgegenzustrecken. Meine Bemühungen werden mit einem weiteren Klaps auf den Hintern belohnt. Nicht schmerzhaft, aber warm und prickelnd, vermischt mit den Empfindungen, die mich bereits durchströmen.

„Bitte", flehe ich mit verzweifelter Stimme. Er hat gesagt, ich würde irgendwann flehen, und Gott helfe mir, ich tue es.

„Bitte was, Kleines?", knurrt er in der Nähe meines Ohrs. Ich war so sehr auf meinen Körper konzentriert, dass ich nicht einmal gesehen oder gehört habe, wie er zu mir herumkam.

Zitternd vor Verlangen schaue ich zu ihm auf und versuche, ihn mit den Augen anzuflehen. „Bitte, Sir?"

Er lächelt auf mich hinab – ein wölfisches, räuberisches Lächeln. „Bitte, Sir, was? Ich will es hören. Bettle darum, meine Kleine."

Beschämung überkommt mich. Aber ich bin schon zu weit gegangen. Bin zu verzweifelt. „Bitte, Sir, ich muss wirklich kommen." Scharfe Zähne streifen mein Ohr und jagen mir eine Gänsehaut über den Körper. „Oh Gott, bitte. Bitte."

„Nennst du mich Gott? Oder beziehst du dich auf deine eigene Gottheit?"

Ich halte tatsächlich für einige Sekunden inne. Was habe ich damit gemeint? Es ist ja nicht so, dass Gott dieses Gebet tatsächlich erhören würde. „Welches auch immer mich zum Höhepunkt bringt?"

Sein lautes Lachen schallt durch das Verlies und überrascht die wenigen Leute, die ich von meiner Position aus sehen kann.

„Ahh. Ich bewundere deine Ehrlichkeit. Aber, nein." Er tritt wieder hinter mich. „Ich entscheide, wann ich dich kommen lasse, und ich glaube nicht, dass du deine Lektion schon gelernt hast. Du wirst kommen, bevor der Abend vorbei ist, aber erst, wenn ich es erlaube."

Ich schnaufe gegen die Prügelbank. Natürlich kann ich nicht ohne Erlaubnis kommen. Schockierend.

Lust durchströmt mich plötzlich, als er einen Finger tief in mich stößt. „Schmollen und Zickigkeit werden mich nicht davon überzeugen, dich schneller zum Orgasmus kommen zu lassen. Bitte merk dir das."

Er stößt noch ein paar Augenblicke weiter, bevor er seinen Finger wieder durch seine Zunge ersetzt. Ein Stöhnen entspringt meiner Kehle. Ich kralle die Finger um die Polsterung der Prügelbank. Noch nie in meinem Leben wollte ich so sehr kommen. Als er sich wieder zurückzieht, seufze ich und warte auf den nächsten Ansturm, den er für mich geplant hat. Womit ich nicht rechne, ist, dass seine Zunge ein wenig höherwandert. Ich schreie auf, als er mit der Zungenspitze über eine Stelle leckt, wo sie definitiv nicht hingehört. Verzweifelt versuche ich, mich ihm zu entziehen, aber er packt meinen Hintern mit den Händen und hält mich fest, um mich zwischen der Bank und seiner Zunge zu fixieren.

Das sollte sich nicht so gut anfühlen. Und doch spüre ich, wie die Erregung immer weiter in mir aufsteigt. Seine Zunge, die auf meinem Poloch hin und her gleitet, sollte sich nicht so anfühlen. Scham steigt in mir auf. Was für eine Perverse bin ich eigentlich?

„Ich kann mich nicht erinnern, dir erlaubt zu haben, wieder nachzudenken, oder doch?" Er steht mit einem wölfischen Grinsen auf dem Gesicht über mir. „Vielleicht ist meine Zunge nicht genug, um dich abzulenken? Also gut, kommen wir zu deiner Bestrafung."

Ich strecke mich so gut ich es mit den Fesseln kann nach oben. „Moment! Ich dachte, nicht kommen zu dürfen, wäre meine Strafe, Sir!"

„Oh nein, Liebling. Ich verbiete Orgasmen nur zum Spaß. Ich liebe es, zu sehen, wie du dich windest und darum bettelst. Deine Lügen werden nicht so leicht bestraft."

Er begibt sich wieder hinter mich und schiebt einen Finger in meine Muschi. Sie ist beschämend feucht. Dann nimmt er den Finger und umkreist mein Arschloch ein paarmal, bevor er ihn hineinschiebt. Erschrocken zucke ich zusammen.

„Das kannst du nicht machen!"

„Ach? Kann ich das nicht?" Er schiebt ihn ein wenig tiefer hinein. „Mir scheint es, dass ich es kann. Dein Körper scheint geradezu darum zu betteln." Er stößt mit dem Finger ein paarmal hinein, wodurch das anfängliche Stechen langsam zu einem köstlichen Brennen wird. „Hmmm. Ich schlage vor, wir versuchen es mit zweien."

„Nein. Auf keinen Fall, Sir. Du kriegst auf gar keinen Fall zwei dort hinein."

Er zieht den Finger heraus und kehrt zu meinem Gesicht zurück. Er kniet nieder und fixiert mich mit seinem Blick. „Willst du wetten, Prinzessin? Ich werde eine ganze Faust in dich stecken können, wenn ich es irgendwann will." Er mustert mein Gesicht. „Aber heute Abend werde ich das noch nicht tun. Für so etwas bist du noch nicht annähernd bereit. Deine Bestrafung muss allerdings schwer genug sein." Er schaut zu Boden und dann wieder zu mir auf. „Ich denke zwei, höchstens drei Finger sollten genügen." Ich werfe den Kopf zurück und versuche, ihn anzusehen, als er wieder hinter mich tritt. „Zwei oder drei?", quietsche ich und zapple in meinen Fesseln. Sein Stirnrunzeln ist bösartig und ach, so sexy, als er wieder auf mich zukommt. Schmerz durchzuckt meinen Schädel, als er mein Haar mit den Fingern packt. Stöhnend versuche ich, mich von ihm abzuwenden, aber er hält mich fest.

„Jetzt hör mir mal zu. Ich habe es satt, nett zu dir zu sein. Schluss jetzt."

Oh verdammt. Was hat das denn zu bedeuten? Er lockert seine Finger leicht und massiert kurz meine Kopfhaut, bevor er mich mit kräftigem Griff am Nacken packt und auf die Bank drückt.

„Ich werde Dinge mit deinem Körper tun. Köstliche Dinge, schmerzhafte Dinge. Du wirst sie mit Anstand ertragen. Ich werde nicht dulden, dass du eine Szene machst und alle anderen dabei störst, ihren Abend zu genießen. Haben wir eine Abmachung?"

Ich versuche, unter seinem stählernen Griff zu nicken, aber er packt noch fester zu und schränkt jede Bewegung ein.

„Worte, Kleines."

„Ja, Sir."

„Sehr gut."

Als er weggeht, gleitet er mit den Fingern über meinen nackten Rücken und jagt mir einen Schauer die Wirbelsäule hinunter. Ich erschaudere, als seine Finger auf meinem Hintern zur Ruhe kommen. Ich drehe gleich durch. Was genau hat er mit mir vor? Ich schließe die Augen und bete, dass er nicht plant, mich dort zu ficken. Zwei oder drei Finger. Hat er sich selbst gesehen? Ich habe ihn zwar nur durch die Hose gesehen, aber ich bin mir verdammt sicher, dass er größer als zwei oder drei Finger ist.

Ich spüre ihn wieder hinter mir, wie er mit den Fingerspitzen über mich reibt. In Erwartung des Schmerzes verkrampfe ich mich erneut, doch ich werde von nichts anderem als einem puren, dekadenten Gefühl überschwemmt.

„Das ist doch nicht so schlimm, nicht wahr?"

Ich beiße mir mit den Zähnen einen Moment lang auf die Unterlippe. Ich wage es nicht, ihm zu antworten. Das ist mir zu peinlich.

„Es wird gleich noch viel interessanter werden, meine Liebe."

Ein Stöhnen entweicht meinen Lippen. Die Vorfreude versetzt mich in helle Aufregung. Jede Zelle in mir schreit vor Erwartung zu erfahren, was er als Nächstes tun wird. Als er seine Finger von meiner Haut löst, atme ich tief ein. Vielleicht ist er mit diesem Teil tatsächlich fertig und kann mich nun bestrafen.

Etwas Kaltes tropft auf meinen hinteren Eingang und reißt mich aus meinem Tagtraum. Nein. Er ist noch nicht fertig. Was zum Teufel macht er denn da, dass es so kalt ist? Bevor ich fragen kann, gleitet sein Finger wieder hinein. Dieses Mal geht es viel leichter. Gleitmittel. Aha. Oh verdammt. Dann hat er tatsächlich vor, drei Finger in mich zu stecken? Das ist der einzige Grund, warum er Gleitmittel benutzen würde, nicht wahr?

„Atme tief ein und dann ganz langsam aus. Ich möchte, dass du dich komplett entspannst und mich hereinlässt."

Keine Chance. Egal, wie sehr ich mich entspanne, die Tatsache, dass er mindestens fingerknöcheltief in mir steckt, wird mich davon abhalten, mich wirklich zu entspannen.

Versteht er denn nicht, dass der Körper so nicht funktioniert?

„Trish", ruft er.

Verdammt. Jetzt holt er auch noch Verstärkung. Ich hätte einfach oben bleiben und Vater sagen sollen, dass es keine neuen Informationen gibt. Jetzt bin ich dem Satan und seinen Lakaien ausgeliefert.

„Desinfektionsmittel, bitte."

Ich drehe mich so weit wie möglich herum und schaue ihn an. „Ich bin sauber, weißt du. Nun, ich schätze, du weißt es nicht. Aber du wirst doch meinen Arsch und meine Muschi sicher nicht mit Lysol desinfizieren?"

Ein Lächeln. Gut. Wenigstens ist er nicht eiskalt. Wenn er lächelt, habe ich eine Chance.

„Ich kenne mich mit dem weiblichen Körper gut genug aus, um zu wissen, dass das ein verhängnisvoller Fehler wäre. Jetzt dreh dich um und entspann dich wie ein braves Mädchen." Mit der freien Hand macht er eine Drehbewegung und ich kann nicht anders, als mit den Augen zu rollen.

Klatsch. Das hat gar nicht so wehgetan. Entweder versohlt er mich nicht so hart, oder ich gewöhne mich tatsächlich langsam daran.

„Vielen Dank, Trish, das wäre dann alles."

Neid durchzuckt mich. Natürlich hat er eine perfekte Sklavin, die ihm zur Verfügung steht. Wozu braucht er mich dann? Meine Gedanken fangen an, in dunklere Gefilde abzudriften, doch seine freie Hand, die sich jetzt kühl anfühlt, gleitet an meiner Muschi hinunter und er beginnt, sie zwischen meinen Schamlippen auf und ab zu bewegen. Stöhnend bäume ich mich auf und versuche, mehr Druck auszuüben, um Linderung für meine Erregung zu finden. Die Bewegung lässt seinen anderen Finger noch tiefer in meinen Arsch eindringen. Zu diesem Zeitpunkt ist mir das sogar egal. Alles fühlt sich einfach so verdammt gut an.

„So ist es gut, Liebes. Reite weiter auf meinem Finger."

Seine Worte füllen mein Gehirn und erzeugen einen Schleier der Lust. Zur Hölle damit. Wenn ich schon ein Lüstling bin, dann kann ich auch jeden Tropfen der Lust auskosten. Ich werfe meinen Kopf zurück, stöhne und winde mich gegen ihn. Er reibt mit seinen Fingern weiter, hört jedoch kurz vor meinem Venushügel auf. Warum berührt er mich nicht einfach dort und befriedigt mich! *Bestrafung*. Das Wort schießt mir durch den Kopf und steigert meine Erregung noch mehr.

Sanft zieht er den Finger aus mir heraus und ich strecke mich ihm entgegen, weil ich auf jede erdenkliche Art und Weise gefüllt werden will. Glucksend zupft er mit der anderen Hand an meiner Klitoris und bringt mich damit fast um den Verstand. Ich schreie auf und schlage mit den Fäusten auf die Bank. Ich bin so notgeil und unbefriedigt.

„Mach dir keine Sorgen, meine Liebe. Der kommt gleich wieder." Der Humor in seiner Stimme überflutet mich. Es ist, als ob ich seinen Ton spüren kann.

Ohne mir eine Sekunde Zeit zum Nachdenken zu geben, schiebt er den Finger zusammen mit einem weiteren wieder hinein. Ich spüre den Unterschied sofort, als sich der ganze Bereich zu dehnen beginnt und brennt. Es ist ein so ungewöhnliches Gefühl. Ich kann nicht sagen, ob es mir gefällt oder nicht. Ich dränge mich nach vorn und versuche, der wachsenden Lust zu entkommen. Stattdessen lässt er mit der anderen Hand meine Muschi los, gleitet nach oben und packt meinen Schamhügel. Hart. Er nutzt meinen Körper als Hebel, um mich wieder näher zu sich zu ziehen.

„Wir können das entweder auf die angenehme oder auf die harte Tour machen." Sein Griff wird fester und ein Schrei entspringt meiner Kehle. „Ich würde es vorziehen, dich zu verwöhnen. Aber das ist allein deine Entscheidung."

Geschlagen lasse ich mich auf die Prügelbank sinken. Er

hat mir nicht wirklich wehgetan, seit wir hier hinuntergekommen sind. Vielleicht ist es an der Zeit, dass ich ihm, mit dem was er tut, vertraue. Er scheint sich tatsächlich auszukennen.

„Braves Mädchen." Seine Stimme ist sanft und zärtlich, während er den Schmerz seines Griffs wegreibt. Innerhalb weniger Augenblicke sind seine beiden Finger zurück an meinem Loch und fordern, hereingelassen zu werden. Anstatt mich zu wehren, zwinge ich mich, einfach dazuliegen und ihm seinen Willen zu lassen. Es dauert kaum eine Sekunde, bis seine Finger durch meinen engen Ring gleiten und in mich eindringen. Stöhnend rutsche ich zurück und ziehe ihn dabei noch tiefer in mich hinein. Großer Gott, es fühlt sich so unglaublich an. Nichts so Verdorbenes sollte sich so gut anfühlen. Als ich mich ihm entgegenstrecke, spreizt er seine Finger in mir und lockt mich noch weiter nach oben. Es brennt ein wenig mehr als bei seinem ersten Eindringen, aber anstatt mich in Panik zu versetzen und mir echte Schmerzen zu bereiten, verwandelt es sich in eine köstliche Vielzahl von Empfindungen, die meinen Körper durchströmen.

Ich werfe meinen Kopf zurück, während ich mich aufbäume und auf seinen Fingern reite. Der Orgasmus, den er mir verwehrt hat, beginnt sich wieder aufzubauen. Ich spüre, wie sich die Spannung in meinem Unterleib zusammenzieht.

„Du weißt noch, was du zu tun hast, ja?"

Keuchend drehe ich den Kopf. „Ich. Was?" Ich kann nicht einmal mehr sagen, welcher Tag heute ist. Ich fühle mich gerade so berauscht von der Lust.

„Du musst mich bitten, Liebling. Du musst um deine Erlösung betteln." Er zieht seine Finger wieder heraus, nur um sie gemeinsam mit einem Dritten hineinzustoßen. Mein enger Ring umklammert ihn fest, als er versucht, sich seinen Weg hinein zu bahnen. Ein Wimmern steigt in meiner Kehle auf, als das Brennen stärker wird. „Atme, Liebes", flüstert er mir ins Ohr. Sein Atem jagt mir Schauer der Lust über den Rücken. Das Gewicht seines Arms auf meinem Rücken, als er sich nach vorn beugt, um mich zu beruhigen, entspannt meine Nerven ein wenig. Sein ganzer Körper hebt und senkt sich dramatisch mit jedem Atemzug und gibt einen Rhythmus vor, dem ich folgen kann. Nach ein paar tiefen Atemzügen gleiten seine Finger langsam in mich hinein.

„Das machst du so gut, mein Liebling. Nimm nur noch ein bisschen mehr für mich. So ist es gut, Liebes. Genauso."

Bevor ich darüber nachdenken kann, steckt er schon bis zu den Fingerknöcheln in mir. Die volle Dehnung lässt noch mehr Lust durch meinen Körper strömen. In diesem Moment frage ich mich tatsächlich, wie es sich anfühlen würde, seinen dicken Schwanz in mir zu spüren. Scham erfüllt mich einen Moment lang, aber nur für einen Augenblick. Seine Finger wirken ihre Magie und sorgen dafür, dass sich mein Gehirn auf ihn konzentriert und nicht in Gedanken versinkt.

Wollüstiges Stöhnen dringt aus mir heraus, als ich auf seinen Fingern nach hinten gleite. Sein Gewicht löst sich und ich spüre einen kühlen Gegensatz, als er mehr Gleitmittel aufträgt. Doch der schockierende Temperaturunterschied steigert meine Erregung nur weiter. Sein Handrücken streift über die Innenseite meiner Pobacken und ich weiß, dass er ganz drinsteckt. Seine Finger bewegen sich hinein und wieder heraus, spreizen mich auf, bringen den winzigen Schmerz zurück und verebben wieder zu diesem köstlichen Brennen, das meine Zehen kribbeln lässt. Die Spirale der Lust zieht sich weiter zusammen, steigt und fällt, bis ich fast blind vor Verlangen bin.

„Bitte. Bitte, Master. Ich muss kommen. Bitte." Ich

erkenne meine eigene Stimme nicht einmal mehr. Es ist, als ob jemand anderes von mir Besitz ergreift.

Wieder kitzelt sein Atem mein Ohr. „Komm, meine Prinzessin, du hast meine Erlaubnis."

Der kleine Teil meines Gehirns, der nie die Klappe hält, empfindet eine winzige Genugtuung darüber, dass seine Stimme genauso heiser und belegt klingt wie meine. Wenigstens bin ich nicht die Einzige, die gerade erregt ist.

Er stößt mit den Fingern wild in mich hinein und lässt abwechselnd Schmerz und Lust durch mein Inneres schießen. Und obwohl seine Finger mich so sehr ausfüllen, fühle ich mich leer und hohl. Ich krampfe mich um nichts zusammen und wünsche mir so sehr, dass er mich ganz füllt. Als könnte er meine Gedanken lesen, lässt er zwei Finger seiner anderen Hand in mich gleiten und dehnt mich bis zum Äußersten. Mein Atem kommt stoßweise, als er in mich eindringt, mich ausfüllt, dehnt und mich in Besitz nimmt. Traurigkeit steigt auf und vermischt sich mit dem überwältigenden Orgasmus, den er mir beschert. Ich werde mich auf gar keinen Fall mit einem braven Jungen zufriedengeben können, den Die Familie für mich auswählt. Adrian hat mich für jeden anderen Mann verdorben.

Selbst in meinen wildesten Fantasien habe ich mich noch nie so beherrscht und erobert gefühlt. Und wir haben noch nicht einmal mit der Bestrafung begonnen. Ich verkrampfe mich vor Angst und Erregung, als ich daran denke, was als Nächstes kommt.

* * *

Adrian

. . .

PERFEKTION. Das ist es, was sie ist. Ihr Körper zittert und krampft sich um meine Finger zusammen. Ich kann nur daran denken, wie sehr ich in ihr sein möchte. Genug gewartet. Ich werde mich an ihr sättigen. Als ich mich aus ihr zurückziehe, zuckt sie immer noch. Und ich grinse wie ein Idiot. Ich liebe es so sehr, eine Frau zum Orgasmus zu bringen. Aber dieses Mal fühlt es sich so viel besser an als all die anderen Male. Es gibt nichts im Vergleich zu ihrem heißen Arsch, der mich in sich aufnimmt. Das mit der Faust war vielleicht ein Scherz, aber sie wird mich schon bald in jedem Loch spüren.

Ich wische mir die Hände ab und greife nach dem Ingwer und dem Messer. Die Klinge ist rasiermesserscharf und gleitet wie Butter durch das Äußere des Ingwers. Ich schaue immer wieder auf, abgelenkt vom Schwingen und Zappeln von Evangelines Hüfte. Wie ich mein Mädchen kenne, denkt sie über alles nach, besonders über die bevorstehende Bestrafung. Ich wünschte, ich wüsste, was ich tun oder sagen kann, um sie aus ihren Gedanken zu reißen. Ich nehme an, es wird einfach Zeit und Vertrauen brauchen. Und Zeit habe ich im Überfluss.

Nachdem ich mich schnell um den Ingwer gekümmert habe, schaue ich ihn mir genau an. Ich vergewissere mich, dass jedes Stückchen, das in ihr sein wird, geschält ist. Ich nehme an, ich sollte mein liebes Schätzchen warnen, aber was wäre das für ein Spaß? Ich lege meine Handfläche auf ihren Hintern und beuge mich vor.

„Ein Ratschlag. Ich würde versuchen, bei deiner Bestrafung so entspannt wie möglich zu bleiben." Sofort verkrampft sie sich. Natürlich tut sie das. Liebevoll tätschle ich ihren Po, gluckse und drücke ihn. „Wie du willst."

Nachdem ich etwas Gleitmittel auf den Ingwer aufgetragen habe, schiebe ich ihn in ihr Loch. Mein Schwanz pulsiert, als ich ihn verschwinden sehe, als würde ihr Körper ihn hineinsaugen. Gieriges Luder. Sobald er bis zum Anschlag in ihr steckt, überprüfe ich das Endstück, um sicherzustellen, dass er auf keinen Fall komplett in ihr verschwinden kann. Ich wische mir die Hände ab und gehe zu ihrem Gesicht herum. Ihre Augen sind feucht und die früheren Tränen sind auf ihrem Gesicht getrocknet. Sie sieht herrlich aus.

„Wie geht es dir?" Ich lächle sie an und streiche mit den Fingern durch ihr Haar.

„Ich denke, es geht mir gut. Ich glaube, ich hatte mir unter einer Bestrafung etwas anderes vorgestellt. Ich dachte, es wäre…"

Bingo. Ihr Gesichtsausdruck ändert sich augenblicklich.

„Ähm. Irgendetwas stimmt wirklich nicht!" Ihre Augen werden riesengroß und verzweifelt. Gott stehe mir bei, es lässt meinen Schwanz noch härter pulsieren.

„Ist das so?"

„Ja!", schreit sie praktisch. „Ich glaube, ich bin allergisch gegen das, was du gerade gemacht hast!" Kopfschüttelnd trete ich hinter sie und untersuche ihren Hintern. Keine Anzeichen von Beschwerden oder Rötung. „Nein. Ich sehe keine Zeichen einer Reaktion. Das ist alles ganz normal."

„*Normal*? Was zum Teufel hast du mit mir gemacht?"

„So eine unanständige Sprache. Hatten wir das nicht schon diskutiert?" Zu ihrer Verteidigung muss ich sagen, dass sie den Anstand hat, zerknirscht auszusehen. „Vielleicht sollte ich dir dann etwas geben, womit du dir den Mund auswaschen kannst." Ich trete zurück, knöpfe meine Hose auf und öffne langsam den Reißverschluss. Ich hoffe, sie genießt die Show, die ich ihr biete. Denn jede Sekunde, in der ich nicht in ihrem Mund bin, ist eine einzige Qual.

Als die Hose in einem Häufchen am Boden liegt, hake ich meine Daumen unter den Bund meiner Boxershorts. Evangeline starrt auf meinen Schwanz und sabbert fast. Es scheint, dass die Unbehaglichkeit des Ingwers zweitrangig wird, wenn sie endlich meine Männlichkeit zu sehen kriegt. Ich ziehe die Unterhose ein Stück weit hinunter. Gerade so weit, dass die Spitze zum Vorschein kommt. Dann ziehe ich sie wieder hoch. Sie stöhnt und es ist das köstlichste Geräusch.

„Du solltest deine Bestrafung nicht genießen", gluckse ich düster und manövriere mich zu dem Stück Ingwer zurück.

„Oh, das tue ich nicht! Das ist Folter. Schreckliche, furchtbare Folter."

Klugscheißer. Ich greife in meine Tasche und ziehe eine Gerte heraus. „Wirst du nicht gerade für eine Lüge bestraft? Ich bin mir sicher, du willst deine Strafe nicht unnötig verlängern."

Ich greife nach dem Endstück des Ingwers und drehe ihn hin und her. Ihr lautes Wimmern verrät mir alles, was ich wissen muss. Ich lasse die Reitgerte hart auf ihren Arsch knallen und lächle über ihren Schmerzensschrei.

„Ich habe dir gesagt, du sollst dich entspannen. Je mehr du dich verkrampfst, desto mehr wird es brennen."

Ich schlage auf die andere Pobacke und freue mich über die roten Striemen, die sich auf dem milchigen Weiß ihrer Haut bilden.

Ich werfe die Gerte beiseite und gehe zu ihrem Gesicht zurück. Ich muss sie haben. Ich habe noch nie jemanden gebraucht, wie ich sie brauche, und es macht mir ein wenig Angst. Ich verdränge diese Gedanken aus meinem Kopf, reiße meine Unterhose hinunter und packe ihre seidigen Strähnen mit meiner Faust.

„Sag mir die Wahrheit. Keine Spielchen. Hast du schon jemals einen Schwanz gelutscht?" Ihre Wangen färben sich knallrot.

„Ja, Sir", flüstert sie und schaut zu Boden.

„Gut. Dann weißt du ja, was du zu tun hast. Aufmachen."

Ich darf mir nicht erlauben, an den oder die anderen Männer zu denken, die sie bedient haben könnte. Ich habe mit zahllosen Frauen geschlafen, aber der Gedanke an ihre Lippen auf dem Schwanz eines anderen Mannes bringt mich zur Weißglut. Als ich an mir hinunterschaue, sehe ich meine schöne Prinzessin, in meinen Seilen gefesselt, die geduldig ihren Mund für mich öffnet. Ich habe diese zarte Blume nicht verdient. Ich streichle über ihre Wange und bewundere die Weichheit ihrer Haut. Meine Eier ziehen sich zusammen und kribbeln bei dem Gedanken, die mir durch den Kopf gehen.

Ich packe meinen Schwanz bei der Wurzel und führe meine Eichel zu ihrem Mund. Wärme umgibt mich und sendet ein Kribbeln über meine Wirbelsäule. Meine Hoden ziehen sich noch mehr zusammen, sodass sie regelrecht schmerzen. Ich kann mich nicht länger zurückhalten. Ich packe ihr Haar fester und stoße in ihren Mund. Meine dunkle Verderbtheit jubelt laut, als sie meine Länge in den Mund nimmt. Ich ziehe mich zurück und gebe ihr einen Moment Zeit zum Atmen, bevor ich meinen Schwanz wieder hineinramme. Ihre Zunge wirbelt um meine Spitze, bis ich meinen Schwanz wieder aus ihrem Mund ziehe. Wenn sie so weitermacht, werde ich in wenigen Augenblicken explodieren. Ich entziehe mich ihr, sinke auf die Knie und küsse sie leidenschaftlich. Ihr Stöhnen in meinem Mund, während meine Zunge sie plündert, lässt mich fast auf der Stelle kommen. Ich stehe wieder auf und starre auf dieses Wunder unter mir. Der Schmerz des Ingwers scheint ganz vergessen zu sein. Ausnahmsweise sind ihre schönen Augen ganz glasig und sie handelt nur nach Instinkt und nicht länger nach ihrem Verstand. Genauso will ich sie haben. Immer.

Ohne ein Wort zu sagen, öffnet sie ihren Mund erneut und lädt mich ein, einzudringen. Ich zögere keinen Moment. Mit einer raschen Bewegung bin ich bis zum Anschlag in ihr drin. Ihre Kehle krümmt sich um meine Spitze, als sie versucht, zu schlucken. Stöhnend stoße ich noch ein paar Mal zu, bevor ich sie atmen lasse.

„Du wirst jeden Tropfen schlucken, hast du das verstanden?", knurre ich. Sie nickt und öffnet den Mund weiter. So ein gutes, wunderbares, braves Mädchen.

Nach ein paar weiteren Stößen fühlen sich meine Hoden an, als wollten sie explodieren. Ich bin so nah dran. Ich gebe ihr noch einen Moment Zeit zum Atmen, stoße dann erneut zu und halte ihren Kopf ganz fest, als ich meine Erlösung herausschreie. Ihre Kehle wippt hart, als sie versucht, jeden Tropfen zu schlucken. Ich lasse locker und ihr Atem kommt keuchend, als mein Schwanz ein wenig weicher wird. Tränen strömen über ihr Gesicht. Für mich hat sie noch nie so schön ausgesehen wie in diesem Moment. Ich warte noch ein paar Augenblicke, bis er noch weicher wird, bevor ich ihn ganz herausziehe. Als ich mich zurückziehe, schaut sie zu mir auf und Erstaunen ist in ihre Züge eingebrannt. Ich möchte diesen Moment für immer in Erinnerung behalten.

Leider muss ich mich zuerst um das wirkliche Leben kümmern. Ich gehe in die Hocke und schaue ihr tief in die schönen Augen. „Gut gemacht, meine Liebe. Deine Buße ist getan. Alles ist vergeben."

Ich küsse sie sanft auf die Lippen und lasse sie dort verharren, während ich hinter sie trete und den Ingwer aus ihr herausziehe. Sie stöhnt und wimmert leise, sodass mein Schwanz sich erneut regt. Ich habe noch nicht einmal von ihr getrunken und mein Schwanz kann nur an ihre tropfende Muschi denken. Prioritäten. Ich schaue zu Trish hinüber und nicke ihr zu. Ich muss mich um meinen Durst und um meine Frau kümmern, bevor es zu spät ist.

Sie bringt mir einen Mülleimer und hilft mir, den Bereich zu säubern. Dann scheuche ich sie davon und wende mich wieder meinem Liebling zu. Ihre Augen sind geschlossen und ihr Atem ist rhythmisch. Lächelnd beuge ich mich hinunter und löse ihre Fesseln. Ich reibe jede Extremität, bevor ich das Seil abnehme. Ihr Körper ist heiß an meinem, als ich sie in meine Arme hebe und in einen privaten Spielbereich trage. Ich sollte mich glücklich schätzen, dass sie so benommen ist. Es wird das Trinken viel leichter machen.

Ich lege sie auf ein paar Kissen und prüfe, dass sie immer noch schläft, bevor ich einen Skarifikator herausziehe. Für den Fall, dass sie durch das Stechen aufwacht, lege ich ihr eine seidene Augenbinde an. Zum Glück für uns beide kann ich ziemlich schnell trinken. Ich spreize ihre Beine und lecke mir über die Lippen, als ich das Glitzern ihrer Erregung sehe. Ich tauche ab und atme ein, bevor ich mit meiner Zunge über ihre Schamlippen gleite. Sie stöhnt und spreizt ihre Beine noch breiter. Ich greife nach meinem Skarifikator und presse die kleine Dose an ihren inneren Schenkel. Während ich den Griff drehe, um die Rasierklingen in ihre Haut zu drücken, sauge ich kräftig an ihrer Klitoris und sorge dafür, dass sich der Schmerz mit der Lust vermischt. Sie schreckt auf und versucht, die Augenbinde abzureißen.

„Lass sie auf, junge Dame. Lehn dich zurück und lass dich von mir verwöhnen. Eine Belohnung für einen gut gemachten Job." Mit einem Lächeln sehe ich zu, wie sie in die Kissen zurücksinkt. Schon jetzt quillt das Blut um die kleine Dose herum, aber es vermischt sich so perfekt mit ihrer Essenz, dass sie den Unterschied nicht bemerkt. Ich beuge mich hinunter und lecke das Blut und die Erregung ab, die an ihrem inneren Oberschenkel hinunterlaufen. Die berauschende Mischung schießt direkt in mein Gehirn. Ihr Blut ist wahrhaftig der Nektar der Götter. Ich behalte meinen Daumen auf ihrer Klitoris und reibe hin und her, während ich zwei Finger in sie schiebe. Sie saugt sie sofort hinein und hält sie fest. Sie ist schon so nah dran. Ich erhebe mich für einen Moment von meinem Festmahl. „Komm, wann immer du willst, mein Liebling. Dieses Mal brauchst du nicht um Erlaubnis zu fragen."

Ich fange wieder an zu saugen und zu lecken, während ich meine Finger immer weiter bewegte. Ihre Schreie und ihr Stöhnen füllen meine Ohren, als sie noch einmal heftig kommt. Ich halte ihr zuckendes Bein fest, damit ich mein Abendessen beenden kann. Seufzend lecke ich sie sauber, bevor ich einen meiner Reißzähne benutze, um in meinen Finger zu stechen. Einen Moment lang beobachte ich, wie sich das Blut auf dem Finger sammelt, bevor ich ein wenig davon auf die Wunden reibe. Langsam schließen sich die Schnitte und es bleiben nur ein paar schwache Spuren zurück. Sie wird sie wahrscheinlich nicht einmal bemerken. Ich lecke ein letztes Mal über ihren Oberschenkel, um alle Blutspuren zu beseitigen, und lasse mich neben sie in die Kissen sinken. Gemächlich nehme ich ihr die Augenbinde ab und schaue ihr einen Moment lang in die Augen, bevor ich sie auf die Stirn küsse und in meine Arme ziehe. Endlich fühle ich mich friedlich – friedlicher als hätte ich stundenlang meditiert. Ich weiß nicht wie, aber ich werde sie davon überzeugen, die Meine zu sein.

Sie kuschelt sich an mich. Ihr Körper ist warm und schläfrig. Sogar ihr müdes zufriedenes Seufzen geht mir ans Herz. Sie sieht so ausgeglichen und zart aus.

„Willst du mir jetzt von dem Gürtel erzählen?"

Sie versteift sich in meinen Armen. Zu früh. Aber ich muss es wissen. Sie kann sich nicht länger vor mir verstecken, wenn wir ihr natürliches Leben zusammen verbringen wollen. Schmerz durchzuckt mich. Wenn sie ein Mensch bleibt, werde ich sie sterben sehen. Aber ich kann sie nicht überzeugen, ihr Leben für mich aufzugeben. Das wäre das Egoistischste, was ich je tun könnte. Kopfschüttelnd lenke ich meine Gedanken zurück in die Gegenwart. Ein Tag nach dem anderen. Im Moment muss ich mich darauf konzentrieren, sie zu der Meinen zu machen. Das ist der erste Schritt. Alles andere kann später kommen.

Ich neige ihr Kinn zu mir hoch. „Ich werde dir keinen Schaden zufügen. Das verspreche ich. Aber wenn wir noch einmal zusammen spielen wollen, muss ich wissen, was deine Trigger sind. Hat dir jemand wehgetan?"

Ihre Augen werden glasig und ihr Ausdruck wird durch einen leeren Blick ersetzt. „Nein. Niemand tut mir weh. Ich werde geliebt und wertgeschätzt."

Was zum Teufel? Das kann nicht stimmen. Ihr Tonfall, ihr Auftreten, alles fühlt sich falsch an. Ich hebe ihr Kinn und umfasse es mit Daumen und Zeigefinger, während ich ihr in die Augen starre.

„Sag es mir." Ich benutze die gesamte Stärke meiner bezirzenden Kraft.

Sie zuckt zusammen, schließt die Augen und starrt dann zurück. „Ich habe es dir bereits gesagt. Ich werde geliebt und wertgeschätzt. Wenn wir jetzt fertig sind, würde ich gern nach Hause gehen. Danke für den schönen Abend."

Ihr Ton ist eisig und kalt. Grauen durchfährt mich. Ich kann sie nicht bezirzen. Das bedeutet Ärger für den Club, wenn sie es jemals herausfindet. Gut, dass ich ihr die Augen verbunden habe, bevor ich von ihr trank. Ich werde sehr vorsichtig sein müssen, bevor ich mich offenbare. Ich löse mich aus ihren Armen und stehe auf. Ich weiß, dass ich die Stirn runzle. Sosehr ich auch versuche, es von meinem Gesichtsausdruck fernzuhalten, bin ich doch wütend und verletzt. Irgendwie fühle ich mich verraten. Aber es ist auf keinen Fall ihre Schuld. So wie ich es einschätze, kann sich niemand dazu entscheiden, nicht bezirzt zu werden.

„Steh auf", knurre ich. „Ich werde dir etwas zum Anziehen besorgen und dich dann nach Hause bringen."

„Was, damit du mir nachstellen kannst? Nein, danke. Ich werde allein nach Hause gehen."

„Einen Teufel wirst du tun", belle ich und kuschle mich an sie heran, bis sie mit dem Rücken an die Wand gedrückt steht. Furcht funkelt in ihren Augen, als sie mich anstarrt. So viel dazu, sie tatsächlich für mich zu gewinnen. Ich mildere meinen Tonfall und streichle über ihre Wange. „Verzeih mir. Ich hätte nicht brüllen sollen."

„Nein, das hättest du nicht." Ihr Blick ist misstrauisch und verletzt, aber sie schmiegt sich an meine Hand. Vielleicht ist die Sache doch nicht so aussichtslos. Es tut mir weh, zu wissen, dass ich ihr emotionales Unbehagen bereitet habe. Aber ich kann sie auf keinen Fall gehen lassen, ohne ihr zu sagen, was ich wirklich empfinde. Offensichtlich ist die Sache mit dem Gürtel ein schlimmer Trigger für sie. Ich werde dies aus unseren Gesprächen heraushalten müssen, bis sie mich wirklich kennengelernt hat.

Ich setze mich wieder auf die Kissen und ziehe sie in meine Arme. „Hör zu, Kleines, du hast heute Abend viel durchgemacht, seelisch und körperlich. Erlaube, dass ich mich um dich kümmere."

Misstrauisch starrt sie mich an, aber sie weicht nicht vor mir zurück. Sobald ich sie wieder an mich gezogen habe, rutscht meine Welt wieder ins Lot. Ich atme tief, schließe sie fester in meine Arme und halte sie ein paar Minuten lang einfach nur fest. Ich weiß nicht, was ich mit ihr machen soll. Sie schwankt so schnell zwischen heiß und kalt, dass ich ihre Stimmungen nicht einmal ansatzweise voraussagen kann. Vielleicht sollte ich die Sache beenden, bevor sie beginnen kann. Es gibt so vieles über sie, was ich nicht weiß, und sie scheint nicht geneigt zu sein, mich überhaupt an sich heranzulassen. Noch während ich das denke, brüllt die ursprüngliche Hälfte in meinem Kopf laut. Meine Bestie scheint endlich ihren Frieden mit diesem Leckerbissen gefunden zu haben. Ich fürchte, ich habe keine andere Wahl, als sie zu behalten und zu zähmen.

Ich hebe ihr Kinn, drücke meine Lippen auf die ihren und seufze in die weichen Tiefen. *So ist es, wenn man stirbt und in den Himmel kommt.* Der Gedanke schießt mir durch den Kopf, während ich meine Finger durch ihr Haar gleiten lasse und den Kuss vertiefe. Sie sträubt sich ein wenig. Mit den Händen drückt und schiebt sie zaghaft an meiner Brust. Doch schon bald schmilzt sie unter meinen Lippen und meiner Zunge dahin. Es gibt kein stärkeres Aphrodisiakum als eine Frau, die sich mir unterwirft. Ich lasse meine Zunge über ihre Unterlippe gleiten und erfreue mich an dem Schauer, der durch sie strömt. Lächelnd beuge ich mich hoch und greife nach einer Decke, die ich um sie schlingen kann.

„Ich werde dir etwas zum Anziehen suchen. Bleib hier und kuschle dich ein." Sie wirft einen spitzen Blick auf meinen Schwanz und ich lache, während ich auf die Nischenöffnung zusteuere. „Ich schäme mich nicht, nackt zu sein, Kleines. Dieses Vergnügen ist ganz deins."

Sie streckt ihre kleine Zunge heraus und ich lache erneut. Wie oft war das heute Abend schon? Habe ich jemals zuvor so viel gelacht? Als ich mich auf den Weg zur Bar mache, sehe ich Trish in der Nähe stehen. Sie hält meine gepackte Tasche und meine Kleidung in den Händen.

„Hier bitte schön, Sir."

„Vielen Dank, Trish. Du warst mir heute Abend eine große Hilfe." Eine hübsche Röte breitet sich auf ihren Wangen aus, als sie den Kopf senkt. Aber nichts ist vergleichbar mit der Röte meines kleinen Lieblings. „Ich habe noch eine Bitte. Du musst mir ein paar Kleidungsstücke für Evangeline leihen, damit ich sie nach Hause bringen kann."

„Ja, Sir. Ich glaube, sie hat schon einmal Barbaras Kleidung getragen. Ich denke, sie hat eine Ersatzuniform hier. Ich werde sie fragen."

Als sie sich zum Gehen wendet, sehe ich Lucius an der

Bar. Irgendwann werde ich es ihm sagen müssen; es kann genauso gut jetzt sein. Ich räuspere mich, gehe hinüber und flüstere über seine Schulter.

„Könnte ich kurz mit Euch sprechen?"

Er grinst. „Sie ist deine Frau, du hast es geschafft."

Ich lächle und nicke. „Ja, sie ist meine Frau." Ernüchtert mache ich eine Geste hinüber zu seinem Thron. „Aber es geht um mehr als nur um mich."

Sein Blick wird ernst, als er sich auf den Weg macht und sich setzt. „Was beunruhigt dich?"

„Evangeline ist immun. Ich weiß nicht, wieso, aber ich mache mir Sorgen, dass sie am Ende Dinge sieht oder erfährt, in die sie im Moment nicht eingeweiht sein sollte."

Er reißt die Augen weit auf. „Noch eine Immune?"

„Moment. Noch eine?"

Er winkt mit der Hand ab, um diesen Teil des Gesprächs abzuwürgen. „Hast du vor, sie als die Deine in Besitz zu nehmen und ihr von uns zu erzählen?"

Seufzend blicke ich zu unserer Nische hinüber, in der sie auf mich wartet. „Ich weiß es nicht. Ich will sie. Unbedingt. Aber ich bin mir nicht sicher, wann ein guter Zeitpunkt wäre, zu enthüllen, wer wir sind. Ich habe es geschafft, sie nicht sehen zu lassen, wie ich von ihr trank. Ich werde einfach vorsichtig sein müssen." Ich fahre mir frustriert mit der Hand durch die Haare und überlege, wo ich sie überhaupt treffen oder mit ihr spielen kann. Ich seufze und schüttle den Kopf. „Ich werde sie erst wieder hier hinunterbringen, wenn ich weiß, dass ihr vertraut werden kann."

Lucius reibt sich kurz über das Kinn. „Wenn du ihr nicht trauen kannst, warum ziehst du dann ein Leben mit ihr in Betracht? Ich meine, ich nehme an, dass du das tust, so wie du über sie sprichst."

„Vielleicht, vielleicht auch nicht. Ich muss versuchen, sie

zu überwinden. Wenn das nicht klappt, bin ich wohl dazu verdammt, sie zu meiner Frau zu machen."

Glucksend schaut Lucius zu Selene hinüber. Ein kleines Lächeln huscht über sein Gesicht. „Es ist nicht alles schlecht. Sie haben durchaus ihren Nutzen." Er wird ernst. „Wenn sie nicht bezirzt werden kann, hast du recht. Sie darf nicht hier unten sein, bis du es sicher weißt. Weißt du", sagte er mit einem wissenden Lächeln, „du könntest auch einfach einen anderen Vampir bitten, es bei ihr zu versuchen. Vielleicht sind deine Bezirzungsfähigkeiten einfach nicht ausreichend."

Bevor ich es mir verkneifen kann, knurre ich und versteife den Rücken. Dies ruft ein weiteres Glucksen von Lucius hervor. „Genau, wie ich dachte. Du bist verknallt."

Grummelnd wende ich mich der Treppe zu und warte auf Trish. Zu meinem Glück kommt sie genau in dem Moment mit den neuen Klamotten die Treppe hinunter. „Verknallt. Ich bin kein dummes Ding, das verknallt ist."

Ich schnappe mir die Kleidung von Trish und marschiere in unsere Nische zurück. Als ich eintrete, stockt mir der Atem. Evangeline sitzt dort und flicht ihr Haar mit geschickten Fingern. Die Decke ist um ihre Taille gebauscht. An diesen Anblick könnte ich mich definitiv gewöhnen. Ich schätze, ich *bin* verknallt.

In dem Moment, in dem sie zu mir aufschaut, werden ihre Brustwarzen erwartungsvoll hart. Sofort bleibt mein Blick an ihr haften und mir läuft das Wasser im Mund zusammen. Die für sie typische Röte steigt in ihre Wangen und erstreckt sich bis zu ihren Brüsten hinunter. Die Bestie in mir brüllt, dass ich sie noch einmal nehmen soll, aber ich kann nicht. Ich kann die Müdigkeit deutlich auf ihrem Gesicht und das leichte Zittern ihrer Hände sehen, während sie sich die Haare flicht. Sie braucht Schlaf, keinen weiteren Fick. Mein Herz schwillt mit Zuneigung an, als ich sie ansehe. Vergiss *verknallt*, denn ich fürchte, ich bin schon zu *verliebt* übergegangen.

Ich lege die Kleidung ab und helfe ihr, aufzustehen. „In Ordnung, meine Liebe. Zieh dich an, damit ich dich nach Hause bringen kann."

Sofort sieht ihr Blick wieder misstrauisch aus. „Das musst du wirklich nicht tun. Ich habe ein Auto hier und kann allein nach Hause fahren." Sie tätschelt mir abweisend die Schulter. „Danke für den Abend, aber ich bin ein großes Mädchen. Ich schaffe es allein nach Haus."

Jede Zelle in mir schreit, dass ich ihre Bitte ignorieren soll. Es ist meine Aufgabe, für ihre Sicherheit zu sorgen. Aber ich weiß, dass ich sie nicht beschützen kann, wenn sie mich nicht einmal in ihrer Nähe haben will.

Sie kann mir allerdings nicht verwehren, dass ich ihr nach Hause folge. Schmunzelnd verschränke ich die Arme und mustere sie von oben bis unten. Sie denkt, dass sie diese Schlacht gewonnen hat, aber da irrt sie sich gewaltig.

„Wenn das so ist, wann werde ich dich wiedersehen?" Ihre Brüste stoßen gegen mich, als sie sich vorbeidrängt, um die Kleidung zu holen. Ganz unbescheiden springt mein Schwanz in die Höhe.

„Runter, Junge", lacht sie und starrt auf meinen Schwanz. Sie leckt sich mit der Zunge über die Unterlippe. Sie hat keine Ahnung, was sie mit mir macht. Er zuckt bei ihrer Aufmerksamkeit und sie lacht erneut. „Ich dachte, es wäre eine einmalige Sache. Bin ich so unwiderstehlich, dass du mich noch mal haben musst?"

„Ja."

Mein Tonfall ist todernst. Sie muss wissen, dass ich sie wirklich will. Sie runzelt die Stirn. Das ist nicht die Reaktion, die ich sehen wollte.

„Hör mal. Ich muss nach Hause. Ich muss mich vor meiner nächsten Schicht ausruhen."

Während sie ihren köstlichen Körper in die geliehenen Kleider presst, habe ich Mühe, meine Unterwäsche wieder anzuziehen. Ich sehe voraus, dass ich noch mehrere Male kommen werde, bevor die Nacht vorbei ist. Sobald wir beide angezogen sind, verlasse ich die Nische, um mich zu vergewissern, dass draußen nichts passiert, was nicht ungesehen gemacht werden kann. Zufrieden trete ich zur Seite und lasse sie vorbei. Bevor sie zu weit gehen kann, greife ich nach ihrem Handgelenk und ziehe sie wieder an mich. Ein letzter Kuss, bevor sie geht. Sie presst die Lippen fest zusammen und verwehrt mir den Zutritt. Ich werde weich und streiche mit den Lippen über ihre. Neckend, lockend. Mit einem Seufzer öffnen sich ihre Lippen und sie sinkt in meine Arme.

„Ich sehe dich morgen bei der Arbeit."

Sie blinzelt mich einen Moment lang mit großen Augen an. „Ja, das wirst du." Sie baut ihren Schutzwall wieder auf und ich werde wieder einmal ausgeschlossen.

Als ich sie weggehen sehe, spüre ich, wie unwohl ich mich dabei fühle. Das ist nicht richtig. Etwas muss geschehen. Sie gehört mir, verdammt noch mal. Ich lasse ihr einen Vorsprung und halte Abstand, während ich durch den oberen Teil des Clubs hinter ihr her pirsche. Sie macht sich auf den Weg zu ihrem Wagen und ich halte mich im Schatten versteckt.

Als sie den Parkplatz verlässt, kann ich die Nässe auf ihrem Gesicht sehen. Sie weint schon wieder. Verdammt noch mal! Innerlich schüttle ich den Kopf, weil ich absolut nichts dagegen tun kann. Ich hasse es, so hilflos zu sein. Meine innere Bestie brüllt und verlangt, dass ich etwas unternehme. Und doch stehe ich einfach nur da und schaue zu, wie meine Frau davonfährt. Wut durchströmt mich und ich schlage frustriert mit der Faust gegen die Backsteinfassade hinter mir. Kleine Splitter und Steinchen brechen ab, verteilen sich auf meiner Hand und landen auf dem Boden.

Ich spüre keinen Schmerz, nur die ohnmächtige Wut darüber, dass ich zurückgewiesen wurde. Ich werfe einen Blick zurück, um den Schaden zu begutachten, der gering zu sein scheint. Es sollte nicht allzu auffällig sein, aber sollte es jemals zur Sprache gebracht werden, bin ich gewappnet.

Es fällt mir schwer, einen solchen Abstand zwischen uns zu halten, während ich ihr folge, aber ich erlaube ihr, von mir wegzufahren. Ich kann jetzt nicht riskieren, erwischt zu werden. Da meine Scheinwerfer ausgeschaltet sind, wird sie mich in der Dunkelheit nicht sehen können. Ich halte mich jedoch trotzdem zurück, damit mich auch die Lichter von außen nicht verraten werden.

Sie lotst mich durch die ganze Stadt, um Ecken herum und durch kleine Gassen, die keine Namen haben. Wo zum Teufel wohnt sie denn? Als ihre Wohnung endlich in Sichtweite kommt, bin ich schockiert, dass sie tatsächlich nur zehn Minuten vom Club entfernt lebt. Warum dann dieses ganze Theater? Warum vierzig Minuten umherirren? Worauf zum Teufel habe ich mich eingelassen?

KAPITEL 7

vangeline

Niemand folgt mir. Gut. Vielleicht bin ich ihm tatsächlich entkommen. Oder vielleicht bin ich ihm nicht wichtig genug, um dafür zu sorgen, dass ich sicher nach Hause gelange. Warum sollte er? Verzweiflung durchströmt mich, als ich meine Tür aufschließe, mich noch einmal umschaue und niemanden sehe. Was genau hatte ich denn erwartet? Dass er mich dazu zwingt, sich um mich kümmern zu dürfen? Vielleicht. Aber jetzt werde ich es nie erfahren.

Mein ganzer Körper riecht nach Sex und nach ihm. Sein Geruch umhüllt mich und reizt meine Sinne. Warum um alles in der Welt muss er so heiß sein? Warum begehre ich ihn so sehr? Ich gehe zum Nachttisch und klappe mein Handy auf. Es überrascht mich, so viele Kurznachrichten zu sehen. Für einen Moment macht sich Panik in mir breit. Geht es Der Familie gut? Ist ihnen etwas zugestoßen? Es ist nicht ungewöhnlich, dass sie auf die Jagd gehen und sich wochenlang nicht melden.

Beim Durchblättern dreht sich mir der Magen um. Nein. Sie machen sich Sorgen um mich. Eine nach der anderen überfliege ich alle Nachrichten. Sie sind alle gleich und haben dasselbe Thema. Bewahre deinen Glauben, lasse nicht zu, dass Satan seinen Weg in dich findet, halte dich an unsere Gebote. Die einzige ungewöhnliche Nachricht ist von Simon. Drei kleine Worte: Ich vermisse dich, blitzen in der Dunkelheit auf. Seltsam. Er hat sich schon vor meiner Abreise komisch verhalten, aber zu sagen, dass er mich tatsächlich vermisst? Ich habe keine Ahnung, wie ich das überhaupt deuten soll. Ohne darauf zu antworten, lösche ich die Nachricht. Der Himmel möge ihm helfen, wenn Vater so etwas sieht. Er würde es für höchst unangemessen halten.

Nicht anders als mein heutiges Verhalten. Ich greife wieder nach hinten und reibe meinen Hintern durch die schlecht sitzende, kurze Hose. Das Brennen von vorhin ist jetzt eine fast vergessene Erinnerung. Aber wie köstlich es sich angefühlt hat. Ich greife mit den Händen in mein Haar und schließe die Augen, um den Ansturm zu dämpfen, während mein Verstand mit sich ringt. Wie kann sich etwas so Schlechtes und Böses so gut anfühlen? *Weil du eine Perverse bist. Vater würde dich eigenhändig verprügeln, hätte er diese Vorführung gesehen.*

Ich lasse mich zu Boden sinken und ein Schluchzen entspringt aus meiner Kehle. „Vater, Gott, bitte vergib mir! Reinige mich. Bitte! Ich kann nicht … es ist nur …" Panik ergreift mich. Es fällt mir so schwer, zu atmen. Was habe ich heute Nacht getan? Wie konnte er mich so leicht verführen?

Meine Schritte sind schwer, als ich ins Badezimmer gehe. Ich zwinge meine Augen weit auf und lege meine Kontaktlinsen in ihren speziellen Behälter. Braune, traurige Augen starren mich an, als ich mein Spiegelbild betrachte. Ich bin so angewidert von dem, was ich sehe. Mit einem lauten Schrei schlage ich, so hart ich kann, gegen den Spiegel. Der Schmerz schießt durch meine Hand. Blut rinnt von meinen Fingerknöcheln ins Waschbecken hinunter. Ich mache mir nicht einmal die Mühe, es aufzuwischen. Auf meine Hand starrend seufze ich, weil der Schmerz mir hilft, mich wieder zu konzentrieren. Wenn ich Schmerzen habe, kann ich nicht über meinen Verführer, meinen Peiniger, meinen falschen Gott nachdenken.

Der eiskalte Wasserstrahl schockt meine Hand, aber sie muss gereinigt werden. Ich beiße mir auf die Unterlippe, damit ich nicht noch mehr schreien muss. Ich habe es verdient. Ich habe diese Schmerzen verdient. Zum Glück spiegeln die Schmerzen den Schaden, den meine Hand erlitten hat, nicht wirklich wieder. Abgesehen von ein paar Schnitten und Blutergüssen scheint nichts allzu sehr fehl am Platz zu sein. Ich halte meine Hand unter den fließenden Wasserstrahl und strecke meinen Körper so weit wie möglich, um nach einem rauen, grauen Handtuch aus dem Schrank zu greifen.

Nach ein paar weiteren Minuten unter dem Wasser und einer gründlichen Inspektion auf Scherben, wickle ich das Handtuch fest um meine Hand. Ich drehe mich um, lehne mich mit dem Rücken an die Wand und lasse mich nach unten gleiten. Der Schmerz ist so gewaltig. Fast unerträglich. Fühlt sich Trauer so an? Ich trauere nicht nur um den einzigen Mann, der mir jemals das Gefühl gab, lebendig zu sein, sondern auch um den Verlust meiner eigenen Unschuld. Ich bin jetzt eine veränderte und gebrochene Frau. Kein guter religiöser Mann wird mich je haben wollen, wenn er davon erfährt.

Ein quietschender Ton unterbricht meine Gedanken.
Statusbericht.
Vater. Scheiße. Oder Simon. So oder so, nicht gut. Ich bin

mir nicht sicher, ob ich mich heute Abend mit einem von ihnen auseinandersetzen kann. Ich starre auf das Telefon und bete um Antworten. Es ist, als hätten sie einen sechsten Sinn für diese Dinge. Wissen sie es? *Könnten* sie es denn wissen? Jetzt weiß ich, dass ich verrückt werde. Die Familie mag viele Kräfte haben, aber soweit ich weiß, gehört Hellseherei nicht dazu. Wenn das der Fall wäre, gäbe es noch so viel mehr, womit ich nicht davon gekommen wäre, als ich noch kleiner war.

Ich warte, junge Dame.
Keine Neuigkeiten.

Schuldgefühle überfallen mich, aber ich weiß nicht, wie ich ihm sonst sagen soll, dass ich von all den anderen Vampiren weiß, ohne mich zu verraten? Er merkt es immer, wenn ich etwas verheimliche. Wenn ich ihm von dem erzähle, was ich heute Abend gesehen habe, würde er mich nach allen Einzelheiten ausfragen. Dazu bin ich noch nicht bereit. Ehrlich gesagt, weiß ich noch nicht einmal selbst, was genau passiert ist. Ich Blicke in die Richtung meiner Kontaktlinsen. Haben sie mich irgendwie im Stich gelassen? Nein. Das ist verrückt. Ich habe Adrians Versuchen jedes Mal widerstanden, als er mich bezirzen wollte. Es ist meine eigene Schuld, dass ich in diesem Schlamassel stecke.

Halte mich auf dem Laufenden.
Ja, Sir.

Seufzend lasse ich meinen Kopf an die Wand sinken. Ich habe mir mindestens eine weitere Woche verschafft. Jetzt muss ich nur noch herausfinden, wie ich mich aus diesem Schlamassel retten kann, ohne den Zorn Gottes oder Der Familie auf mich zu ziehen. Stöhnend bewege ich mich auf dem Boden, bis ich in *Kiza*-Position bin. Ich werde alles, was er mir beigebracht hat, zunichtemachen und es zu etwas umwandeln, das mit Der Familie und meiner Mission zu tun hat. Er hat gesagt, er würde diese Stellung benutzen, wenn ich wirklich ungezogen wäre. Nun, ich weiß nicht, wie ich das, was ich heute Abend getan habe, sonst nennen soll. Ich lehne meinen Kopf zurück und starre an die Decke.

Wortlose Gebete sprudeln über meine Lippen. Vielleicht, wenn ich hart genug bete. Vielleicht, wenn ich genug bereue. Vielleicht werde ich dann gut genug sein. Als ich zu Ende gebetet habe, sind meine Beine taub. Ich bin nicht stark genug, um zu duschen, also krieche ich zu meinem Bett hinüber. Darunter befindet sich eine große Schachtel; und darin liegt mein Weg zur Erlösung. Ich schlucke schwer und öffne den Deckel.

KAPITEL 8

drian

Sie ist heute Abend wieder nicht hier. Wenn ich in der Luft schnuppere, kann ich nicht einmal einen Hauch oder ein Überbleibsel von ihr entdecken. Meiner Nase zufolge ist es so, als hätte sie nie existiert. Enttäuschung macht sich in mir breit. Sie sollte auf Knien vor mir warten und mich anflehen, mich mit ihr zu vergnügen. Wie kann sie mir nur so lange widerstehen? Wut durchströmt mich. Ich hätte darauf bestehen sollen, dass sie mich empfängt. Noch besser wäre es gewesen, wäre ich am nächsten Abend zu ihr gegangen und hätte fortgesetzt, was wir begonnen haben.

Die Erinnerung an ihre Lippen verfolgt meine wachen Stunden, ganz zu schweigen vom Geschmack ihres Blutes. Ich muss wieder von ihr trinken. Normalerweise versüßt mir der Schmerz die Mahlzeit, aber sie wird Ambrosia für mich. Innerhalb weniger Augenblicke stehe ich an der Bar. Mein

Gesichtsausdruck muss mörderisch sein, denn Menschen und Vampire gehen mir gleichermaßen aus dem Weg.

Barbara entdeckt mich und runzelt die Stirn. „Sie ist nicht hier, Adrian. Genau wie die letzten Tage. Ich weiß nicht, was ich dir sagen soll."

„Du kannst mir ihre Nummer geben", knurre ich und lehne mich über den Tresen.

„Moment mal, Kumpel." Tiberius legt mir die Hand auf die Schulter.

„Nimm sie weg oder lebe mit den Konsequenzen."

„Bleib verdammt noch mal ruhig oder ich hole Lucius." Der Befehl in seiner Stimme ist eindeutig. Ich zweifle nicht an der Aufrichtigkeit seiner Worte. Und ein Konflikt mit Lucius ist das Letzte, was ich gebrauchen kann.

„Ich muss nach Evangeline sehen. Ich verspreche, mich zu beherrschen." Er zieht die Hand von mir weg und ich fühle mich etwas ruhiger. „Hast du sie gesehen?"

Tiberius streicht sich kurz über das Kinn. „Das kann ich nicht behaupten. Zumindest nicht seit jener Nacht."

„Scheiße."

„Was ist denn schon dabei, Mann? Sie ist nur eine Aushilfe hier. Wenn Lucius sie nicht braucht, wird sie nicht herkommen. Außerdem würde sie kommen, wenn sie es wollte. Dessen bin ich mir sicher. Ich würde ihr den Zutritt nicht verwehren."

Barbara verzieht das Gesicht, als sie unser Gespräch mit anhört. Zur Hölle. Ich wollte ihre Gefühle nicht verletzen. Ich empfinde nichts für das arme Mädchen, aber das bedeutet nicht, dass ich absichtlich versuche, ihr wehzutun. Ich drehe mich zu ihr um und streichle über ihre Haut. Meine Hand will sich sträuben, denn es ist nicht ihre Haut, die ich berühren möchte. Irgendetwas in meinem Bauchgefühl sagt mir, dass Evangeline meine Hilfe braucht. Ich versuche, Abstand zu halten, aber es fällt mir immer schwerer.

Jeden Abend gehe ich in den Club, um zu sehen, ob sie arbeitet. Dann fahre ich zu ihrer Wohnung. Ihr Auto hat sich kein einziges Mal bewegt. Entweder geht sie tagsüber aus oder ich verpasse sie einfach. Es kann doch nicht sein, dass sie sich mehrere Tage lang verkriecht und gar nichts braucht.

„Barbara, du bist ihre Freundin. Weißt du etwas? Hat sie etwas gesagt?"

Tiberius schnaubt neben mir. „Sie ist wahrscheinlich zu Hause oder bei einem anderen Job."

„Genau genommen…", sagt Barbara und versucht, zu schlucken, „… ist das hier, soweit ich weiß, ihr einziger Job. Ich mache mir große Sorgen, dass Theophilus sie feuern wird. Sie ist jetzt schon zum dritten Mal nicht zu ihrer Schicht erschienen."

Eis macht sich in meinen Adern breit. Irgendetwas stimmt definitiv nicht. Ich reiße mich vom Tresen los und renne zum Eingang des Clubs. Tiberius ist mir dicht auf den Fersen.

„Denk nach, Mann." Sein eiserner Griff auf meinem Arm lässt mich innehalten. „Du kannst ihr nicht einfach hinterherlaufen. Nehmen wir an, sie ist zu Hause. Es gibt keine Garantie, dass sie dich überhaupt hereinlässt. Was willst du dann tun? Auf ihrer Treppe sitzen wie eine verkrustete Krähe? Du musst sowieso vor Sonnenaufgang gehen. Hör zu, besorg dir ihre Nummer. Wenn sie nicht antwortet, dann will sie dich vielleicht nicht."

„Sie will mich nicht?" Ich lache. Das spröde Geräusch drängt sich seinen Weg aus mir heraus. „Glaubst du, es interessiert mich, ob sie mich will oder nicht? Es geht hier nicht um mich oder um ihre Gefühle für mich. Wenn sie in Schwierigkeiten steckt, muss ich wenigstens nach ihr sehen. Das bin ich ihr schuldig."

„Dann solltest du dir besser ihre Nummer besorgen."

Ich drehe mich wieder um und eile die Stufen zu Theophilus' Büro hinauf, wo ich kaum innehalte, bevor ich durch die Tür stürme. „Ich brauche ihre Nummer."

Glucksend lehnt er sich auf seinem Stuhl zurück. „Weigert sie sich etwa, sie dir selbst zu geben?" Er setzt sich wieder auf und blättert in einem Stapel von Papieren auf seinem Schreibtisch. „Hier." Er wirft mir den Schnipsel zu, bevor er seine Finger unter dem Kinn verschränkt. „Ich wollte ihr sowieso gerade sagen, dass sie sich nicht die Mühe zu machen braucht, morgen zur Arbeit zu kommen. Ich kann nicht zulassen, dass jemand so viele Schichten versäumt und trotzdem noch einen Job hat. Es ist mir egal, ob sie jede Nacht einen anderen Vampir fickt."

Ich spüre, wie die Wut in mir aufflackert. „Oder sie könnte in Schwierigkeiten stecken", stoße ich hervor. „Hast du darüber schon mal nachgedacht?"

Er zieht eine Augenbraue hoch, während er mich von oben bis unten mustert. „Ist das nicht der Grund, warum du hier bist? Jeder weiß, dass du sie ins Verlies mitgenommen hast. Wenn du dich so sehr um sie sorgst, warum bist du dann nicht dort und passt auf sie auf?"

„Das habe ich getan, verdammt noch mal! Aber ich werde nicht einfach in ihr Leben platzen, wenn sie mich nicht wirklich haben will. Ich schleime mich nicht ein." Ich warte nicht einmal auf eine Antwort. Stattdessen ziehe ich mein Telefon heraus und wähle ihre Nummer, während ich zum Auto gehe.

Mailbox.

Verdammt noch mal. Ich muss in ihr Haus, aber ich weiß einfach nicht, wie. Ich schlage die Handflächen auf das Lenkrad. Wie kann sie es wagen, mir solche Sorgen zu machen. Wenn ich sie erst einmal in die Finger kriege, werde ich dafür sorgen, dass sie mindestens ein paar Tage lang nicht entspannt sitzen kann.

Ich rase zu ihrer Wohnung und rede mir gut zu, damit ich nicht so wütend bin, wenn sie mich hereinlässt. *Falls* sie mich hereinlässt. Innerhalb weniger Minuten stehe ich wieder vor ihrer Tür. Alles ist unheimlich still. Ich höre nicht einmal Insekten zirpen. Als ich an ihre Tür klopfe, überkommt mich ein unheilvolles Gefühl des Grauens. Ich komme mir so dumm vor. Ich hätte das schon vor Tagen tun sollen.

Keine Antwort.

Angst macht sich in meinem Magen breit, als ich erneut klopfe. Schließlich höre ich ein leises Schlurfen in ihrer Wohnung. Wenigstens ist sie am Leben. Das heißt, bis ich sie in die Finger kriege. Das leise Scharren und Schlurfen ihrer Füße beruhigt meine Nerven. Die Anspannung, die ich schon seit so vielen Tagen in mir trage, löst sich langsam auf, je lauter das Geräusch wird. Nicht tot. Den Göttern sei Dank, sie ist nicht tot.

„Ich habe es Ihnen doch schon gesagt", ruft sie mit schwacher und dünner Stimme, „ich habe meine Religion bereits gefunden. Ich brauche nicht noch mehr."

Sie dreht den Schlüssel und öffnet die Tür einen Spalt breit. Der Geruch von getrocknetem Blut und Knoblauch schlägt mir aus ihrer Wohnung entgegen. Angst und Schmerz durchzucken mich, als ich in ihre tiefen, schokoladenfarbenen Augen blicke. Verschwunden sind die strahlend blauen Augen, die mich in ihren Bann zogen, als sie sich vor Verlangen weiteten. Was zum Teufel geht hier vor sich?

„Oh, Scheiße!"

Ihr leiser Ausruf reißt mich aus meinen Gedanken. Dem werde ich später auf den Grund gehen. Ohne nachzudenken, knurre ich zu ihr hinab. „Lass. Mich. Rein." Ich weiß, dass Bezirzen bei ihr nicht funktioniert, aber ich kann mir nicht helfen. Ich muss hinein. Ich muss sehen, was passiert ist und was all das Blut verursacht hat. Zu meinem Entsetzen öffnet sie die Tür weiter. Ich sehe, wie sie gegen den Zwang und die Worte ankämpft, aber dennoch gibt sie meiner Aufforderung nach.

„Bitte komm herein." Ihre Stimme scheint heiser, weil sie länger nicht gesprochen hat. Aber sie tut, was ich von ihr verlange. Ich dränge mich in die Wohnung und suche den winzigen Raum nach jemandem ab, der ihr schaden könnte. Verwirrung macht sich breit, als ich das Apartment in Augenschein nehme. Sofort fällt mein Blick auf den zerbrochenen Spiegel und das getrocknete Blut. Mit zusammengekniffenen Augen schaue ich auf ihre Hände hinunter und sehe, wo ihre Knöchel heilen. Ich hebe ihre Hand zu mir und ignoriere ihre schwachen Versuche, sich aus meinem Griff zu befreien. Sie ist so unglaublich schwach. Ich kann nur Schnitte sehen, aber nichts Ernstes.

„Was ist passiert?"

Dann sehe ich sie mir genauer an. Jetzt, wo ich weiß, dass sie noch lebt, kann ich ihren Körper in aller Ruhe betrachten. Sie weicht vor mir zurück und zieht mit der freien Hand eine verschlissene Bettdecke enger um ihren Körper. Ihr Gesicht ist blass und leicht eingefallen und ihr Haar ein zerzaustes Durcheinander.

„Lass mich dich ansehen", knurre ich und lasse ihre Hand los.

Sie tritt ein paar Schritte zurück und schüttelt schnell den Kopf. Schmunzelnd pirsche ich mich näher heran. „Das war keine Bitte, Schätzchen", bezirze ich sie und schließe den Abstand, den sie zwischen uns bringt. Die Rückseite ihrer Beine stoßen gegen das Bett. Sie weiß, dass sie nirgendwohin laufen kann. Ihre Augen huschen zwischen mir und der Tür hin und her und jeder Blick wirkt schmerzverzerrter, als sie ihre Möglichkeiten abwägt. Mit ihren schwachen Fingern krallt sie sich in die Decke und ich weiß, dass sie versucht, sich mir zu widersetzen. Ich weiß nur nicht, warum.

Meine Stimme ist tief und leise und meine Autorität knistert und zischt in der Luft. Ich bin nicht in der Stimmung, mit ihr zu spielen. Schon gar nicht, wenn sie verletzt ist. Das Blut, das ich rieche, ist zu viel, um nur von den Schnitten an ihren Händen zu stammen. Irgendetwas anderes geht hier vor sich. Etwas stimmt ganz und gar nicht.

„Ich werde dich fangen, bevor du auch nur einen Schritt machen kannst. Und jetzt zeige dich mir."

Ich lege noch etwas mehr Zwang in meinen Befehl und es schmerzt sie sichtlich, als sie versucht, sich gegen mich zu wehren.

Langsam lässt sie die Decke zu Boden fallen. Ich erschrecke, als ich ihre blasse Gestalt betrachte. Blaue Flecken zieren ihre Haut an seltsamen Stellen. Sie sehen aus, als hätte sie jemand an zufälligen Stellen geschlagen, aber sie wirken kleiner als von einem Mann verursacht. Der Geruch von Blut trifft mich noch härter. Nicht alles ist alt. Sie dreht sich um und mein Magen überschlägt sich, als ich die Spuren und Striemen auf ihrem Rücken sehe.

„Wer hat dir das angetan?" Ich kämpfe hart, um die Wut im Zaum zu halten. Ich darf meine empfindliche Beute jetzt nicht erschrecken. Das wäre für uns beide nicht gut.

„Das war ich", flüstert sie und neigt ihren Kopf zum Bett hinunter.

Ich bin einen Moment lang zu fassungslos, um zu sprechen.

„Du? Wie? Warum?"

Bevor sie antworten kann, schaue ich mich im Raum um. Erst jetzt sehe ich wirklich, was um mich herum ist. Knoblauchzehen hängen in jeder Ecke und eine Girlande davon ist über ihrem Bett drapiert. Silberne Kreuze hängen strategisch im Raum verteilt neben verschiedenen Beschwörungsformeln in verschiedenen Sprachen. Verfluchte Scheiße. Sie weiß es. Schließlich lenke ich meinen Blick wieder zum Bett hinunter. An der Kante liegt eine kleine, lederne Peitsche. Die Enden sind schwarz und daher kann ich kein Blut daran sehen. Aber das brauche ich auch nicht. Man müsste schon ein Idiot sein, um nicht eins und eins zusammen zu zählen.

Vorsichtig, um sie nicht zu verärgern, drehe ich sie so, dass sie mich wieder ansieht. Schmerz durchströmt mich bei jedem Zucken in ihrem Gesicht.

„Warum? Warum würdest du dir so etwas antun? Wenn es jemand anderes getan hat", ich halte inne, um mich wieder zu fassen. Der Gedanke, dass irgendjemand Hand an sie legt, reicht aus, um in den Himmel zu schreien. „Wenn du jemand anderen schützen willst, tu es nicht. Derjenige wird dich nie wieder anfassen. Dafür werde ich sorgen!"

Ihre Haut wölbt sich in meinen Händen, als sie sich gegen meinen Griff wert. So schwach sie auch ist, sie kämpft immer noch gegen mich an. Ich lasse sie los, bevor sie sich bei dem Versuch, von mir wegzukommen, noch mehr verletzt. Wenn ich zu viel darüber nachdenke, kommt der Schmerz über ihre Zurückweisung zurück.

„Aber du kannst mich nicht davon abhalten, dich zu berühren", jammert sie und wirft sich an meine Brust. „Du bist meine Versuchung. Ich muss fliehen!"

„Setz dich hin!", brülle ich. Ich werde nicht länger nett sein. Ich weiß nicht, was zum Teufel hier los ist, aber ich werde dem ein Ende setzen. „Du wirst heute Abend mit mir mitkommen. Was brauchst du, bevor wir gehen?"

Sie zögert, schaut sich im Zimmer um und blickt dann überrascht zu mir zurück. „Wie bist du hier reingekommen?"

„Das verstehe ich nicht. Du hast mich reingelassen." Jetzt mache ich mir sogar noch mehr Sorgen. Vielleicht hat sie eine Gehirnerschütterung? Ich strecke die Hand aus, um ihre

Kopfhaut abzutasten, als sie vom Bett aufspringt und zum Waschbecken stürmt.

„Das hätte ich nicht tun sollen! Ich widerrufe meine Einladung." Sie dreht sich um und schaut mich an. Ihre Kinnlade klappt auf. „Hast du mich nicht gehört? Du darfst nicht hier sein!", schreit sie.

Sie dreht sich wieder zum Waschbecken um und ich beobachte, wie sie sich abmüht, ihre Kontaktlinsen einzusetzen. Sie braucht ein paar Versuche, weil ihre Hände so stark zittern. Ich verschränke meine Arme, als sie sich wieder zu mir umdreht.

„So funktioniert das nicht, Liebling. Wir sind hier nicht in einem Horrorfilm, in welchem sich die Heldin aus der Patsche hilft, indem sie das Monster hinauswirft." Mit immer noch vor der Brust verschränkten Armen werfe ich ihr einen strengen Blick zu. „Ich gehe nirgendwohin. Aber du wirst auf jeden Fall mit mir mitkommen."

„Du kannst mich nicht zwingen!"

Wenn die Situation nicht so ernst wäre, hätte ich ihr ins Gesicht gelacht. Da ist sie und kann kaum stehen und sagt mir, dass ich sie nicht zwingen kann. Das ist unbezahlbar. Eines Tages hoffe ich, mit ihr darüber lachen zu können. Aber jetzt ist definitiv nicht der richtige Zeitpunkt dafür. Ich gehe auf sie zu und überbrücke die Entfernung zu ihr mit langen Schritten. Mit der Hand greife ich nach ihrem Kinn und schaue sie aufmerksam an.

„Sosehr ich deine Frechheit und deinen Mut auch schätze, jetzt ist nicht der richtige Zeitpunkt, mich auf die Probe zu stellen. Du kannst entweder deine Sachen packen und still und leise mit mir mitkommen, oder ich werfe dich über meine Schulter und nehme dich trotzdem mit. Bei der zweiten Möglichkeit bleiben alle deine Sachen hier. Du musst dich entscheiden und ich schlage vor, du tust es schnell."

Ich beobachte, wie sich die Zahnräder in ihrem Kopf drehen. Zum Glück wehrt sie sich nicht. Erleichterung strömt über meinen Rücken und durch meine Glieder. Sie ist schon zerbrechlich genug. Ich möchte sie nicht an den Rand ihrer Kräfte treiben. Aber wenn sie erst einmal geheilt ist, werden wir ein sehr langes Gespräch führen. Ich gehe zurück zur Tür und bewache den Eingang. Es ist der einzige Weg hinaus und ich lasse sie nicht in die Nähe kommen, wenn ich nicht da bin.

Sie wuselt herum und wirft Sachen in einen zerlumpt aussehenden Koffer. Das meiste wirft sie einfach hinein, ohne sich darum zu kümmern. Doch die Steppdecke, die sie vorhin um ihren Körper geschlungen hatte, legt sie vorsichtig als Letztes hinein. Mit den Fingern streicht sie kurz über das erhabene Muster, bevor sie den Deckel zuklappt.

„Ich bin bereit", flüstert sie und fummelt an ihrer Tasche herum.

Ich lächle und deute auf ihren nackten Körper. „Tatsächlich? Ich nehme an, du hast wohl vor, deinen Nachbarn eine gute Show zu liefern." Ihr Gesicht errötet in der schönsten Farbe, als sie ihre Tasche abstellt und einen Moment lang im Schrank herumkramt. Mein Schwanz beginnt sich zu regen, als sie wieder herauskommt und verschiedene Dinge anzieht. Es fühlt sich so falsch an, sie jetzt zu begehren. Vor allem, wenn das Gewicht dessen, was gerade passiert, zwischen uns steht. Mit einem leisen Stöhnen richte ich mich auf und greife nach ihrer Tasche. Ich strecke ihr meine andere Hand entgegen und warte, bis sie danach greift, bevor ich mich zur Tür umdrehe.

„Hör mir gut zu. Außerhalb dieser Tür wird es keine Mätzchen geben. Du wirst niemanden auf irgendeine Weise darauf aufmerksam machen, dass du gehst. Hast du mich verstanden?"

„Ja", erwidert sie schmollend und rollt mit den Augen.

Stirnrunzelnd lasse ich ihre Hand los und greife erneut nach ihrem Kinn. „Junge Dame, stelle mich jetzt nicht auf die Probe. Wir beide werden ohnehin schon ein langes Gespräch führen müssen. Zwinge mich nicht dazu, eine Strafe hinzuzufügen. Denn wir können uns entweder zusammen hinsetzen und wie höfliche Erwachsene miteinander reden oder wir können uns unterhalten, während du über meinem Schoß liegst und ich dir ordentlich den Hintern versohle."

Sie öffnet und schließt ihren Mund ein paar Mal. „Das würdest du nicht wagen!"

Ich grinse. „So wie ich es nicht wagen würde, dich nackt mit in den Club zu nehmen? Genauso wenig wie ich dir ein Stück Ingwer in den Arsch geschoben habe? Vertraue mir, ich kann mit meinen Bestrafungen sehr kreativ werden. Also lass es uns noch einmal versuchen. Hast du mich verstanden?"

Ihr Kinn fällt zu ihrer Brust hinunter. „Ja, Sir."

Mein verdammter Schwanz wird noch härter. Ich greife wieder nach ihrer Hand und verlasse die Wohnung mit ihr. Nachdem sie abgeschlossen hat, nehme ich sie wieder bei der Hand und führe sie zu meinem Wagen. Sie ist entweder wütend oder denkt nach. Da sie so blass und gezeichnet ist, kann ich sie leider nicht so gut lesen, wie ich es gern täte. Im Auto herrscht Stille, als wir zu meinem Haus fahren. Was genau habe ich vor? Ich kann sie nicht gefangen halten. *Doch, das kannst du. Sie gehört zu dir. Es ist deine Aufgabe, dafür zu sorgen, dass sie sicher ist. Okay, aber sicher wovor?*

Ich schaue wieder zu Evangeline hinüber. Tränen füllen ihre Augen, aber sie fließen nicht. Ihr Blut brennt immer noch in meiner Nase und verlangt, dass ich mich sofort an ihr bediene. Es kostet mich mein ganzes Training, den Wagen auf der Straße zu halten. Außerdem weiß ich nicht, wie schwer ihre Verletzungen sind. Jegliche Menge an Blut, die ich mir nehme, könnte katastrophale Auswirkungen haben.

Die Fahrt dauert viel länger, als mir lieb ist. Normalerweise beruhigt mich die offene Landschaft. Aber heute Abend macht sie mich nur nervös. Je länger es dauert, bis ich sie zu mir nach Hause bringe, desto länger muss es warten, bis ich mich um sie kümmern kann. Ich wünschte, meine Beweggründe wären rein, aber wenn ich ehrlich bin, möchte ich, dass sie redet. Im Moment ist es mir nicht so wichtig, dass es ihr besser geht. Ich muss wissen, was in ihrem verworrenen Kopf vor sich geht.

„Sind die verschreibungspflichtig?", frage ich, um das Schweigen zu brechen.

Sie zieht eine Grimasse und reibt sich kurz die Augen, bevor sie zu mir hinüberschaut. „Ja. Ich bin etwas kurzsichtig."

Irgendetwas scheint mit ihrer Antwort nicht zu stimmen, aber ich will sie jetzt nicht drängen. „Warum haben sie eine andere Farbe?"

Eine leichte Röte färbt ihre Wangen. „Wolltest du noch nie etwas an dir verändern? Mit beschissenen braunen Augen kriegt man keine Jungs."

Ich runzle bei ihren Worten die Stirn. „Ich finde zufällig, dass deine Augen wunderschön sind. Aber wenn du dich damit wohler fühlst …"

„Das tue ich", unterbricht sie, bevor sie an ihrem T-Shirt zupft.

Wir verfallen in ein weiteres unangenehmes Schweigen. Warum errichtet sie so viele Mauern um sich? Merkt sie denn nicht, dass es viel einfacher wäre, mich einfach hereinzulassen, damit ich helfen kann? Sie ist im Moment so klein und zerbrechlich. Ich möchte aus Angst, dass sie auseinanderfällt, nicht einmal in ihre Richtung atmen.

Nach einer gefühlten Ewigkeit kommen die weißen

Backsteinmauern meines Hauses in Sicht. Ein Teil von mir ist froh, es zu sehen. Der andere Teil fürchtet sich vor dem, was kommen wird. Ich schaue zu meiner kleinen Gefangenen hinüber und sehe, wie sich ihre Augen vor Staunen weiten. Ein kleiner Anflug von Genugtuung bahnt sich seinen Weg in mein Herz. Natürlich liebe *ich* diesen Ort, aber aus irgendeinem Grund wird mir ganz warm ums Herz, wenn ich sehe, dass er ihr auch gefällt. Ihre Augen huschen immer wieder umher und nehmen all die Details auf, sodass sie nicht einmal bemerkt, dass wir anhalten. Ich gebe ihr noch ein paar Augenblicke, während ich meine Gedanken ordne und plane, wie es weitergehen soll.

„Zeit zu gehen", flüstere ich und streiche über ihren Handrücken. Sie schaut zu mir hinüber und der glückliche Blick verschwindet aus ihren Augen. Das macht nichts. Das ist es, was getan werden muss, um sie vor Schaden zu bewahren, selbst wenn es ein selbstverursachter Schaden ist.

Sie wehrt sich nicht, als ich die Tür öffne und sie aus dem Auto führe. Ich vermute, dass sie sich noch nicht völlig mit ihrem Schicksal abgefunden hat, aber auch das gefällt mir nicht. Ich möchte, dass sie freiwillig und begierig darauf ist, an meiner Seite zu sein. Ich schnappe mir ihre Tasche und führe sie ins Foyer.

Sobald wir im Inneren sind, stelle ich die Alarmanlage ein und schalte den Türriegel scharf. Auf diese Weise kann niemand ohne meine Zustimmung hinein oder hinausgelangen. Ihr leichtes Schwanken fällt mir auf und erinnert mich daran, welche Tortur sie hinter sich hat.

„Wann hast du das letzte Mal etwas gegessen?"

Wieder starrt sie auf den Boden und die Scham strömt in Wellen von ihr aus. „Vor der Arbeit."

Es dauert einen Moment, bis ich begreife, was sie sagt. „Du hast seitdem nichts mehr gegessen? Hast du wenigstens genügend Flüssigkeit zu dir genommen?" Sobald ich sie wieder gesund gepflegt habe, werde ich ihr ordentlich den Hintern versohlen. Wie kann sie es wagen, ihren Körper so schlecht zu behandeln?

„Ich darf während des Fastens trinken." Sie schaut zu mir auf und kneift die Augen zusammen, als wolle sie, dass ich widerspreche.

„Fasten? Ist es das, was du tust?" Schnaubend starre ich sie an. „Ich nehme an, das bedeutet, dass du die Nährstoffe vorrätig hattest, um den Verlust durch das fehlende Essen auszugleichen?" Nichts. „Es mag dich überraschen, aber ich habe auch schon gefastet, und ich kann dir garantieren, dass ich dabei nicht wie eine Leiche ausgesehen habe." Der Blick, den sie mir zuwirft, ist geradezu tödlich.

„Oh, ich bin sicher, es war genau dasselbe. Ich bin sicher, dass du ‚wirklich'" – sie macht diese lästigen Gänsefüßchen in der Luft, was mich auf die Palme bringt, – „gefastet hast. Was weißt du überhaupt über religiöses Fasten? Es ist offensichtlich, dass du ein Heide höchsten Grades bist."

Ich starre sie einen Moment lang an. Soll ich mich geschmeichelt oder beleidigt fühlen? Kühle Anspannung steigt in mir auf. Ich habe noch nie gehört, dass Vampire Kopfschmerzen bekommen, aber vielleicht bin ich ja der erste. „Wie auch immer, es endet heute Abend. Es ist mir egal, warum du es tust. Dazu kommen wir später. Im Moment wirst du dich um deinen Körper kümmern und das beginnt mit einem Bad. Zieh deine Schuhe aus."

Ich ziehe meine eigenen Schuhe aus und stelle sie auf ein Gestell neben der Eingangstür. Anstatt zu tun, was ich ihr befehle, steht sie einfach nur da und starrt mich an.

„Hast du mich nicht gehört? Oder muss ich sie für dich ausziehen?"

Ich gehe erneut auf sie zu und sie weicht vor mir zurück. Furcht und Angst strömen immer noch aus ihr heraus. Verdammt noch mal. Was zum Teufel ist in diesen paar

Tagen passiert? Jedes Stückchen Boden, das ich bereits gewonnen hatte, scheint nicht nur verschwunden zu sein, sondern sich ins Negative zu erstrecken.

„Nein, nein! Ich kann sie selbst ausziehen."

Sie macht sich schnell an ihren Schuhen zu schaffen und reicht sie mir dann. Ich nehme sie und stelle sie neben meine. Seltsamerweise sehen die Paare gut nebeneinander aus.

„Die erste Regel in diesem Haus lautet: Die Schuhe werden sofort an der Tür ausgezogen. Das ist eine Frage des Respekts vor dem Haus."

„Respekt vor dem Haus?", kichert sie.

Sie reißt die Finger zu ihren Lippen hoch, als wolle sie das Lachen zurücknehmen, nachdem es ihr bereits entwichen ist. Aber ich erlaube es. In diesem Moment würde ich alles Mögliche erlauben, nur um dieses wunderbare Lachen zu hören, das von ihren Lippen strömt.

„Ja." Ich ziehe eine Augenbraue hoch und meine Lippen zucken mit einem unterdrückten Lächeln. „Respekt vor dem Haus. Es gibt einige Regeln, an die du dich halten wirst, solange du hier bist. Aber die kommen später. Jetzt müssen wir dich erst mal sauber machen."

Sie verschränkt die Arme und neigt den Kopf. „Ich kann mich selbst säubern."

„Offensichtlich." Ich gehe zu ihr hinüber und hebe eine zerzauste Haarsträhne zwischen meine Finger. „Du hast bewiesen, dass du sehr gut auf dich selbst aufpassen kannst."

Sie öffnet den Mund, um zu protestieren, aber ich ignoriere sie und hebe sie in meine Arme. Ihr Körper verspannt sich, als ihr Rücken meinen Arm berührt. Auch darum werde ich mich kümmern müssen. Ich möchte nicht ständig ihr Blut riechen, das nach mir ruft wie ein Cocktail nach einem Alkoholiker. Ich nehme drei Stufen auf einmal und halte kaum inne, als ich durch das Gästezimmer in das angrenzende Bad gehe. Langsam setze ich sie auf den geschlossenen

Toilettendeckel und schließe die Tür ab, bevor ich das Wasser aufdrehe.

„Es ist ja nicht so, als könnte ich irgendwo hin", seufzt sie und starrt auf die Tür. „Du lebst mitten im Nirgendwo. Ich kann nirgendwo hingehen, um jemandem zu erzählen, dass du mich entführt hast."

Ich sehe sie ungläubig über ihre Aussage an. „Dich entführt? Willst du ernsthaft hier sitzen und das sagen?"

Der Hauch eines Gewissensbisses quält mich, aber ich schlage ihn nieder. Technisch gesehen, mag es eine Entführung sein, aber es ist zu ihrem eigenen Besten. Ohne zu zögern reiße ich sie hoch und ziehe ihr die Hose hinunter. Ihre Schläge fühlen sich wie nichts an, was noch mehr beweist, wie schwach sie in diesem Moment ist. Ich setze sie wieder ab und zeige auf die blauen Flecken, die ihre Beine zieren.

„Sag mir, woher du die hast?"

Sie presst die Lippen zu einer dünnen Linie zusammen, als sie versucht, sich von mir zu lösen.

„Oh, nein, das wirst du nicht tun." Ich packe ihre Hüfte, um sie zu beruhigen. „Und dein Rücken. Wer hat dir das angetan?"

Sie schaut überallhin, nur nicht in mein Gesicht.

„Mir scheint es, dass du dort drin vielleicht gestorben wärst, wenn ich nicht aufgetaucht wäre. Wer weiß?"

„Ich weiß es", schreit sie zurück und versucht, mich wegzustoßen. „Es ist noch nie jemand an Buße gestorben. So viel Glück hätte ich nicht."

Ich ziehe mich zurück. „Du hast die Frechheit, mir zu sagen, dass es dir egal ist, ob du stirbst oder nicht?"

„Natürlich ist es mir nicht egal. Aber Buße ist der einzige Weg, um ... frei von dir zu sein." Ihr Flüstern ist so leise. Ich kann es nur dank meines übermenschlichen Gehörs verstehen.

Angst durchzuckt mich. All das nur wegen mir? Ich stolpere rückwärts und fange mich an der Tür ab.

„Frei von mir? Du willst frei von mir sein?"

Ich schließe sie ein und verriegle die Tür hinter mir. Es dreht mir den Magen um. Ich lehne meinen Kopf gegen die Tür und höre, wie sie leise weint. Es zerreißt mir das Herz. Ich spüre auch, wie ihres bricht.

Ich laufe hinunter in die Küche und hole einen Beutel Blut aus dem Kühlschrank. Ich reiße ihn mit meinen Zähnen auf, trinke mich satt und dann noch einen Schluck mehr. Ich darf mir nicht erlauben, abgelenkt zu sein. Ich stehe mit meiner Prinzessin am Rande des Abgrunds, ich kann es spüren. Eine falsche Bewegung und mein wachsender Traum zerplatzt.

Ich wirble herum und stelle fest, dass die meisten meiner Lebensmittel für eine viel reichhaltigere Mahlzeit bestimmt sind. Ich kann mich noch gut daran erinnern, wie es war, tagelang nichts zu essen und sich dann beim Schlemmen zu übergeben. Stattdessen entscheide ich mich für ein Glas Milch. Etwas, das den Magen füllen kann, aber vielleicht nicht so schwer ist.

Auf meinem Weg zurück zur Tür festige ich meinen Entschluss, diese Frau zu der Meinen zu machen. Selbst wenn ich ihre Dämonen für sie töten muss, werde ich sie zu meiner Königin machen. Als ich die Tür öffne, ist ihr Weinen zu einem Schniefen verstummt. Sanft lächelnd reiche ich ihr die Milch.

Sie kneift die Augen zusammen, als sie das Glas mustert, bevor sie es mir aus der Hand nimmt. „Was hast du damit gemacht?"

Lachend gehe ich zur Wanne hinüber und fülle sie mit Wasser. „Warum glaubst du, ich würde etwas in die Milch tun? Muss ich dich denn betäuben, damit du mir gehorchst?" Ich schaue zu ihr hinüber und wackle mit den Augenbrauen.

Sie errötet und schaut wieder zu Boden, aber es gelingt mir, ein kleines Lächeln auf ihre Lippen zu zaubern. „Ich möchte, dass du etwas in deinen Magen bekommst. Im Moment habe ich nur Milch. Ich werde für später noch etwas bestellen. Ich hatte gehofft, dass unsere erste gemeinsame Mahlzeit etwas Köstliches und Ausgefallenes sein würde, aber ich schätze, dass Milch im Moment reichen muss. Ich möchte nicht, dass du meine fantastischen Kochkünste erbrichst."

„Moment." Sie neigt den Kopf zur Seite. „Du kochst?"

Schulterzuckend beuge ich mich vor, um die Temperatur des Wassers zu prüfen, bevor ich beide Wasserhähne abdrehe. „Ich stehe finanziell zwar ganz gut da, aber ich habe kein großes Personal zur Verfügung. Ich lebe hier allein mit einer Haushälterin, die einmal in der Woche herkommt, und einer geselligen Köchin mit spitzer Zunge, die nachts bei mir im Haus bleibt, aber morgens nach Hause geht. Oh und ich habe eine Assistentin, die mir bei meinen Geschäften am Tage hilft.

„Aber warum? Warum kochst du, wenn du gar nicht isst?"

Ich nagle sie mit einem starren Blick fest. „Warum glaubst du, ich würde nicht essen?"

Sie hat genug Verstand, sich unter meinem Blick zu winden. Vielleicht wird sie jetzt zugeben, dass sie vermutet, dass ich ein Vampir bin. Ich werde mich ganz sicher nicht selbst outen. Nicht bevor ich nicht weiß, dass ich ihr vertrauen kann.

„Ich meine ja nur, dass du jedes Mal, wenn ich in der Bar gearbeitet habe, dort warst. Also warum kochen, wenn du sowieso ausgehst?"

Schlaues Biest. Na gut, dieses Spiel können auch zwei spielen. „Es ist eine Bar. Man geht dort nicht hin, um zu essen. Lediglich um zu trinken und schlechte Entscheidungen zu treffen. Außerdem hast du dort gearbeitet. Hältst du das Kneipenessen wirklich für eine anständige Mahlzeit?"

Sie schiebt die Unterlippe ganz hinreißend nach vorn. „Ich habe Leute dort essen sehen. Verdammt, ich habe Leute bedient, die dort gegessen haben."

Ich lächle zu ihr hinunter. „Das mag ja sein, aber ich esse nicht in Bars." Ich sehe sie von oben bis unten an und lächle. „Zumindest keine Lebensmittel."

Mit finsterer Miene versucht sie, mich wegzustoßen, aber ich ergreife stattdessen ihre Hand und führe sie an meine Lippen. Selbst in ihrem jetzigen Zustand begehre ich sie mit einer schmerzhaften Leidenschaft. Ihre Haut ist immer noch so weich, wie in meiner Erinnerung. Ich lasse meine Zunge über die heilenden Schnitte an ihren Händen gleiten und halte sie fest in meinem Griff, selbst als sie versucht, sie wegzuziehen.

„Ich weiß nicht, warum du dir wegen dem, was wir getan haben, etwas antun musst. Ich würde diese Nacht nicht tauschen wollen."

„Würdest du nicht? Ich bin mir ziemlich sicher, dass du jemanden hättest haben können, der viel sanfter und gefügiger gewesen wäre. Es tut mir leid, aber ich passe nicht in dieses Schema."

Schmunzelnd ziehe ich sie nah an mich heran. „Wenn ich sanft und gefügig gewollt hätte, dann hättest du recht. Ich hätte mit einer beliebigen Anzahl von Frauen hinuntergehen können. Aber das habe ich nicht getan. Ich habe mich für dich entschieden."

Sie schließt die Augen und lehnt ihren Kopf an meine Brust. Ich kann das Gewicht ihrer Gefühle spüren. Wortlos hebe ich sie wieder in meine Arme und steige in die große Wanne. Als ich mich hinsetze, lasse ich mich nach unten sinken, sodass das warme Wasser bis zu ihrer Hüfte steigt. Sie seufzt und schmiegt sich noch enger an mich.

„Vielleicht nicht heute Abend, aber wir werden darüber reden müssen, was in deiner Wohnung passiert ist." Ich spüre, wie sie sich an mir bewegt, aber ich ziehe sie einfach fester an mich.

Minuten vergehen und keiner von uns sagt ein Wort. Evangeline ist die Erste, die das Schweigen bricht.

„Meine Mutter und mein Vater waren gütige und liebevolle Eltern. Sie haben mir jeden Abend Geschichten vorgelesen und brachten mich mit einem Kuss ins Bett. Zumindest ist es das, woran ich mich erinnere. Ich war sechs, als sie starben."

„Mein armer Schatz", murmle ich und küsse ihre Schläfe. „Wie sind sie gestorben?"

Ihr ganzer Körper versteift sich an mir. Hätte ich diese Frage nicht stellen sollen?

„Sie waren bei einem Jagdausflug. Ich schätze das Monster – Tier – war zu groß für sie. Ich kenne nicht alle Einzelheiten. Ich weiß nur, was meine Adoptivfamilie mir erzählt hat."

Ich presse sie fester an mich und versuche, sie dazu zu bringen, sich wieder auf mir zu entspannen. Nach ein paar Augenblicken gibt sie schließlich nach.

„Die Familie ist sehr religiös. Ich bin auch religiös, schätze ich."

Ich gluckse leise und greife mit dem Finger nach dem Kreuz an ihrem Handgelenk. „Ach was du nicht sagst."

Sie reißt ihren Arm weg und schaut finster drein. „Wenn du dich über mich lustig machen willst, dann …"

„Ich mache mich nicht über dich lustig, Prinzessin. Verzeih mir, dass ich deine Gefühle verletzt habe." Ich küsse ihre Schläfe und schiebe ihren Körper nach unten, sodass sie ihren Kopf auf meine Brust legen kann. Sie passt so perfekt in meine Arme. Ich schlinge meine Arme um sie, wobei ich darauf achte, keinen Druck auf ihren Rücken auszuüben.

„Schau. Was wir in dieser Nacht getan haben. Ich würde

aus Der Familie verstoßen werden. Du verstehst es nicht. Ich bin so eine furchtbare Tochter!"

Ein Knurren grollt in meiner Brust und ich presse sie fester an mich. „Jetzt hörst du mir mal zu. Wir haben nichts Falsches getan. Du hast nichts Falsches getan. Ich werde dir das jedes Mal sagen, wenn wir zusammen sind."

„Du verstehst das nicht", jammert sie und ihre Tränen beginnen erneut zu fließen. „Ich kann es dir nicht verständlich machen!"

„Oh, meine Liebe. Ich verstehe mehr, als du denkst."

Sie stößt mit den Armen nach mir und versucht, sich zu wehren, aber ich halte sie fest. Sie zappelt und kämpft gegen mich; ich bleibe einfach sitzen und lasse sie sich abmühen. Nachdem sie ein paar Augenblicke lang weitergekämpft hat, lässt sie sich gegen meine Brust sinken und seufzt. „Bitte sag nicht, dass ich deine Liebe bin. Denn das bin ich nicht. Du kennst mich doch gar nicht."

„Und ich muss dich kennen, um zu wissen, dass ich anfange, mich in dich zu verlieben?"

Ihre trüben Augen zerreißen mein Herz.

„Bitte sage das nicht, wenn du es nicht ernst meinst. Ich bitte dich. Ich halte es nicht aus."

Ich ziehe sie wieder hoch, sodass ihre Knie auf beiden Seiten meiner Hüfte liegen und ihre Lippen nur einen Atemzug von meinen entfernt sind. „Evangeline, ich kann dir kein Versprechen für morgen geben. Ich habe keine Ahnung, wohin es uns führen wird. Aber im Moment gehörst du mir. Ich werde dich nicht gehen lassen. Ich verspreche es."

Ich ziehe ihren Kopf hinunter, küsse ihre Lippen sanft und necke sie mit meiner Zungenspitze.

Wie besessen fährt sie mit ihren Fingern durch mein Haar und hält meinen Kopf fest, bevor sie mich leidenschaftlicher küsst, als sie es je zuvor getan hat. Mein Schwanz springt hoch, als ich den Gefallen erwidere. Mit der Zunge tauche ich in ihren Mund ein, schmecke die Milch und ihren süßen Geschmack. Ich greife nach oben und fahre mit den Fingern durch ihr Haar, bleibe jedoch an einem Knoten hängen, was sie zu einem überraschten Aufschrei veranlasst.

Sofort stürze ich auf den Boden der Realität zurück. Dies ist weder die richtige Zeit noch der richtige Ort. Sie ist immer noch schwach und verletzt. Ich ziehe sie zurück und küsse sie sanft auf die Stirn.

„Heute Nacht werde ich mich um dich kümmern. Danach werden wir weitersehen."

* * *

Evangeline

MEINE GEDANKEN WIRBELN DURCHEINANDER und ich weiß nicht, wohin ich mich wenden soll. Adrian soll ein Monster sein, das mich zerstören und töten will. Stattdessen badet er mich und kümmert sich um meine Wunden. Er hatte sogar die Gelegenheit, sich an mir zu vergreifen, aber er hat es nicht getan. Er macht sich mehr Sorgen darüber, wie es mir geht, als mich flachzulegen.

Sein Schwanz ist hart an mir und ich kann dem Drang nicht widerstehen, mich an ihm auf und ab zu reiben. Nur ein wenig ... Er stöhnt und wirft den Kopf zurück.

„Evangeline, ich meine es ernst. Ich werde heute Nacht nicht mit dir schlafen." Sein Blick durchdringt meine Seele. „Wenn du wirklich Buße tun willst, dann betrachte das als deine Strafe."

Er hebt mich hoch und dreht mich um, sodass ich mit dem Rücken an seine Brust geschmiegt liege. Sein Schwanz ist immer noch hart an mir und ich sehne mich nach einem weiteren Geschmack der Magie, die es zwischen uns gab. Er hat recht; heute Nacht wird definitiv eine Bestrafung sein.

Er schlingt seine Arme erneut um mich und ich bin überrascht, wie sicher ich mich fühle. Irgendetwas stimmt definitiv nicht. Nichts von alledem, was mir beigebracht wurde, scheint richtig zu sein. Vielleicht irrt sich Die Familie? Wie viele Monster haben sie getötet, die es eigentlich nicht verdient haben? Schuldgefühle beginnen an mir zu nagen, aber dieses Mal aus einem anderen Grund. Die ganze Zeit über wurde ich darauf trainiert, Monster wie Adrian zu töten. Und jetzt ist er hier und zeigt mir mehr Liebe, als ich sie von Der Familie jemals erfahren habe.

Seine starken Arme sind wie ein Anker. Zum ersten Mal habe ich das Gefühl, dass ich loslassen und ich selbst sein kann. Ich spüre seinen rhythmischen Atem an meinem Rücken und er wiegt mich in eine seltsame Ruhe. Es ist kein richtiger Schlaf, aber ich bin auch nicht ganz wach. Ich spüre, wie er mit den Händen an meinen Armen und Schultern auf und ab reibt, während er mich einseift. Der Duft von Vanille und Zitrusfrüchten liegt in der Luft.

„Pass auf, sonst erzähle ich allen, welch ein weicher Mann du bist."

Sein Glucksen vibriert durch meinen Körper. „Nur zu, erzähle es ihnen, Prinzessin. Ich werde das einfach zu deiner Liste der Vergehen hinzufügen."

Ich lächle, liege da und genieße seine verwöhnende Aufmerksamkeit. Wann hat sich das letzte Mal jemand so gut um mich gekümmert? Wahrscheinlich meine Eltern.

„Lehne deinen Kopf zurück, Prinzessin." Seine Finger sind wie Magie auf meiner Kopfhaut. Er knetet und massiert die Verspannungen weg und ist vorsichtig, nicht an verfilzten Knoten hängenzubleiben. Ab und zu erwischt er einen und flüstert mir eine süße Entschuldigung ins Ohr.

Dann folgt ein leichter Kuss oder ein Zwicken in meine Schultern. Daran könnte ich mich wirklich gewöhnen.

„Zeit zum Abspülen und dann geht es ab ins Bett."

Er hilft mir auf die Beine und prüft das Wasser in der Dusche, bevor er mich hineinführt. Das heiße Wasser brennt auf meinem Rücken, aber ich weiß, dass er gereinigt werden muss. Ich habe mich so lange vernachlässigt, und wofür? So wie ich das sehe, hat meine Buße mir nur geschadet. Ich habe mich dadurch nicht wirklich besser gefühlt. Ich fühle mich dadurch nicht frommer oder entschlossener.

„Ich wüsste zu gern, was du denkst, Liebes."

„Wie kann man Buße tun? So richtige Buße?"

Er starrt mich nachdenklich an. Solange wie er schweigt, bin ich mir ziemlich sicher, dass er mir nicht antworten wird.

„Jeder hat seine eigenen Ansichten. Ich wurde ganz anders erzogen als du. Für mich steht die Ehre über allem. Was wäre der Sinn ohne Ehre? Nun, manche treiben es auf die Spitze und fügen sich selbst großen Schaden zu, wenn sie irgendeine Form der Ehrlosigkeit begehen. Ich habe den Weg gewählt, aus meinen Fehlern zu lernen. Was nützt es, sich selbst fertigzumachen? Fehler passieren, dann entschuldigt man sich und macht weiter."

Er hält inne und fährt mit den Fingern durch mein Haar. Ohne darüber nachzudenken, schmiege ich mich an seine Hand.

„Was die Leute jedoch als Fehler ansehen", fährt er fort, „ist subjektiv. Nimm zum Beispiel dich. Du bist der Meinung, dass das, was wir getan haben, gegen die Lehren deiner Eltern verstößt, nicht wahr?"

„Die Der Familie", korrigiere ich ihn. „Aber ja. Was wir getan haben, ist wie ein Schlag ins Gesicht oder Schlimmeres."

„Aber haben wir tatsächlich jemandem wehgetan? Wurde

ein Schaden angerichtet? Wir sind beide einwilligende Erwachsene, die etwas tun, was ihnen Spaß macht. Es ist keine Schande, Freude und Lust miteinander zu empfinden."

Er greift um mich herum und kneift mir in den Hintern. Kichernd schiebe ich meinen Po zur Seite, aber das bringt mich seiner massiven Erektion nur noch näher. Mein Atem stockt mir im Hals, als er meine Hüfte packt. Erinnerungen an ihn, wie er in meinen Mund hinein und wieder herausglitt, drängen sich wieder in den Vordergrund meiner Gedanken. Er grinst zu mir hinab. Ist es zu viel zu hoffen, dass er sich an dasselbe erinnert?

Meine Frage wird unterbrochen, als er mit dem Daumen über meine Lippen streift. „Ich kann es kaum erwarten, wieder in deinen Mund einzutauchen. Aber das nächste Mal, wenn ich in dich eindringe, glaube mir, wird es an einem viel intimeren Ort sein." Ich erschaudere und schon sammelt sich Feuchtigkeit zwischen meinen Schamlippen. „Aber, wie gesagt, nicht heute Abend. Ich möchte auch klarstellen, dass diese Bestrafung zu deinem eigenen Besten ist. Du hättest dich wirklich verletzen können und niemand wäre da gewesen, um dich zu retten. Ich möchte nicht, dass du jemals wieder das Gefühl hast, dich selbst bestrafen zu müssen. Wenn du es tust, sag es mir und ich werde deine Strafe bestimmen. Einverstanden?"

Ein Gefühl der Erleichterung durchströmt mich. Ich muss es nicht mehr selbst entscheiden. „Je länger ich von Der Familie weg bin, desto schwieriger ist es für mich. Ich bin an Regeln und Strukturen gewöhnt. Hier draußen bin ich auf mich allein gestellt."

„Dann lass mich das übernehmen. Du brauchst nur ‚Ja, Sir' zu sagen. Den Rest erledige ich."

Ich schlinge meine Arme um seine Taille und kuschle mich fester an ihn. „Ja, Sir."

Sein Knurren durchdringt meinen Körper. „Das ist doch

gar nicht so schwer, nicht wahr? Heißt das, du wirst meine perfekte, gehorsame Untergebene sein und dich jeder meiner Launen beugen?"

Ich stoße ihn leicht zurück und grinse breit. „Nein! Ich werde dich für jedes bisschen davon arbeiten lassen."

Stöhnend drückt er eine Hand auf sein Herz und schaut auf. „Und ich dachte, ich hätte mir ein gutes Mädchen gefangen. Stattdessen habe ich einen Quälgeist gefunden." Seine Augen funkeln, als er wieder zu mir hinunterschaut. „Gut, dass ich weiß, wie man mit ungezogenen Weibern umgeht, die ihren Gott gerne quälen. Und glaube mir, ich habe mehr als genug Ingwer, um dir Einhalt zu gebieten."

Seine Worte jagen einen Schauer über meinen Rücken. Ich erinnere mich noch gut an den Ingwer. Er legt seine starken Arme um mich, als er mich aus der Wanne hebt, als würde ich gar nichts wiegen. Für ihn muss ich so winzig sein. So unbedeutend. Ich schaue ihm ins Gesicht und versuche, mich in ihn hineinzuversetzen, um herauszufinden, wie er tickt. Er verhält sich überhaupt nicht so, wie ich es von ihm erwarte.

Als er mich wieder in seine Arme hebt, werde ich einmal mehr an seine Brust gepresst. Fühlt es sich so an, wenn man sicher und geborgen ist? Zum ersten Mal habe ich das Gefühl, dass ich mich ausruhen kann. Es ist berauschend. Er trocknet mich ab. Mit seinen starken Fingern reibt er das weiche Handtuch in jede Ritze und jeden Winkel. Als er mit den Händen nach unten wandert, drücke ich meine Knie zusammen und presse fest.

„Ach wirklich? So soll das also ablaufen? Mach die Beine breit."

Ich schaue in sein Gesicht und bin erleichtert, als ich sein Lächeln sehe. Gut, er ist nicht wirklich wütend auf mich und zwingt mich auch nicht. Kopfschüttelnd weiche ich ein wenig zurück, um zu sehen, ob er meinen Köder schluckt. Bingo!

„Kleines, ich habe vor, mein Wort zu halten und dich heute Abend nicht zu vernaschen; aber ich habe nie gesagt, dass ich dich nicht disziplinieren würde. Wir sind jetzt in meinem Haus. Du hast keine Ahnung, was mir hier alles zur Verfügung steht."

Sein Grinsen wird noch breiter, als er noch näher an mich heranschlurft und den Rest des Abstands zwischen uns schließt. Ich bin zwischen ihm und der Wanne gefangen. Die kühle Keramik stößt an meine Kniekehlen und bestätigt mir, dass ich nirgendwo anders hin kann. Ich setze mich, hebe meinen Blick langsam zu ihm und beiße mir auf die Unterlippe.

„Was ist, wenn ich diszipliniert werden will?" Was zum Teufel mache ich denn? Ködere ich ihn tatsächlich? Freude durchströmt mich. Ja. Ja, das tue ich und es fühlt sich so gut an.

„Willst du wirklich, dass ich dich disziplinere? Oder möchtest du, dass ich dich weiter abtrockne und ins Bett bringe. Du bist immer noch schwach und unterversorgt."

Es ist so süß, dass er sich tatsächlich um mich sorgt. Lächelnd spreize ich meine Beine breit und zeige mich ihm. Verlangen durchströmt mich. Ich will ihn so sehr, und dieses Mal werde ich mir keine Reue erlauben. Er wird entscheiden, wann und wie ich bestraft werde. Nicht ich.

Ich werfe den Kopf zurück, krümme den Rücken und strecke ihm meine Brust entgegen. Sein Adamsapfel wippt, als er schluckt. Er ist ganz eindeutig erregt. Ich liebe es, dass ich diejenige bin, die das mit ihm macht. „Ich glaube, du musst mich abtrocknen. Ich denke, ich bin immer noch ein wenig nass."

„Ein wenig?" Seine heisere Stimme schickt eine weitere Welle des Verlangens durch mich. Wird er sein Wort wirklich halten? Kann er mir so sehr widerstehen? Denn ich habe das Gefühl, dass ich sterben werde, wenn er mich nicht berührt. Ich hoffe, dass er sein Versprechen dieses Mal tatsächlich bricht. Er kniet vor mir nieder, reibt das Handtuch über ein Bein und dann über das andere. Er achtet dabei genau auf meine Füße. Seine Finger fühlen sich himmlisch an, als er sie einen Moment lang in meine Fußwölbung gräbt. Stöhnend strecke ich die Hände aus und will ihn berühren, aber er weicht meiner Bewegung aus und lacht.

„Ich muss dich abtrocknen, um dich ins Bett zu kriegen. Du bist keine große Hilfe, du freches Luder." Er lässt das Handtuch wieder an meiner Hüfte hinaufgleiten. Endlich wird er mich berühren. Meine Vorfreude steigt, als er mit den Fingern über meine Oberschenkel streicht und näher und näher kommt. Zu diesem Zeitpunkt bin ich mir ziemlich sicher, dass eine einzige Berührung genügen wird, um mich um den Verstand zu bringen. Seine Finger sind so nah, dass sie gerade noch meine Schamlippen berühren, bevor er nach oben und zu meinem Bauch wandert.

Ein Wimmern entweicht meinen Mund, als ich mich ihm entgegenstrecke und verzweifelt versuche, näherzukommen. Ich will ihn dazu bringen, mich dort zu berühren, wo ich es wirklich brauche.

„Halte still", knirscht er. Er kneift die Augen zu Schlitzen zusammen und sein Atem kommt stoßweise. Wenigstens bin ich nicht die Einzige, die es nötig hat.

Von meinem Bauch aus wandert er mit den Händen weiter nach oben, trocknet mich hier und da ab und sorgt dafür, dass jedes Tröpfen Wasser von meiner Haut verschwindet. Als er meine Brüste erreicht, krümme ich mich zurück und gebe ihm vollen Zugang. Er könnte mich doch wenigstens dort berühren, um die Anspannung zu lindern, oder? Er gleitet über meine Brüste und trocknet jeden Zentimeter außer meiner Brustwarzen ab. Mit den

Fingern kreist er darum herum, berührt sie aber nie.

Frustration macht sich in mir breit. „Bitte. Wenn du willst, dass ich bettle, werde ich es tun. Aber bitte hör auf, mich zu quälen."

Er starrt mich mit tiefschwarzen Augen an. „Für mich ist das auch nicht einfach, Prinzessin. Du hast keine Ahnung, was ich alles mit dir machen möchte. Aber wenn du eine Sache über mich lernst, dann wird es das hier sein. Ich werde mein Wort immer halten. Egal, was passiert." Adrian steht auf und zieht mich wieder in seine Arme. „Ich werde immer tun, was ich sage, auch wenn es dir nicht gefällt. Wenn du das weißt, kannst du mir vertrauen. Immer."

Immer. Ernsthaft? Einem Monster vertrauen? Selbst als diese Worte an die Oberfläche kommen, werde ich bereits von Schuldgefühlen übermannt. Er hat mich kein einziges Mal belogen oder ein Versprechen gebrochen. Das ist etwas, das in Der Familie normalerweise Mangelware ist. In meine Gedanken vertieft, bemerke ich nicht, dass er mich zurück in sein Zimmer bringt. Zum ersten Mal schaue ich mir wirklich an, wo ich schlafen werde.

Der Raum selbst ist riesig. Ich würde sagen, es würden mindestens drei oder vier Zimmer aus meinem Haus hineinpassen. In der Mitte steht ein großes Himmelbett. Schmiedeeiserne Elemente winden sich herum und wirbeln nach vorn um die Matratze. Es sieht aus wie die Äste eines Baumes, die sich bis zur Decke schlängeln, wobei alle vier Ecken mit breiten ausgebreiteten Blättern zusammenlaufen. Hauchdünne Vorhänge hängen hinunter und schimmern im Licht der Lampe neben dem Bett. Das ist im Moment die einzige Lichtquelle, die ich sehen kann.

An der gegenüberliegenden Wand steht ein Kleiderschrank. Daneben befindet sich ein Waschbecken ohne Spiegel. Natürlich gibt es keinen Spiegel. Wozu sollte ein Vampir einen Spiegel brauchen. Aber nicht einmal für Gäste? Oder umgeben sich Vampire nur mit Gesellschaft ihrer eigenen Art? Der ganze Raum weckt Gedanken und Erinnerungen an ein Märchen. Insbesondere an das, in dem ein Mädchen von einem Biest gefangen gehalten wird. Nur hat mein Biest Reißzähne, aber zum Glück kein Fell.

Als er sich dem Bett nähert, steigt Nervosität in mir auf. Ich bin genauso nervös wie damals im Club, als er mich mit nach unten nahm. Wird er hier mit mir schlafen? Was soll ich überhaupt mit einem schlafenden Vampir tun, außer ihn zu töten?

„Ich glaube, du musst dich heute Nacht ausruhen", brummt er mir zu. „Keine Sorge, hier drin bist du sicher." Er lässt mich hinuntergleiten, sodass ich an ihm lehne. Seinen Arm hat er noch immer fest um mich geschlungen, während er mit der anderen Hand die Decke hinunterzieht. Die Kopfkissen sehen kuschlig und luxuriös aus und betteln geradezu darum, dass ich mich auf sie fallen lasse. Ich strecke die Hand aus und gleite mit den Fingern über die seidige, luxuriöse Bettwäsche. Noch nie in meinem Leben habe ich in einem so schönen Bett gelegen. Ich bin so hin- und hergerissen. Einerseits möchte ich mich in dieses Leben fallen lassen. Mich von ihm versorgen und sogar verwöhnen lassen. Auf der anderen Seite muss ich herausfinden, was real ist und was nicht. Die Familie wäre beschämt, wenn ich im selben Haus wie der Feind schliefe und nicht einmal versuche, ihn zu töten.

Aber was ist, wenn sie sich irren? Was ist, wenn er nicht das Monster ist?

Mit einem sanften Kuss auf meine Stirn zieht er die Bettdecke wieder hoch. „Ruh dich jetzt aus, Prinzessin. Ich bringe deine Sachen zu dir."

Mein Verlangen ist immer noch riesengroß. Wie kann er erwarten, dass ich mich ausruhe? Ich schließe die Augen und lausche in den Flur im Versuch, ihn zu hören. Wenn ich mich beeile, kann ich mich vielleicht selbstbefriedigen, bevor er zurückkommt. Als ich meine Hand nach unten gleiten lasse, stelle ich fest, dass ich immer noch sehr feucht bin. Meine Finger gleiten mit Leichtigkeit zwischen meinen Schamlippen hinein und wieder heraus. Ich umkreise meine Klitoris und versuche so sehr, mein Stöhnen zu unterdrücken. Dieses Mal muss ich wirklich leise sein. Ich darf meinen Entführer nicht auf meine Handlungen aufmerksam machen. Ich greife nach oben und spiele mit meiner Brustwarze. Ich wünsche mir so sehr, dass Adrian derjenige ist, der mich berührt. Meine eigene Berührung fühlt sich im Vergleich dazu so hohl an.

Ich führe zwei Finger in mich ein und stöhne bei der Dehnung. Meine inneren Muskeln krampfen sich zusammen und zucken, während ich wie wild hinein und heraus stoße. Ich bin so nah dran. Vielleicht schaffe ich es tatsächlich. Außerdem hat er gesagt, er würde mich nicht vernaschen. Er hat nichts davon gesagt, dass ich mich nicht selbst befriedigen darf.

Ich bäume mich auf und ignoriere den Schmerz an meinem Rücken. Dieser leichte Schmerz bringt mich sogar noch näher an den Rand des Abgrunds. Ich bin kurz davor zu kommen.

„Was ist denn hier los?", brüllt er und stürmt an meine Seite. „Hände dahin, wo ich sie sehen kann. Sofort!"

Ich hebe meine Hände und schäme mich dafür, wie sie im Licht der Lampe glitzern. Mit einem Knurren führt er meine Finger an seinen Mund und saugt wie ein ausgehungerter Mann daran. Er schlingt seine Zunge um meine Finger und fährt über den Fingerkuppen hin und her. Stöhnend versuche ich, mit der anderen Hand unter die Decke zu schlüpfen, aber er schnappt sie sich, bevor ich überhaupt die Chance bekomme.

„Habe ich mich nicht klar ausgedrückt, dass du heute Abend nicht befriedigt werden sollst?"

Es mag kindisch sein, aber ich bin im Moment so geil und erregt, dass ich ihm trotzig das Kinn entgegenschiebe. Ich stehe so kurz davor, ihm die Zunge herauszustrecken, dass ich mir für einen Moment darauf beißen muss.

„Du hast nicht gesagt, dass ich mich nicht selbst befriedigen darf."

„Ich entschuldige mich für dieses Versäumnis." Er verbeugt sich tief an der Taille. „Ich werde sicherstellen, dies zu korrigieren. Von nun an werde ich meine Absichten viel deutlicher zum Ausdruck bringen." Er greift nach dem Nachttisch neben dem Bett, öffnet die Schublade und holt etwas heraus, dass wie Gummihandschellen aussieht. „Da ich nicht hierbleiben werde, um auf dich aufzupassen, und ich nicht darauf vertrauen kann, dass du dich selbst in Ruhe lässt, werde ich zu drastischeren Maßnahmen greifen müssen."

Er schlingt das eine Ende des Gummis um die Hand, die er bereits festhält. Von dort aus führt er sie zu einem der Gitterstäbe des Kopfteils und schiebt es hindurch. Er hält mich fest, greift die andere Hand und schiebt sie durch die leere Öffnung der Gummihandschellen. Nachdem er beide Handgelenke überprüft hat, gleitet er zur Mitte und drückt einen Knopf. Beide Gummiringe ziehen sich langsam enger um meine Handgelenke zusammen und hören dann auf.

„Ich werde jetzt gehen, um ein paar Sachen für dich zu besorgen. Deine Strafe für deine Widerspenstigkeit wird es sein, dass du keinen Orgasmus haben darfst, bis ich es erlaube."

Mein Kiefer klappt aus Protest auf, aber er drückt einen Finger auf meine Lippen und bringt mich zum Schweigen.

„Denk daran. Ich habe jetzt das Sagen. Alles, was ich von dir hören werde, ist ‚Ja Sir', ‚Master' oder ‚Gott'. Während du bei mir bist, gehört mir jeder Orgasmus, den dein Körper erlebt. Ich werde ihn entweder erlauben oder verweigern, je nachdem wie ich mich entscheide. Und meine Entscheidungen sind das Gesetz. Lass dich nie wieder dabei erwischen, wie du dich ohne meine Erlaubnis selbst befriedigst. Ich habe zufällig auch einen Keuschheitsgürtel, den ich schon lange einmal ausprobieren wollte."

Seine Lippen sind weich und warm an meiner Stirn, als er mir einen Gute-Nacht-Kuss gibt. Es sollte mich nicht erregen, aber mein Gott, das tut es doch. Er geht hinaus und lässt mich als zitterndes Chaos auf dem Bett zurück. „Schlaf gut, meine Prinzessin", ruft er vom Flur aus.

Gut schlafen. Wie zum Teufel soll ich das denn machen? Ich verrenke mir den Hals und warte, bis sein Schatten vollständig verschwunden ist, bevor ich mir an den Fesseln zu schaffen mache. Das Gummi ist flexibel und ich kann meine Handgelenke darin drehen, aber sie geben nicht nach. Ich ziehe mit aller Kraft daran, jedoch ohne Erfolg. Ich stecke tatsächlich fest. Schmollend lasse ich meinen Kopf zurück auf das Kissen sinken. Wenn ich vernünftig darüber nachdenken würde, würde ich erkennen, dass es gar nicht so schlimm ist. Meine Handgelenke liegen flach auf dem Kissen und nicht hoch. Also ja, ich bin zwar gefesselt, aber Adrian hat es so gemacht, dass es keinen unnötigen Druck gibt.

Verflucht. Das spielt keine Rolle. Was gibt ihm das Recht, mich zu fesseln? *Mir gehört jeder Orgasmus, den dein Körper erlebt.* Als gäbe es noch etwas Heißeres, wenn er das so sagt. Die Bettwäsche, die am Anfang so weich war, reibt jetzt an meiner Haut. Wenn ich die Augen schließe, kann ich mir vorstellen, wie er mit den Fingern an meinen Schenkeln auf und ab reibt. Stöhnend presse ich meine Oberschenkel aneinander und will unbedingt kommen. Doch das steigert meine Erregung nur. Es bringt mich nicht wirklich weiter. Frustriert schreie ich auf, weil ich einfach nur irgendetwas tun muss, um die Spannung in mir zu lindern.

„Fräulein! Fräulein! Geht es Ihnen gut?"

Erschrocken blicke ich auf und sehe eine sanfte, rundliche, ältere Frau den Raum betreten.

„Wer sind Sie?" Ich bin mir vage bewusst, dass die Decke bis zur Hälfte meiner Taille reicht und ich vor dieser Fremden entblößt daliege. Ich versuche, mich weiter darunter zu verkriechen, aber das scheint das Problem nicht zu lösen.

Mit einem leisen Schnalzen kommt sie zu mir hinüber und zieht die Bettdecke ganz über meinen Körper. „Sind Sie verletzt, Miss?"

Ich starre sie einen Augenblick lang an und bewege meine Handgelenke am Kopfende des Bettes hin und her. „Ich bin gefesselt. Sehe ich für Sie okay aus?"

Sie starrt mich eine Sekunde lang an und lacht. „Haben Sie etwa den Eindruck, dass ich hier bin, um Sie zu retten? Master Adrian hat mich angewiesen, Sie im Auge zu behalten, um sicherzugehen, dass Sie bei Ihrer Bestrafung nicht verletzt werden. Obwohl, wenn Sie mich fragen, er normalerweise nicht so aufmerksam ist, wenn er einen Schützling mit nach Hause bringt."

„Moment, er hat andere hierhergebracht?"

Sie verschränkt die Arme und schiebt ihren üppigen Busen dabei hoch. „Sie glauben doch nicht wirklich, dass Sie die erste Frau sind, die er hier hatte, oder? Ich dachte schon, Sie wären naiv, aber nicht so sehr."

Stirnrunzelnd fixiere ich sie mit meinem finsteren Blick. „Ich bin nicht naiv ... Ich dachte nur ..."

„Jetzt, da Sie es sagen, sind Sie die erste Frau, der er ein Bett für die Nacht überlässt. Niemand verbringt die Nacht mit dem Master." Sie streicht mit den Fingern über die Schürze an ihrer Taille. „Nun, wenn es Ihnen gut geht und Sie mit diesem Theater fertig sind, werde ich wieder in die Küche gehen. Er hat mich beauftragt, einige besondere Mahlzeiten für die nächsten Tage für Sie zu kochen und ich möchte, dass alles fertig ist, wenn er zurückkommt. Im Gegensatz zu Ihnen bekomme ich keinen Klaps auf den Hintern, wenn ich einen Fehler mache. Ich werde tatsächlich gemaßregelt."

Ich beobachte, wie sie sich aus dem Staub macht, und Einsamkeit mischt sich mit Schuldgefühlen. Es passiert so viel auf einmal, dass ich nicht glaube, dass ich jemals wieder zu Atem kommen werde. Die Erschöpfung holt mich ein und ich kann meine Augen nicht mehr offenhalten. Normalerweise ist mein Schlaf frei von Träumen, aber heute Nacht werde ich von meinen Dämonen gequält.

KAPITEL 9

*A*drian

Dieses kleine Luder. Ich werde sie von nun an sehr viel genauer im Auge behalten müssen. Sie kann sich aus allem herauswinden. Während ich mich auf den Weg mache, um ein paar Dinge zu besorgen, denke ich über einiges nach, was sie mir erzählt hat. Es ist bei Weitem nicht alles, aber nach und nach werde ich die Dinge aus ihr herauskitzeln. Ich weiß es. Ich kann es in ihren Augen sehen. Sie hat denselben gequälten Blick, der mich jedes Mal verfolgt, wenn ich meine Augen schließe. Krieg ist niemals schön. Und manchmal offenbart er die abscheulichsten Menschen. Ich weiß, dass sie verletzt worden ist, aber ich kann noch nicht sagen, von wem. Mein Bauchgefühl sagt mir, dass ihre Adoptivfamilie etwas damit zu tun hat, aber damit kann ich sie nicht einfach konfrontieren. Ich muss dafür sorgen, dass sie sich mir nähert, anstatt sie wegzustoßen.

Die Luft ist still und ruhig, ein Balsam für meinen

beschäftigten Geist. Ihr Geschmack liegt immer noch auf meiner Zunge und es kostet mich jedes Quäntchen Willenskraft, mich nicht umzudrehen und an ihr zu bedienen. Wenn ich ihr nicht erlaube, sich selbst zu befriedigen, damit sie heilen kann, dann darf auch ich sie nicht drängen. Ehe ich mich versehe, stehe ich wieder vor Evangelines Wohnung. Was erwarte ich dort zu finden? Ich krame ihren Schlüssel aus meiner Tasche und öffne die Tür. Ich ziehe eine Grimasse, als der Geruch mich erneut überkommt. Jetzt, da sie nicht da ist, kann ich mir Zeit lassen und mir ein Bild davon machen, was hier geschehen ist.

Als ich zum Bett hinüberschaue, sehe ich die Peitsche. An den Enden klebt getrocknetes Blut. Mit einem Schaudern greife ich danach und untersuche sie. Das Design ist einfach, aber wirkungsvoll. Ich habe ähnliche Modelle in Klöstern und Orden gesehen, aber normalerweise nicht für den persönlichen Gebrauch. Die Vorderseite ist mit einem Kreuz verziert, das schon sehr abgenutzt zu sein scheint. Wie oft hat sie sich das selbst angetan? Was könnte sie getan haben, das so schlimm war? Wenn es wirklich um unsere gemeinsame Nacht ging, die ihr zu schaffen gemacht hat, muss ich einen Weg finden, dies in ihrem Kopf zu korrigieren. Prinzipien sind eine Sache, aber unnötiges Leiden wird unter meiner Aufsicht nicht geschehen.

Seufzend setze ich mich auf das Bett und fahre abwesend mit den Fingern über den Kreuzgriff. Erinnerungen an meine eigene Ausbildung durchfluten meine Sinne. Mein Schöpfer ist ein guter Mann. Er ist fair und gerecht, aber er ist genauso besessen von der Ehre wie meine Kleine von der Buße. Das wird niemals funktionieren. Ich weiß aus erster Hand, welche seelischen Schäden und Qualen es verursachen kann.

Ich schaue mich im Zimmer um und beäuge die Knoblauchzehen erneut. Es ist so spezifisch. Warum hat sie die überhaupt? Jedes Mal, wenn sie in meiner Nähe ist, behandelt sie mich wie einen Menschen. Und doch hat sie alle Ausrüstungsgegenstände von jemandem, der Angst vor Vampiren hat. Zum Glück für uns beide funktioniert von diesem kitschigen Zeug wirklich gar nichts. Ich gehe zu dem Knoblauch und den Kreuzen hinüber und reibe mit den Fingern darüber. Was geht nur in ihrem Gehirn vor sich?

Ich drehe noch eine Runde, um mich zu vergewissern, dass sie nichts Wertvolles zurückgelassen hat, bevor ich in die Nacht hinaustrete und abschließe. Mein Herz ist hin- und hergerissen. Ein Teil von mir möchte sie schütteln und verlangen, dass sie mir sagt, was los ist. Ich weiß aber auch, dass sie dagegen immun ist. Sie wurde wahrscheinlich programmiert. Von wem, weiß ich nicht. Alles, was ich mit meiner Forderung erreichen würde, ist, sie zum Schweigen zu bringen.

Ich muss mit Lucius sprechen. Irgendetwas stimmt nicht und ich spüre es in meinem Inneren. Die kurze Fahrt zurück zum Club vergeht wie im Flug. Als ich wieder drinnen bin, ist es noch etwa eine Stunde bis zur letzten Runde. Ich schaue mich auf der mittleren Ebene des Clubs um, kann Lucius jedoch nicht finden. Die nächstbeste Chance wäre die untere Etage.

Ich nicke Augustus zu, schlüpfe an ihm vorbei und begebe mich in den unterirdischen Club hinunter. Ich trete an die Bar und bitte um ein Glas vom Fass, bevor ich mich auf den Weg zu Lucius' Thron mache.

„Schön, dich hier zu sehen. Ich schätze, du hast beschlossen, dein Mädchen aufzugeben?"

Mit einer Grimasse leere ich mein Glas und schüttle den Kopf. „Deshalb bin ich hier. Ich muss mit Euch sprechen."

Er verzieht das Gesicht mit einem Stirnrunzeln. Er beugt sich vor und küsst Selene, bevor er mich in die Richtung des

Hintereingangs des Clubs lenkt. „Lass uns in meinem Büro sprechen."

Wir brauchen nur eine kurze Zeit, um unseren Weg um die Menschen herum zu manövrieren und in das oberste Stockwerk zu gelangen. Nach einem weiteren langen Flur betreten wir ein Büro. Ich pfeife leise, als ich meine Umgebung in Augenschein nehme. Der riesige Schreibtisch fällt mir natürlich sofort ins Auge.

Lucius gluckst und holt zwei Gläser und eine Flasche Wein. Er reicht mir ein Glas, bevor er sich an seinen Schreibtisch setzt.

„Alle scheinen von diesem Schreibtisch beeindruckt zu sein. Nun, ich würde behaupten, er ist eine meiner besseren Anschaffungen." Er lässt seine Hände liebevoll über das glänzende Holz gleiten. „Also gut", seine Miene wird ernst, „normalerweise bist du nicht der dramatische Typ. Irgendetwas muss dich wirklich beunruhigen, wenn du mit mir sprechen willst. Ist es deine Menschenfrau? Brauchst du meine Hilfe, um sie zu verwandeln?"

„Was? Nein!" Ich seufze. Das kam viel zu harsch rüber. „Verzeiht mir. Ich bin nicht einmal annähernd so weit, eine solche Entscheidung zu treffen."

Lucius nickt mir zu. „Gut. Ich hatte gehofft, dass das der Fall ist. Nun denn. Was gibt es zu besprechen?"

Ich starre ein paar Augenblicke lang auf mein Glas und versuche, meine Gedanken zu sammeln. „Ich möchte, dass hier höchste Alarmbereitschaft herrscht."

Er richtet sich in seinem Stuhl auf und mustert mich mit ernsthaftem Blick. „Warum hältst du das für notwendig?"

Im Laufe der nächsten Minuten erzähle ich ihm alles, was zwischen Evangeline und mir vorgefallen ist. Insbesondere, was ich in ihrer Wohnung gefunden habe.

„Sie hat mir noch nichts anvertraut. Aber ich habe das Gefühl, dass nicht alles so ist, wie es scheint. Ich möchte lieber auf Nummer sicher gehen, wenn es um solche Dinge geht. Ich habe schon einige Vampirjagden miterlebt und Ihr sicher auch."

Lucius nickt nachdenklich und starrt an mir vorbei an die Wand. „Und du bist dir sicher, dass sie bei dir sicher untergebracht ist?"

„Sie kann das Grundstück auf keinen Fall ohne mich verlassen. Ich werde weiter versuchen, ihr Vertrauen zu gewinnen, und euch informieren, sobald ich etwas weiß. Auf jeden Fall wird sie ein langes Gespräch mit mir führen müssen. Wenn sie bereits weiß, dass ich ein Vampir bin, dann beunruhigt mich das ein wenig. Es würde allerdings einige ihrer seltsamen Verhaltensweisen erklären. Verdammt noch mal. Ich wünschte nur, ich könnte sie bezirzen. Das würde alles so viel einfacher machen."

„Ja, das stimmt." Er steht auf und streckt mir seine Hand entgegen. „Bitte halte mich auf dem Laufenden."

„Das werde ich." Ich schüttle seine Hand und drehe mich um, um den Club zu verlassen. Es wird höchste Zeit, dass ich zu meinem Schützling zurückkehre.

Die ganze Rückfahrt über starre ich auf die Straße vor mir. Ich muss mir wirklich bald über meine Gefühle klar werden. Wenn mir tatsächlich etwas an ihr liegt, ist das eine Sache. Aber wenn nicht, dann muss ich mich wirklich von ihr lösen und sie auffordern, nie wieder nach Arizona zurückzukommen. Der bloße Gedanke an ihre mögliche Abreise bringt jedoch Gefühle von Wut und Zorn in mir zum Vorschein. Es ist an der Zeit, den Tatsachen ins Auge zu blicken. Ich werde sie niemals gehen lassen. Aber wie kann ich sie zum Bleiben überreden? Ich kann sie ja nicht einfach verwandeln, ohne dass sie es merkt. Selbst wenn ich stark genug wäre, gäbe es keine Garantie, dass es überhaupt funktionieren würde.

Als ich schließlich an meiner Einfahrt ankomme, weiß

ich immer noch nicht, was ich tun soll. Seufzend reibe ich mir mit der Hand über das Gesicht und mache mich auf den Weg ins Haus. Der Geruch von Hühnerbrühe steigt mir in die Nase, sobald ich die Tür öffne. Perfekt. Maria müsste fast fertig sein. Ich ziehe mir die Schuhe aus und stelle sie auf das Gestell, bevor ich meinen Weg in die Küche fortsetze. Ich bleibe stehen und beobachte unbemerkt, wie Maria um den Herd tanzt und leise vor sich hin singt. Sie ist die beste Angestellte, die ich je hatte, und ich werde sie vermissen, wenn sie irgendwann von uns geht.

Sie ist im Alter definitiv weicher geworden. Ihr kastanienbraunes Haar wirkt langsam eher silbern als braun; trotzdem trägt sie es immer noch zu einem kecken Dutt auf dem Kopf. Lächelnd lasse ich meinen Blick zu ihrem Gesicht wandern. Die Falten sind tiefer geworden, aber sie betonen ihr Lächeln nur. Sie ist immer noch genauso gütig und freundlich wie eh und je. Das ist der wahre Fluch der Vampire. Irgendwann wird einem jeder, den man liebt, weggenommen.

Ich lenke meine Gedanken von dieser Dunkelheit ab und schleiche mich hinter sie. Ohne Vorwarnung greife ich nach ihr und wirble sie zu mir herum, damit wir den Tanz zu zweit fortsetzen können. Sie kreischt auf und schlägt mir auf den Arm, lacht dann aber, während sie sich mit mir durch die Küche bewegt.

„Master Adrian, ich bin kein junges Ding mehr. Sie können mich nicht einfach so erschrecken."

Grinsend beuge ich sie leicht nach hinten. „Ich sage, Sie sind so jung wie an dem Tag, an dem Sie angefangen haben, für mich zu arbeiten."

Maria errötet und entzieht sich mir, damit sie die Suppe umrühren kann. „Nun, Master Adrian, Sie wissen, dass Sie nicht mit mir flirten sollten, während Sie ein gefesseltes junges Fräulein in Ihrem Gästezimmer haben." Lächelnd streicht sie sich eine verirrte Haarsträhne hinter das Ohr.

Ich runzle die Stirn und verschränke die Arme. „Hat sie Ihnen Ärger gemacht?"

„Oh nein, nein!", beeilt sie sich, mir zu versichern. „Sie hat nur etwas Frust abgelassen. Oh, aber nicht an mir."

Meine Schultern entspannen sich wieder. „Aber es geht ihr gut?"

„Als ich das letzte Mal nachgesehen habe, Master Adrian, schlief sie wie ein Baby. Sie ist ein hübsches Mädchen, wissen Sie. Viel schöner als die anderen Tussis, die Sie nach Hause gebracht haben."

Ich ziehe eine Augenbraue hoch und starre sie an. „Ach? Haben Sie etwas über meinen Frauengeschmack zu sagen?"

Maria kichert und wendet sich wieder ihrer Suppe zu. „Natürlich nicht, Master. Das würde mir nicht zustehen."

„Hmm. In der Tat würde es das nicht. Aber ich bin froh, dass Sie sie mögen. Das ist mir wirklich sehr wichtig."

Seufzend dreht sie sich um und wischt sich die Hände an ihrer Schürze ab. „Sie braucht Liebe, dieses Mädchen. Ich mache mir nur Sorgen, dass Sie nicht wissen, wie Sie sie geben können."

Ich taumle zurück und drücke die Hand auf mein Herz. „Maria, Sie verletzen mich. War ich nicht immer nur großzügig und liebevoll zu Ihnen?"

Sie streckt die Hand aus und streichelt mir über die Wange, als wäre ich das Kind und sie die Mutter. Mir wird ganz warm ums Herz.

„Ja, Master. Es ist eine Freude, für Sie zu arbeiten. Aber ich war nicht gebrochen, als Sie mich eingestellt haben. Irgendetwas hat sie schwer verletzt."

Stirnrunzelnd greife ich sanft nach ihren Schultern. „Ist das eine Vision? Haben Sie etwas gesehen?" Ihre Augen werden einen Moment lang milchig. Nicht viel macht mir

Angst, aber wenn ich sie in ihrer Trance sehe, dreht sich mir jedes Mal der Magen um.

„Ich kann nichts wirklich sehen, Master. Nur Schmerz. Sehr viel Schmerz. Das und einen Scheideweg. Sie müssen ihr helfen, die richtigen Entscheidungen zu treffen, sonst gerät sie leicht auf die schiefe Bahn."

Ihre Augen fallen zu und sie schwankt einen Moment lang. Ich festige meinen Griff und halte sie.

„Also gut. Das reicht jetzt. Legen Sie sich hin und ich kümmere mich um die Suppe."

„Toll. Als ob ich das zulassen würde", murmelt sie und ihre Augenlider flattern. „Geben Sie mir nur einen Moment, dann bin ich gleich wieder auf den Beinen."

„Maria. Es macht mir nichts aus, dass Sie viel älter sind. Ich kann auch für Sie eine Strafe finden, wenn ich es muss."

Ihre gealterten Wangen erröten. „Sehr wohl, Master Adrian. Ich werde mich für die Nacht zurückziehen."

Lächelnd geleite ich sie zur Tür. „Ich weiß, Sie werden es nicht glauben, aber ich kenne mich in der Küche aus. Sie haben nicht mein ganzes Leben lang für mich gekocht."

Maria kichert, als sie in ihr Schlafzimmer geht.

Ich lasse die Suppe weiter köcheln und schnuppere in der Luft. Es fehlt definitiv noch etwas Ingwer und Knoblauch. Ich füge nur einen Hauch von beidem hinzu und rieche erneut daran. Perfekt. Ich lege den Deckel auf den Topf und gehe nach nebenan, um nach meinem Schützling zu sehen.

Evangeline liegt in meinem Gästebett und ist die absolute Perfektion. Ihr goldenes Haar schimmert im Licht der Lampe. Mit verschränkten Armen lehne ich mich an den Türrahmen und schaue ihr einfach beim Schlafen zu. Sie schnarcht ganz leise. Etwas, das ich natürlich nie laut sagen würde, selbst wenn ich gefoltert würde. Ohne ihre Schutzwälle sieht sie in diesem riesigen Bett noch kleiner und unschuldiger aus. Ich gehe mit wenigen Schritten zu ihr und mein Schwanz wird hart, als ich sehe, dass ihre Hände immer noch in meinen Handschellen stecken. Leise glucksend beuge ich mich vor und drücke den Knopf in der Mitte, um sie zu öffnen. Ich kann sehen, dass sie mindestens ein paar Minuten damit verbracht haben muss, zu versuchen, sich zu befreien. Aber das hatte ich auch nicht anders erwartet.

Ich löse ihre Handgelenke und schließe die Handschellen wieder in der Schublade ein. Sie bewegt sich leicht im Schlaf, als sie ihre Hände an ihre Seiten hinunterzieht. Ich beobachte sie weiter, während ich mich ausziehe und meine Kleidung leise über die Bettkante hänge. Ich lasse mich auf der anderen Seite des Bettes nieder und ziehe ihren Körper an meinen heran.

Sie stöhnt leise, schläft aber ansonsten weiter. Sie dreht sich zu mir und kuschelt sich an meine Brust, wo sie zufrieden seufzt. Die kleinen Falten auf ihrer Stirn glätten sich, als könnte sie sich in meinen Armen endlich entspannen. Ich drücke ihr einen leichten Kuss auf den Kopf, halte sie fest und warte auf den Tagesanbruch.

Etwa eine Stunde vor Sonnenaufgang löse ich mich aus ihrer Umarmung und mache mich auf den Weg zurück in die Küche. Bevor ich mich zur Ruhe legen kann, muss ich noch eine Menge Dinge vorbereiten. Es ist das erste Mal, dass ich einen Menschen hier habe, während ich schlafe, und ich bin ein wenig nervös. Ich stelle die Suppe in den Kühlschrank und prüfe dann erneut meine Haustür. Alles ist verschlossen und sicher. Ich schaue noch einmal nach Evangeline. Sie schläft immer noch tief und fest.

Endlich kann ich aufatmen. Ich ziehe mein Handy heraus und schicke ihr eine kurze SMS, in der ich ihr mitteile, dass ich morgen den ganzen Tag unterwegs sein werde. Ich erwähne auch, wo sie alles finden kann, damit sie nicht verhungert oder sich langweilt. Hoffentlich kann mein Unterhaltungs- und Spielesortiment sie unterhalten. Zumindest bis Marion, meine Tageswache, hier ankommt. Sie ist viel jünger als Maria und ich hoffe wirklich, dass sie und Evangeline sich gut verstehen werden.

Zufrieden schlendere ich zurück und küsse sie ein letztes Mal. Es fällt mir so schwer, sie so zurückzulassen, aber ich spüre, dass die Morgendämmerung schnell näher rückt. Ich kann es mir nicht erlauben, mich in ihrer Gegenwart verletzlich zu machen. Nicht, bevor ich nicht weiß, auf welcher Seite sie steht. Ein sanftes Lächeln umspielt meine Lippen, als ich mich zu ihr hinunterbeuge und sie auf die ihren drücke. Wann bin ich denn so ein Softie geworden? Als alles erledigt ist, kann ich mich endlich in mein Versteck begeben und mich zur Ruhe legen.

* * *

Evangeline

ICH HOLE TIEF Luft und strecke mich. Ich kann mich gar nicht erinnern, wann ich das letzte Mal so gut geschlafen habe. Als ich nach unten greife, spüre ich die weiche Bettwäsche unter meinen Händen und alles kommt schlagartig wieder zu mir zurück. Ich bin in Adrians Haus. Als ich auf meine Handgelenke schaue, stelle ich fest, dass ich nicht länger an das Kopfteil gefesselt bin. Halleluja! Ich schaue mich im Raum um und versuche, alles zu erfassen. Wo ist Adrian? Das Laken neben mir sieht zerknittert aus, als hätte er dort mit mir geschlafen.

Meine Wangen werden heiß, als ich mir vorstelle, wie unsere Körper nebeneinanderliegen. Hat er mich berührt, während ich schlief? Wie ich ihn kenne, wahrscheinlich nicht. Ich wende meine Aufmerksamkeit den Wänden zu und starre auf jede Ritze und jeden Spalt. Könnte er sich dahinter verstecken? Als Vampir müsste er doch jetzt schlafen. Oder nicht?

Ich springe aus dem Bett und mache mich auf den Weg zu meinem Koffer, erleichtert, dass mein Handy noch da ist. Als ich es einschalte, finde ich nur eine einzige SMS und sie ist von ihm. Wenn ich nur an ihn denke, kribbelt mein Magen und mein Inneres krampft sich vor Verlangen zusammen. *Reiß dich zusammen, Mädchen, und lies einfach die Nachricht.* Genau wie ich dachte. Er ist ‚tagsüber unterwegs'. Lügner. Ich grinse, als ich meine Kontaktlinsendose herausziehe. Da er sicher versteckt ist, brauche ich mich nicht zu schützen. Was großartig ist, denn meine Augen können eine Verschnaufpause gut gebrauchen.

Als ich das Badezimmer betrete, fällt mir schnell wieder auf, dass es nirgendwo einen Spiegel gibt. Das ist nicht schlimm. Ich eile zurück zu meiner Tasche, nehme einen kleinen Kompaktspiegel heraus und trage ihn zurück ins Bad. Bei all der Übung, die ich darin habe, diese Dinger einzusetzen und herauszunehmen, ist es nicht allzu schwierig, ohne Spiegel auszukommen. Aber ich habe trotzdem immer einen dabei, nur für den Fall. Ich nehme die Kontaktlinsen heraus, spüle meine Augen aus und schließe sie vor Erleichterung einen Moment lang. Ich kann es kaum erwarten, diese blöden Dinger nicht mehr tragen zu müssen. Mein Herz wird schwer. Ich werde sie erst dann nicht mehr tragen müssen, wenn ich meine Mission erfüllt habe. Aber ich will ihn nicht töten. Nicht mehr. Ich setze mich auf den Rand der Badewanne und kaue auf meinen Fingernägeln. Sie sind von meinem früheren Bußgang ohnehin schon fast nicht mehr existent, aber es verschafft mir trotzdem ein gewisses Maß an Erleichterung. In der Gegenwart Der Familie darf ich so etwas nicht tun, also sollte ich meinen schlechten Angewohnheiten frönen, während ich weg bin. Als ich auf den Nägeln kaue, denke ich über meine Möglichkeiten nach.

Ich habe bereits berichtet, dass es hier mindestens drei Vampire gibt. Zum Glück habe ich nichts über die anderen gesagt, die ich unten gesehen habe. Auch habe ich nicht erwähnt, dass ich möglicherweise ihren Anführer gesehen haben könnte. Ich kann es immer noch kontrollieren. Mit etwas Glück kann ich es so verdrehen, dass ich verwirrt war und es überhaupt keine Vampire gibt. Aber dann müsste ich nach Hause gehen und Adrian verlassen. Wenn ich Adrian erzähle, was vor sich geht, kann er mir vielleicht helfen zu entscheiden, was ich tun soll. Nein. Das ist dumm. So ein großes Geheimnis kann ich ihm nicht anvertrauen. Oh, was soll ich nur tun?

Nun, zuerst muss ich mich anziehen. Die Tür zu meinem Zimmer ist immer noch offen und ich bin mir nicht sicher, wer oder was im Haus lauern könnte. Ich krame in meiner Tasche herum und ziehe ein einfaches, schwarzes Baumwoll-T-Shirt und ein paar graue Leggings heraus. Wenn Master Adrian wirklich schläft, gibt es niemanden, für den ich hier heiß aussehen muss. Ich erspähe meinen Vibrator und bin für ein oder zwei Minuten tatsächlich in Versuchung. Aber ich will nicht wieder so notgeil ins Bett gehen wie letzte Nacht. Wenn ich brav bin, bringt er mich vielleicht zum Höhepunkt. Vor Erwartung zitternd verstaue ich den Vibrator ganz unten in meiner Tasche. Ich will nicht, dass er denkt, ich hätte ihn auch nur angefasst.

Als ich meine Hand zurückziehe, berühre ich meine Bibel. Ich nehme sie heraus und streiche mit den Fingern über das abgenutzte Leder. Sie war mein erstes Geburtstagsgeschenk von Vater, nachdem ich in Die Familie aufgenommen worden war. Ich war damals sechs Jahre alt. Auf der Vorderseite steht in blauer Prägung der Vers Matthäus 7:15 – ‚An ihren Früchten werdet ihr sie erkennen'. Er hat sich sogar die Zeit genommen, meine Lieblingsfarbe dafür herauszufinden. Seit diesem Tag ist dieser Bibelvers ein

Mantra in unserem Haushalt. Er ist einer von vielen, die unsere Pflicht verdeutlichen, die Welt von bösen Monstern zu befreien. Ihre Früchte sind es, die sie alle verraten. Alle Monster sind gleich. Sie kommen, um zu töten und zu zerstören, oder schlimmer noch, um einen in Satans Armee zu verführen.

Zusammengekauert sitze ich einen Moment lang auf dem Boden, denke nach und drücke die Bibel an mich. Adrian ist ganz anders als die Monster, die mir beschrieben wurden. Bis zu diesem Zeitpunkt hat er mir nur Liebe und Freundlichkeit entgegengebracht. Hat er mich verführt? Ja natürlich. Aber wenn ich ehrlich zu mir bin, hätte ich ihm widerstehen können, wenn ich es wirklich gewollt hätte. Was sagt das also über mich aus? Seufzend schiebe ich die Bibel zurück in meine Tasche. Zu meinem Glück muss ich darüber nicht nachdenken. Solange ich mit Adrian hier bin, ist das jetzt seine Aufgabe.

Es gibt nur noch eine Sache, die ich tun muss. Ich werfe noch einen Blick über meine Schulter, um mich zu vergewissern, dass mich niemand beobachtet. Als ich mir sicher bin, dass die Luft rein ist, krame ich aus den unteren Fächern der Tasche eine kleine Holzschachtel hervor.

Auf den ersten Blick sieht sie nach nichts Besonderem aus. Vielleicht eine Art Schmuckkästchen. Sie ist ein bisschen größer als ein schickes Zigarrenetui, aber der Inhalt ist so viel wertvoller. Ich öffne eine unverschlossene Nachttischschublade, lege das Kästchen hinein und schließe sie wieder. Manche Leute haben Schusswaffen neben ihrem Bett, ich ziehe es vor, meine eigene Waffe nah bei mir zu haben.

Ich richte mich wieder auf und schaue noch einmal auf mein Handy. Es müssen noch keine Entscheidungen getroffen werden. Ich habe für diese Mission drei Monate Zeit und bin erst ein paar Wochen dabei. Wenn es sein muss, werde ich noch etwas mehr Zeit schinden.

Ich folge den Anweisungen auf meinem Handy und gehe zuerst in die Küche. Allein die Größe lässt mich nach Luft schnappen. Ich bin stolz darauf, eine gute Köchin zu sein. Mir war es allerdings nie erlaubt, aufwendige Gerichte zuzubereiten. Alle meine Speisen mussten einfach und bescheiden zubereitet werden. Noch eine Sache, nach der ich Adrian fragen könnte. Vielleicht würde er mich ein wenig in seiner Küche spielen lassen. Ich beiße mir auf die Lippe und schaue mir all das reine Weiß und die glänzenden Metalloberflächen an. Wahrscheinlich nicht. Ich möchte der Haushälterin keinen unnötigen Kummer bereiten, wenn ich nicht alles ordentlich sauber mache.

Im riesigen zweitürigen Kühlschrank gibt es so ziemlich alles, was ich jemals essen wollen könnte. Obst, Gemüse und Snacks liegen in den Fächern und lassen mir das Wasser im Mund zusammenlaufen. Leider hat die SMS ausdrücklich darauf hingewiesen, dass ich mindestens eine Schüssel Hühnersuppe essen muss, bevor ich irgendetwas anderes zu mir nehme. Die Tupperdose steht im zweiten Fach von oben, genau wie er es gesagt hat.

Als ich die Schüssel herausziehe, stoße ich mit dem Arm gegen die Tür und rüttle an einem der Türregale. An der Nahtstelle zur Tür entsteht ein großer Riss und ich stoße eine Reihe von Schimpfwörtern aus. Ich bin noch nicht einmal einen Tag hier und schon bringe ich alles durcheinander. Ich stelle die Suppenschüssel ab und eile zurück, um zu sehen, was ich angerichtet habe. Wenn ich vorsichtig bin, kann ich es vielleicht reparieren, ohne dass es jemand bemerkt. Ich stupse ein wenig daran herum, der Spalt wird breiter und eine ganze Reihe von Schüben schwingt heraus.

Mein Gesicht wird blass, als ich das versteckte Fach mit den Blutbeuteln dort entdecke. Ich wusste bereits, dass er ein Vampir ist, aber aus irgendeinem Grund lässt der Anblick von Rot und Weiß die Realität über mir hereinstürzen.

Während ich die Beutel betrachte, versuche ich, mich von der Situation zu distanzieren und die Dinge wie ein normaler vernünftiger Mensch zu betrachten.

Offensichtlich hat er eine Lieblingsblutgruppe. Als ich die Reihe der Beutel durchgehe, sehe ich, dass alle bis auf eine Handvoll Blutgruppe 0 positiv sind. Die anderen sind eine Mischung aus den anderen Blutgruppen. Ich frage mich, welche Blutgruppe ich habe. Ich hoffe, ich bin auch eine 0. Würde er mein Blut sonst überhaupt wollen? Verdammt? Will ich jetzt etwa, dass er von mir trinkt? Wie bin ich denn von *Lass uns das Monster töten* zu *Hier, trink einen Schluck* übergegangen?

Ich schaue mich schnell um, um zu sehen, ob ich immer noch allein bin, bevor ich das Panel wieder schließe. Das werde ich mir auf jeden Fall merken, wenn ich ihm jemals sagen will, wer ich wirklich bin. Als ich endlich wieder alles verschlossen habe und die Suppe in der Mikrowelle aufwärme, stelle ich fest, dass ich tatsächlich am Verhungern bin. Die Milch von gestern Abend hat mich nicht sehr gesättigt. In wenigen Minuten ist die kleine Schüssel, die ich aufgewärmt habe, bereits leer gegessen und ich verschlinge die zweite, als ein Alarm an der Haustür ertönt.

Bei dem ungewohnten Geräusch schießt ein Anflug von Panik über meinen Rücken. Mein Magen krampft sich für einen Moment zusammen, bevor ich mich in Bewegung setze. Ich stelle mein Essen ab und schleiche mich durch die Küche, entdecke ein Messer in der Nähe der Tür und greife zu meiner Verteidigung danach. Ich ziehe die Tür auf und schaue mich draußen um. Niemand da. Auf Zehenspitzen schleiche ich zurück in den Wohnbereich, hebe das Messer über meinen Kopf und pirsche mich zur Couch hinüber.

„Du musst Evangeline sein!"

Ich wirble herum, halte das Messer noch immer hoch und versuche, ruhigzubleiben, bis ich weiß, ob sie eine Bedrohung darstellt oder nicht. Sie kennt meinen Namen. Das ist zumindest ein gutes Zeichen. Die zierliche Gestalt mit dem wallenden schokoladenbraunen Haar starrt mich erwartungsvoll an.

„Ich bin Marion. Master Adrians Assistentin?"

Sie streckt mir mit einem strahlenden Lächeln die Hand entgegen. Ihr Blick fällt auf das Messer und dann wieder auf mein Gesicht. Wenn sie Angst davor hat, zeigt sie es nicht. Assistentin. Ja. Darüber hat er etwas gesagt. Ich nehme das Messer in die andere Hand und lasse es an meiner Seite sinken. Dann greife ich nach ihrer Hand und schüttle sie fest, kichere und gestikuliere mit dem Messer herum.

„Das tut mir leid. Ich habe ganz vergessen, dass tagsüber jemand herkommt. Lass mich das in die Küche bringen."

Sie folgt mir und ich atme tief ein. „Aha! Maria muss gekocht haben. Hast du etwas für mich aufgehoben?" Sie steckt den Kopf in den Kühlschrank und kramt darin herum. „Oh. Torte!"

Ihr Lächeln wird sogar noch breiter, als sie eine runde Tortenplatte mit einem dekadenten Schokoladenkuchen herauszieht.

„Ähm. Bist du dir sicher, dass wir den essen sollten?" Ich werfe einen Blick auf die Küchenuhr. „Es ist erst zehn Uhr morgens."

Sie kichert leise und zieht die Glashaube ab. Nachdem sie eine kurze Sekunde gewartet hat, steckt sie ihren Finger in die Kuvertüre und hebt ihn dann an ihre Lippen.

„Ich habe daran geleckt, also gehört er mir! Außerdem hast du doch schon gefrühstückt. Was kann ein Stück Kuchen denn dann schaden?"

Ich sehe mich in der Küche um und suche nach einer Stimme der Vernunft, bevor mir klar wird, dass das jetzt mein Job ist.

„Wenn du seine Assistentin bist, solltest du eigentlich

arbeiten, anstatt zu essen. Aber ich weiß wirklich nicht, wie die Dinge hier laufen."

Marion leckt sich den Rest der Kuvertüre vom Finger, bevor sie in ihrer Tasche nach ihrem Handy kramt.

„Marion, deine Aufgabe für heute ist es, dafür zu sorgen, dass Evangeline nicht in Schwierigkeiten gerät und, so weit es möglich ist, eine schöne Zeit verbringt. Siehst du? Und mit einer Torte kann sich jeder amüsieren!"

Sie stellt die Tortenplatte ab und streckt erwartungsvoll die Hand nach dem Messer aus. Ich reiche es ihr und schaue auf meine eigenen Nachrichten. Da steht nichts davon, dass ich keinen Kuchen essen darf. Nur, dass ich mindestens einen Teller Suppe essen muss. Das habe ich getan. Er hat auch hinzugefügt, dass ich mich wie zu Hause fühlen soll. Was kann es also schaden?

Als ich mich umdrehe, hat Marion bereits zwei Stück Kuchen auf Tellern mit Kuchengabeln bereit. „Wow, du verschwendest keine Zeit, nicht wahr?" Ich kann mir ein Lachen nicht verkneifen, als sie zu den Schränken hinüberspringt und tütenweise Kartoffelchips herauszieht, die sie mit dem Kuchen essen will. „Ich nehme an, dass ist für dich normal?"

„Nun, ja. Was soll ich sonst ganz allein hier machen? Jetzt habe ich eine Freundin. Auf geht's!" Sie sammelt ihre Beute ein und geht ins Wohnzimmer.

Hilflos kann ich nichts anderes tun, als ihr zu folgen. Wenn Adrian ihr aufgetragen hat, mich zu unterhalten, dann werde ich nichts tun, um es zu vermasseln. Als ich die Couch erreiche, hat sie den Fernseher bereits eingeschaltet und ein Videospiel auf dem Bildschirm geladen.

„Hier, das ist ein Spiel für zwei Spieler. Willst du spielen?"

Sie strahlt mich an und ich möchte ihre Gefühle nicht verletzen, aber ich bin bestimmt die letzte Person, mit der sie spielen möchte. Ich nehme den Controller, setze mich und beobachte, wie sie zu mir hinüberspringt.

„Ich glaube nicht, dass du mit mir spielen willst."

Sie schaut mich an. Ein Kartoffelchip ragt aus ihrem Mund und sie runzelt die Stirn.

„Warum nicht? Du siehst nicht so aus, als wärst du gemein."

Erschrocken lehne ich mich zurück. „Nun, nein, gemein bin ich nicht. Ich habe nur noch nie Videospiele gespielt. Die sind bei mir zu Hause nicht erlaubt."

„Moment." Sie kaut ihre Chips zu Ende und schaut mich dann ernst an. „Du bist doch erwachsen, oder?"

„Nun, das schon, aber …?"

„Wieso hörst du dann noch auf sie? Wenn du über achtzehn bist, kannst du machen, was du willst. Und das ist toll!" Marion breitet ihre Arme aus, um ihren Punkt zu unterstreichen.

„Aber wenn man noch bei ihnen wohnt, muss man sich an ihre Regeln halten."

„Nachdem, was der liebe Adrian mir erzählt hat, bist du jetzt nicht mehr zu Hause. Tatsächlich bist du hierhergekommen, um deine eigene Person zu sein. Also werde ich dir Videospiele beibringen. Du wirst sie lieben. Sie sind das Beste überhaupt!" Sie schaut auf ihren Kuchen hinunter. „Nun ja, eins der besten Dinge."

Kichernd schiebe ich mir ein Stück Kuchen in den Mund. Ich schließe die Augen und genieße die Schokolade, die auf meiner Zunge schmilzt. Das muss man sich einmal vorstellen, Kuchen und Videospiele zum Frühstück. Sie hat allerdings recht. Ich kann anfangen, mein eigenes Leben zu leben, und hier geht es los.

Die Stunden vergehen wie im Flug und ich bemerke nicht einmal, wie die Zeit verrinnt. Es ist der meiste Spaß, den ich hatte, seit ich mich erinnern kann. Zu diesem Zeitpunkt sind die Chipstüten auf dem Tisch verteilt und die Tortenplatte steht leer zwischen uns.

„Sieht so aus, als hätte es sich jemand wirklich gemütlich gemacht."

Ich quietsche und schaue auf. Adrian steht hinter der Couch und begutachtet den Schaden. Ich versuche wirklich sehr, reumütig auszusehen, als er eine Augenbraue hochzieht, während er die Szene mustert.

„Nun, du hast uns dazu angehalten."

„Master Adrian!" Marion springt von der Couch auf und umarmt ihn stürmisch.

Ein Anflug von Eifersucht durchzuckt mich, bevor ich ihn kontrollieren kann. Doch anstatt sie wie eine Freundin oder Geliebte zu begrüßen, küsst er sie einfach auf den Scheitel und umarmt sie wie ein Kind. Ich weiß, dass Adrian alt genug ist, könnte sie also tatsächlich seine Tochter sein?

„Ich habe sie den ganzen Tag beschäftigt, genau wie du gesagt hast."

Glucksend zieht Adrian einen kleinen Teddybären mit einem rosa Tutu und einem Sternenzauberstab hervor. „Das kann ich sehen. Ich stelle aber auch fest, dass du meine Gastfreundschaft ordentlich ausgenutzt hast, junge Dame."

Sie schaut auf das Chaos hinunter und zuckt leicht zusammen. „Es tut mir leid, Master Adrian. Ich glaube, ich war einfach zu aufgeregt. Bitte sag es nicht Daddy."

Daddy?

Adrian zieht eine Augenbraue hoch und denkt einen Moment lang nach. „Ich werde darüber nachdenken. In der Zwischenzeit habe ich dir, glaube ich, einen neuen Freund versprochen." Er schaut zu mir hinüber und zwinkert. „Sie scheint noch in einem Stück zu sein. Betrachte deinen Auftrag als erfüllt."

„Oh juhu!" Marion schnappt sich den Bären und drückt

ihn fest an sich. „Vielen lieben Dank. Und danke, Evie, dass du mit mir gespielt hast."

Ich will gerade etwas erwidern, als sie sich auf mich stürzt und mich fest umarmt. Fassungslos sitze ich einen Moment lang da. Meine Hände hängen an meinen Seiten hinunter und ich weiß nicht so recht, was ich tun soll. Nach ein paar Augenblicken greife ich nach ihr und umarme sie zurück. Mit jedem Drücken fühlt sich mein leeres Herz an, als würde es sich füllen.

„Vorsichtig, Süße. Du willst doch deinen Bären nicht zerquetschen."

„Oh! Du hast recht." Sie löst sich von mir und untersucht ihren neuen Gefährten, bis sie sich sicher ist, dass er nicht verletzt ist. Ein lautes Summen kommt aus ihrer Tasche und sie zieht ihr Handy heraus und lächelt. „Daddy ist hier, um mich abzuholen! Ich kann es kaum erwarten, ihm meinen neuen Bären zu zeigen. Ich werde ihn Evie nennen. Nach dir!"

„Ich fühle mich geschmeichelt." Ich schaue zu, wie Adrian und Marion gehen. Adrian mit seinen geschmeidigen langen Schritten und Marion, die neben ihm herspringt, um Schritt zu halten. Es ist eine so herzerwärmende Szene.

Ich sehe, wie sie Hand in Hand zur Tür gehen. Wow. Das ist etwas, das ich mir nie hätte vorstellen können. Sie ist nicht einmal seine Schutzbefohlene und doch geht er mit ihr so zärtlich um. Nicht nur mit ihr. Auch mit mir. Gedankenversunken lasse ich mich auf die Couch sinken. Das ist wirklich aufschlussreich.

„Nun dann, Fräulein."

Ich hebe den Blick und sehe Adrian, der mich anschaut. Er hat die Augenbrauen zusammengezogen, als wäre er verärgert, aber ein verspieltes Grinsen huscht um seine Lippen.

„Ich sehe eine Menge Snacks und Süßigkeiten auf diesem

Tisch." Er beugt sich vor und stupst die leere Tortenplatte an. „Oder sollte ich sagen, ich sehe sie nicht. Bitte sag mir, dass du heute mehr als das gegessen hast."

„Nun, natürlich! Ich habe zwei Schüsseln Hühnersuppe gegessen, genauso wie du es mir gesagt hast."

Adrian runzelt die Stirn tiefer. „Und."

„Nun." Ich schaue über den Tisch auf all die Tüten und Verpackungen, die dort verstreut liegen. „Kartoffelchips sind gar nicht so ungesund." Ich rutsche auf meinem Platz herum und suche den Tisch weiter ab. Was haben wir noch gegessen? Ehrlich gesagt, habe ich nicht einmal darauf geachtet, was ich mir in den Mund gesteckt habe. Ich war zu sehr von den Videospielen abgelenkt. Jetzt kann ich verstehen, warum sie im Haus verboten sind. „Oh! Wir haben Tacos gegessen!"

„Tacos?" Seine Augen weiten sich für einen Moment. „Als ich gestern Abend in den Kühlschrank geschaut habe, waren dort keine Tacos drin."

„Marion hat welche bestellt, die geliefert wurden?"

Adrian steht auf und reibt sich mit der Hand über die Stirn. „Ach hat sie das, ja? Und womit hat sie bezahlt?"

Ich beiße mir auf die Unterlippe und schaue zu Boden. Ich will meine neue Freundin wirklich nicht in Schwierigkeiten bringen, aber ich will auch nicht selbst in Schwierigkeiten geraten.

„Sie sagte vom Hauskonto? Es tut mir wirklich leid. Ich habe sie gefragt, ob das in Ordnung ist. Sie hat mir versichert, dass es okay ist!" Hysterie färbt meine Stimme und ich versuche verzweifelt, mich zu beruhigen. Ich weiß, dass mein Herz sich überschlagen muss.

„Schhh, ganz ruhig, Liebes. Ja. Das hat sie gut gemacht. Dafür ist das Hauskonto gedacht. Ich muss zugeben, dass ich jedoch nicht an Tacos gedacht habe, als wir es eingerichtet haben. Eher an Geschäftsausgaben, Ausstattung usw. Aber", er hebt mein Kinn an, um mir in die Augen zu sehen, „wenn wir es genau nehmen, war es heute ihre Aufgabe, dich glücklich zu machen und zu unterhalten. Demnach zu urteilen, wie sehr du lächelst, kann ich nur vermuten, dass ihr das sehr gut gelungen ist."

Ich nicke schnell. „Wusstest du, dass ich heute zum ersten Mal Videospiele gespielt habe?"

Er setzt sich neben mich auf die Couch und zieht mich in seine Arme. „Das würde ich wirklich so gerne hören, aber wir sind mit der Diskussion über deine Essgewohnheiten heute noch nicht fertig."

Ich lasse mich in seine Arme sinken. Na toll, ich werde also heute in Schwierigkeiten geraten. Dabei habe ich so sehr versucht, das zu vermeiden.

Mit einem Glucksen richtet er mich wieder auf. „Nichts von alledem. Du kannst dich nicht vor mir verstecken. Außerdem bin ich nicht wirklich verärgert. Ich brauche nur ein paar Informationen, damit ich meine Spielregeln neu berechnen kann. Also sei ehrlich. Wer hat den größten Teil des Kuchens gegessen?"

Als ich auf die Tortenplatte hinunterschaue, dreht sich mir der Magen ein wenig um. Ich habe nicht viel gegessen, aber der Gedanke daran, noch irgendetwas Süßes in meinen Bauch zu stopfen, lässt mir ein wenig übel werden. „Ich glaube, ich habe drei Stück gegessen. Marion den Rest. Ich habe hauptsächlich die Chips und die Tacos gegessen."

Adrian lehnt sich zurück und starrt mich erstaunt an. „Willst du mir sagen, dass sie das meiste von dem Kuchen gegessen hat? Ehrlich?"

„Bitte sei ihr nicht böse. Ich habe nicht einmal bemerkt, dass er schon weg war, bis ich mir noch ein kleines Stück nehmen wollte. Bitte, bitte sag es nicht ihrem … Daddy? Schätze ich? Ich nehme die Bestrafung auf mich. Bitte."

Sein Blick wird wieder streng. „Hör mir mal zu. Erinnerst du dich nicht an unser Gespräch, in dem ich dir erklärt habe, dass ich bestimmen werde, wann und wofür du bestraft werden sollst? Ich werde niemals zulassen, dass du für jemand anderen büßt. Wenn du büßen musst, dann für deine eigene Untugend. Nicht für die eines anderen. Und ja. Ich werde es Maxwell sagen. Nicht um sie in Schwierigkeiten zu bringen, aber er muss wissen, dass sie heute Abend Bauchschmerzen bekommen könnte. Wenn du mich jetzt entschuldigen würdest."

Ich schaue Adrian nach und ein schlechtes Gewissen plagt mich. Sie ist meine einzige andere Freundin hier, abgesehen von Barbara. Aber die war ja auch nur ein Mittel, um in den Club zu kommen. Ich bin ihnen beiden eine schreckliche Freundin gewesen. Tief in Gedanken versunken fange ich an, das Chaos vor mir aufzuräumen.

„Lass mich dir helfen." Seine tiefe Stimme reißt mich aus meinen Gedanken.

„Nein. Bitte. Lass mich das machen."

Stirnrunzelnd verschränkt er die Arme und wirft mir einen bösen Blick zu. Ich winde mich, als er mich anstarrt, räume aber weiter auf. „Nun gut. Wirf all das weg und triff mich dann wieder hier auf der Couch."

Oha. Soll ich mir Zeit lassen? Wird das die Sache in die Länge ziehen? Ich merke schon, dass er unzufrieden mit mir ist, aber ich weiß nicht genau, warum. Ich schätze, es ist besser, mich zu beeilen und es hinter mich zu bringen. Die Bestrafungen bei Vater waren immer schlimmer, wenn er warten musste. Es ist besser, schnell zu büßen, als zu warten und noch mehr anzuhäufen. Oh, Moment! Bei all der Aufregung habe ich meine Kontaktlinsen ganz vergessen. Oh Gott. Die brauche ich so schnell wie möglich!

„Ich muss mal auf die Toilette. Wenn ich darf."

Er lacht und schüttelt den Kopf. „Du brauchst mich nicht um Erlaubnis zu fragen, um das zu tun. Beeil dich einfach und komm wieder her."

Nach ein paar Minuten ist das Wohnzimmer wieder so, wie es vor unserem improvisierten Snackfest war, und ich trage meine Kontaktlinsen. Für den Moment bin ich sicher. Als ich hinüberschaue, entdecke ich Adrian ohne Hemd. Er trägt nur eine fließende Hose und ein Schwert an seiner Seite. Mir läuft das Wasser im Mund zusammen, während ich ihn betrachte. Seine Bauchmuskeln spannen sich mit jedem seiner Atemzüge an. Er deutet auf den Boden an eine Stelle direkt vor ihm.

„Wariza."

Gut. Vielleicht bemerkt er die Kontaktlinsen nicht. Nächstes Mal muss ich mir mehr Mühe geben, sie bereits vor Sonnenuntergang einzusetzen.

Ich brauche einen Moment, um zu ihm hinüberzugehen und mich in Position zu bringen. Ich kann nicht glauben, dass ich schon fast vergessen habe, wie man das macht. Ist es wirklich schon so lange her, seit er es mir beigebracht hat? Adrian umkreist mich und ich spüre, wie sein prüfender Blick über meinen Körper wandert. Es erfüllt mich mit einer Mischung aus Scham und Erregung. Als er wieder vor mir steht, stößt er meine Knie mit dem Fuß weiter auseinander.

„Ich sehe und spüre, dass du dich selbst verurteilst. Ich bin der Einzige, der das tun darf. Du wirst hier sitzen und das wiederholen, bis ich dir sage, dass du aufhören sollst."

„Aber ich ..."

Er beugt sich hinunter, bis sein Gesicht nur noch einen Zentimeter von meinem entfernt ist. „Ist das die richtige Antwort?"

„Nein, Sir", flüstere ich. „Jawohl, Sir." Leise beginne ich, die Worte zu wiederholen, die er mir gegeben hat. Vielleicht kommen sie ja irgendwann an. Ich versuche, mich auf die Worte zu konzentrieren und sie mir wirklich zu Herzen zu nehmen. Aber Adrian ist überall um mich herum. Er bewegt Möbel, schiebt Dinge umher und macht Krach. Ich bin so neugierig darauf, was er vorhat, dass ich mich mit meinen Worten verhasple.

Er dreht sich einfach nur zu mir um und zieht eine Augenbraue hoch. Verlegen fahre ich fort. Meine Kehle fühlt sich langsam trocken und ausgedörrt an, aber ich spreche trotzdem weiter.

Adrian dreht sich um und verlässt das Wohnzimmer. „Hör nicht auf. Du kannst dir sicher sein, dass ich ein ausgezeichnetes Gehör habe und dass die Akustik in diesem Haus besser ist, als du denkst."

Auch nachdem er verschwunden ist, spreche ich weiter. Mit jeder Wiederholung fühle ich mich leichter und freier. Vielleicht funktioniert es ja tatsächlich? Nach wenigen Minuten kommt er mit einem Glas Wasser zurück.

„Das reicht. Trink das und wir werden unser Gespräch fortsetzen." Ich nehme ihm das Glas aus der Hand und stürze es mir hinunter.

„Langsam", mahnt er mich und streichelt mein Haar.

Ich atme tief ein und nippe erneut an dem Wasser, bis es ausgetrunken ist. Adrian nimmt mir das Glas ab und stellt es auf einen entfernten Tisch. Dann kehrt er zu mir zurück. Er streckt die Hände aus und hilft mir aufzustehen, bevor er meine Lippen mit einem leichten Kuss streift. Stöhnend versuche ich, mich an ihn zu lehnen und den Kuss zu vertiefen, aber er hält mich auf Abstand.

„Ausziehen."

Ich starre ihn eine Sekunde lang an und schaue dann hinter ihm in Richtung Eingangstür. „Aber was ist mit Maria?"

„Was soll mit ihr sein?"

„Wird sie mich nicht nackt sehen?"

Er gluckst. „Und wenn schon? Vertrau mir, nackte Körper sind ihr nicht fremd."

Ich verziehe eine Sekunde lang das Gesicht. „Ach stimmt

ja. Ich habe es vergessen. Du hattest schon viele andere Frauen hier."

Stirnrunzelnd tritt Adrian vor und schaut auf mich hinab. „Jetzt hör mir mal zu. Was in der Vergangenheit liegt, ist Vergangenheit. Im Moment und für meine absehbare Zukunft bist du die Einzige für mich. Ich werde dich nicht anlügen und sagen, dass es keine anderen gab." Er neigt mein Kinn nach oben. „Wie ich schon einmal gesagt habe, werde ich dich niemals belügen. Also hör mir zu, wenn ich sage, dass niemand, mit dem ich je zusammen war, auch nur annähernd mit dir zu vergleichen ist. Ich werde mich nicht noch einmal wiederholen. Falls es dir hilft zu wissen, habe ich sie heute Abend freigestellt. Es werden nur du und ich hier sein."

Kann ich ihm wirklich glauben? Er scheint es ernst zu meinen. Ein Hauch von Aufregung durchströmt mich. Er muss mich tatsächlich mögen. Er hat die ganze Zeit mit mir interagiert und noch nicht einmal von mir getrunken. Also will er offensichtlich mehr als nur mein Blut. Ich trete zurück, um mir etwas Freiraum zu verschaffen, und gebe mir Mühe, mein T-Shirt auf langsame und sexy Weise auszuziehen. Ich grinse ihn an, werfe es auf den Boden und schlüpfe aus meiner Hose.

Adrian räuspert sich und deutet auf die Kleidung auf dem Boden. „Du wirst dieses Haus respektieren und deine Klamotten nicht herumwerfen."

„Ich versuche, sexy zu sein." Ich strecke ihm die Zunge raus und stolziere spielerisch hinüber, um mein T-Shirt aufzuheben. In dem Moment, in dem ich mich nach vorn beuge, fängt er mich an der Taille und gibt mir einen Klaps auf jede Arschbacke. Quietschend versuche ich, mich loszureißen, aber er hält mich fest und sicher in seinen Armen.

„Wenn du frech wirst, bekommst du einen Klaps auf deinen hübschen Hintern. Also strecke mir bitte noch einmal die Zunge heraus."

„Wenn du darauf bestehst, Sir, dann muss ich natürlich gehorchen." Ich grinse ihn an und strecke meine Zunge erneut heraus.

Adrian beugt sich hinunter und hält meine Zunge mit seinen Zähnen fest, bevor er sie in seinen Mund saugt. Ich erschaudere, als er seine eigene Zunge gegen meine presst.

„Köstlich", flüstert er an meinem Mund. „Und jetzt zieh dich fertig aus."

Schnell entledige ich mich dem Rest und lege alle Kleidungsstücke ordentlich auf einen Stuhl in der Nähe.

„Gutes Mädchen", flüstert er. Seine Stimme ist vor Verlangen tief und heiser. *„Wariza."*

Dieses Mal zögere ich nicht, sondern lasse mich vor seinen Füßen hinuntergleiten und schaue erwartungsvoll zu ihm auf. Die lockere Hose verdeckt seine herausragende Erektion nicht. Ich will ihn unbedingt davon befreien und ihn befriedigen. Ich würde alles tun, nur um ihn auf irgendeine Weise wieder in mir zu spüren. Während ich hier sitze und seinen Blicken ausgesetzt bin, werde ich schon ganz feucht. Er hat mich definitiv in ein kleines Flittchen verwandelt. Früher, als ich noch allein war, musste ich meine Triebe nur alle paar Monate oder so befriedigen. Mit ihm halte ich nicht einmal eine Minute ohne Sehnsucht aus.

„Jetzt ist ein guter Zeitpunkt, um die restlichen Hausregeln durchzugehen. Du wirst dich daran erinnern, sie zu befolgen, oder ich werde dafür sorgen, dass du sie nicht vergisst. Glaube mir, nach einer Weile wirst du meine Hilfe nicht mehr wollen. Wie besprochen, ziehst du immer deine Schuhe aus, bevor du das Foyer betrittst. Wenn du einen Raum in diesem Haus betrittst, nickst du kurz oder verbeugst dich, um deinen Respekt zu zeigen. Wenn du einen Raum betrittst, in dem ich mich befinde, verbeugst du dich zuerst, wenn du hereinkommst und wartest dann in *Wariza* zu meinen Füßen auf Anweisungen. Du darfst dein Telefon nur tagsüber benutzen. Die Nacht gehört mir. Von dieser Regel werde ich mich nicht abbringen lassen. Tagsüber darfst du entweder schlafen, Zeit mit Marion verbringen oder dir eine produktive Aufgabe suchen. Über deine Fähigkeiten und Hobbys sprechen wir zu einem späteren Zeitpunkt. Ich freue mich, dass du einen schönen Tag hattest, aber die meisten Tage werden nicht so sein. Marion hat tatsächlich Arbeit, die sie für mich erledigen muss", sagt er lächelnd. „Aber ich bin mir ziemlich sicher, dass sie dankbar für den freien Tag war."

Ich hebe die Hand, als sich Verwirrung in meinem Kopf breitmacht. „Wie lange bleibe ich denn hier? Ich dachte, ich würde hier nur für ein oder zwei Nächte übernachten? Ich muss wieder an die Arbeit. Ich kann nicht einfach hierbleiben. Du kannst mich nicht einfach gefangen halten."

Adrian lächelt auf mich herab. „Nein, meine Kleine. Du bist hier keine Gefangene. Ich behalte dich bei mir, bis wir einige deiner Probleme überwunden haben." Sein Blick verfinstert sich. „Ich möchte dich nie wieder in diesem Zustand vorfinden. Ich hatte schreckliche Angst um dich. Aber ja, du wirst in ein paar Tagen wieder zur Arbeit gehen. Ich möchte allerdings zuerst sicherstellen, dass du stark genug bist."

Seufzend erlaube ich meinem Herzen, sich zu beruhigen. Ich darf vormittags Nachrichten schreiben. Wäre ich tatsächlich entführt worden, würde er mir nicht einmal das erlauben. Und wenn ich die Wahl hätte, wäre es doch auch schön, hierzubleiben und verwöhnt und gevögelt zu werden. Wer würde das nicht wollen?

„Genug geredet", knurrt er und kniet sich vor mir nieder. Ich strecke die Hand aus, um ihn zu berühren, aber seine Hände fliegen sofort in meine Richtung und drücken die meinen an meine Seite zurück. „Heute Nacht wirst du dich ohne meine Erlaubnis nicht bewegen. Du wirst mir völlig ausgeliefert sein."

Ein Schauer durchfährt mich. Seine Stimme ist wie Magie. Selbst mit meinen Kontaktlinsen kann ich ihm nicht widerstehen. Ich kaue auf meiner Unterlippe und schaue zu Boden, während mir die Gedanken durch den Kopf schwirren. Wäre es wirklich so schlimm, mich für den Rest meines Lebens von ihm herumkommandieren zu lassen? Es ist auch nicht anders, als von Vater und Der Familie herumkommandiert zu werden. Aber das ist es. Es ist ein Unterschied wie Tag und Nacht.

Mein Herz rast, während meine Gedanken sich überschlagen. Nicht ein einziges Mal hat jemand in Der Familie Fürsorge oder Zärtlichkeit gezeigt. Ja, Adrian ist ruppig und befehlend, aber er sorgt auch dafür, dass es mir gut geht und dass er sich um mich kümmert. In jeder Hinsicht. Bei dem Gedanken an all das, was er bisher mit meinem Körper gemacht hat, läuft mir die Nässe an den inneren Oberschenkel hinunter. Und so, wie es sich anfühlt, fangen wir gerade erst an.

„Evangeline?"

Adrians tiefe Stimme durchdringt den Dunst in meinem Kopf. Verdammt. Ich war schon wieder in Gedanken versunken. Als ich aufschaue, zucke ich innerlich zusammen und warte auf den Blick der Missbilligung oder Enttäuschung. Zu meinem Erstaunen sehe ich nichts als Belustigung in seinen Augen tanzen.

„Was beschäftigt dich so? Ich kann deinen Kummer spüren, meine Kleine. Du strahlst ihn förmlich aus." Er streichelt mit den Fingern über meine Wange und an meinem Hals hinunter, um an meiner Kehle innezuhalten. „Bin ich wirklich so ein Unhold? Ich habe dir schon einmal versprochen, dass ich dir nicht schaden werde. Habe ich meine Versprechen je gebrochen?"

„Nein, Sir." Ich schlucke den Kloß hinunter, der sich in meinem Hals bildet. „Du warst immer nur nett zu mir. Nun, *nett* ist vielleicht nicht das richtige Wort. Der Ingwer war schon ein bisschen unangenehm."

Er belohnt mich mit einem strahlenden Lachen. Was würde ich dafür geben, es öfter zu hören.

„Der Ingwer war dazu da, um dir etwas zu zeigen." Adrian gluckst, während er mit der Fingerspitze auf meine Nase tippt. „Und ich glaube, das Memo ist angekommen. Es sei denn, du brauchst eine Wiederholung?" Adrian lacht erneut, während ich meinen Kopf schnell hin und her schüttle. „Oh, ich weiß nicht so recht."

Sein Grinsen schießt durch mich wie eine Hitzewelle. Bei den Göttern, zumindest habe ich mir einen heißen Vampir ausgesucht. Wieder reißt er mich aus meinen Gedanken, als er mit seinen geschickten Fingern über meine Schenkel gleitet und höher wandert.

„Du bist noch feuchter geworden, als ich nur erwähnt habe, dass ich dir diese Lektion noch einmal erteilen könnte."

Ich hole tief Luft, als er über meine Schamlippen streicht und über meine Haut tanzt, jedoch für meinen Geschmack nicht annähernd tief genug oder hart genug. Ein Stöhnen entspringt meiner Kehle, aber das ist mir jetzt egal. Ich kann nur daran denken, wie sehr seine Berührung mich in Flammen setzt.

„Bist du sicher, dass du keine weitere Lektion brauchst?", flüstert er, während er seine Finger über mich gleiten lässt und weiter nach hinten wandert.

Adrians Berührung an meinem hinteren Eingang veranlasst mich, aufzuspringen und mich ihm zu entziehen, nur damit er mich in *Tatehiza* festhält.

„Aber, aber. Ich glaube, ich habe dir befohlen, dich nicht zu bewegen. Ich schätze, eine Korrektur ist angebracht."

Seine Worte klingen hart an meinen Ohren, aber sein

Lächeln beruhigt mich. Ich muss nur atmen und ihm vertrauen. Interessanterweise fällt mir das mit jeder Stunde, die ich in seiner Gegenwart verbringe, leichter.

„Bleib genau hier. Ich habe ein sehr akustisches Gehör, also werde ich wissen, ob du dich bewegst."

„Ahhh. Ich hab's. Hörgeräte. Ich wusste doch, dass mit dir etwas nicht stimmt, alter Mann."

Seine hochgezogene Augenbraue ist die einzige Reaktion, die ich bekomme, als ich sehe, wie er in einer einzigen fließenden Bewegung aufsteht. Man kann über Vampire sagen, was man will, aber ihre Bewegungen sind einfach reine Poesie.

„Oh, ich glaube, das wirst du bereuen, kleines Mädchen", grinst er finster.

Eine Gänsehaut läuft mir über den Rücken. Ich hoffe wirklich, dass er recht hat.

Als er das Wohnzimmer verlässt, atme ich tief durch und lasse mich tiefer in die Position sinken, die er mir befohlen hat. Der Frieden in mir kommt und geht und führt einen Krieg mit meinem Training. Alles in mir will ihm alles gestehen und ihn dazu bringen, mich zu der Seinen zu machen. Aber ich glaube nicht, dass ich das kann. Es gibt keine Garantie, dass er mich überhaupt noch haben will, wenn er die Wahrheit erfährt.

Bis ich ihn traf, wusste ich nicht, dass ich überhaupt glücklich sein kann. Sicher, es gab Momente zu Hause, aber nicht so wie jetzt. Ich fühle mich, als würde ich auf einer Wolke schweben. Wenn ich der Propaganda Glauben schenke, ist es so, als könnten Träume tatsächlich wahr werden. Aber wo es einen Silberstreif am Horizont gibt, gibt es auch eine Gewitterwolke, unter der er versteckt ist.

Ich kann es ihm nicht sagen. All das hier würde zusammenbrechen, wenn ich es täte. Aber ich sehe auch keine Möglichkeit, ihn oder irgendjemand anderen zu töten. Nicht mehr. Nicht nach allem, was er mir gezeigt hat. Aber was soll ich dann mit Der Familie machen? Ich glaube nicht, dass ich jetzt nach Hause gehen könnte. Ich kann nirgendwohin gehen, nirgendwohin weglaufen. Sie werden mich finden und mich zurück in die Herde zwingen. Mit einem Schaudern versuche ich, nicht an das letzte Kind zu denken, das weggelaufen ist. Die Rehabilitation war qualvoll mitanzusehen. So etwas werde ich auf keinen Fall überleben.

„In Ordnung. Raus mit der Sprache!"

Erschrocken blicke ich auf und sehe Adrian vor mir stehen. Wann ist er denn wiedergekommen?

„Wovon redest du?"

Stirnrunzelnd kniet er sich wieder vor mir hin. Adrian greift nach vorn und streichelt meine Wange. Ohne nachzudenken, schmiege ich mich in seine Hand und klammere mich an seine Stärke. Gott weiß, dass ich im Moment keine eigene habe.

„Jedes Mal, wenn ich mich umdrehe, bist du tief in Gedanken versunken. Und den Schwingungen nach zu urteilen, die ich von dir empfange, sind es keine guten Gedanken. Bitte." Seine Stimme wird sanfter, als er mit dem Daumen über meine Lippen streicht. „Lass mich dir mit dieser Last helfen. Es schmerzt mich, zu sehen, wie du sie allein trägst."

Ich schließe meine Augen und gehe in mich. Kann ich ihm vertrauen? Kann ich wirklich an das Märchen glauben, das er um mich herum spinnt? *Monster lügen und betrügen, um zu bekommen, was sie wollen. Vertraue ihnen nicht oder deine Seele wird den Preis dafür zahlen.* Ich versteife mich an ihm und weiß, dass er die Veränderung spürt.

„Warum bin ich hier?" Ich kann den Schmerz und die Verletztheit in meiner Stimme hören, aber ich kann jetzt nichts dagegen tun. Ich bin zu verwirrt, zu zerrissen, um dagegen anzukämpfen.

„Wo solltest du denn sonst sein?" Er runzelt die Stirn und

löst sich von mir. Ich vermisse seine Berührung in dem Moment, in dem sie weg ist.

„In meiner Wohnung? Bei meiner Arbeit?"

Knurrend steht Adrian auf und geht vor mir auf und ab. „Tot?"

„Wovon redest du denn? Ich kenne meinen Körper und seine Grenzen. Hör auf, so dramatisch zu sein."

Er wirbelt herum und starrt mich dann an. Sein Körper ist unheimlich regungslos. „Dramatisch? In Ordnung, Fräulein. Lass uns über Dramatik reden. Ich kenne dich und dein Verlangen. Ich spüre, wie du zu Wachs in meinen Händen wirst, wenn du daran denkst, dass ich irgendeinen Akt der Verderbtheit an dir vollziehen könnte. Und doch wehrst du dich bei jeder Gelegenheit gegen mich. Wie ein verwöhntes Kind." Er hebt seine Hand, um meine Widerrede aufzuhalten. „Nein, du wirst mich nicht unterbrechen." Er kneift sich mit den Fingern in den Nasenrücken, als er innehält und mehrmals tief durchatmet. „Als du dich in jener Nacht bereit erklärt hast, dich mir zu unterwerfen, hast du so viel Freude und Wunder in mein Leben gebracht. Du hast Dinge in mir erweckt, von denen ich dachte, dass sie nicht mehr existieren. Und als ich an deiner Wohnung auftauchte und dich sah, bei den Göttern, fühlte ich einen solchen Schrecken, wie noch nie zuvor in meinem Leben. Ich kann alles haben, was mein Herz begehrt. Nichts wird mir verwehrt. Aber das ist alles nicht wichtig. Du bist das, was ich am meisten will. Dein Körper, deine Seele, deine Unterwerfung. Ich will dich."

Ich höre meinen Herzschlag in den Ohren. Was hat das alles zu bedeuten? Ich versuche, meine Atmung zu verlangsamen, aber ein Anflug von Panik überkommt mich und schnürt mir die wertvolle Luft ab. Er kann mich unmöglich wollen. Ich bin Nahrung für ihn. Nichts weiter. Oder?

Bevor ich den Mund öffnen kann, presst er seine Lippen auf meine. Es gibt kein sanftes Überreden, nur brutales

Fordern. Ich stöhne, als seine Lippen über meine tanzen. Wenn es doch nur so einfach wäre. Wenn unsere Leben nur nicht so unterschiedlich wären. Würden wir uns in einem anderen Leben treffen, wären wir der Stoff, aus dem Legenden gemacht sind. Aber jetzt ist er ein Monster und ich bin sein Vollstrecker.

„Hör auf, nachzudenken, und gib dich mir einfach hin", knurrt er. Er packt meine Handgelenke und hält sie hinter meinem Rücken fest.

Seine Hände bewegen sich blitzschnell hinter mir. Ich versuche, mich aus seinem Griff zu befreien, weiß jedoch bereits, dass es ein aussichtsloser Kampf ist. Mit Kraft allein kann ich ihn nicht besiegen. Adrian hält meine Handgelenke weiterhin fest, lehnt sich aber weit genug zurück, um mich anzusehen.

„Beweg dich nicht, sonst wirst du es bereuen."

Angst schnürt mir erneut die Kehle zu. Ist es jetzt so weit? Wird er mich jetzt töten? Er lässt mich los, aber ich wage es nicht, mich zu bewegen. Ich sehe, wie er sich abwendet und nach einer Tasche greift, die hinter ihm steht. Der Reißverschluss ist laut im stillen Raum. Jeder Zentimeter meines Körpers ist angespannt und bereit aufzuspringen, falls er sich zu einem Angriff entschließt. Er zieht mehrere Bündel aus der Tasche und Adrian legt sie zwischen uns und um sich herum. Nachdem ich einen Moment lang darauf gestarrt habe, kann ich erkennen, dass es sich um Seile handelt, aber nicht um viel mehr.

„Weißt du, warum ich dich hier bei mir habe? In diesem Haus?", murmelt er, nimmt ein Bündel und zieht eine Schlaufe durch ein Stück des aufgewickelten Seils. Mit einer Handbewegung fliegt das Bündel aus seiner Hand und offenbart zwei lange gerade Stränge Seil.

„Ich kann es mir nicht einmal ansatzweise vorstellen",

flüstere ich, während ich seine Finger nicht aus den Augen lasse.

„Das ist das Problem, nicht wahr. Du kannst dir nicht einmal vorstellen, warum dich jemand wollen würde. Das ist ein Problem, das ich beheben werde."

Er tritt mit dem Seil im Schlepptau wieder hinter mich. Die Oberfläche ist leicht rau, aber nicht unangenehm, als er meine Handgelenke hinter mir zusammenbindet. Seufzend spüre ich das gleiche Gefühl der Ruhe, das mich auch im Club überkam, als er meine Handgelenke an die Prügelbank fesselte. Sein Atem wirbelt über mein Haar, als er sich nach vorn beugt und das Seil um und unter meine Brüste führt. Er zieht es fest und es raubt mir den Atem. Er spricht in leisen gemurmelten Tönen zu mir, aber mein Gehirn registriert es nicht. Ein Dunstschleier bildet sich in meinem Kopf, während er das Seil um mich wickelt und mich einhüllt. Ich fühle mich, als würde ich gleichzeitig fallen und fliegen.

Ich spüre, wie er für einen Moment innehält und sich hinter mir niederlässt. Sein Körper hebt und senkt sich an meinen Handgelenken, während er dort sitzt und mich die Seile auf meinem Körper spüren lässt. Ich teste meine Fesseln und bin überhaupt nicht überrascht, als sie nicht nachgeben. Als ich meine Arme anwinkle, spüre ich, wie sich die Seile fester um mich herum zusammenziehen. Der Druck wird mit jeder meiner Bewegungen stärker. Ich kann mich bewegen, wenn auch kaum, und jede Bewegung macht die Fesseln noch ein wenig unbequemer.

„Wäre ich an deiner Stelle, würde ich so stillhalten, wie ich nur kann. Aber da ich derjenige bin, der dich in diese Lage gebracht hat, wäre es nachlässig, wenn ich dir nicht sagen würde, wie sehr mich dein Zappeln erfreut."

Er gleitet mit den Fingern über meine Arme und hinunter zu meinen Handgelenken. Ich spüre, dass er testet, wie fest alles sitzt. Er muss zufrieden sein, denn er verändert den Kurs und schlingt seine Arme, so gut es mit meinen Armen im Weg geht, um meine Taille. Ich lasse mich gegen seine Brust sinken und bin dankbar, etwas Festes hinter mir zu spüren. Etwas, das mich auf der Erde hält. Ich habe das Gefühl, dass mein Körper versucht, davonzuschweben. Egal wie sehr ich mich bemühe, ihn hier bei mir zu behalten.

„Sag mir etwas", flüstert er mir ins Ohr, während er seine Hände um meine Brüste schlingt.

Ich stöhne auf und lehne mich weiter an ihn, um mich ihm wie eine Opfergabe anzubieten.

Leise lachend kneift er mir in die Brustwarzen, was mich zu einem Quietschen veranlasst. „Wie fühlt es sich an, zu wissen, dass ich absolut alles mit dir machen kann, was ich will? Und dass du machtlos bist, mich aufzuhalten."

Stöhnend krümme ich mich ihm noch weiter entgegen. Der scharfe Schmerz strömt durch meinen Körper und setzt meine Nerven in Brand.

„Du weißt, wie gut es sich anfühlt." Ich erkenne meine eigene Stimme kaum wieder. Sie ist belegt und entspannt … verführerisch. „Warum sollte ich es dir sagen müssen?"

Blitzschnell zieht er die Hände von meinem Körper und greift innerhalb weniger Augenblicke in mein Haar. Mit dem anderen Arm umschließt er meine Taille und zieht mich an seinen Körper. Er packt mich so fest und zieht meinen Kopf zurück, dass ich ihn ansehen muss. „Hör auf mit diesem Theater. Du musst dich nicht jedes Mal gegen mich wehren." Er schiebt seine Hand weiter hinunter und einen Finger in mich hinein. Die Stöße sind flach. Genug, dass ich ihn in mir spüre, aber nicht genug, um meine brennende Sehnsucht zu lindern. „Das sagt mir alles, was ich über dich wissen muss", murmelt er, während sein Finger mit Leichtigkeit durch meine reichliche Feuchtigkeit hinein und heraus geleitet. „Dein Körper will mich. Aber das reicht mir nicht. Ich will auch deinen Geist, dein Herz und deine Seele. Ich habe dich hierhergebracht, weil ich hoffte, dass du fern von deinen Dämonen und deinen Regeln herausfinden würdest, wer du bist. Und dass du es annehmen könntest. Diese Frau, die du nach außen präsentierst, ist eine Fassade. Ich durchschaue dich."

Er bewegt seinen Finger schneller, bleibt jedoch immer in der Nähe meines Eingangs. Es ist quälend. Frustriert stöhnend winkle ich meine Hüfte an und versuche, ihn tiefer in mich hineinzuziehen. In dem Augenblick, in dem ich bemerke, dass er sich mir entzogen hat, reißt mich ein stechender Schlag auf meine äußeren Schamlippen in die Realität zurück.

„Das tut weh!", kreische ich und versuche, mich ihm zu entziehen. Leider versperrt mir sein Körper den Weg. Zappelnd versuche ich, mich zur Seite zu bewegen, aber die Seile fixieren mich und beschränken meine Bewegungen auf ein Minimum. Bevor ich den Mund öffnen kann, lässt er einen Schwall von Schlägen auf mich niederprasseln.

Ich heule vor Schmerz auf und stemme mich gegen ihn, um ihn abzuschütteln. Er wehrt sich nicht einmal.

„Ich glaube", flüstert er mir ins Ohr. Seine Stimme ist so ruhig wie ein spiegelglatter See, „dir gesagt zu haben, du sollst dich nicht bewegen. Jetzt sei bitte ein gutes Mädchen und halte für mich still." Mit den Fingern gleitet er leicht über das heiße geschwollene Fleisch, bevor er erneut in mich eindringt. „Du bist noch feuchter als vorher." Adrian führt seine Finger zu seinen Lippen und leckt sie langsam sauber. „Ich glaube, du magst es, wenn ich dir Schmerzen zufüge, mein Liebling. Aber keine Sorge, ich liebe es, dich leiden zu sehen; in Bezug darauf sind wir zwei Hälften eines Ganzen."

Ich kann nicht anders, als meine inneren Muskeln zusammenzukrampfen, während mich die Erregung durchströmt. So sehr ich es auch hasse, er hat recht. „Was stimmt mit mir nicht?", flüstere ich unfähig, mich zurückzuhalten.

„Mein Liebling", murmelt er und schlingt seine Arme um mich. „Mit dir ist alles in Ordnung. Jeder genießt Lust auf unterschiedliche Weise. Diese ist zufällig deine. Du hast Glück, dass du einen reizenden Sadisten gefunden hast, der dir all die Freuden dieser neuen Welt zeigt."

Sein Griff wird fester, als er mich auf die Seite dreht, bevor er mich auf den Rücken legt. Der Teppich gräbt sich in meine Hände, aber es ist nicht so intensiv wie die Seile, die knarren und sich in meinen Körper bohren. Adrian hebt meinen Hals und oberen Rücken hoch und schiebt ein Kissen unter mich, um die Last ein wenig zu lindern. Obwohl ich jetzt etwas höher liege, kann ich immer noch nicht sehen, was Adrian tut. Aber ich kann hören, wie weitere Seile herumgeschoben werden. Ich lausche in der Stille, um irgendetwas zu hören, das mir einen Hinweis darauf geben könnte, was er vorhat. Schon bald spüre ich, wie ein weiteres Seil um meine Knöchel gebunden wird.

Adrian bewegt sich lautlos, schnell und effizient. Mit einem schnellen Ruck des Seils bringt er meine Knöchel nach oben, bis sie gegen die Rückseite meiner Oberschenkel drücken. Das Kratzen des Seils, als er es um meine Wade schlingt, sendet Impulse der Lust direkt in mein Inneres. Hin und her, wickelt er das Seil um mich fest.

Die groben Fasern reizen meine Sinne, während er daran zerrt und sie zurechtrückt. Nachdem er mit einem Bein fertig ist, macht er sich an dem anderen zu schaffen. Seine Finger sind blitzschnell, aber jede Sekunde kommt mir wie eine Ewigkeit vor. Die Zeit verlangsamt sich und wird zäh wie dicker Honig. Mir ist warm und ich fühle mich sicher in meinen Seilen.

Wie auch meine Arme zuvor teste ich nun meine Beine. Ich kann mich geringfügig bewegen, aber das Unbehagen ist so groß, dass ich die Grenzen nicht überschreiten will. Seine Anwesenheit ist wie ein Gewicht im Raum. Ich spüre ihn vor mir, wartend, beobachtend. Die Seile ziehen sich um mich zusammen, als ich versuche, mich zu winden, um ihn zu sehen. Besiegt gebe ich auf und bleibe liegen. Unser Atem ist das einzige Geräusch im Raum. Ich schließe die Augen und seufze, als flüssige Wärme durch meinen Körper strömt.

„So ist es gut, meine Kleine. Entspann dich einfach. Ich werde mich gut um dich kümmern."

Schnaubend versuche ich, mein Lachen zu unterdrücken.

„Glaubst du wirklich, dass es eine gute Idee ist, mich jetzt zu verspotten? So hilflos, wie du gerade bist?"

„Entschuldigung, Sir", kichere ich. „Ich verspotte dich nicht. Ich finde nur deine Idee, dich um mich zu kümmern, komisch."

Sein Gesicht taucht in meinem Blickfeld auf. Ich erwarte, dass er wütend ist, aber wieder überrascht er mich. Sein Ausdruck ist zärtlich und ein sanftes Grinsen umspielt seine Lippen.

„Du hast dich bislang noch nicht wirklich beschwert. Du hast dich im Gegenteil sogar dazu geäußert, wie gut es sich anfühlt, wenn ich mich um dich kümmere."

Wie zum Beweis verschwindet er wieder aus meinem Blickfeld und im nächsten Augenblick ist sein Mund heiß und feucht auf meiner Brustwarze. Ich versuche, mich ihm entgegenzustemmen, aber die Seile beißen in meine Haut. Eine Vielzahl von Gefühlen durchströmt meinen Körper und jedes einzelne wird vom Schmerz, den die Seile verursachen, verstärkt. Meine Atemzüge sind ein flaches Keuchen, während ich mich unter ihm winde.

Er schiebt seinen Arm zwischen unsere Körper und ich habe kaum Zeit, um Luft zu holen, bevor er mit den Fingern über meinen nassen Schlitz tanzt. Zähneknirschend verkneife ich mir ein Stöhnen und versuche, ihn davon zu überzeugen, dass er keinerlei Macht über mich hat. Seine Lippen verziehen sich auf meiner Brust zu einem Lächeln.

„So wollen wir das also spielen", gluckst er. Mit einer schnellen Bewegung stößt er seinen Finger in mich hinein, bis sein Fingerknöchel an meinem empfindlichen Fleisch reibt. Im gleichen Atemzug beißt er hart in die andere Brustwarze.

Quietschend versuche ich, mich loszureißen, aber die Seile halten mich fest. Ich stöhne und lasse meinen Kopf zurück auf das Kissen fallen. Er hat mich genau da, wo er mich haben will, tropfend und verzweifelt.

„Arme, süße Evangeline. Ich will, dass deine Schreie die Dachbalken zum Beben bringen, und ich werde nicht aufhören, bis sie es tun."

Er zieht seinen Finger heraus und stößt ihn wieder hinein, dieses Mal zusammen mit einem zweiten.

„Bitte. Oh, bitte", flehe ich, während er mit mir spielt.

Mehrere flache Stöße enden mit einem tiefen Stoß, der mich fast vom Kissen hebt.

„Das ist noch nicht laut genug, mein Liebling. Nun, da du darauf bestehst, mich für jede Reaktion arbeiten zu lassen, denke ich, dass es höchste Zeit ist, dass du selbst ein wenig Arbeit übernimmst."

Adrian zieht seine Finger heraus, bis sie gerade noch meinen Eingang berühren, aber er schiebt sie nicht wieder hinein. Ich beiße mir vor Frustration auf die Unterlippe. Ich weiß, was er von mir will. Aber wenn ich nachgebe, würde das beweisen, dass er in Bezug auf mein Verlangen recht hat.

„Ich kann die ganze Nacht hier sitzen, Liebes. Für mich macht das keinen Unterschied. Aber ich warne dich, je länger du hier liegst, desto unbequemer werden die Seile."

Damit macht er keine Witze. Selbst bei den wenigen Bewegungen, die ich bisher gemacht habe, ziehen und zerren die Seile schon an mir. Noch ist es nicht unerträglich, aber ich kann mir vorstellen, dass sich das schnell ändern wird. Um zu testen, wie eng sie sind, strecke ich meine Hüfte ein wenig nach oben. Es brennt und engt mich ein, aber es ist nichts, womit ich nicht umgehen könnte. Vor allem, wenn seine Finger zur Belohnung tiefer in mich hineingleiten.

Stöhnend bewege ich meine Hüfte auf und ab, ohne dass er tief genug in mich eindringt. Die Seile spannen sich und werden mit jeder Bewegung fester, aber das Unbehagen treibt mich an, weiterzumachen. Der Schmerz steigert meine Erregung in weitere Höhen, während ich mich gegen seine Finger stemme. Tränen der Frustration laufen über meine Wimpern und ich schüttle den Kopf, um sie zu vertreiben.

Seine sanfte Berührung an meinen Augenlidern erschreckt mich und unterbricht meine Konzentration. Die zarte sanfte Bewegung ist mein Ende. Tränen beginnen aus meinen Augen zu fließen, als er sich hinunterbeugt und meine Augenlider küsst.

„So ist es gut, mein Schatz, lass alles raus. Ich habe dich."

Er fängt wieder an, die Finger zu bewegen, während er mich an sich zieht. Mein Schluchzen geht schnell in ein Keuchen über, als er sich schneller in mir bewegt. Ich werfe meinen Kopf zurück und stöhne laut, als das Verlangen meinen Körper durchströmt. Adrian bewegt sein Handgelenk und verändert den Winkel, sodass er hart in mich hineinstoßen kann. Keuchend bäume ich mich zu ihm auf und ignoriere das Gefühl der Seile.

Seine Finger tanzen in meinem Körper und er stößt immer fester in mich hinein. Ein lautes Stöhnen entspringt meiner Kehle, als er die Finger in mir krümmt. Er schiebt seine andere Hand weiter hinunter und lässt sie direkt auf meinem Venushügel ruhen.

„Bist du bereit, die Dachbalken für mich zum Beben zu bringen?"

Ich starre an die Decke, unfähig, Worte zu bilden. Was will er denn von mir? Ich versuche, zu sprechen, aber er drückt mit seiner freien Hand nach unten, während er weiter in mich stößt. Lust schießt durch meinen Körper. Empfindungen, die ich mir nicht einmal vorstellen kann, überwältigen meine Sinne. Alles in mir fühlt sich voll und eng an, als würde ich gleich explodieren. Zu diesem Zeitpunkt nehme ich nicht einmal mehr die animalischen, urtümlichen Laute wahr, die aus meinem Körper strömen. Ich kann nur noch fühlen. Jede Zelle in mir krampft sich zusammen und bettet um Erlösung. „Bitte, bitte", murmle ich und hoffe, dass ich laut genug bin, damit er mich hört und mir Erleichterung verschafft. Das Seil zieht sich bei jeder Bewegung und Anstrengung noch enger um mich zusammen. Der Schmerz steigert meine Lust noch mehr.

„Komm für mich, Prinzessin", knurrt er und pumpt mit seinen Fingern härter und schneller.

Pure Ekstase durchströmt mich, als alles in mir nach außen explodiert. Lustschreie strömen aus mir heraus. Ich spüre, wie Flüssigkeit an meinen Schenkeln hinunterläuft, aber ich bin zu berauscht, um es zu bemerken oder mich darum zu sorgen. Jede von Adrians Berührungen lässt die Lust in mir zischen und verstärkt die Nachbeben, die ich empfinde. Mein Körper fängt an zu zittern, als er seine Finger aus mir herauszieht.

„Braves Mädchen, Evangeline. Braves Mädchen."

Sein Atem spielt über meine Wimpern, als er sich vorbeugt, um meine Stirn zu küssen. Wärme durchströmt mich bei seiner zärtlichen Berührung. Zum ersten Mal sehnt sich mein Herz nach ihm. Vielleicht kann es ja doch funktionieren? Ich schaue auf und sehe seine Augen, die aufmerksam und suchend auf mich gerichtet sind.

„Denkst du nach alldem immer noch nach?" Er gluckst leise und zieht sich von mir zurück. Ich vermisse seine Nähe sofort und möchte nach ihm rufen, aber seine Hände sind schon bald wieder auf meinem Körper. Zügig löst er die Seile um meine Beine und reibt sie kräftig, damit sie wieder warm und durchblutet werden. Die Seile fallen mit einem dumpfen Aufprall auf den Boden und ich lächle. Es scheint also, dass er mit ein wenig Unordnung einverstanden ist. Er schließt seine starken Hände um meinen Oberkörper und hebt mich in eine sitzende Position. Die Welt beginnt sich zu drehen und ich lehne mich an ihn.

„Ganz ruhig, Süße, es ist okay. Lehn dich an mich und werde mir nicht ohnmächtig." Er zieht die Augenbrauen zusammen, als er sich umdreht und auf die Reste des Festmahls auf dem Tisch blickt. „Oder übergib dich nicht."

Leise kichernd schmiege ich meinen Kopf an seine Brust und schließe die Augen. Es hilft gegen das wirbelnde Gefühl in meinem Magen. Meine ganze Welt fühlt sich an, als wäre sie wie bei einem Looping in der Achterbahn auf den Kopf gestellt worden. Ich spüre, wie Adrian seine Brust an meine Wange drückt und versuche, den gleichen Atemrhythmus zu finden. Langsam, ruhig und gleichmäßig, genau wie er. Als die Seile von mir abfallen, lässt das Kribbeln und Prickeln in meinem Bauch nach. Es wird jedoch von einem unkontrollierbaren Zittern ersetzt. Adrian schlingt die Arme um mich und reibt mit den Fingern fest über meine Haut. Stechender Schmerz durchzuckt mich, als das Blut wieder an die Oberfläche dringt. Aber tatsächlich ist es angenehm. Es hilft mir, ein wenig mehr Halt zu finden.

„Beweg dich nicht. Ich meine es ernst."

Er lässt mich los und geht zu den Sofas hinüber. Zum ersten Mal, seit ich von Vampiren gehört habe, bin ich tatsächlich dankbar für seine Schnelligkeit. Innerhalb weniger Augenblicke schnappt er sich eine dicke Decke und ist wieder an meiner Seite. Er wickelt mich fest in sie ein. Nachdem er sich um mein Wohlbefinden gekümmert hat, hebt er mich so zusammengerollt hoch, trägt mich zur Couch hinüber und hält mich fest an sich gedrückt. Die Wärme stoppt das Zittern und ich fühle mich endlich wohl und geborgen. Es ist, als befände ich mich in einem warmen Kokon. Ich möchte nie wieder weg.

Adrian schmiegt seine Nase in mein Haar. Ich seufze und kuschle mich noch enger an ihn. Mein Bewusstsein schwankt so stark, dass ich nicht einmal mehr weiß, welcher Tag heute ist. Ist es erst ein paar Nächte her, seit ich meinen Vampir getroffen habe? Moment. *Meinen?* Wann ist er denn zu *meinem* geworden? Ein leises Summen durchbricht meine Gedanken und ich erkenne, dass es von ihm kommt. Als ich aufschaue, sehe ich, dass er die Augen geschlossen hat und seine Gesichtszüge entspannt sind. Er ist wirklich ziemlich attraktiv. Sogar noch mehr, wenn er ernst ist. Ein weiterer Anflug der Erregung durchzuckt mich und er öffnet die Augen und wirft mir einen funkelnden Blick zu.

„Das hat dir nicht gereicht? Bist du schon bereit für mehr? Ich bin keine Maschine, Weib. Ich kann deine Lust nicht stillen. Zumindest nicht, ohne meinen eigenen Hunger zu stillen."

Er grinst, als er sich zu mir hinunterbeugt und mich leidenschaftlich küsst. Die wenigen Gehirnzellen, die ich noch besitze, während ich in seinen Armen liege, verflüchtigen sich bei der Berührung seiner Lippen. Ohne nachzudenken, ziehe ich mein Haar zur Seite und drehe ihm meinen Hals zu. „Also gut, dann stille deinen Hunger."

Er erstarrt mit mir in den Armen. „Was hast du gesagt?"

Scheiße. Ich werfe mein Haar wieder nach vorn und versuche zurückzurutschen, aber er hat mich immer noch fest im Griff.

Mit den Fingern umschließt er langsam meine Kehle und mein Puls schlägt wild und unkontrolliert. Aber das ist mir im Moment egal. Ich bin einfach mit allem fertig. Mit den Lügen, dem Selbsthass. Wenn er mich jetzt umbringen will, würde ich nicht Nein sagen. Der Blick in seinen Augen ist mörderisch und intensiv. Trotzdem erschaudere ich, als frische Erregung an meinen Schenkeln hinunterrinnt. Wenn ich auf diese Weise sterbe, werde ich mich kein bisschen beschweren.

„Ich werde mich nicht wiederholen."

Er schüttelt mich leicht. Gerade genug, um mich ins Land der Lebenden zurückzuholen.

KAPITEL 10

drian

WAS ZUM TEUFEL? Was zur absoluten Hölle? Hat sie mich beim Trinken gesehen? Woher weiß sie, was ich bin? Wonach ich mich sehne? Ich durchforste meine Erinnerung und versuche, irgendeinen Moment zu finden, an dem ich mich verraten haben könnte. Die einzigen Erinnerungen sind ihre weichen Lippen um meinen Schwanz und ihr warmes, schmackhaftes Blut, das von meiner Zunge tropft, ... sie war jedoch danach eingeschlafen oder nicht bei Sinnen gewesen. Zumindest dachte ich das.

Wenigstens ist es jetzt bestätigt. Der Knoblauch, die Kreuze. Sie weiß, was ich bin. Aber wie lange schon? Meine Gedanken beginnen in eine Richtung zu wandern, die kein gutes Ende nimmt. Ich will den heimtückischen Lügen nicht glauben, die mein Gehirn mir zuflüstert.

Als ich erneut auf meine kleine Sterbliche hinabblicke, durchzuckt mich zum ersten Mal seit Jahrhunderten Angst.

Was habe ich getan? Lucius wird mir den Kopf abreißen, wenn ich den Club in Gefahr bringe. Ich schätze, es war sowieso an der Zeit, weiterzuziehen. Aber was ist mit Marion? Maria? Was würde mit ihnen passieren, wenn ich gehe?

Ihre Erregung trifft mich hart und erinnert mich daran, dass ich heute Abend noch nichts getrunken habe. Mein Schwanz schmerzt und drängt sich gegen den Stoff meiner Hose. Ihr straffer Hintern, den sie an mir reibt, ist nicht im geringsten hilfreich. Die Tatsache, dass ihr Körper nach Sex schreit, obwohl ich ihr Leben in den Händen halte, lässt mich innehalten. Was, wenn ich sie verwandle? Sie könnte unsere Geheimnisse nicht verraten, wenn sie eine von uns ist. Nicht wahr?

Evangelines Körper wendet sich gegen meinen, während ich meine Finger weiter um ihre schlanke Kehle schlinge. Wenn sie weiter so mit der Hüfte zuckt, könnte ich mich blamieren. Außerdem ist sie immer noch im Rausch und weiß nicht genau, in welche Gefahr sie sich begibt. Widerstrebend löse ich meine Finger von ihr und sie öffnet die Augen. Ich sehe dieses verblüffende Blau, das mir immer wieder den Atem raubt.

„Es tut mir leid. Ich bin nicht ganz ehrlich zu dir gewesen."

Mein Magen krampft sich zusammen. Ich wusste es. Seit ich diese Frau in mein Leben gelassen habe, stimmt etwas nicht. Ich hätte es besser wissen müssen, als mich auf sie einzulassen. Ich atme tief durch, was definitiv nicht notwendig ist, und sitze regungslos wie eine Statue da, während ich auf das Schlimmste warte.

„Ich bin mit dem Wissen über mythische Kreaturen und paranormale Wesen aufgewachsen. Tatsächlich sind sie zu einer Quelle der Faszination für mich geworden." Sie lässt ihre Finger über meine Brust gleiten, während sie scheinbar nach den richtigen Worten sucht. „Man könnte sagen, dass ich süchtig danach bin, die Wahrheit über alle Kreaturen herauszufinden. Das Wissen fesselt mich." Sie lässt den Blick für einen kurzen Moment zur Seite schweifen. „Ich benutze diese Informationen nicht, um jemandem zu schaden ... Es ist nur wie eine Art persönliche Strichliste. Ich hatte keine Ahnung, dass du eines dieser Fabelwesen bist", fügt sie noch schnell hinzu. „Ich dachte, du wärst nur ein mysteriöser, heißer Typ, der es versteht, jedes Mädchen um den Verstand zu bringen. Aber dann habe ich deinen Kühlschrank gesehen."

Ich erstarre. War ich wirklich so dumm, die Fächer nicht richtig zu schließen? Nur Gott weiß, was in mein Gesicht geschrieben steht, aber die Kühnheit, mit der sie nach mir greift, lässt mich innehalten. Ich konzentriere mich darauf, die Muskeln zu entspannen. Ich will mein neugieriges Vögelchen nicht verschrecken, aber ein Lufthauch bestätigt mir, dass sie alles andere als ängstlich ist.

„Ich habe mir die Suppe geholt, wie du gesagt hast. Sie war schwerer, als ich erwartet hatte und ich stieß gegen die Seitenwand. Ich hatte Angst und dachte, ich hätte den Kühlschrank zerstört. Stattdessen habe ich die teilweise geöffnete Abdeckung mit dem Blut dahinter gesehen und eins und eins zusammengezählt."

Sie bewegt sich wieder, bis sie schließlich auf meinem Schoß sitzt. Sie reibt mit ihrem Hintern über meinen steifen Schwanz und mit jeder Bewegung fließt mehr Blut in die Gegend. Mein Kopf schwirrt, als ihr Duft noch näher kommt. Wenn das so weitergeht, könnte ich sie einfach auf den Boden werfen und mich an ihrem Hals laben, bis ich mich satt getrunken habe. Kopfschüttelnd hebe ich sie hoch und setze sie wieder auf die Couch.

„Beweg dich nicht." Ich starre sie mit meinem tödlichsten

Blick an, bevor ich sie zurücklasse, um meinen Kühlschrank zu plündern.

Verdammt noch mal. Jetzt muss ich darüber nachdenken, umzuziehen. Ich fing wirklich gerade an, diese Gegend und die Leute hier zu mögen. Sicher, die Vampirgemeinschaft ist voll von Arschlöchern und Entarteten, aber so sind wir nun mal. Dafür, wer und was wir sind, gehören sie zu den besten Leuten, die ich je getroffen habe. Abgesehen von meinem derzeitigen Nest. Denk nach, denk nach!

Noch bevor ich meinen Kühlschrank öffnen kann, spüre und rieche ich sie hinter mir. Ihr Duft verführt mich und lockt mich zu dieser Frau, die ich nicht einmal wirklich kenne. Er bettelt darum, mich an dem zu laben, was mir freiwillig angeboten wird. Es ist ja nicht so, dass ich ihr Blut abgelehnt hätte, als sie keine Ahnung hatte, was überhaupt mit ihr geschah.

„Ich dachte, ich hätte dir gesagt, dich nicht zu bewegen."

Ohne mir zu antworten, schlingt sie ihre schlanken Arme um meine Taille. Ihr Körper ist warm und lebendig an mir. Beinahe erwäge ich, sie zu markieren und für immer zu der Meinen zu machen. Aber das ist eine Diskussion, die man besser führt, wenn beide Parteien nüchtern sind.

„Bitte hasse mich nicht."

Ihre Stimme bebt und zerrt an dem Herzen, das ich schon lange für tot hielt. Sie hassen? Wie könnte ich sie jemals hassen? Sie bringt mich zur Verzweiflung und hält mich ständig auf Trab. Aber sie hat etwas an sich. Etwas, das mich anzieht und mich ganz fühlen lässt. Das Gefühl ist warm und unbehaglich zugleich.

„Geh, bevor ich nicht länger die Kraft habe, aufzuhören."

Sie zieht die Hände von mir weg und ich atme erleichtert auf, weil sie ausnahmsweise einmal tut, was man ihr sagt. Doch wie immer liege ich völlig falsch. Das leise Tapsen ihrer Füße auf den Küchenfliesen verrät mir, dass sie in die entgegengesetzte Richtung geht, in die sie eigentlich gehen sollte. Stattdessen begibt sie sich auf die andere Seite des Kühlschranks und setzt sich mit gespreizten Knien und glitzernden Schenkeln in *Wariza* hin. Bei den Göttern, aber ich kann mich an diesem Anblick nicht sattsehen. Ihr Duft strömt mir entgegen, als sie ihre Finger nach unten gleiten lässt und sich selbst aufspreizt. Meine Nasenflügel beben, als sie anfängt, mit ihren Fingern über ihre Klitoris zu reiben.

„Du bist der erste Mann, der mich nur durch den Gedanken an ihn zum Kommen gebracht hat. Du hast meine Welt komplett auf den Kopf gestellt. Ich weiß, dass du Ansprüche hast. Sonst hättest du sicher schon von mir getrunken, als wir das erste Mal zusammen waren."

Das Gefühl von Schuld brennt in meiner Brust. Ich reibe über die Stelle und versuche, dieses fremde, unerwünschte Gefühl loszuwerden. Aber sie redet weiter und das Gefühl wandelt sich zu Liebe, Lust, Verlangen, Begierde. Alles durchströmt mich auf einmal. Zum ersten Mal in meinem Leben habe ich das Gefühl, endlich meinesgleichen gefunden zu haben.

„Ich vertraue dir", sagt sie leise und mit gesenktem Kopf. „Ich weiß nicht, warum. Ich sollte es nicht. Jeder Instinkt, den ich habe, sagt mir, dass ich weglaufen und nicht zurückschauen sollte. Aber der Teil von mir, der Leere Teil, den du ausfüllst, will mit Leib und Seele dir gehören."

Bei ihrer Erklärung geht mir das Herz auf. Vielleicht gibt es auch für ein Monster ein Happy End?

„Bist du sicher?"

Ihre Unterlippe bebt einen Moment lang, aber sie nickt trotzdem. Knurrend hebe ich sie in meine Arme und trage sie in mein Schlafzimmer. Sie ist die erste Sterbliche und Geliebte, die jemals diese Schwelle überschritten hat. Das Ausmaß an Vertrauen, das dieser Schritt in sie setzt, überrascht mich selbst. Wie kann ich darauf vertrauen, dass sie nicht versuchen wird, mich im Schlaf zu töten? Kopfschüttelnd befreie ich mein Gehirn von diesen Gedanken. Nach den Gesprächen mit Marion und der Durchsicht der Aufzeichnungen ihres gemeinsamen Tages ist mir nichts Verdächtiges aufgefallen. Selbst nachdem sie das Blut gefunden hatte, hat sie nicht versucht, irgendetwas Heimtückisches zu tun. Außerdem ist sie ja keine Kriegerin, die zum Töten und Beschützen ausgebildet wurde. Dieser schmächtige, kleine Leckerbissen kann mich auf gar keinen Fall besiegen.

Ich halte inne, schalte das Licht ein und drehe am Knopf, um es zu einer schwachen Beleuchtung zu dimmen. Ich möchte, dass meine kleine Sterbliche alles sieht, was mit ihr geschieht. Ich will sehen, dass sie die Konsequenzen ihres Handelns in ganzem Umfang begreift. Leise glucksend werfe ich meine Eroberung auf das große schmiedeeiserne Bett. Ich bleibe einen Moment lang stehen, bewundere ihre geschwungene Hüfte und die Fülle ihrer Brüste. Schließlich blicke ich zu ihren Schenkeln hinunter, die von ihrer Erregung noch immer ganz nass sind. Ich lecke mir die Lippen, knie mich zwischen ihre Beine und beginne zu kosten, was sie mir so großzügig anbietet.

Ich wandere an ihrem Oberschenkel hinauf, bis meine Lippen an ihrem Schamhügel ankommen. Ich atme tief ein und gleite mit meiner Zunge an einer Seite ihrer Schamlippen hinauf und an der anderen hinunter. Ihr Körper spannt sich an und bebt unter mir. Ihr Stöhnen füllt meine Ohren, während ihr Geschmack auf meiner Zunge explodiert und meine Sinne erfüllt. Ich bin überwältigt von ihr, während ich den Tempel ihres Körpers anbete. Ich spüre jedes Wimmern und jedes Flehen bis in meine Hoden, aber ich genieße dieses Festmahl viel zu sehr, als dass ich mich im Moment um meine eigenen Bedürfnisse kümmern könnte. Ich drücke mich auf die Knie, schaue meiner Prinzessin in die Augen und lasse sie zusehen, wie ich ihre Säfte von meinen Lippen lecke.

„Nun dann. Wenn du dir ganz sicher bist, dass du heute Nacht meine Mahlzeit sein willst, dann bleibst du ganz still dort liegen, bis ich zu dir zurückkomme."

Sie schiebt ihre Unterlippe zu einem bezaubernden Schmollmund vor und ich kichere, als ich mich nach vorn beuge, um sie mit meinem Daumen zu streicheln. Sie zittert unter mir und ich grinse. Nachdem ich sie noch ein paar Augenblicke lang beobachtet habe, stehe ich vom Bett auf und gehe zu meinem Schrank hinüber. Nach ein paar Schritten drehe ich mich um und funkle sie an.

„Ich meine es ernst. Rühre keinen Muskel."

Ich begebe mich in den begehbaren Kleiderschrank und gehe schnell zu einer großen Truhe in der hintersten Ecke. Ich öffne den Deckel und versuche, die Welle der Nostalgie zu unterdrücken, die mich beim Anblick der Utensilien meines alten Lebens zu übermannen droht. Sicher, ich habe zwar immer noch Kontakt zu meinem Nest, aber es ist nicht mehr dasselbe. Ich lasse die Finger einen kurzen Moment lang über meine Samuraiausrüstung schweben, bevor ich nach meinem Tantō greife. Ich umklammere die vertraute Waffe, als ich mich umdrehe und zurück zu meiner Prinzessin gehe. Überraschenderweise liegt sie genau da, wo ich sie zurückgelassen habe. Vielleicht gibt es ja doch noch Hoffnung für meine schmackhafte, freche Göre.

„Hände über den Kopf und am Kopfteil festhalten." Meine Stimme ist rau und angespannt von der entfesselten Erregung, die durch mich strömt. Ich wünsche mir nichts sehnlicher, als mich auf meine Beute zu stürzen und sie zu verschlingen. Sie muss jedoch lernen, dass sie in dieser Beziehung nicht das Sagen hat. Sie nährt und befriedigt mich auf meinen Befehl hin und nicht nach ihren Launen.

Ihre Arme zittern, als sie nach oben greift, aber sie

gehorcht sofort. Ich kann ihre nervöse Energie in der Luft schmecken, als sie das Schwert in meinen Händen betrachtet. In der Scheide sieht es nicht nach viel aus, aber wie ich sie kenne, hat sie wahrscheinlich keine Ahnung, was es ist, und das ist der Grund für ihre nervöse Besorgnis.

„Du sagst, du willst mich sättigen, ja?"

Sie nickt schnell mit dem Kopf.

„Worte, Kleines."

„J-Ja, Sir."

„Also gut. Dann werden wir beginnen."

Ich knie mich wieder auf das Bett und schiebe ihre Beine höher an ihren Körper, sodass ihre Knie gebeugt sind und die Füße flach auf dem Bett stehen.

„Was auch immer du tust, bewege dich nicht. Ich bin sehr geschickt in dem, was ich tue, aber selbst ich bin kein Gedankenleser. Wenn du dich bewegst, könnte es deinem Körper mehr Schaden zufügen, als ich beabsichtige. Ist das klar?"

„Ja, Sir."

Ihre Stimme zittert, aber ihre Erregung duftet noch stärker in der Luft. Bei den Göttern, aber ich glaube, ich liebe diese Frau.

„Schau mich an und sieh nicht weg."

Sobald sie ihren Blick auf mich gerichtet hat, bringe ich das Tantō in ihr Blickfeld. Langsam ziehe ich das Schwert aus der Scheide. Zugegeben, es ist nicht annähernd so groß wie ein Katana, eher so lang wie ein Unterarm, aber es ist trotzdem eine beeindruckende Klinge. Das schwache Licht glitzert auf der rasiermesserscharfen Schneide und zum ersten Mal, seit ich sie kenne, schimmert echte Angst in ihren Augen. Oh Himmel hilf mir, wenn mein Schwanz bei diesem Anblick nicht zuckt.

„Jetzt hast du die Chance, dein Angebot zurückzunehmen. Schließlich bin ich ein großzügiger Mann."

Ich verziehe die Lippen zu einem Lächeln, während sich die Zahnrädchen in ihrem Kopf drehen.

„Nein, Sir. Aber musst du mich denn schneiden? Ich dachte, deine Art beißt."

Lachend ziehe ich die Klinge ganz heraus und lege die Spitze zwischen ihre Brüste. Ihr Atem stockt und sie liegt regungslos da.

„Meine Art? Das ist sehr rassistisch von dir."

Sie reißt die Augen weit auf, als ich das Gewicht der Klinge weiter nach unten sinken lasse.

„Oh. Oh, das tut mir leid, Sir, das war unbedacht. Ich wollte nur …"

„Schhh, meine Süße", gluckse ich. „Bin ich wirklich so ein Ungeheuer, dass ich dich nicht necken darf?"

„Bisher hast du mich noch nie geneckt, du Spießer …, Sir", brummt sie.

„Das stimmt." Ich lehne mich zurück und ziehe die Klinge mit mir. „Aber andererseits kann sich ein Mann ja auch ändern, wenn er will, nicht wahr?"

Ein Blick der Traurigkeit huscht über ihr Gesicht. Welchen Nerv habe ich denn gerade getroffen?

„Das nehme ich an."

Das wird mir nicht genügen. Ich lege das Tantō zurück aufs Bett, lasse die Finger über ihren Eingang gleiten und schiebe sie hinein. Ihr lustvolles Keuchen und die flatternden Augenlider ersetzen den traurigen Blick. Perfekt. Ich möchte, dass sie sich gern an diese Zeit mit mir erinnert und sie durch nichts verdorben wird.

Nach einigen Stößen spüre ich, wie sich ihre inneren Wände rhythmisch um mich zusammenziehen. Wenn ich so weitermache, wird sie ohne große Anstrengung erneut kommen. Das genügt mir nicht. Ich entziehe mich ihr und verpasse ihrem Venushügel einen kurzen, scharfen Klaps.

Stöhnend reißt sie die Augen auf. Ihr Flehen ist wortlos, aber dennoch deutlich.

„Nicht ohne Erlaubnis. Du kennst die Regeln. Außerdem hattest du heute Abend schon einmal das Vergnügen. Ich habe das Gefühl, dass mir auch ein wenig davon zusteht." Ich ziehe das Tantō wieder hoch und schaue sie streng an.

„Wie bereits gesagt, bewege dich nicht. Hast du das verstanden?"

„Ja, Sir", flüstert sie und krallt ihre Finger wieder um das schmiedeeiserne Bett.

„Braves Mädchen. Blick auf mich gerichtet."

Sie beißt sich auf die Unterlippe, schaut jedoch nicht weg, als ich mit der flachen Seite der Klinge über ihren Bauch streiche. Ihre Bauchmuskeln spannen sich an und kräuseln sich unter meinen Berührungen, aber ansonsten hält sie wie eine perfekte Statue still. Meine eigene Porzellanpuppe.

„So ein braves, braves Mädchen", murmle ich und lasse meine Hand dem Messer folgen. Viel Wärme kann ich nicht bieten, aber es ist zumindest ein kleiner Komfort. Eine Erdung zwischen uns. Ich spüre die Energie, die sie durchströmt, und Entzücken wirbelt durch mein Gehirn. Meine Reißzähne pulsieren, als ich die Schneide von ihrer Haut wegziehe. Nur ein Schnitt. Nur ein kleiner Einstich und ich kann von ihr trinken. Ich weiß, dass das Blut einfach göttlich sein wird, und ich habe mich seit dem Verlies danach gesehnt. Ich hebe die Klinge erneut in die Luft und lasse sie zusehen, wie ich die scharfe Kante an ihre Haut hinabsenke. Augenblicke bevor ich sie berühre, hebe ich sie lächelnd wieder an. Ich liebe den schnellen Wechsel zwischen Nervosität und Erleichterung.

„Diese Klinge ist zu viel für deine Haut." Ein Seufzer der Erleichterung zaubert ein weiteres Grinsen auf meine Lippen. „Stattdessen ...", ich beuge mich zurück und ziehe die Scheide hoch, um mein viel kleineres Kogatana herauszuziehen, „... wird mir das hier viel besser nützen."

Ihr wachsamer Blick ist zurück, als ich das Messer an ihre Haut führe. Ich lasse das Gewicht ihre Haut nur berühren, um ein schneidendes Gefühl zu erzeugen, ohne die Haut wirklich zu verletzen. Ihr Keuchen dringt an meine Ohren, als ich der Klinge des Messers mit meiner Zunge folge. Ihr Körper verspannt sich unter meiner Klinge. Jeder Zentimeter von ihr versucht verzweifelt zu gehorchen. Jeder Muskel, über den ich mit dem Messer gleite, spannt sich an und hält still, bis ich mit der Zunge darüber streiche. Ihr Unbehagen kämpft mit ihrer Erregung und dem Geruch nach zu urteilen, nimmt die Erregung Überhand.

„Entspann dich, Kleines. Es wird sich viel besser anfühlen, wenn du endlich loslässt."

„Wie würdest du dich denn fühlen, wenn du überall auf deiner Haut Wunden hättest?"

Ahhh. Immer noch so ein großes Mundwerk. Ausgezeichnet. Ich lege das Kogatana zur Seite, beuge mich vor und lasse meine Hand an der Rückseite ihres Schädels hinaufgleiten, um in ihr Haar zu greifen.

„Du hast nicht *Sir* gesagt", murmle ich gegen ihre Lippen, bevor ich an ihrer Unterlippe sauge und einen Reißzahn über ihre empfindliche Haut ziehe. Bis zu diesem Moment war mir nicht klar, wie unglaublich es sich anfühlen würde, endlich aus den Schatten zu treten. Endlich ich selbst zu sein, ganz und gar, mit einer Frau.

„Außerdem." Ich hebe ihren Kopf hoch, damit sie ihre Haut betrachten kann. Es gibt ein paar leichte, helle Schlieren, wo das Messer ihre Kapillaren geöffnet hat, aber kein Schaden, der annähernd dem entsprechen würde, was ihr Verstand ihr vorgaukelt.

Das ist das Schöne am Messerspiel. Es überlistet die

Sinne so, dass selbst ein Buttermesser sich anfühlen würde, als würde es durch die Haut schneiden.

„So wie ich es sehe, ist deine Haut immer noch sehr intakt. Es sind keine Wunden zu sehen."

Ihr Blick wandert über ihr Fleisch. Es wirkt wie eine Mischung aus Ehrfurcht und Ungläubigkeit. „Dann musst du mich geheilt haben."

„Dich geheilt? Warum sollte ich das tun wollen? Wenn ich versuchen würde, von deinem köstlichen Körper zu trinken, wäre es doch nicht ratsam, dich zu heilen, bevor ich mich gesättigt habe. Und glaube mir, ich bin immer noch überaus durstig." Mit einem leisen Lachen beobachte ich das Spiel der Gefühle auf ihrem Gesicht. „Außerdem weiß ich nicht, was du über Vampire gelernt hast, aber wir lecken nicht einfach an Menschen herum, um sie zu heilen. Das ist etwas, was man in Romanen liest."

Ein Anflug von Panik blitzt auf ihrem Gesicht auf, aber nur für einen Moment. Ich bin mir ziemlich sicher, dass ich es übersehen hätte, wenn ich nicht auf jedes Zucken achten würde.

„Jetzt leg dich wieder hin und ich spiele weiter mit dir."

Sie nickt und lässt sich auf das Kissen sinken. Ihre Atmung ist jetzt weniger unregelmäßig. Endlich kann ich anfangen, mich an ihr zu nähren. Noch einige Minuten lang wiege ich sie in falscher Sicherheit, indem ich das Messer auf ihrer Haut ruhen lasse und das Gewicht kaum auf ihr zartes Fleisch drücke. Nachdem ihr Atmen zu Stöhnen übergeht, drücke ich etwas mehr Gewicht auf das Messer. In ihrem Kopf fühlen sich alle Empfindungen gleich an. Ich weiß mit Sicherheit, dass diese Klinge rasiermesserscharf ist und durch das Fleisch gleiten wird, als wäre es Butter. Meine entzückende Prinzessin weiß jedoch nicht, dass ich heute Abend nach dem Aufwachen – genau wie immer – mein allnächtliches Ritual des Schärfens meiner Waffen durchgeführt habe. Genau wie jeden Abend. Es entspannt mich und beruhigt meinen Geist. Es ist fast wie Meditation.

Ich behalte ihre Atmung im Auge und drücke geringfügig fester auf das Messer. Ihr Keuchen füllt die Luft, als Blut aus ihrem Oberschenkel quillt. Perfekt. Ich beuge mich hinunter und lecke die dünne Spur ab. Die Süße explodiert auf meiner Zunge. Sie windet sich unter meinen Lippen und ich bleibe dort, sauge und lecke. Ihr Seufzen verwandelt sich zu Stöhnen, als sie unter mir mit der Hüfte zuckt. Ich schmiege meine Lippen an ihr heißes Fleisch.

„Nein, nein, Süße. Du wirst heute Abend nicht noch einmal so leicht kommen. Vorhin war ich nett, aber jetzt wirst du für deine Erlösung arbeiten müssen. Bettle für mich. Ich will dein süßes Flehen hören."

Ich erwarte fast, dass sie zu schüchtern ist und sich mir und ihr das Vergnügen verweigert. Aber sie überrascht mich, indem sie laut und lange stöhnt.

„Bitte, Sir. Bitte", fleht sie.

Ich hebe mein Gesicht von ihrem Schenkel. „Bitte, was?", knurre ich.

„Bitte lass mich kommen. Bitte. Oh, bitte, Sir."

Glucksend lecke ich wieder über ihr Bein und beobachte, wie das Blut langsam zu einem kleinen Rinnsal wird. Ich wechsle die Taktik und wende meine Zunge wieder ihrer tropfenden Muschi zu. Ich lege meinen Daumen an den Ansatz ihrer Klitorisvorhaut und ziehe sie sanft nach hinten. Ihre pralle und vor Verlangen geschwollene Klitoris kommt zum Vorschein. Ich hauche mit dem Atem über die Perle und beobachte genüsslich, wie sie mir ihren ganzen Körper entgegenstemmt. „Ich dachte, ich hätte dir gesagt, du sollst dich nicht bewegen?" Bevor sie antworten kann, tippe ich mehrmals mit meinen Fingern auf ihre Klitoris, sodass sie quietscht und sich unter mir windet.

„Es tut mir so leid, Sir. Ich versuche es ja. Ich bemühe mich wirklich sehr."

„Ist das so?"

Sie streckt ihren Kopf nach vorn und klammert sich immer noch am Bett fest. Verzweiflung spielt über ihre Züge und lässt sie ernst wirken.

„Ich verspreche es."

Das Licht spielt über Evangelines Gesicht, als ich sie anstarre. Ich lasse meine Finger wieder nach unten gleiten und streiche mit dem Fingernagel über ihre überempfindliche Knospe, was einen Schauer durch ihren ganzen Körper jagt. Wunderschön.

„Sag mir, Evangeline, sollten ungezogene kleine Mädchen, die ihrem Master nicht gehorchen, zum Höhepunkt kommen dürfen?"

Sie liegt schweigend da, nur ihr schweres Atmen füllt den stillen Raum.

„Antworte mir, Kleines", befehle ich und kneife mit Daumen und Zeigefinger in ihre Klitoris.

Sie verzieht das Gesicht und ihr ganzer Körper spannt sich an. Aber ansonsten bewegt sie sich nicht.

„N-nein, Sir", wimmert sie.

„Aber du würdest es gern?"

„Mehr als alles andere, Master", haucht sie und versucht verzweifelt, stillzuhalten.

Lächelnd halte ich ihre Klitorisvorhaut zurück, während ich meine anderen Finger in ihre Öffnung schiebe und sie mit ihrer Feuchtigkeit benetze. Als ich wieder nach oben gleite, reibe ich ihre Säfte über ihre Klitoris. Sie stöhnt auf und zuckt ganz leicht mit der Hüfte, um meinen Fingern nachzujagen. Ich ziehe sie zurück und tippe erneut auf ihren Kitzler, dieses Mal fester, um ihr zu zeigen, wer hier der Boss ist. Sie lässt ihre Hüfte wieder sinken und wimmert laut.

„Findest du es denn fair, dass du schon wieder kommst,

wenn ich mich noch nicht einmal an dir sattgetrunken habe?"

„Nein, Sir", jammert sie leise. Ihre Fäuste öffnen und schließen sich um die Eisenstangen.

„Braves Mädchen", flüstere ich an ihrem geschwollenen Fleisch, bevor ich sie mit meiner Zungenspitze reize.

Sie stöhnt und wimmert, bewegt sich aber nicht. Mein süßes Mädchen lernt dazu. Ich ziehe mich zurück, greife nach meinem Kogatana und beginne erneut mit den leichten Zügen, die keine Spuren hinterlassen. Als ich mir sicher bin, dass ihr Kopf hoch über den Wolken schwebt, schneide ich schnell und effizient. Blut fließt aus der Wunde direkt in meinen Mund, während ich mich festsauge und kräftig trinke. Ihr Stöhnen wird lauter und lauter, aber ihr Körper bleibt relativ ruhig. Ich greife nach oben, nehme meinen Daumen und reibe schnell über ihre Klitoris. Ihr Stöhnen wird zu einem Heulen, als sie ihren Körper gegen mich presst. Sie ist so nah dran. So nah. Ich ziehe mich zurück und presse ein Stück Bettlaken für einen Moment gegen die nässende Wunde, bevor ich ihre Schenkel nach oben ziehe und auseinander drücke. Mit einem raschen Stoß stecke ich bis zum Anschlag in ihr drin.

Sie quietscht und starrt mich schockiert an. Ich wusste, dass sie eng sein würde, aber dies übersteigt selbst meine Vorstellungskraft. Diese wunderschöne Frau umklammert mich so fest, dass es schwer ist, nach vorn zu stoßen. Ich halte eine Sekunde inne und blicke auf mein Mädchen hinab. Der Schweiß glitzert auf ihrem Körper, auf jeder Linie und jeder Kurve, und sie ist so bereit für ihre Erlösung. Sie hält so still, obwohl ich spüre, wie die Anspannung in ihr vibriert. Ich ziehe mich zurück und schiebe meine Finger zwischen uns, um erst ihre Öffnung zu streicheln und dann einzudringen. Ihre Nässe benetzt meine Finger.

„Sieh mich an, Liebling."

Sie hebt den Kopf vom Kissen und starrt auf meinen Schwanz. Ich bin hart genug, um zu explodieren, während sie mich mustert und beobachtet, wie ich ihre Nässe auf meinem Schaft verteile und ihn zu streicheln beginne. Ihre Augen weiten sich, als sie meine Bewegungen auf und ab mitverfolgt. Dann beißt sie sich auf die Unterlippe und errötet ein wenig. Das wird mir fast zum Verhängnis und ich werde auf gar keinen Fall außerhalb von ihr kommen. Ich beuge mich hinunter und küsse mich an ihrem Bauch hinauf, bis ich ihr Gesicht erreiche. Behutsam löse ich ihre Finger von den Stangen am Bett.

„Beweg dich, so viel du willst, Kleines", flüstere ich und beuge mich hinunter, um sie zu küssen. Bevor sich unsere Lippen treffen, schlingt sie ihre Arme um mich und zieht mich den Rest des Weges nach unten. Ihre Lippen sind heiß und verzweifelt auf meinen. In diesem Moment ist es mir recht, dass sie die Führung übernimmt. Ihre Leidenschaft schürt meine eigene, als ich ihre Beine wieder nach oben drücke, um mich tief in ihr zu versenken. Ihr Stöhnen mischt sich mit meinem, während meine Zunge mit ihrer tanzt, so wie mein Schwanz in ihren heißen Körper stößt. Ich weiß, dass ich nicht lange durchhalten werde. Ich greife wieder nach unten, finde ihre Klitoris und reibe sie kräftig, während ich ihr Keuchen mit meinem Mund verschlucke. Mit zusammengebissenen Zähnen versuche ich alles, um sie zuerst kommen zu lassen.

Meine Hoden ziehen sich so fest zusammen, bis ich spüre, wie sich mein bevorstehender Orgasmus in meinem Körper aufbaut. Zum ersten Mal seit Jahrhunderten komme ich zuerst. Mit einem lauten Brüllen umklammere ich ihre Schenkel und reite die Welle der Lust. Es überwältigt mich, wie stark sie ist. Mit einer Hand halte ich ihren Körper fest im Griff. Die andere schiebe ich wieder zwischen uns und reibe weiter über ihre Knospe – schnell und hart, genauso wie sie es mag. Obwohl ich erschöpft bin, zuckt mein Schwanz immer noch in ihr, bis sich ihre Muskeln zusammenziehen und mich fest hineinsaugen. Ich spüre, wie sich ihr Orgasmus in ihr aufbaut. Ihr ganzer Körper krampft sich um mich herum zusammen, als die Erlösung durch sie schießt.

Ich streichle mit den Fingern über ihre Wange und beobachte, wie ihre Augenlider flattern, als sie zu mir aufschaut.

„Verdammt", flüstert sie.

„In der Tat, verdammt."

Ich warte einen Moment, bis ihre Augenlider wieder geschlossen sind, bevor ich mir mit einem Reißzahn in den Finger steche. Ich ziehe das Laken von der Innenseite ihres Oberschenkels und beobachte fasziniert das träge Rinnsal des Blutes. Ich rutsche wieder hinunter und lecke das Lebenselixier ab, bevor ich mein eigenes Blut über die Wunde schmiere. Innerhalb weniger Augenblicke bleibt nur mehr eine dünne Linie zurück. Das Einzige, was von unserer wilden Hingabe zeugt.

„Jetzt bleib dort liegen und entspanne dich. Ich werde uns ein Bad einlassen." Ich entziehe mich ihr und vermisse die Wärme ihres Körpers sofort. Zum ersten Mal, seitdem ich verwandelt wurde, fühlt es sich so an, als wäre ich in völligem Frieden. Als könnte ich endlich atmen. Ich werfe noch einen Blick auf meine Beute, bevor ich ins angrenzende Badezimmer schlüpfe. Der Sonnenaufgang rückt immer näher und obwohl wir beide eine immer stärkere Zuneigung füreinander empfinden, kenne ich sie noch nicht gut genug, um sie in meinem Zimmer zu behalten, während ich schlummere. Außerdem würde ich eine Sterbliche niemals damit langweilen wollen, mir beim Schlafen zuzusehen. Sie soll lieber Marion nerven, als in meinem Zimmer zu schmoren.

Der Dampf des heißen Wassers füllt den Raum. Ich habe wirklich schlechte Arbeit geleistet, mich auf meinen Gast vorzubereiten. Ich schüttle den Kopf und drehe mich um, um meine Frau zu holen, als ich eine große Tüte Badesalz und einen Behälter mit Schaumbad entdecke. Die gute alte Maria. Wenigstens hat einer von uns genug Verstand, dafür zu sorgen, dass mein Mensch gut versorgt ist. Ich schütte eine großzügige Handvoll von beidem in die Wanne und beobachte das Wasser ein paar Augenblicke lang, um sicherzugehen, dass nichts überschäumt. Zufrieden, dass mein Badezimmer nicht zu einer Comedyszene wird, schreite ich zurück in mein Zimmer.

Evangeline liegt genau da, wo ich sie zurückgelassen habe, aber sie mustert mein Zimmer mit neugierigem Blick. Ich räuspere mich und lache leise, als sie ihren Blick zu mir herumreißt. Sie errötet leicht, bevor sie auf meine Samurairüstung in der Ecke deutet.

„Gehörte die jemand wichtigem?" Mein Blick wird weicher, als ich mich zu ihr hinunterbeuge und sie in meine Arme hebe.

„Nun, wenn du mich für wichtig hältst, dann ja."

Ich lache, als ihre Kinnlade vor Überraschung aufklappt.

„Aber, aber du bist doch …"

„Kein Samurai? Nein. Ich wurde in dieses Leben nicht hineingeboren, aber ich wurde hineinadoptiert." Bevor sie weitere Fragen stellen kann, beuge ich mich hinunter und küsse sie. „Das ist eine lange Geschichte für ein anderes Mal. Im Moment bin ich mehr daran interessiert, dich zu baden und ins Bett zu kriegen."

„Mit dir?" Sie senkt den Blick einen Moment und wird wieder rot.

„Wäre das denn so schlimm?"

„Oh, nein. So habe ich das nicht gemeint. Ich habe nur noch nie mit einem Mann geschlafen."

Lachend drehe ich sie, sodass wir durch die Tür ins Bad gehen können.

„Wie nennst du es dann, was wir gerade getan haben?"

Ihre Röte vertieft sich noch mehr. „Das war eine rein fleischliche Angelegenheit. Nicht dasselbe."

„Aha. Ich verstehe. Leider nicht. Ich schließe mich bei jedem Sonnenaufgang ein. Du würdest dich furchtbar langweilen, wenn du den ganzen Tag hier sitzen würdest."

Tief in Gedanken versunken dreht sie den Kopf.

„Worüber du auch immer so viel nachdenkst, tu es nicht. Wir lernen uns immer noch kennen. Ich bin sicher, du würdest dich unwohl fühlen, wenn du aufwachst und ich nicht mehr ansprechbar wäre."

„Das wäre wirklich seltsam. Aber könntest du ein wenig mit mir schlafen?"

Ich setze sie ab und steige in die Wanne, wobei ich ihren Blick erwidere, während ich im warmen Wasser versinke.

„Ich werde bei dir bleiben, bis du eingeschlafen bist. Wie hört sich das an?"

Sie nickt und hebt ein Bein, um ebenfalls in die Wanne zu steigen. Ich reiche ihr die Hand und helfe ihr, sich zu mir zu setzen. In dem Moment, in dem ein Schnitt das salzige Wasser berührt, zuckt sie zusammen und wimmert. Teufel, der ich bin, beginnt mein Schwanz bei diesen kläglichen Geräuschen zu zucken.

„Ich weiß, dass es brennt, Schatz, aber es wird sich gleich besser anfühlen." Sie setzt sich ins Wasser und ich drücke sie fest an mich. Die Wärme der Wanne wärmt meine Haut und ich fühle mich fast behaglich, wenn meine Menschenfrau in meinen Armen liegt. Ich lasse meine Gedanken schweifen und versuche, mich daran zu erinnern, wann ich mich das letzte Mal so friedlich gefühlt habe. Die einzigen Erinnerungen, die ich hervorbringen kann, stammen aus der Zeit, als ich selbst noch ein Sterblicher war. Ein Vampir zu sein, hat viele Vorteile, aber genauso viele, wenn nicht sogar noch mehr, Nachteile.

„Tötest du Menschen?"

Ich halte inne und schaue auf meine Frau hinunter. Wie soll ich auf eine solche Frage antworten?

„Auf welche Weise? Ich lebe schon seit sehr langer Zeit. Sogar durch Kriege hindurch."

„In Ordnung, aber tötest du zum Spaß oder zum Vergnügen?"

Ich rutsche zur Seite, sodass ich ihr Gesicht sehen kann. Sie hat die Augenbrauen zu einem tiefen Stirnrunzeln zusammengezogen.

„Wie kommst du darauf, dass ich das tue?"

Sie schaut zu mir auf. Ihre Augen sind wachsam. „Ich meine, du bist ein Vampir. Ein Monster laut Definition. Du lauerst Unschuldigen für ihr Blut auf."

Sie schaut erstaunt auf ihr Bein hinunter und fährt mit dem Finger an der Stelle entlang, an der ich sie geschnitten habe. Die klaffende Wunde ist schon jetzt nicht mehr als eine schwache Linie.

Ich ziehe sie fest in meine Arme und lege mein Kinn auf ihren Kopf, bevor ich die Augen schließe. Wie kann ich diese Frage wahrheitsgemäß beantworten, wenn ich täglich selbst mit ihr kämpfe?

„Monster ist vielleicht ein zu weit gefasster Begriff. So wie es schlechte Menschen gibt, gibt es auch schlechte Exemplare anderer Spezies. Genauso wie man nicht die gesamte menschliche Rasse auf der Grundlage der Taten eines Serienmörders verurteilt, kann man seine Meinung über uns nicht auf der Grundlage der Taten einiger böser Individuen bilden. Habe ich getötet? Ja. Aber ich töte nur aus Selbstverteidigung oder zur Verteidigung eines anderen. Ich habe keine Freude daran. Ich genieße es nicht. Ich finde keinen Gefallen am Tod einer Person." Ich umklammere sie noch fester. „Du hast nach meiner Rüstung gefragt. Ich wurde von einem Samurai verwandelt, weil ich ihm das Leben gerettet habe. Daher habe ich viele seiner Regeln und Lebensweisen übernommen. Für mich ist jedes Leben heilig, auch mein eigenes. Wenn man sich an dieser Heiligkeit vergreift, verwirkt man sie. Es ist dann im besten Interesse aller anderen, dass derjenige aus der Gleichung entfernt wird." Ihr Körper entspannt sich an mir und ich schlinge meine Arme um sie. „Nicht alle Vampire sind meiner Meinung und jeder muss nach seinem eigenen Kodex leben. Als ich noch drüben in Asien wohnte, lernte ich viele verschiedene Denkweisen kennen. Ich habe beibehalten, was mir passte, und verworfen, was es nicht tat. Ich bekenne mich nicht zu einer bestimmten Religion oder Denkweise. Stattdessen finde ich, dass die Idee, zu leben und leben zu lassen, für mich am besten funktioniert."

Sie windet sich in meinen Armen und rollt sich noch kleiner zusammen. „Dann sind Monsterjäger also die schlimmsten Menschen?"

Glucksend küsse ich ihren Scheitel. „Manche ja. Manche zerstören Leben, ohne sich darum zu kümmern, überhaupt erst einmal etwas über sie zu erfahren. Sie sehen oder hören eine Monstergeschichte, ziehen los und bringen dabei Unschuldige um." Ich erschaudere und presse mein Gesicht an ihren Nacken, wobei ich darauf achte, meine Lippen und Zähne von ihrer Kehle fernzuhalten.

„Ich habe das Grauen und die Zerstörung gesehen, die von einigen sogenannten *Jägern* hinterlassen wurde. Die armen Kerle, die getötet wurden, waren nicht einmal eine andere Lebensform. Sie waren Menschen. Sie hatten nur das Pech, einem Typus zu entsprechen. Aber nun. Genug von diesen traurigen Geschichten."

Ich schiebe sie nach vorn, steige aus der Wanne und trockne mich ab. Nachdem ich fertig bin, helfe ich Evangeline auf und trockne sie ebenfalls ab, bevor ich sie auf den geschlossenen Toilettensitz setze. Ihr armes Gesicht ist immer noch nachdenklich verzogen.

„Warum all die tiefgründigen Fragen?"

Sie streckt die Zunge heraus, schnappt sich das Handtuch, mit dem ich sie abgetrocknet habe, und schlingt es um ihren Körper. Knurrend reiße ich es weg und werfe es auf den Boden.

„Ich habe dich schon nackt gesehen, Frau, du brauchst deinen köstlichen Körper nicht vor mir zu verstecken."

Lächelnd nimmt sie eine sexy Pose ein. „Wer sagt denn, dass ich mich verstecke? Mir ist kalt, verdammt noch mal."

„Dann müssen wir das ändern!" Lachend ziehe ich sie wieder in meine Arme, hebe sie hoch und trage sie schnell durch das Haus und zurück in ihr Zimmer. Als wir uns dem Bett nähern, drehe ich sie in meinen Armen und werfe sie über meine Schulter, um meinen anderen Arm freizubekommen. Sie lacht, tritt und strampelt, um abgesetzt zu werden.

„Lass mich los, du Rohling!"

„Also gut, Miss." Ohne ihr eine Chance zu geben, zu Atem zu kommen, werfe ich sie auf das Bett. „Betrachte dich als losgelassen."

Kichernd schlüpft sie unter die Decke und zieht sie bis zum Kinn hoch. „Ahhh. Viel wärmer."

Während sie es sich gemütlich macht, gehe ich zur Kommode, die dem Bett gegenübersteht, ziehe einen kleinen Plüschhasen heraus und bringe ihn zu ihr.

„Das ist vielleicht etwas dreist von mir, aber ich habe deinen Blick gesehen, als ich Marion den Teddybären geschenkt habe. Ich dachte mir, du willst vielleicht auch ein Plüschtier haben."

Tränen steigen ihr in die Augen, als sie nach dem Hasen greift. Lächelnd reiche ich ihn ihr und gehe auf die andere Seite, um zu ihr ins Bett zu steigen. Sie klammert sich an den

Hasen, dreht sich zu mir um und legt ihren Kopf auf meine Brust.

„Es tut mir so leid", murmelt sie halb an meine Brust und halb in das Häschen.

„Was tut dir denn leid, Prinzessin?" Ich lächle zu ihr hinunter und streiche über ihr Haar.

„Dass ich so gemein zu dir bin."

Lachend drücke ich sie fester an mich. „Meine Liebe, du bist nicht gemein. Frech, auf jeden Fall. Aber ich habe Mittel und Wege, das zu ändern." Ich tippe ihr auf die Nase und ziehe die Decke um ihre Schultern. „Aber jetzt musst du dich erst einmal ausruhen."

Sie nickt und bleibt ein paar Minuten auf mir liegen, bis sich ihr Atem endlich beruhigt. Ich halte sie so lange wie möglich an mir fest, bevor ich mich kurz vor Sonnenaufgang auf den Weg zu meinen eigenen Gemächern mache.

KAPITEL 11

imon

IN DER SCHMUTZIGEN Bar wimmelt es nur so von Perversen, die sich aneinander reiben und rubbeln. Unzüchtig und ungehobelt. Allein die Vorstellung, dass meine reine Evangeline in einem solchen Höllenloch arbeitet, bringt mein Blut zum Kochen. Ich stelle Vater und seine Lehren nie infrage, aber ich habe das Gefühl, dass er zu voreilig war, sie mit so wenig Ausbildung in diese lasterhafte Höhle gehen zu lassen. Nur weil sie heiß ist, macht sie das nicht zu der perfekten Kandidatin. Ich hätte gehen und diese ganze Stadt säubern sollen. Schon als ich den ersten Fuß hier hereingesetzt habe, war mir klar, dass ihre Informationen völlig daneben waren. Sie hat von zwei oder vielleicht drei Vampiren berichtet. Bis jetzt habe ich schon mindestens fünf gezählt. Und das sind nur die, die ich sehen kann. Es ist ausgeschlossen, dass sich nicht noch mehr von diesen verdammten Blutsaugern in den Schatten verstecken.

„Was kann ich dir bringen?"

Ich schaue auf und sehe eine hübsche Kellnerin, die sich zu mir hinüberbeugt, um meine Bestellung aufzunehmen. Ihre Brüste quellen fast aus ihrem Oberteil, als sie ihre Arme auf die Theke stützt, um meine Bestellung aufzunehmen. Abscheu durchströmt mich. Sie hat so viel Potenzial. Anstatt sich als Ehefrau und Mutter zu verwirklichen, ist sie hier und benutzt ihre Waren, um ahnungslose Männer zu verführen. Und dann gibt sie ihnen die Schuld, wenn sie ihr Angebot annehmen. Es kostet mich Mühe, aber ich zwinge ein Lächeln auf mein Gesicht und schaue auf ihr Namensschild.

„Nun, Barbara, kannst du mir sagen, ob du hier eine andere Kellnerin gesehen hast? Evangeline?"

Ihre Augen leuchten auf. „Natürlich habe ich sie gesehen. Sie ist meine beste Freundin. Bist du ein Freund von ihr?"

„Tatsächlich bin ich ihr Bruder." Ihr Lächeln wird sogar noch breiter.

„Nun, sie hat mir nichts von irgendwelchen Verwandten erzählt. Ich habe einfach angenommen, dass sie keine Familie mehr hat und deshalb hier draußen am Ende der Welt wohnt."

Glucksend schaue ich mich um und beuge mich zu ihr vor. „Sie spricht nicht gern über uns. Wir sind etwas seltsam."

Sie lacht und legt eine Hand auf meinen Arm. Es kostet mich jedes Quäntchen Willenskraft, ihre Finger nicht von mir abzuschütteln. Wie kann sie es wagen, mich so zu berühren. Als wäre sie mit mir vertraut. Diese Hure fasst wahrscheinlich jeden so an und lässt sich von jedem anfassen. Ich glaube auch nicht, dass sie noch keinen Vampir an sich herangelassen hat.

„Nun, sie ist selbst ein wenig seltsam. Also musst du gute Gesellschaft sein. Aber es tut mir leid. Ich habe sie seit ein paar Tagen nicht gesehen. Mir wurde jedoch erzählt, dass sie bald wiederkommen wird. Adrian bringt sie mit."

Adrian? Ich sehe rot. Wer zum Teufel ist Adrian und was macht er mit meiner Evangeline? Seufzend zwinge ich jede Emotion von meinem Gesicht und schlage mir die Hand vor die Stirn.

„Ach richtig. Sie hat so etwas erwähnt. Ich muss die Daten falsch gelesen haben." Ich ziehe mein Handy heraus und tue so, als würde ich nach einer Nachricht suchen. „Mist. Ich glaube, ich habe die Nachricht gelöscht. Kannst du mir noch mal sagen, wo Adrian wohnt? Ich bin früher angekommen, aber ich möchte sie wirklich überraschen. Sie hat morgen Geburtstag."

Barbara schaut sich ein paar Augenblicke lang im Club um. Sie zieht die Augenbrauen zusammen.

„Ich weiß nicht. Ich..."

Ich greife nach ihrer Hand und führe sie an meine Brust. „Sie wird so überrascht sein, Barbara. Ich wette, sie hat dir nicht einmal erzählt, wann ihr Geburtstag ist. Sie wird sich so freuen, dass ich so viel Aufwand betreibe. Ich habe versucht, etwas mit Adrian zu koordinieren, aber ich wollte nicht, dass sie davon erfährt. Du weißt schon, eine Überraschungsparty und so."

Sie beißt sich auf die Unterlippe und denkt ein paar Augenblicke lang nach.

„Und ich werde ihr sagen, dass ihre beste Freundin eine große Hilfe war. Tatsächlich kannst du mir sogar bei der Planung helfen, wenn du willst."

Ihre Augen strahlen wieder. Ausgezeichnet.

„Wirklich? Ich liebe es einfach, Überraschungen zu planen. Okay, ich habe seine Adresse nicht, aber ich habe seine Nummer! Weißt du was? Manchmal kommt Maria her und holt ein paar Sachen für ihn ab. Ich glaube, sie kommt heute Abend! Oh, das ist einfach perfekt!"

„Perfekt! Ich werde auf Maria warten und mit ihr reden!"

Sie beugt sich vor und flüstert. „Sag Adrian nicht, dass ich das gesagt habe, aber ohne Maria wäre er aufgeschmissen. Also ist es sowieso am besten, mit ihr zu planen."

Zwinkernd lehne ich mich auf meinem Stuhl zurück und bin bereit, zu warten. Ein paar Augenblicke später piept mein Telefon. Evangeline hat immer noch nicht auf meine letzte SMS geantwortet. Sie schreibt mir immer zurück. Unaufgefordert schießen mir Bilder von ihr im Bett mit einem gesichtslosen Dämon durch den Kopf. Wenn sie sich von ihm besudeln ließe, würde ich ihr das für immer vorhalten. Sie könnte von Glück reden, wenn sie es überlebt.

„Alles in Ordnung? Du siehst aus, als hättest du gerade eine schlechte Nachricht erhalten."

„Oh, nicht so schlimm, aber ich werde Maria verpassen. Ich schätze, aus der Party wird wohl doch nichts werden."

Sie zieht einen Augenblick lang ein langes Gesicht, bevor sie nach einem Stück Papier greift. „Du kannst sie anrufen und alles arrangieren."

Ich schenke ihr mein strahlendstes Lächeln, bevor ich nach dem Zettel greife. „Perfekt. Außerdem sollten wir das für uns behalten, okay? Ich möchte nicht, dass Evangeline etwas erfährt."

Kichernd mimt Barbara das Drehen eines Schlüssels an ihren Lippen, bevor sie ihn ‚wegwirft'. „Du kannst dich auf mich verlassen. Wir sehen uns bald!"

„Darauf kannst du Gift nehmen."

Sie wirft mir ein breites Grinsen zu, bevor sie über eine Stelle auf der Bar wischt. Auf meinem Weg hinaus zu meinem Wagen prüfe ich den Club noch einmal. Ich suche nach irgendetwas, was ich übersehen haben könnte. Das einzige Seltsame, das mir auffällt, ist die Garderobe. Aber diese Perversen würden wahrscheinlich auch auf dem Tresen Sex haben, wenn es legal wäre. In meinem Auto ziehe ich meinen Laptop heraus und gebe Marias Telefonnummer ein. Wenn ich Glück habe, wird sie nichts haben, was mich daran hindern könnte, sie zu orten. Nach dem zu urteilen, was Barbara gesagt hat, kann ich wohl davon ausgehen, dass sie eine ältere Dame ist, die wenig mit Technik am Hut hat. Meine Gebete werden erhört. Innerhalb weniger Augenblicke erscheint ihr Auto auf meinem Bildschirm.

Es ist nicht schwer, sie zwischen all den anderen zu erkennen. Sie sieht alt genug aus, um die Großmutter dieser Partygäste zu sein. Und wieder hat meine Kombinationsfähigkeit recht behalten. Ich trommle abwechselnd mit den Fingern auf das Lenkrad und klammere mich daran fest, während ich darauf warte, dass Maria wieder herauskommt.

Endlich. Nach einer gefühlten Ewigkeit kommt sie mit einem Paket heraus und geht zu ihrem Auto zurück. Sie fummelt einen Moment lang an ihren Schlüsseln herum und ich unterdrücke die Irritation, die mich zu überwältigen droht. Es ist nicht ihre Schuld, dass sie alt ist. Ich muss mich konzentrieren und darf mich nicht von meinem Temperament überwältigen lassen. Nach ein paar weiteren Augenblicken startet sie ihren Wagen und fährt von der Bar weg. Ich warte, bis sie einen kurzen Vorsprung hat, lege den Gang ein und folge ihr.

* * *

DAS HAUS, vor dem sie anhält, ist riesig. Es *muss* einem Blutsauger gehören. Eine andere Erklärung gibt es nicht. Sie lehnt sich aus dem Fenster und fummelt an dem kastenförmigen Gerät vor dem Tor herum. Der Code scheint eine komplizierte Abfolge von Wischen, Drücken und Scannen zu sein, bevor sie endlich hereingelassen wird. Zu kompliziert für mich, um ihn jetzt zu hacken. Außerdem wäre es dumm von mir, dies in der Nacht zu versuchen, wenn er am stärksten ist. Besser, ich probiere es tagsüber.

Entschlossen fahre ich von der Villa weg und zu Evangelines Wohnung. Mit etwas Glück wird sie dort sein und sich mehr als freuen, mich zu sehen. Ich rutsche auf meinem Platz herum, während ich darüber nachdenke, wie ich sie gern begrüßen würde. Ich umklammere das Lenkrad fest und verdränge diese Gedanken aus meinem Kopf. Schon bald werden wir verheiratet sein und ich werde sie auf jede erdenkliche Art bekommen.

Aber leider ist auch das erfolglos. Ich klopfe sogar mit unserem heimlichen Zeichen, aber niemand antwortet. Wut macht sich in meinem Bauch breit. Sie muss bei ihm sein, bei diesem gottverdammten Blutsauger. Ich werde ihn mit bloßen Händen umbringen! Zorn zerreißt mich, als ich mit den Fäusten gegen die Tür trommle und meinen Unmut herausbrülle. Evangeline wird dies nicht ungeschoren überstehen. Wenn ich sie in die Finger kriege, wird sie teuer mit ihrem Körper dafür bezahlen.

Ich fahre weg, während Flüche über meine Lippen strömen. Ich greife nach meinem Handy und lege ein paar heftige Rockklassiker auf. Normalerweise hilft so etwas meiner Stimmung sehr. Aber heute Abend scheint mich nichts zu beruhigen. Wie kann sie das nur machen? Wie kann sie Die Familie verraten? Mich verraten? Habe ich mich nicht besonders darum bemüht, ihr Güte zu zeigen, während ich sie darauf vorbereitete, meine Frau zu werden.

Wofür war dann all das gut, wenn sie sich einfach einem Monster ausliefern würde. Einen Moment lang brodelt es in mir und die Wut ist immer noch da. Vielleicht ist sie seine Gefangene! Ich schlage mir vor die Stirn. Ja, natürlich! Das ist die einzige Erklärung. Sie würde mich nicht verraten. Sie ist ein gutes Mädchen. Bald wird sie eine hingebungsvolle, perfekte Ehefrau sein.

Ein breites Grinsen huscht über mein Gesicht, während sich die Wut langsam aus meinem Körper verflüchtigt. Das ist es. Meine arme, schöne Evangeline ist nicht besudelt. Gott stehe mir bei, wenn dieser Blutsauger sie auch nur anrührt.

Das Hotel ist nur eine kurze Fahrt von Evangelines Wohnung entfernt. Es ist nicht so schön, wie ich gehofft hatte, aber das ganze Budget fließt in Evangelines Apartment. Außerdem ist es nicht so, dass Die Familie wusste, wo ich hinwollte. Ich musste Evangeline selbst finden und mich vergewissern, dass es ihr gut geht, bevor ich ihnen erzähle, was ich vermute.

Gut, dass ich es niemandem gesagt habe. Vater hätte sie schon nach Hause geholt und mit der Befragung begonnen. Ich zittere, als ich meinen Schlüssel in den Schlitz an der Tür schiebe. Ich hoffe um ihretwillen, dass sie nicht besudelt ist. Die meisten aus unserer Familie haben den Befragungsprozess nicht überlebt. Zumindest nicht so, dass sie wieder auf die Jagd hätten gehen können. Sie hatten Glück, wenn sie bei Bewusstsein und einigermaßen bei Sinnen waren.

Ich schlendere durch das Zimmer und mache mich schnell bettfertig. Morgen wird ein langer Tag und ich werde meinen ganzen Scharfsinn brauchen. Ich ziehe mir einen Schlafanzug an und putze mir in Rekordzeit die Zähne. Dann knie ich neben dem Bett nieder, falte die Hände und spreche ein Gebet. Nicht nur für mich, sondern auch für Die Familie, meine zukünftige Frau und unseren Haushalt voller Kinder. Evangeline wird eine so wundervolle Mutter sein.

Unaufgefordert taucht ihr Bild in meinem Kopf auf. Ihre Brüste schwer und voll mit Milch, ihre Hüfte breit, ihr Bauch rund und prall. Mein Schwanz zuckt und wird hart, wenn ich nur daran denke, wie ich sie mit meinem Samen fülle und sie alle meine Bedürfnisse und Wünsche erfüllt. Oh Gott, ja. Sie wird eine wundervolle Ehefrau und Mutter sein. Ich habe kein Problem damit, sie schwanger und sicher zu behalten, während ich alles böse auf der Welt jage. Und wenn meine Kinder alt genug sind, werden auch sie lernen, so zu jagen wie wir.

Nachdem ich mein Gebet beendet habe, steige ich ins Bett. Mein Schwanz schmerzt und pulsiert, als ich weiter daran denke, wie sie sich wild unter mir windet. Wird sie sich wehren und kämpfen? Gott, ich hoffe es. Ich verschränke die Hände hinter dem Kopf und schaue zur Decke hinauf. Meine Bedürfnisse werden noch warten müssen. Ich möchte meine nächste Ejakulation in meiner Braut spüren. Je länger ich warte, desto potenter werde ich sein. Und desto sicherer ist ihre Schwangerschaft bei unserer ersten Paarung.

Stöhnend ziehe ich das Laken weg und meine Hose hinunter. Meine Hoden sind fest zusammengezogen und schmerzen. Seit ich beschlossen habe, Evangeline nach dieser Mission einen Heiratsantrag zu machen, habe ich darauf verzichtet, mich selbst zu befriedigen und versucht, alles für sie aufzusparen. Sogar Janice, die arme Hure, habe ich vernachlässigt. Ich habe meinen Körper genug mit ihrem sündigen Fleisch verunreinigt. Es ist an der Zeit, mich zu reinigen, damit unsere Kinder rein und unschuldig werden. Ich greife an meine Eier und massiere sie sanft. Stöhnend versuche ich, die Lusttröpfchen zu ignorieren, die sich an meiner Eichel sammeln und an meinem Schwanz hinunterrinnen. Das ist es, was Opfer bedeutet: meine Bedürfnisse und Wünsche für die größere Sache zurückzustellen.

Vater hat mich gelehrt, dass sinnlos verspritztes Sperma Gotteslästerung ist. Deshalb benutze ich bei Janice auch nie ein Kondom, obwohl ich ihr sage, dass ich es tue. Natürlich habe ich immer ein großes Theater daraus gemacht, eins überzuziehen und sie ein paar Stöße lang damit zu ficken. Aber jedes Mal, wenn wir unweigerlich die Position wechselten, zog ich es sofort wieder ab. Diese dumme Fotze hat den

Unterschied nicht einmal gespürt. Zweifellos hatte sie schon so viele Schwänze in sich, dass sie von der Klitoris abwärts taub war.

Es hilft mir nicht beim Schlafen. Meine Wut kehrt langsam zurück. Wenn Evangeline jetzt nur hier wäre, müsste ich mich nicht damit herumschlagen. Auch wenn sie seine Gefangene ist, wird sie trotzdem dafür bezahlen, dass sie mich so leiden lässt. Ein paar Schläge und ein harter Fick sollten ihr klarmachen, wer der Herr und Befehlshaber über ihren Körper ist.

Mit jedem Schritt in Richtung Badezimmer schmerzen meine Eier noch mehr. Grummelnd drehe ich die Dusche auf. Wie lange ist es her, seit ich das letzte Mal kalt geduscht habe? Seit meinen Teenagerjahren? Ich sollte das jetzt nicht ertragen müssen. Das Eiswasser prasselt auf meine Haut und jagt mir Schauer über den Rücken.

Wenn diese Schlampe es schafft, mich krank werden zu lassen, wird sie mehr als nur ein paar Schläge bekommen. Meine Muskeln zucken und verkrampfen sich unter der Kälte. Sie verlangen danach, das Blut woanders hinzulenken. Es dauert ewig, aber schließlich beginnt mein Schwanz zu erschlaffen. Der Druck in meinen Eiern hat nachgelassen, sodass ich endlich ans Schlafen denken kann. Sanft massiere ich sie, damit sie wieder nach unten sinken. Es ist eine Qual, mir keinen runterzuholen und es einfach hinter mich zu bringen. Evangeline sollte für all die Opfer, die ich für sie bringe, besser dankbar sein.

* * *

MEIN SCHLAF IST UNRUHIG und voll von schrecklichen und lustvollen Träumen. Es kommt mir vor, als hätte ich kaum die Augen geschlossen, als das Sonnenlicht durch meine Fenster strömt. Ich springe aus dem Bett, schlüpfe in meine

Kleidung für den Tag und mache mich auf den Weg nach unten zum kostenlosen Frühstück. Der Kaffee ist passabel, aber nicht wie der von Mutter. Einer der Hauptgründe, warum ich diesen Job für Evangeline beenden will, ist neben der Heirat natürlich, dass ich wieder nach Hause zu Mutters guter Küche will. Ich habe nie verstanden, warum sie Evangeline zur Jägerin gemacht haben, wenn das doch den Männern hätte überlassen sein sollen und sie sich hätte darauf konzentrieren können, alles über den Haushalt zu lernen.

Ich schüttle den Kopf, als ich einen trockenen Keks hinunterwürge. Es steht mir nicht zu, Vater infrage zu stellen, aber ich werde sicher nicht in seine Fußstapfen treten. Alle weiblichen Kinder, die wir bekommen, werden zu Hause lernen, eine gute christliche Ehefrau zu sein. Daran habe ich keinen Zweifel.

Bereit, den Rest des Nachmittags mit Beobachtungen zu verbringen, fahre ich zur Villa hinüber. Ab und zu verlässt Maria das Haus, aber von Evangeline gibt es keine Spur. Das bestätigt nur noch mehr, dass sie gefangen gehalten wird. Auf keinen Fall würde sie in einem Haus eingesperrt bleiben, während das Monster schläft. Mein Herz beruhigt sich etwas. Bis zu diesem Moment habe ich mir eingeredet, dass sie mit diesen Ding vögeln würde, anstatt für mich rein zu bleiben. Wenn er sich ihr aufdrängen würde, könnte ich mich davon überzeugen, dass sie keine Schuld daran trug. Es wäre zwar schwer, aber machbar.

Nachdem Maria wieder gegangen ist, mache ich mich auf den Weg zum Panel hinüber. Es ist wie der feuchte Traum eines Nerds. Ich reibe meine Hände aneinander, beuge mich hinunter und untersuche es genau. Ab und zu lasse ich meinen Blick zu den Fenstern schweifen, um zu sehen, ob sich im Inneren etwas bewegt. Aber ich sehe nichts. Ich richte meine Aufmerksamkeit wieder auf die Box und versuche herauszufinden, wie man sie überwinden kann.

Es gibt nicht nur einen Schlüsselcode, sondern auch die Identifizierung per Fingerabdruck und eine Art Schlüsseldurchzugsverfahren. Ich unterdrücke den kleinen Anflug von Neid, der mich beschleicht. Natürlich würde etwas so Böses alles fernhalten wollen. Höhnisch lachend über das Sicherheitssystem trete ich gegen den Pfosten und stöhne auf, als der Aufprall mein Bein erschüttert. Ich muss mir einen anderen Weg einfallen lassen, um hineinzugelangen. So gut ich auch bin, das hier überfordert mich ein wenig.

Ich tippe mit den Fingern an meinen Mund und denke darüber nach, vielleicht Maria zu töten. Das würde eine Menge meiner Probleme lösen. Allerdings hatte ich noch keine Zeit mit einem abgetrennten Finger zu experimentieren, um ein Sicherheitssystem zu knacken. So schön dieser Gedanke auch ist, würde ich nicht unvorbereitet in die Sache hineinstürzen wollen. Ich brauche einen Plan. Kopfschüttelnd gehe ich zurück in mein Hotelzimmer, um mich auszuruhen und etwas zu essen.

Das Mittagessen ist eine ebenso große Enttäuschung, aber ich bin ja nicht wegen des Essens hier. Im Grunde will ich nur Zeit vertreiben, bis es dunkel wird. Ich gehe zurück in mein Zimmer und darin auf und ab, bevor ich meine Ausrüstung durchsuche. Ich nehme mir die Zeit, all meine Waffen auseinanderzunehmen, zu säubern und wieder zusammenzusetzen, bevor ich mich an die Pflöcke mache. Jedes Stück Holz ist glatt und glänzt. Ich drücke meinen Finger gegen die Spitze eines jeden Holzpflocks, um sicherzustellen, dass sie scharf sind. Für Weihwasser ist gesorgt und die Knoblauchzehen liegen in ihren versiegelten Behältern bereit.

Bevor ich zur Villa zurückkehre, prüfe ich alles erneut. Wenn sie bei einem Vampir ist, muss ich vorbereitet sein. Ich mustere meine behelfsmäßige Ausrüstung, zähle die Pflöcke, die Knoblauchzehen und vergewissere mich, dass ich meine Kruzifixe dabei habe. Alles ist in Ordnung. Jetzt kann ich jagen gehen! Ich werfe mir die Tasche über die Schulter und mache mich auf den Weg zum Auto. Die Fahrt vergeht wie im Fluge. Die Villa kommt in Sicht und ich parke den Wagen an der Seite.

Mein Schwanz beginnt schon wieder zu zucken, aber dieses Mal ist es der Nervenkitzel, diesen mörderischen Drecksack zu jagen, der das verursacht. Ein pulsierender Schmerz baut sich an der Wurzel auf, während ich meine Augen schließe und mir vorstelle, wie ich ihm einen Pflock durchs Herz ramme.

Ein Blick auf die Uhr zeigt mir, dass es mindestens anderthalb Stunden nach Sonnenuntergang ist. Wenn sich dort drin jemand rührt, ist jetzt der perfekte Zeitpunkt. Ich will gerade aus dem Auto steigen, als sich die Tore mit einem Summen öffnen. Endlich! Meinen Beobachtungen zufolge ist Maria schon weg. Die Einzigen, die dort drin sind, sind Evangeline und ihr Entführer. Als das Auto hinausfährt, setze ich meine Nachtsichtbrille auf, um zu sehen, wer sich im Inneren befindet. Es ist eindeutig Evangeline. Ich lasse sie eine Weile vorausfahren, bevor ich ihnen folge. Ich schalte meine Scheinwerfer aus, damit sie mich nicht bemerken. Sie führen mich auf einen gewundenen Pfad aus der Stadt hinaus. Nervosität macht sich breit, je weiter wir uns entfernen. Hat er vor, sie zu töten?

Sie halten vor mir an und ich fahre in kurzer Entfernung in eine kleine Nische am Straßenrand. Mit dem Fernglas beobachte ich, wie sie sich auf einen Felsvorsprung zubewegen. Ich warte etwa drei Minuten, bevor ich ihnen folge. Es ist quälend, mich so lautlos zu bewegen, aber ich will den

Blutsauger nicht auf meine Anwesenheit aufmerksam machen. Der Vollmond taucht die ganze Gegend in ein reines, weißes Licht. Ich kann sie mit meinem normalen Fernglas beobachten und schließlich endlich die schöne, cremige Farbe ihrer Haut sehen, die im Mondlicht noch blasser wirkt. Ich schleiche mich noch näher heran und achte darauf, dass ich Gegenwind habe. Je näher ich komme, desto verwirrter bin ich. Was hat er mit ihr vor?

Er spricht in leisen Tönen, sodass ich nicht wirklich hören kann, was er sagt. Aber Evangeline bewegt sich sofort, wenn er spricht. Weniger als ein Monat und er hat sie bereits trainiert. Ich schaue durch mein Fernglas und mustere ihre Augen, wobei ich nach einem Moment erleichtert feststelle, dass sie ihre Kontaktlinsen trägt. Doch dann werde ich entmutigt, weil sie sich entscheidet, ihm zu gehorchen. Es steht außer Frage, dass er ein Vampir ist. Er bewegt sich mit einer Anmut, die seine Statur nicht hergeben würde. Ab und zu lächelt er und zeigt einen Hauch von Reißzähnen. Sie weiß also ganz genau, dass er ein Blutsauger ist. Man kann es nicht übersehen. Warum hört sie dann auf ihn? Was ist ihre Motivation?

Der Vampir, Adrian wie ich annehme, lässt sie auf den Steinen niederknien und greift nach einem Ring, der in den Stein eines überhängenden Felsens geschlagen ist. Er sagt noch etwas, zieht sich dann wie bei einem Klimmzug an dem Ring hoch und bleibt für einige Augenblicke dort hängen. Mein Blick ist auf Evangeline gerichtet, die dort kniet und willig wartet. Mein Schwanz regt sich schon wieder, als ich mir vorstelle, wie sie auf Knien vor mir hockt und darum bettelt, geschwängert zu werden. Ich schließe die Augen und wende mich einen Moment lang ab. Ich bin auf einer Mission hier. Ich *muss* meinen Körper unter Kontrolle bringen.

Als ich die Augen wieder öffne, zieht Adrian ein weißes

Seil durch den Ring. Sein Blick ist auf Evangeline gerichtet. Ich beobachte, wie sich ihr Brustkorb schnell hebt und senkt. Ist sie verängstigt oder erregt? Ich wünschte, ich könnte näher kommen, aber ich traue mich nicht, mich von der Stelle zu rühren. Ich fordere schon jetzt mein Glück heraus. Nach einigen Minuten des Seilziehens und Augenfickens, zumindest von seiner Seite, hebt er seine Hand in ihre Richtung. Sie erhebt sich und geht zu ihm hinüber. Er gleitet mit den Fingern über ihren Körper und ich sehe hilflos zu, wie sich ihre Lippen öffnen und sie den Kopf zurückfallen lässt. Das beantwortet meine Frage. Diese Schlampe genießt jede Minute.

Wie kann sie es zulassen, dass dieses Monster sie so befummelt? Ich klammere mich an den Steinen vor mir fest. Der Schmerz schießt durch meine Hände und reißt mich in die Realität zurück. Ich kann nicht einfach so hineinstürmen. Das würde diese ganze Mission zunichtemachen. Ich werde ihr wehtun. Lieber Gott, ich möchte sie zum Schreien bringen, aber das hier ist weder der richtige Ort noch die Zeit dafür. Ich muss mich damit abfinden, dieses makabre Schauspiel zu beobachten.

Seine Hände berühren und kneifen jedes Stück Haut an ihr. Ihre Schreie und ihr Keuchen erfüllen die Luft und ich versuche, nicht hinzuhören. Ich versuche es mit aller Kraft, aber ich kann mich nicht abwenden. Obwohl ich angewidert bin, führt mein Körper Krieg mit meinem Verstand. Mein Schwanz schmerzt sehnsüchtig und pulsiert. Meine Hose ist viel zu eng. Ich werde sie öffnen müssen. Das wird es sein. Ich schiebe den Knopf durch das Loch, während ich meinen Blick auf die beiden gerichtet halte und immer noch auf ein Zeichen warte, dass sie meine Anwesenheit bemerken. Jedes Klicken des Reißverschlusses dröhnt in meinen Ohren und es fühlt sich an, als würde es eine Ewigkeit dauern, ihn zu öffnen. Sobald die Hose an meiner Hüfte hängt, verspüre ich ein wenig Erleichterung. Wenigstens bin ich nicht mehr so eingeengt.

Ich schaue weiter zu, wie sich dieser verstörende Porno vor meinen Augen abspielt. Die beiden ziehen eine Show ab, als ob sie wüssten, dass ich im Publikum sitze. Ihr Körper ist mir zugewandt, sodass ich jede Bewegung sehen kann, die sie macht. Jeden Atemzug, jedes Stöhnen, das über ihre Lippen dringt. Wut und Lust kämpfen in mir, während er sich an ihren Knöpfen zu schaffen macht.

In wenigen Augenblicken hat er ihre Bluse aufgeknöpft und sie vor meinen Augen entblößt. Woher zum Teufel hat sie diese skandalöse Unterwäsche? Jedes Mal, wenn ich die Wäsche durchgesehen habe, habe ich nie so etwas entdeckt wie das, was sie jetzt trägt. Die durchsichtige Spitze überlässt fast nichts meiner Fantasie. Die Fältchen und Muster verbergen zwar ihre eigentlichen Brustwarzen, aber das ändert nichts daran, wie stolz sie in die Luft ragen, als Adrian mit den Fingern daran zupft. Adrian kneift sie fest und Evangeline schreit auf. Ihre Schreie erfüllen die Nacht und prallen an den Felsen ab. Ihr Stöhnen hallt um mich herum und füllt meinen Kopf mit ihrer Ekstase und ihrem Schmerz. Mein Schwanz zuckt beim Klang ihres Unbehagens. Wenn ich doch nur derjenige wäre, der ihr Schmerzen bereitet. Aber zu sehen, wie sehr es ihr gefällt, macht es nur noch schlimmer.

Ohne nachzudenken, greife ich in meine Unterhose und beginne meinen Schwanz zu reiben. Ich beiße mir auf die Lippe, um nicht zu stöhnen. Es ist schon viel zu lange her. Und worauf genau habe ich überhaupt gewartet? Dieses wollüstige Stöhnen ist alles andere als rein. Es strömt aus ihrer lüsternen Kehle wie das Feuer und der Schwefel der Hölle.

Wieder steigt die Wut an die Oberfläche. Für wen hält sich diese kleine Schlampe? Sie gehört mir. Ich sollte sie berühren, necken und streicheln. Ganz sicher niemand sonst und schon gar nicht diese Höllenbrut. Sie wird gereinigt werden müssen, bevor ich sie jetzt noch heiraten kann. Wenn nicht, ist das himmlische Schicksal unserer Kinder besiegelt. Ich darf nicht zulassen, dass ihre Indiskretion sie für die Ewigkeit verdammt.

Ich schließe die Augen. Ihre Schreie füllen meinen Kopf noch immer. Aber anstatt sie mir als lustvoll vorzustellen, sehe ich sie vor mir, wie sie mich um Absolution anfleht. Die Vergebung wird kommen, aber vorher wird sie teuer bezahlen müssen. Alles krampft sich zusammen. Ich bin nah dran. Zu nah. Ich muss mich beruhigen. Mit einem tiefen Atemzug presse ich meinen Unterleib fest zusammen, um nicht zu kommen. Noch ein paar weitere tiefe Atemzüge, und ich kann mich vom Abgrund losreißen. Ich lasse los, halte mich an den Steinen vor mir fest und zwinge mich, das Geschehen zu beobachten, ohne mich dabei zu berühren.

Er streicht mit den Händen über ihre Seiten und knöpft langsam ihre Hose auf. Ich klammere mich so fest an die Felsen, bis meine Handflächen blutverschmiert sind. *Welches Recht hat er, sie so zu berühren?,* schreit mein Verstand in selbstgerechter Empörung. Sie gehört ihm nicht. Sie gehört mir. Mir ganz allein! Mein Gehirn und mein Schwanz kämpfen hart gegeneinander, als ihre Hose an ihren langen, seidenglatten Beinen hinunterrutscht. Dieselben Beine, von denen ich geträumt habe, dass sie sich um meine Taille schlingen. Dieselben Schenkel, bei deren Anblick ich mir einen runtergeholt habe, wenn ich ihr ohne ihr Wissen heimlich beim Duschen zusah.

Es gab viele Dinge, die sie nicht wusste. Opfer, die ich gebracht habe. Ich hätte sie unter dem Dach Der Familie zu jedem Zeitpunkt ficken können. Aber aus Respekt und Anstand bediente ich mich stattdessen meiner eigenen Hände und Huren. Und hier ist sie nun, die größte Hure von allen. Sie stöhnt und windet sich, während dieser Dämon seine Finger über ihren im Höschen versteckten Schlitz gleiten lässt.

Ich werde fast ohnmächtig, als er den dünnen Stofffetzen wegreißt und ihren glänzenden Schamhügel enthüllt. Das Mondlicht verrät, wie sehr dieser Teufel sie erregt. Lusttröpfchen quellen aus meinem Schwanz und gleiten an meinem geschwollenen Schaft hinunter. Gott stehe mir bei, aber ich kann nicht länger widerstehen. Ich reiße mir die Unterhose von der Hüfte, packe mein Fleisch mit der Hand und beginne langsam daran auf und abzugleiten.

Er lässt sie einen Augenblick allein und kommt dann mit einem Bündel zurück. Mit einer schnellen Handbewegung schüttelt er ein Seil aus. Ich schwelle sogar noch mehr an, als er es um ihren Körper wickelt und ihre reizvollen Körperteile damit einrahmt. Das Seil schlingt sich um ihre Brüste, sodass sie noch mehr nach vorn geschoben werden. Die Spitzen zeigen in meine Richtung und betteln darum, dass ich sie in den Mund nehme und in das geschmeidige Fleisch beiße. Sie schwellen leicht an und werden prall, als er die Seile um sie wickelt. Meine Knie werden vor Lust schwach. Es macht mich wahnsinnig.

Sie so gefesselt und wild stöhnend, und ich hilflos, etwas anderes zu tun, als wie ein gewöhnlicher Spanner zu wichsen. Sie hat mich heute Nacht zum Gehörnten gemacht und sie wird es bereuen. Bereuen, dass sie mich wegen dieses Monsters zurückgewiesen hat. Bereuen, dass ich mich ihr immer wieder angenähert habe. Versuche, die sie abgetan hat, als würde sie nicht verstehen, was ich will. Nun, wenn ich sie in die Finger kriege, wird sie genau wissen, was ich will. Und sie wird es mir geben, sonst ...

Nachdem er das Seil um ihren Körper geschlungen hat, führt er sie zu den Strängen hinüber, die an dem Ring im Felsen baumeln. Ich halte den Atem an, als er ihr einen

Moment lang ins Ohr murmelt. Sie nickt und schließt die Augen. Der Anblick ihres völligen Vertrauens macht mich fertig. Innerhalb weniger Augenblicke hat er sie in der Luft hängen. Ihre Arme sind hinter ihrem Rücken gefesselt und die Beine gespreizt. Meine Angst um sie dämpft meine Lust für ein paar Minuten. Sosehr ich sie in diesem Moment auch hasse, will ich nicht, dass sie tatsächlich verletzt wird. Das wird meine Aufgabe sein.

Adrian tritt hinter ihren Kopf und hilft ihr, ihn hochzuheben. Er fummelt kurz an den Seilen herum und legt ihren Kopf dann auf etwas, das wie ein kleines Kissen aussieht. Er weiß offensichtlich, was er tut. Das werde ich mir merken müssen, wenn ich ihn töten will. Er ist nicht so dumm wie die Dutzenden, die wir in der Vergangenheit niedergemetzelt haben.

Er stellt sich neben sie und zieht an den Seilen, sodass ihr Körper hin und her schwankt. Ihr schallendes Lachen hallt durch die Felsen und bringt meine Wut wieder an die Oberfläche. Wenigstens ist sie glücklich. Es ist ja nicht so, als hätte sie eine Aufgabe zu erfüllen, und doch ist sie hier und vergnügt sich mit dem Feind.

Er dreht und wendet die Seile, bis ihr Kopf vor seinem Schritt hängt und ihre gespreizten Schenkel in meine Richtung zeigen. Er öffnet seine Hose und schiebt ihr seinen Schwanz in den offenen Mund. Sogar von meinem Versteck aus kann ich sehen, wie sich die Nässe sammelt, während er sie mit seinem riesigen Schwanz würgt. Ich blicke auf meinen eigenen Schwanz hinunter und fühle mich äußerst unzulänglich. Wird sie mich überhaupt noch spüren, wenn er sie ausgebeult und benutzt zurücklässt? Ich starre zurück auf ihren Schritt und freue mich, dass sie immer noch eng und ordentlich aussieht. Zumindest soweit ich das beurteilen kann. Ihr gedämpftes Quieken und Stöhnen lässt mich wieder auf Hochtouren laufen. Wütend rubbelnd starre ich auf ihre Muschi und stelle mir vor, wie ich tief in sie eindringe und sie vor Ekstase brüllen lasse.

Seine Finger schleichen sich in meine Fantasie und ich knurre fast laut, als er sie durch ihre glitschigen Schamlippen gleiten lässt. Nachdem er ein paar Augenblicke lang ihre Klitoris gereizt hat, schlägt er mit den Fingern auf ihre Muschi. Hart. Die Schläge klatschen in die Nacht hinaus und übertönen sogar die Geräusche ihres Mundes, mit dem sie seinen Schwanz bearbeitet. Ich komme hart und bespritze die Felsen vor mir mit meiner Ladung. Metallischer Geschmack macht sich auf meiner Zunge breit, als ich fest zubeiße, um nicht zu schreien. Direkt vor meiner Nase reizt Adrian Evangeline immer noch, aber ich bin zu erschöpft, um mich darum zu sorgen. Ich lehne mich an den Felsen zurück und beobachte das Spektakel, das sich vor mir abspielt, um mich später an ihrem Körper rächen zu können.

Nachdem er noch einige Augenblicke lang in ihren Mund gestoßen hat, dreht er die Seile um. Anstatt des Anblicks ihrer feuchten Fotze sehe ich jetzt den Ausdruck der Lust auf ihrem Gesicht, als er in sie stößt. Fast ist es zu viel für mich. Ich wende mich ab, unfähig, weiter zuzuschauen. Wenn ich mich nicht bald beruhige, werde ich die ganze Mission zunichtemachen. Er *wird* einen langsamen und schmerzhaften Tod sterben. Dafür werde ich sorgen.

Ich warte noch ein paar Minuten ab, bevor ich meinen Schwanz wieder in die Hose stecke und zum Auto zurück schleiche. Ich schaue immer wieder zurück, aber die beiden sind so vertieft in das, was sie tun, dass ich es schaffe, unbemerkt davonzukommen.

Ich lege den Leerlauf ein und lasse den Wagen den leichten Hügel hinunterrollen, ohne den Motor anzulassen, bis ich mehrere Kilometer entfernt bin. Den ganzen Weg zu meinem Hotelzimmer zurück koche ich innerlich vor Wut und plane, wie ich dieses Stück Abschaum zur Strecke bringen und meine zukünftige Braut bestrafen kann. Aber heute Abend muss ich mich erst einmal ausruhen.

Es ist schon komisch, wie manche Dinge zu schlichtem Vergnügen werden, wenn die Welt um einen herum zusammenbricht. Die Lichter des Hotels funkeln mich an und spenden ein wenig Trost. Ich stapfe durch die Tür und lasse mich auf das Bett fallen. Die Matratze ist hart unter mir und ich versuche, mich zu entspannen und zu schlafen. Ich wälze mich hin und her, als mir Visionen von Evangeline durch den Kopf huschen. Ich setze mich auf, ziehe mein Handy heraus und versuche ihr eine SMS zu schreiben.

Bericht

Ich habe seit über einer Woche kein Statusupdate mehr erhalten.

Bleib stark. Habe gerade ein Nest getötet. Sie locken ihre Opfer an und fesseln sie mit Seilen, bevor sie sie töten. Vertraue niemandem. Sie sprechen liebevoll, sind aber trotzdem skrupellose Monster.

Es ist gelogen. Alles davon. Aber es muss doch etwas Wahres dran sein. Es muss dort draußen ein Nest geben, das genau dasselbe wie Adrian tut. Zufrieden werfe ich mein Handy auf den Nachttisch und lege mich schlafen.

KAPITEL 12

vangeline

MEINE AUGEN flattern auf und ich werde sowohl von Lust als auch von Schmerz geplagt. Die letzte Nacht war wie ein Traum. Bis zu diesem Moment wusste ich nicht, dass ich so glücklich sein kann. Und die Tatsache, dass es mit einem Vampir ist, ist umso schockierender. Ich strecke meine Arme aus und rolle die Schultern, als die Erinnerungen mein Gehirn überfluten. Adrian hatte mich schwerelos über sich. Am Anfang war ich so orientierungslos. Ich habe immer wieder versucht, es zu verstehen, aber als er mich schließlich berührte, hat sich alles von selbst ergeben.

Lächelnd steige ich aus dem Bett und ziehe mich für den Tag an. Marion wird in ein paar Minuten ankommen und ich will keine Zeit verlieren, den Tag zu beginnen. Während ich meine Kleidung herausnehme, greife ich unter den Stapel, um mein Handy hervorzuholen. Wie jeden Morgen prüfe ich die Nachrichten und die sozialen Medien, bevor ich es wieder in die Schublade lege. Zuerst dachte ich, Adrian sei zu streng, weil er mir mein Handy nur tagsüber erlaubt, aber ehrlich gesagt, ist es befreiend.

Ich tippe meinen Code ein und erwarte einen leeren Bildschirm, aber der Codename meines Bruders blinkt mir entgegen. Schuldgefühle überschwemmen mich. In den letzten Tagen konnte ich in dieser Märchenwelt leben, in der es nur Adrian und mich gab. Es waren die besten Tage meines Lebens. Aber das echte Leben klopft nun wieder an meine Tür.

Als ich seine Nachricht lese, spüre ich, wie mir das Blut aus dem Gesicht weicht. Seile. Das ist also ein Ding? Locken Vampire ihre Opfer so an? Sicher doch nicht. Er sorgt sich tatsächlich um mich. Nicht wahr? Ich denke an die Zeit zurück, die wir zusammen verbracht haben. Sicher, er hat mir wehgetan und von mir getrunken, aber er hat mir nie etwas angetan. Und es hat mir gefallen. Alles. Mein Gesicht wird heiß. Ich hätte es nicht mögen sollen, habe es aber trotzdem getan.

Mein Daumen schwebt über der Tastatur und ich bin mir nicht sicher, was ich sagen soll. Ich schaue auf die Uhrzeit, zu der die Nachricht abgeschickt wurde. Wenn meine Berechnungen richtig sind, war ich zu diesem Zeitpunkt mit Adrian auf den Felsen. Er hätte mich umbringen können und niemand hätte es gemerkt. Ich sehe mich im Raum um und werde mir der fehlenden Fenster und Spiegel bewusst. Niemand würde es merken, nicht einmal hier. Fällt überhaupt jemandem auf, dass ich verschwunden bin? Das ist doch verrückt, schimpfe ich mit mir selbst. Adrian hat nichts getan, was mich an ihm zweifeln ließe. Und das, obwohl er ein Vampir ist.

Seufzend schreibe ich zurück. Ich muss an die frische Luft oder so, bevor ich völlig durchdrehe.

Mir geht es gut. Keine Anzeichen von Ungeziefer. Ich habe mich mit meinem früheren Bericht an Vater geirrt.

Ich werde bis zum Ende der Mission bleiben, um mich zu vergewissern, bevor ich nach Hause komme.

Ich drücke auf den Knopf, um den Bildschirm auszuschalten, und ziehe mich fertig an. Vielleicht hat Adrian heute etwas für mich zu tun, anstatt nur herumzusitzen und Däumchen zu drehen. Auch Marion war an den letzten Tagen, wenn sie hierherkam, immer beschäftigt. Vielleicht wird es heute anders sein. Vielleicht hat sie Zeit, ein paar Spiele mit mir zu spielen. Als ich zum Bett zurückschaue, sehe ich den kleinen Plüschhasen, den Adrian mir geschenkt hat. Es dreht mir den Magen um. Simon muss sich irren. So muss es einfach sein.

KAPITEL 13

imon

Sie kann also Nachrichten schreiben. Ich überfliege ihre Worte noch einmal und starre finster darauf. Diese kleine Lügnerin. Selbst jemand, der gerade erst frisch ausgebildet wurde, könnte erkennen, dass der Blutsauger ein Vampir ist. Es ist unmöglich, dass sie nicht bemerkt hat, wie sie sich in der Bar, in der sie arbeitet, tummeln. Großartig. Jetzt muss ich noch ein paar Stunden bis zum Sonnenuntergang totschlagen. Was diesem Hotel an gutem Essen fehlt, macht es zum Glück mit einem anständigen Fitnessstudio wieder wett. Vielleicht kann ich etwas von meinem Frust abbauen, bevor ich heute Abend wieder in den Club gehe. Wenn sie ihren Job nicht macht, werde ich es tun müssen.

Meine Hände sind immer noch wund von den Schürfwunden, die ich mir letzte Nacht zugezogen habe, aber der Schmerz hilft mir, meine Entschlossenheit zu stärken. Bis zum Ende der Woche werden alle Vampire tot sein und die kleine Miss Evangeline wird um meinen Schwanz betteln. Ja, das stimmt. Ich werde es so weit bringen, dass sie ihren einzigen Trost darin finden wird, mir zu Diensten zu sein. Vielleicht kommt sie dann wieder auf den rechten Weg. Ich schlage ein paarmal mit aller Kraft auf den Sandsack ein. Wenn sie auf Schmerzen steht, kann ich ihr Schmerzen geben. *Schlag, Stoß.* Dessen sollte sie sich sicher sein.

Etwa dreißig Minuten später gehe ich zurück in mein Zimmer, um zu duschen. Als ich an meiner Hose von letzter Nacht vorbeikomme, sehe ich die Spermaflecken, die die Innenseite verkrusten. Angewidert stoße ich sie weg. Oh Gott! Ich habe letzte Nacht überhaupt nicht nachgedacht. Vielleicht habe ich sogar Beweise am Tatort hinterlassen. Ich darf sie nicht wissen lassen, dass ich hier bin, bevor ich bereit bin, sie alle zu töten. Ich springe unter die Dusche, wasche mich schnell und ziehe mir meine Sachen an. Zum Glück befindet sich der Schauplatz von letzter Nacht in gerader Linie von der Villa, sonst hätte ich ihn vielleicht nicht wiedergefunden. Ich fahre in die kleine Bucht, in der ich gestern Abend geparkt habe und beginne, meine Schritte zurückzuverfolgen. Es ist sehr offensichtlich, wo ich gegen den Felsen gespritzt habe, aber abgesehen davon scheint nichts fehl am Platz zu sein. Ich bin mir ziemlich sicher, dass schon viele Leute diesen Ort als Sex- oder Wichsplatz benutzt haben. Das sollte also kein Problem sein.

Sonst scheint nichts ungewöhnlich zu sein. Keine Waffen, keine Papierfährte. Außer, jemand wäre bereit, jedes Stückchen DNA von diesem Felsen zu kratzen, wird mein Sperma auf keinen Fall etwas verraten. Als ich mich zum Gehen wende, erregt eine Bewegung in meinem Augenwinkel meine Aufmerksamkeit.

Ich drehe mich um und bemerke einen dunkelblauen Streifen an der Stelle, wo Evangeline angebunden war. Ich gehe dorthin und finde eine kleine Rolle Seil, die sich im

Felsen verfangen hat. Ich drehe es um und wickele es um meine Faust, als mir eine Idee kommt. Das wird perfekt funktionieren.

Mit einem breiten Grinsen auf dem Gesicht mache ich mich auf den Weg zurück zu meinem Wagen. Der Held wird das Monster töten und das Mädchen bekommen. Ich werfe das Seil auf den Rücksitz und beginne zu pfeifen, während ich das Auto anlasse und mich auf den Weg zurück in die Stadt mache. Jetzt muss ich nur noch auf den Sonnenuntergang warten.

* * *

Die Musik fängt an, mir auf die Nerven zu gehen, während ich mich in einer der Sitzecken verstecke. Ich habe die perfekte Sicht auf alle wichtigen Ein- und Ausgänge. Barbara arbeitet heute Abend wieder und sie hat mir versichert, dass Evangeline kommen wird. Die Art und Weise, wie die alberne Kuh vor meiner Sitzecke auf und ab geht, bestätigt mir, dass sie mich will. Nun, warum sollte ich sie mir nicht nehmen. Außerdem ist es für einen Mann nicht richtig, enthaltsam zu sein. Es ist unsere Aufgabe, die Erde mit unserem Samen zu befruchten. Und was gibt es Besseres als willige Fotzen, die bereit sind, ihre Beine für jeden Schwanz zu spreizen.

Sie kommt mit einem breiten Lächeln auf dem Gesicht zurück und stellt mein Getränk vor mir ab.

„Ich habe in zehn Minuten Pause", flüstert sie und versucht zweifellos, verführerisch zu wirken.

Mich verlockt sie damit nicht. Im Moment ist sie nichts weiter als ein Mittel zum Zweck. Bevor ich antworten kann, treten Evangeline und ihr Monster ein. Showtime.

„Nichts lieber als das", antworte ich und schenke ihr mein umwerfendstes Lächeln. „Ich habe hinten eine private Ecke gesehen, wenn du allein sein willst." Zwinkernd hebe ich mein Glas und leere es in einem Zug.

Sie lächelt und nickt. „Ich weiß genau, wo."

Während sie zur Bar zurückgeht, schleiche ich mich hinaus und warte auf meine Beute.

Die Luft ist stickig heiß. Von wegen trockene Hitze. Die Minuten ziehen sich wie Stunden dahin. Alle paar Sekunden prüfe ich meine Tasche, um sicherzugehen, dass das Seil noch da ist. Es ist da und ich fluche über meine Dummheit.

„Huhu!"

Endlich.

Als ich aufschaue, sehe ich, wie Barbara zu mir hinüberschlendert. Ihre weiße Bluse ist bereits teilweise aufgeknöpft und gibt den Blick auf ihre seidigen Kurven darunter frei. Ein Anflug von Erregung überkommt mich, aber ich unterdrücke ihn. Ich bin wegen eines Auftrags hier. Außerdem wird sie nicht mehr lange genug leben, um mein Sperma wert zu sein. Es wäre nur eine weitere Verschwendung. Das habe ich schon zu oft getan. Ich kann Gott nicht weiter so herausfordern.

„Komm her, meine Hübsche. Du hast mich schon viel zu lange warten lassen."

Sie kichert und kommt auf mich zu. „Für jemanden, der mich nicht einmal kennt, hast du nicht lange genug gewartet."

Großartig. Jetzt will sie mich dafür arbeiten lassen. Innerlich rolle ich mit den Augen. Ich setze mein bestes Lächeln auf, lehne mich gegen die Gebäudewand und locke sie mit einem Finger zu mir hinüber.

„Jetzt sei doch nicht so. Du wirst noch genug Zeit haben, um mich kennenzulernen. Ich möchte lieber wissen, warum ich an deine köstlichen Lippen denken muss, wenn ich eigentlich arbeiten sollte."

Ihre Wangen erröten, aber sie schweigt, als sie sich mir

nähert. Schmunzelnd neigt sie die Lippen zu mir und bettelt darum, geküsst zu werden. Ich reibe mit meinem Daumen über ihre Unterlippe und ein Stromschlag schießt durch meine Hand und direkt in meine Leistengegend. Ach was soll's. Wenigstens komme ich in ihr und nicht wieder auf irgendwelchen Felsen. Ich ziehe sie näher zu mir und lasse meine Lippen über ihre gleiten. Gott, es ist schon viel zu lange her, seit ich mit einer Frau zusammen war, während ich, dumm wie ich bin, darauf gewartet habe, dass Evangeline die richtige Entscheidung trifft. Wut erfüllt mich und ich packe Barbara und halte sie fest in meinem Griff. Mein Kuss wird innerhalb einer Sekunde von zärtlich zu brutal.

Ihr schlanker Körper wehrt sich gegen mich, aber ich lasse mir das nicht gefallen. Ich bin fertig mit Frauen. Nichts als lügende, betrügende Schlampen. Ich fahre mit meiner Hand über ihre Kopfhaut und reiße sie an den Haaren zurück, sodass sie gezwungen ist, mich anzuschauen. „Ist es das, was du willst? Sag es mir."

Ihre Augen sind groß und rund. Ihr Atem kommt in hektischen Atemzügen. Ich werde härter, je mehr sie gegen mich kämpft und je mehr sie mich fürchtet. Ich bin ein Gott und sie ist meine Sterbliche. Sie bettelt geradezu darum, zerquetscht zu werden. Sie kann mir nicht antworten. Sie starrt nur zu mir auf und ein Flehen liegt in ihren Augen. Aber das ist mir egal. Ich stehe über Frauen. Es ist an der Zeit, dass sie lernen, wo ihr Platz ist, und dass sie dortbleiben. Die Musik übertönt ihr Keuchen und Wimmern, aber ich gehe kein Risiko ein, wenn Vampire in der Nähe sind. Ich konnte zwar nie selbst einen verhören, aber Studien zeigen, dass sie den Flügelschlag eines Schmetterlings aus mehreren Kilometern Entfernung hören können.

Wie ich sie kenne, haben sie jedoch wahrscheinlich einen Harem, den sie dort drinnen ficken, und werden den Unterschied nicht bemerken. Trotzdem will ich meinen Plan nicht zu früh auffliegen lassen.

„Mach bloß keinen Mucks", knurre ich ihr ins Ohr und greife in meine Tasche. Ich lasse sie nur kurz los, um ihr ein Stück Stoff über den Mund zu binden. Jetzt kann sie stöhnen und wimmern, so viel sie will. Niemand wird sie hören. Sie windet sich und zappelt in meinen Armen, während ich ihr das Seil um die Handgelenke binde, bevor ich das andere Ende an einem freiliegenden Rohr festmache. Ich kann nicht sagen, was genau es ist, aber das ist mir auch egal. Je mehr sie sich gegen die Fesseln wehrt, desto verschwommener wird mein Gehirn. Mein Schwanz pulsiert in meiner Hose und verlangt, dass ich ihn herauslasse und dieser Schlampe zeige, wer hier der Boss ist.

Als ich mich umdrehe, sehe ich ein paar Gegenstände, die aus dem Boden ragen. Das wird reichen. Ich schnappe mir eins ihrer Beine und binde es daran fest. Das andere fessle ich an der anderen Seite. Endlich. Genau, wo ich sie haben will. Ich beginne gerade, meine Hose zu öffnen, als ich höre, wie sich die Türen um die Ecke öffnen. Mist. Ich muss das hier wohl einfach hinter mich bringen und später mit Evangeline spielen.

Ich pirsche mich an Barbara heran, drücke meine Hand über ihren Mund und halte ihr gleichzeitig die Nase zu. Ihr ganzer Körper zuckt unter mir, aber ich halte sie weiter fest. Ich senke die Hüfte und stöhne, als sich ihr Körper unter mir windet. Wenn sie so weitermacht, komme ich vielleicht doch noch zum Schuss.

Nach ein paar Minuten wird ihr Körper unter mir schlaff. Ich halte sie noch ein wenig weiter fest und vergewissere mich, dass sie wirklich tot ist. Ich will nicht, dass sie aufwacht und mich verrät. Schnell springe ich von ihr hinunter und versuche, meine beharrliche Erektion zu ignorieren. Bald. Ich habe vor, die Hölle auf die Frau loszulassen, die das alles verursacht hat.

Ich drehe Barbaras Kopf und taste nach ihrer Halsschlagader. Dort mache ich zwei Einstiche mit dem Messer, das ich aus der Tasche ziehe. Soweit ich das beurteilen kann, sind sie Reißzähnen so ähnlich wie möglich. Ich nehme den Knebel ab und reibe über ihr Gesicht, um die Abdrücke so gut wie möglich zu entfernen. Ich halte inne und lausche, ob jemand kommt. Alles noch gut. Ich öffne ihre Hose und ziehe sie mitsamt ihrer Unterwäsche bis zu den Knöchel hinunter. Nachdem ich das Messer und den Knebel wieder in die Tasche gestopft habe, bringe ich sie in mein Auto, bevor ich zum Club zurückgehe.

Ich schaue mich kurz um und sehe Evangeline an der Bar. Aber zum Glück steht Adrian nicht neben ihr. Er sitzt ganz hinten in einer Sitzecke und starrt auf sein Telefon. Ich behalte Evangeline im Blick, schlüpfe durch die Menge und gehe zu Adrian.

„Arbeiten Sie hier?", flüstere ich und versuche, niemanden zu alarmieren.

Er seufzt und schaut zu mir auf. Für einen Moment werde ich vom Hass überkommen. Es kostet mich jedes Quäntchen Willenskraft, um ihn nicht auf der Stelle zu verprügeln. Aber ich kann nicht. Ich muss das Ziel im Auge behalten.

„Wie kommen Sie denn darauf, dass ich hier arbeite?"

Ich deute auf seine Kleidung und zucke mit den Schultern. „Sie tragen einen Anzug und sind kein Türsteher." Ich schaue mich um, bevor ich mich zu ihm lehne. „Hören Sie, auch wenn Sie nicht hier arbeiten, etwas Schlimmes ist passiert. Ich glaube, jemand hat diese Frau angegriffen. Sie lag auf dem Boden und hat sich gewehrt – ich glaube, er hat irgendetwas mit ihrem Hals gemacht. Ich konnte es nicht genau sehen."

Adrian sieht mich eindringlich an. „Wo?"

„Hinter dem Club. Ich bin rausgegangen, um frische Luft zu schnappen. Sowie ich gesehen habe, was dort vor sich ging, hatte ich das Gefühl, ich müsste jemandem Bescheid sagen."

„Ihr zu helfen wäre vielleicht besser gewesen", murmelt er. „Bleiben Sie hier."

Ich sehe ihm nach, als er hinausgeht und zum Glück niemand anderen alarmiert. Perfekt. Ich schaue auf die Uhr und warte eine Minute, bevor ich eine der Kellnerinnen anspreche.

„Adrian wollte, dass ich Evangeline ausrichte, dass sie ihn draußen treffen soll. Sind Sie Evangeline?"

Die süße Brünette schüttelt den Kopf und lacht. „Nicht einmal annähernd. Aber ich werde es ihr sagen."

Alles läuft nach Plan. Jetzt muss ich nur noch hinausgehen, um mir das Schauspiel anzusehen.

KAPITEL 14

drian

Bei den Göttern. Zuerst dachte ich, der Mann, der sich mir genähert hat, sei verrückt. Oder er wolle Ärger machen. Aber jetzt sehe ich, dass es tatsächlich Ärger gab. Als ich mich der Leiche nähere, sticht mir der Geruch von Blut entgegen. Es ist frisch und fließt immer noch träge aus der Wunde. Ein Vampir war das nicht. Selbst die Verrückten würden nicht so viel Blut hinterlassen.

Jemand hat sie getötet und es als Vampirangriff inszeniert. Aber warum? Wer würde so etwas tun? Ich beuge mich hinunter und schaue mir die Leiche genauer an. Dann gefriert mir das Blut in den Adern. Seile sind um ihre Hand und Fußgelenke gekreuzt. Sehr amateurhaft, aber ausreichend, um den Job zu erledigen. Aber es ist nicht die Tatsache, dass es ein Seil ist, die mich innehalten lässt. Ich kenne dieses Seil so gut wie meine eigene Hand. Es ist nicht jemand, der es auf Vampire im Allgemeinen abgesehen hat, sondern speziell auf mich. Das Seil, das ich verwende, ist eine spezielle Mischung aus Jute und Baumwolle. Sehr exklusiv. Soweit ich weiß, bin ich der Einzige im Umkreis von mindestens einhundert Kilometern, der so etwas besitzt.

Nachdem ich diese Details abgespeichert habe, schaue ich schließlich auf das Gesicht. Bedauern und Schuldgefühle überfallen mich. Für einen kurzen Moment verschwimmt meine Sicht, als ich Barbaras süßes Gesicht erkenne. Warum sie? Sie war die gütigste Seele, die je im Club Toxic gearbeitet hat. Nicht ein einziges Mal hat sie etwas Schlechtes oder Falsches über irgendjemanden gesagt. Die Tatsache, dass jemand ihr das angetan hat, ist umso unverzeihlicher.

Ich beuge mich zu ihrer Hüfte hinunter und schnuppere in der Luft. Ihre Kleidung ist zerzaust und zerwühlt, aber niemand ist in ihr gekommen. Es ist auch kein Hauch von Latex zu riechen. Entweder wurden sie gestört oder sie hatten gar nicht die Absicht, sich miteinander zu vergnügen. Ich krieche zurück zu ihrem Hals, um die Einstichwunden zu untersuchen.

„Mir wurde gesagt, du wolltest mich sehen –"

Evangelines Gesicht wird kreidebleich, als sie den Anblick verarbeitet. Blitzschnell sucht sie die Umgebung ab und bleibt an dem Seil an ihren Handgelenken hängen, bevor sie sich langsam zu mir umdreht. Verdammt.

„Moment, Liebes –"

„Was zum Teufel ist hier passiert?" Sie schaut wieder nach unten und starrt einen Moment lang auf das Gesicht. Verzweifelte Wut vibriert durch ihren Körper.

„Barbara? Du hast Barbara umgebracht?"

„Jetzt warte doch mal."

Es reicht mir. Einen Moment lang durchströmt mich Erschöpfung, aber ich kann ihr nicht nachgeben. Dies ist derselbe Kampf, den unsere Art seit Jahren führt. Ich wusste nur nicht, dass Evangeline so wenig von mir hält. Nun, jetzt weiß ich es wohl.

„Ich kann verstehen, dass es schrecklich ist, etwas Derartiges zu entdecken, aber mir die Schuld dafür zu geben? Warum? Weil ich zufällig ein Vampir bin und sie zufällig tot ist?"

Stirnrunzelnd stehe ich auf und mache mich auf den Weg zu ihr, um mit ihr zu reden. Ich dachte, sie sei vernünftiger als das.

Sie fängt an, auf und ab zu laufen, und redet so schnell, dass ich sie nicht verstehen kann. Verdammt, sie muss unter Schock stehen. Ich versuche, meine Arme um sie zu schlingen und sie zu beruhigen, aber sie streckt mir ihre Hand entgegen und hindert mich daran, sie zu berühren.

„Er hatte recht – Simon hatte recht."

„Wer ist Simon?"

Ich knurre. Jetzt ist nicht der richtige Zeitpunkt, um wütend zu werden. Ich muss ruhigbleiben und ihr zeigen, dass ich mich immer noch unter Kontrolle habe.

„Wie konntest du das nur tun?", antwortet sie und ignoriert meine Frage völlig. „War dir mein Blut nicht genug? Ich ... ich habe dir mein Blut gegeben. Oh Gott. Oh Gott!"

Sie pirscht weiter auf und ab. Die einzige Möglichkeit, die ich kenne, um eine hysterische Frau zu beruhigen, besteht darin, sie in die Arme zu nehmen. Aber jedes Mal, wenn ich in ihre Nähe komme, werden ihre Augen wilder und sie entfernt sich weiter von mir.

„Hör zu, Liebes ..."

„Ich bin nicht dein Liebes", faucht sie und wirft mir einen funkelnden Blick zu. „Du hast mich ausgetrickst und benutzt." Sie schaut wieder nach unten und deutet auf das Seil. „Wer sonst hätte es sein sollen? Ich bin nicht dumm. Du bist der einzige Freak hier, den ich kenne, der Seile benutzt."

„Freak?" Meine Wut flammt auf und ich stürme auf sie zu.

„Genug davon. Du hast mich ganz sicher nicht für einen Freak gehalten, als du in meinen Seilen zum Orgasmus kamst."

„Weg von mir, du Monster. Ich schwöre, du wirst es bereuen!"

„Monster?"

Ich halte einen Moment inne, weil mich die Beleidigungen, die sie mir entgegenschleudert, verletzen. Der Schmerz ihrer Worte reißt Wunden in mir auf, von denen ich dachte, sie wären längst verheilt. Monster. Das ist ein Beiname, der mich überall hinbegleitet. Aber von ihr? Von dieser Frau, der vielmehr von meinem Herzen gehört, als sie weiß. Sie zertrampelt es förmlich.

Das ist der Grund, warum ich mich nicht mit Menschen einlasse. Deshalb lasse ich sie nicht an mich heran. Seufzend halte ich einen Moment inne und versuche, die Situation aus ihrer Sicht zu betrachten. Wir kennen uns noch nicht so gut und angesichts der Beweislage besteht kein Zweifel, dass sie mich für den Mörder hält.

Aber sosehr mich ihre Beleidigungen auch umbringen, können sie die Liebe, die ich für sie empfinde, nicht auslöschen. Heute Abend hat hier vielleicht eine Tragödie stattgefunden, aber wenn es irgendeine Hoffnung für uns geben soll, muss ich ihr zeigen, dass ich immer noch derjenige bin, der das Sagen hat. Dass ich immer noch derjenige bin, auf den sie zählen und auf den sie sich verlassen kann.

Ohne weiter nachzudenken, stürme ich auf sie zu. Ihre Finger kratzen verzweifelt über das Armband, das sie immer trägt. Soll sie doch beten und sehen, ob es sie davor bewahrt, ordentlich den Hintern versohlt zu bekommen. Erst als ich sie keuchen höre, bemerke ich einen stechenden Schmerz auf meinem linken Brustmuskel. Als ich an mir hinunterschaue, sehe ich, wie sich flüssiges Silber auf meinem Hemd ausbreitet.

„Jetzt wirst du niemandem mehr wehtun."

Tränen glitzern in ihren Augen, als sie mich mustert. Verwirrung macht sich in meinem Kopf breit. Was ist das für ein Zeug? Es verschmiert unter meinen Fingerspitzen. Die Wunde ist bestenfalls schmerzhaft und schlimmstenfalls ein Ärgernis, aber eine Nacht Schlaf wird sie sofort wieder heilen.

„Weil ich einen Fleck auf meinem Hemd habe?"

Dann registriere ich ihre Worte. Sie hat das mit Absicht getan. Es war kein Unfall. Was genau ist denn mit ihr los?

„Das ist reines, flüssiges Silber von einem gesegneten Kreuz. Geschaffen, um deinesgleichen zu töten."

Ihre Stimme ist selbstgefällig, aber Ihr Blick wachsam. Ich bleibe stehen und starre sie an. Ich bin mir nicht sicher, ob ich im Moment überhaupt meinen Worten trauen kann. Wut sickert aus jeder Pore, während ich sie anstarre.

„Meinst du etwa", stoße ich hervor, „dass du gerade aktiv versucht hast, mich zu töten? Wähle deine Worte sorgfältig, meine Kleine."

„Ich–" Sie schluckt, starrt auf mein Hemd und dann wieder zu mir auf. „Es sollte funktionieren! Wir haben es erforscht! Wieso bist du nicht tot?"

„Ich schätze, das ist pures Glück."

Ich greife nach unten und reiße die Glasscherben heraus, die in meiner Haut stecken. Dann werfe ich sie zu Boden. Eine unheimliche Ruhe macht sich in meiner Brust breit. Diese kleine Menschenfrau hat versucht, mich zu töten. Die Ruhe wandelt sich zu Taubheit.

„Es wäre besser, wenn ich dich nicht erwische, bevor ich mich beruhigt habe. Es wird deinem Arsch nicht bekommen. Das kann ich dir garantieren."

Warum gebe ich ihr überhaupt eine Chance? Ich sollte sie beiseiteschieben und mit ihr fertig sein. Vielleicht glaubt der verzweifelte Teil von mir, dass wir dieses Problem lösen können, indem wir nur darüber reden.

Ihr Mund bleibt offenstehen. „Du denkst, ich lasse dich noch einmal in meine Nähe? Du bist ein Killer und ein Monster. Sie hatten recht. Sie hatten alle recht. Ich war so dumm, auf deine Lügen und Tricks hereinzufallen. Ich kann nicht glauben, dass ich mich von dir dazu verführen ließ, dich zu mögen!"

Ich atme tief durch und bin fest entschlossen, mich nicht von meinem Temperament überwältigen zu lassen. Taubheit war besser, Taubheit war sicherer. Oh, ich werde sie ordentlich versohlen. Das heißt, wenn ich sie überhaupt zurückhaben will. Die Stelle, an der mein Herz sein sollte, schmerzt bei dem Gedanken, ihr Lächeln nie wiederzusehen.

Aber sie hat versucht, mich zu töten. Ich sollte sie sofort zu Lucius zerren und ihn das klären lassen. Nein. Ich bin für sie verantwortlich. Offensichtlich hat ihr jemand eine Gehirnwäsche verpasst. Es tut zwar weh, aber es ist nicht unangemessen, dass eine Sterbliche mich fürchtet. Ich dachte nur, sie wäre anders. Als sie mir neulich ihr Blut anbot, schien sie so willig zu sein. Ich hasse es, dass sie mir nach allem, was wir zusammen erlebt haben, nicht vertraut.

„Du bist mir nicht egal. Das musst du mir glauben."

„Das war mein erster Fehler. Ich hätte dich sofort töten sollen, als ich erkannte, was du bist. Glaube mir, diesen Fehler werde ich nicht noch einmal machen."

Endlich verstehe ich, was sie eigentlich sagt. Wie konnte ich nur so blind sein! Ihre Fragen hatten nichts mit dem Versuch zu tun, mich kennenzulernen. Sie ist eine verdammte Jägerin! Erinnerungen an die letzten Wochen wirbeln blitzschnell durch mein Gehirn und endlich ergibt alles einen Sinn.

Sie *hat* in der Garderobe herumgeschnüffelt, um herauszufinden, ob es dort unten noch mehr von unserer Sorte gibt. Und ich habe zugelassen, dass mein Schwanz sie direkt ins Herzstück des Club Toxic geführt hat. Ich habe meine Art für ein Stück heißen Arsch verraten. Wie konnte ich nur so dumm sein? So blind?

Es ist mir egal, was Maria sagt. Sie hätte stärker sein müssen als die Dämonen, vor denen sie zu fliehen versucht. Zum Teufel, ich hätte sie für sie bekämpft. Mit mir an ihrer Seite wäre sie sicher gewesen, geschätzt und geliebt. Aber nichts davon ist mehr wichtig. Sie hat ihre Wahl getroffen und jetzt muss ich meine treffen.

Sie stürmt in die Nacht. Ich habe keine Ahnung, wohin sie fliehen will, da ihr Auto immer noch bei ihrer Wohnung steht. Aber sie ist nicht mehr mein Problem. Der Schmerz durchzuckt mich für einen Moment und schnürt mir die Kehle zu. Sie ist nicht die einzige Dumme hier. Ich habe mir erlaubt, mich in sie zu verlieben, und das ist mit Sterblichen nie eine gute Idee. Im Moment muss ich Lucius auf dieses schwerwiegende Problem aufmerksam machen und versuchen, es zu lösen.

Ich werfe den Kopf zurück, schließe die Augen und lasse mich von der Nacht umhüllen. Es tut weh, aber diesen Teil meines Lebens muss ich im Moment ausblenden. Später werde ich noch genug Zeit haben, den Verlust von Evangeline zu betrauern. Den Verlust unserer Zukunft. Im Moment muss ich meine ganze Aufmerksamkeit auf die Kriegsvorbereitungen richten.

Die Lautstärke des Clubs schlägt mir entgegen, als ich mich auf den Rückweg mache. Ich entdecke mehrere andere Vampire und fordere sie auf, sich mir in der Garderobe anzuschließen. Als alle drinnen sind, teile ich ihnen die schreckliche Entdeckung mit.

„Barbara ist tot. Ihre Leiche liegt hinter dem Club. Sie wurde mit meinen Seilen gefesselt. Sie hat zwei Einstichstellen am Hals, aber die wurden eindeutig nicht von einem

Vampir verursacht. Ich vermute, dass es in der Nähe einen Ring von Jägern gibt." Ich zeige auf mein Hemd. „Evangeline hat versucht, mich zu töten. Zum Glück für uns scheinen ihre Informationen fehlerhaft zu sein, aber wir müssen trotzdem Vorsicht walten lassen. Ich bin auf dem Weg nach unten, um mit Lucius zu sprechen. Aber ihre Leiche muss weg, bevor sie noch mehr Aufruhr verursacht."

Ich sehe ihnen nach, als sie sich verteilen und stapfe die Treppe hinunter. Ich bin noch nicht bereit, zuzugeben, dass ich eine Schlange in unsere Mitte geführt habe.

Die Aktivitäten im Verlies sind im vollen Gange, als ich unten ankomme. Lucius und Selene sitzen auf ihren Thronen und beobachten die Szene, ohne zu ahnen, welche Bombe ich gleich platzen lassen werde. Ich wende mich durch die Anwesenden und bahne mir einen Weg zu ihm. „Lucius, könnte ich Euch kurz in Eurem Büro sprechen?"

Er schaut zu mir und Besorgnis blitzt in seinen Augen auf. Er beugt sich vor und flüstert Selene etwas zu, bevor er sie auf die Wange küsst. In Lucius' Büro angekommen, geht er um seinen riesigen Schreibtisch herum, bevor er sich auf seinen Sessel setzt und die Fingerspitzen aneinanderpresst.

„Was ist denn los?" Lucius hält inne und greift nach einer Karaffe, die an der Seite steht. „Etwas zu trinken?"

Ich schüttle den Kopf. Normalerweise würde ich nicht zögern, mit ihm zu trinken, aber mein Inneres rumort zu sehr. Ich habe nicht nur die einzige Frau verloren, von der ich dachte, dass ich sie lieben könnte, sondern auch die potenzielle Zerstörung von allem, was Lucius aufgebaut hat, verursacht.

„Ich weiß nicht genau, wo ich anfangen soll."

Lucius trinkt einen langen Schluck und starrt mich einen Moment an. „Normalerweise finde ich es am besten, am Anfang anzufangen."

Ich reibe mir mit der Hand über den Nacken und Scham überkommt mich. Wo kann ich überhaupt anfangen?

„Ihr kennt Eure Barkeeperin Evangeline?"

Seine Augen funkeln und ein Lächeln umspielt seine Lippen.

„In der Tat, das tue ich. Ihr beide habt euch vor einer Weile im Verlies miteinander vergnügt. Sie wohnt seitdem bei dir, richtig?"

„Ja, aber das ist nicht der Grund, warum wir hier sind. Wir haben ein Problem."

„Was hast du ihr angetan?"

„Warum denkt Ihr, dass ich ihr etwas angetan habe?"

Ich kneife die Augen zusammen und balle die Fäuste an meinen Seiten. Ich befinde mich in seinem Revier, also kann ich hier keine Wellen schlagen, aber wenn ich ehrlich bin, würde ich ihm am liebsten die selbstgefällige Fresse polieren. Nein, das ist nicht wahr. Was ich wirklich will, ist Evangeline finden und ihr den Arsch versohlen, bevor ich sie besinnungslos ficke, bis ich jeder Gedanke, jedes Wort und jeder Atemzug für sie bin. Seufzend setze ich mich auf einen Stuhl ihm gegenüber.

„Ich habe ihr nichts getan, aber sie wird uns etwas antun."

Lucius' Hand hält auf halbem Weg zur Flasche inne. „Die kleine Sterbliche? Was soll sie denn schon tun?"

„Sie ist eine Jägerin."

„Eine Jägerin. Hier? Wie ist uns das entgangen?", zischt Lucius, als er aufsteht und mit den Handflächen auf den Schreibtisch schlägt. „Sie war unten. Sie hat alles gesehen. Und du hast gesagt, sie sei immun. Was werden wir dagegen tun?"

„Ich habe ihr die Augen verbunden, als ich von ihr getrunken habe. Nichts im Club schien irgendetwas anderes zu sein als eine typische BDSM-Nacht. Ich habe darauf geachtet, alles im Auge zu behalten und sie vor allem zu schützen, was verräterisch sein könnte."

Ich reibe mir mit der Hand über die Stirn und dann den Nacken hinunter.

„Sie hat mir neulich Nacht angeboten, von ihr zu trinken. Also weiß sie ganz sicher über mich Bescheid. Aber ich habe keine Ahnung, wie viel sie sonst noch weiß. Und das ist noch nicht einmal das Schlimmste."

Stöhnend greift er nach der Karaffe und schenkt sich ein weiteres Glas ein. Nach ein paar Schlucken schaut er mich misstrauisch an. „Was gibt es sonst noch? Ist eine Jägerin nicht schlimm genug?"

„Es hat draußen hinter dem Club einen Todesfall gegeben. Barbara, Eure Barkeeperin." Lucius' Blick huscht hektisch zwischen mir und der Tür hin und her. „Warum stehen wir dann hier oben?"

„Ich habe ein paar Männer darauf angesetzt. Evangeline glaubt, dass ich es war." Ich deute auf das getrocknete Silber auf meinem Hemd. „Sie wollte mich ausgerechnet mit Silber umbringen. Ich weiß nicht, woher sie ihre Informationen bekommt, aber sie sind offensichtlich fehlerhaft. Das können wir sicher zu unserem Vorteil nutzen."

„Hast du sie umgebracht? Ich kenne dich nicht so gut. Du gehörst nicht zu meinem Nest, also muss ich dir diese Fragen stellen. Verdammt, ich würde sie selbst denen stellen, die ich erschaffen habe."

Lucius' Stimme ist leise und tödlich, als er mich anstarrt. Ich zucke unter seinem irritierten Blick leicht zusammen. Obwohl ich völlig unschuldig bin, fühle ich mich, als wäre ich ins Büro des Schuldirektors gerufen worden. Wenigstens ist es nicht ganz persönlich.

Seufzend lasse ich den Kopf in die Hände sinken. „Nein, ich habe sie nicht umgebracht. Das Problem ist, dass derjenige der es getan hat, versucht hat, es wie die Tat eines

Vampires aussehen zu lassen. Es gibt Einstichstellen an ihrem Hals, aber sie wurden verursacht, nachdem sie schon tot war. Ich kann mir das nicht erklären, aber es fühlt sich so an, als wollte man mir etwas anhängen. Ich stand nur zufällig neben ihr, als Evangeline zu mir herauskam und sagte, dass ich sie sehen wollte. Aber wer würde mir so etwas anhängen wollen? Wen würde das interessieren?"

Lucius lässt seinen Finger gedankenverloren um den Rand seines Glases kreisen. „Wie kommst du darauf, dass derjenige es speziell auf dich abgesehen hat und nicht auf Vampire im Allgemeinen?"

Mit einer Grimasse ziehe ich einen Strang Seil aus der Tasche. Dieselbe Art, wie ich sie immer zur Hand habe. Ich werfe das Seil für Lucius auf den Schreibtisch.

„Dieses Seil ist eine besondere Mischung. Soweit ich weiß, gibt es nur eine Handvoll von Leuten damit. Barbara war damit gefesselt."

Er greift nach dem Seil und zieht es durch seine Finger. Die Stirn hat er nachdenklich gerunzelt. „Und wer kümmert sich im Moment um sie?"

„Ich habe keinen blassen Schimmer. Mein Verstand ist im Moment nicht so, wie er sein sollte. Ich weiß zumindest von Tiberius."

Lucius nickt und wirft mir das Seil zurück. „Ich vertraue ihm mit meinem Leben. Wenn sein Bericht nicht mit deinem übereinstimmt, wird das nicht gut für dich aussehen."

„Ich verstehe."

„Wo ist Evangeline jetzt?"

Ich zucke mit den Schultern und fühle mich zum ersten Mal seit Jahrzehnten hoffnungslos. „Als sie bemerkte, dass ich nicht sterben würde, rannte sie um ihr Leben."

„Verdammt noch mal. Es ist zu kurz vor Sonnenaufgang, um sich jetzt vernünftig darum zu kümmern. Aber ich will sie bei Sonnenuntergang hier haben."

Lucius erhebt sich von seinem Platz und stürmt aus seinem Büro. Er lässt mich mit meinen Gedanken allein zurück. Ich weiß nicht, was mehr schmerzt – die Tatsache, dass sie versucht hat, mich zu töten, oder die Tatsache, dass sie nicht mehr da ist. Wenn ich immer noch ein Herz hätte, würde es jetzt brechen. Aber diesen Luxus habe ich nicht. In diesem Moment kann ich nichts mehr tun. Wenn ich jetzt nach ihr suche, könnte mich die Sonne erwischen. Vielleicht ist das nach alledem immer noch eine Option. Ich schüttle den Kopf, um die düsteren Gedanken zu vertreiben, schnappe mir mein Seil und gehe nach Hause.

KAPITEL 15

vangeline

ICH BIN DUMM. Ich bin so dumm. Als ich vor Adrian davonlaufe, husche ich in den Club zurück und schnappe mir meine Handtasche, mein Handy und den Ersatzschlüssel. Zum Glück habe ich manchmal genug Verstand, um vorauszudenken. Ich renne zur Tür und werfe einen Blick zur Rückseite des Gebäudes zurück. Panik schnürt mir die Kehle zu. Ich ersticke fast an der Galle in meinem Hals, als ich seine Gestalt um die Ecke biegen sehe.

Ohne weiter darüber nachzudenken, stürze ich mich in die Nacht hinaus und versuche, so viel Abstand wie möglich zwischen uns zu bringen. Sobald ich mir sicher bin, dass er mir nicht folgt, werde ich langsamer. Meine Gedanken sind so aufgewühlt. Wie konnte ich nur zulassen, dass er mir diese schrecklichen Dinge antut? Es spielt keine Rolle, ob es mir gefallen hat oder nicht. Ich hätte mir nicht erlauben dürfen, ihm so nah zu kommen. Ich habe das Spiel gespielt und verloren.

Tränen laufen mir über die Wangen und so oft ich sie auch wegwische, kommen sie doch immer wieder. Die Wut brodelt in mir, aber ich kann mich nicht beruhigen. Nicht, bis ich in Sicherheit bin. Ich blicke die Straße hinauf und hinunter und strecke in der Hoffnung, dass mich jemand mitnimmt – und dass es sich dabei nicht um einen Verrückten handelt – den Daumen aus. Diesbezüglich habe ich bereits den Jackpot gewonnen. Als ich auf mein Handy starre, wird mir klar, wie spät es schon ist. Aber es gibt noch Hoffnung. Der Club war zum Bersten voll, als ich ging. Offensichtlich sind noch viele Leute unterwegs. Nach ein paar weiteren Minuten sehe ich Scheinwerfer auf mich zukommen. Als der Wagen anhält, atme ich erleichtert auf. Es ist eine Frau und sie sieht weder so aus, noch verhält sie sich wie ein Vampir. Hoffentlich ist sie auch nichts anderes. Ich habe einfach nicht die Kapazität, um mich jetzt darum zu sorgen.

Ich steige ein, gebe ihr meine Adresse und behalte sie die ganze Zeit im Auge. Ich werde auf gar keinen Fall noch einmal unvorsichtig sein. Ich kann gar nicht schnell genug in meine Wohnung kommen. In dem Moment, in dem sich die Tür hinter mir schließt, öffnen sich die Schleusen. Ich rutsche an der Tür hinunter und schluchze in meine Arme. Ich hätte nicht gedacht, dass es mir so wehtun würde. Jetzt weiß ich, warum Die Familie lehrt, sich niemals auf jemanden einzulassen. Mein Herz schmerzt so sehr. Als ich mich im Zimmer umsehe, sehe ich die Überreste der Nacht, in der Adrian mich mitgenommen hat. Der Knoblauch baumelt immer noch am Vorhang und in allen Ecken des Raumes.

Ich fluche vor mich hin, greife nach oben und reiße alles herunter. So viel zum Thema Forschung. Er hat nicht mal mit der Wimper gezuckt, als er durch die Tür gekommen ist. Wut und Scham erfüllen mich, als ich die Bettlaken und die Bettdecke vom Bett herunterreiße. Wie konnte ich nur so dumm sein. Ich bausche mir ein kleines Nest am Fußende des Bettes zusammen und setze mich hinein. Die Bettkante drückt gegen meinen Rücken, während ich meine Beine nah an meine Brust ziehe. Meine Gedanken wandern zurück zu dem Bett, das ich in Adrians Haus hatte. Und auch zu dem weichen Hasen, mit dem ich heute Morgen noch gekuschelt habe. War es wirklich erst letzte Nacht, als er mir diesen überwältigenden Orgasmus bescherte? Das macht jetzt keinen Unterschied mehr. Der eine Mann, in den ich mich zu verlieben glaubte, hat mich betrogen und mir bewiesen, dass Monster nicht erlöst werden können.

Ich halte meinen Blick auf die Tür gerichtet und starre sie an. Jedes Mal, wenn ich das Gefühl habe, abzudriften, kneife ich mich. Wenn Adrian mich angreift, wird es in der Nacht geschehen. Ich kann den ganzen Tag lang schlafen und sicher sein. Aber anstatt mich weiter weinen zu lassen, beschließe ich, mir einen Plan auszudenken. Ja, er ist ein Vampir, aber er muss doch auch Schwächen haben. Ich ziehe mein Handy heraus und fange an zu googeln. Vieles von dem, was da steht, ist genau das, was ich gelernt habe. Aber anstatt mich daran zu orientieren, versuche ich, nach obskureren Dingen zu suchen. Ich bin mir nicht sicher, warum sich Die Familie so irrt, aber ich bin fest entschlossen, alles wiedergutzumachen.

Als die ersten Strahlen der Morgendämmerung durch das Fenster strömen, erlaube ich mir schließlich, die Augen zu schließen und einzuschlafen. Ich werde meinen ganzen Scharfsinn brauchen, wenn ich mich mit dem Teufel persönlich anlegen will.

* * *

Mein Schlaf ist unruhig. Jedes Mal, wenn ich die Augen schließe, sehe ich Barbara vor mir, die mich anstarrt. Ihren leblosen Körper und wie Adrian sich darüber beugt. Seine Augen glühen rot und Blut tropft von seinen Reißzähnen. Er pirscht sich langsam an mich heran, aber ich kann ihm nicht entkommen. Ich wache in dem Moment auf, als sich seine Fingernägel in Krallen verwandeln, und ein Schrei bleibt in meinem Hals stecken. Ich sehe mich um und erkenne meine Wohnung. Kopfschüttelnd schaue ich auf die Uhr und zum Glück ist es später Nachmittag. Jetzt habe ich keine Ausrede mehr, zu versuchen, noch weiterzuschlafen. Gähnend mache ich mich auf den Weg zur Kaffeemaschine und fummle an den Einstellungen herum. Als ich die Tasse an meine Lippen führe, tönt ein vertrautes Klopfen an der Tür.

Angst lässt mich einen Moment lang erstarren. Was macht der denn hier? Ich kenne dieses Klopfen ganz genau. Es wurde mir in den vielen Jahren der Ausbildung eingebläut. Ich schleiche mich heran, setze leise einen Fuß vor den anderen und mache so wenig Geräusche wie möglich. Ich schaue durch den Spion und meine Befürchtung bestätigt sich.

Simons Gesicht huscht hin und her, als er immer wieder über seine Schultern schaut. Soll ich ihn hereinlassen? Das laute Klopfzeichen ertönt erneut und lässt mich keuchend aufschrecken. Hat er es gehört? Was macht er hier? Jetzt werde ich auf keinen Fall meine Mission beenden und als Heldin nach Hause kommen. Wenn er hier ist, haben sie bereits den Glauben an mich verloren.

„Evangeline, du musst mich reinlassen."

Ich ziehe eine Grimasse und schließe die Tür auf, bevor ich sie leicht öffne. Noch bevor ich sie ganz aufziehen kann, stürmt er herein, schlägt sie hinter sich zu und verriegelt die Schlösser sofort wieder.

„Hast du mich vermisst?"

Er verzieht den Mund zu einem Lächeln. Seine Zähne blitzen vor mir auf und erinnern mich an meinen Traum. Erschaudernd weiche ich zurück. Es ist nur Simon. Er kann mir nichts tun. Tatsächlich kann er mir vielleicht sogar helfen, jetzt wo er hier ist!

„Natürlich habe ich dich vermisst."

Das ist natürlich eine Lüge, aber das muss er ja nicht wissen. Ich konnte ihn schon immer mit einem strahlenden Lächeln und dem Schwung meiner Haare beschwichtigen. Grinsend hebe ich meine Finger an meine Schulter, aber noch bevor ich mein Haar zurückwerfen kann, schnellt seine Hand heraus und er umklammert mein Handgelenk.

„Lüg mich nicht an, du dreckige Fotze."

Erschrocken stolpere ich einen halben Schritt zurück. Ich habe ihn doch unmöglich richtig verstanden.

„Wie bitte?"

„Du hast mich gehört."

Er packt mein Handgelenk noch fester und beginnt, es zu verdrehen. Der Schmerz schießt von meinem Handgelenk bis zu meinem Ellbogen hinauf. Ich versuche, mich zu wehren, aber jede Bewegung lässt seinen Griff um mich noch stärker werden. Simon knurrt, als er sich in die Drehung beugt. Ich weiß, dass er versucht, mich zu Boden zu bringen, und das kann ich nicht zulassen. Instinktiv balle ich meine Finger zu einer Faust und schlage so fest ich kann gegen seine Brust. Noch während mein Schlag fliegt, weiß ich, dass es die falsche Entscheidung war. Innerhalb einer Sekunde knallt Simons andere Hand auf den heranfliegenden Unterarm und blockt mich ab. Er nutzt die Kraft des Blockens, um mich zu Boden zu stoßen. Ich knalle mit dem Rücken auf den harten Boden. Es verschlägt mir den Atem und ich bleibe unter Schmerzen keuchend liegen.

Zum Glück lässt er mich los, sobald ich am Boden bin. Ich drehe mich auf die Seite und ziehe meine Handgelenke an meine Brust. Tränen steigen mir in die Augen, während ich nach Luft ringe. Jedes Einatmen scheint meine Lunge noch mehr zu verengen. Die Wärme seines Körpers kribbelt an meinem Rücken, als er sich zu mir lehnt und anfängt, mir über den Rücken zu streichen.

„So ist es gut. Atme. Du kannst das."

Wenn ich nicht ohnehin schon versuchen würde, nicht zu sterben, hätte ich mich umgedreht und ihm ins Gesicht geschlagen. Was ist nur los mit ihm? So war er doch noch nie zu mir. Langsam bekomme ich wieder Luft und die Welle der panischen Übelkeit scheint sich zu legen. Ich drehe mich auf den Rücken und sehe, wie er über mir steht.

„Was zum Teufel?"

„Ich stelle hier die Fragen. Du wirst nur reden, wenn du mir antwortest." Simon drückt mir die Hand auf den Mund und spreizt seine Beine über meine Hüfte. Da sein ganzes Gewicht auf mir lastet, kann ich ihn nicht wegstoßen. Ich versuche, mit der Hüfte zu zucken, aber er lacht nur und schlingt seine Hand um meinen Hals.

„Ich habe schon Pferde geritten, die härter bocken als du, Fräulein. Du wirst dich mehr anstrengen müssen, um mich abzuwerfen."

Angst durchströmt mich und meine Gedanken überschlagen sich. Mein Verstand arbeitet schnell, aber nichts in meiner Ausbildung hat mich auf das hier vorbereitet. Wir haben nie irgendwelche Stellungen eingenommen, die auch nur annähernd mit Sex vergleichbar wären. Er fängt an, seiner Finger fester zu schließen, aber nicht fest genug, um mir die Luft komplett abzuschnüren. Nur gerade so weit, dass es mir schwindlig wird. Als ich über die Möglichkeiten nachgedacht habe, wie ich sterben könnte, kam mir diese nicht in den Sinn. Er ist mein Bruder. Warum tut er das? Ich kann an nichts anderes denken als daran, wie ich ihm entkommen könnte.

Seinen anderen Arm hat er neben meinem Kopf abgestützt. Das könnte ich zu meinem Vorteil nutzen. Ich nehme die Hand, die derjenigen gegenüber legt, mit der er sich abstützt und fange an, seine Finger von meiner Kehle zu ziehen. Gleichzeitig stoße ich ihm in die Rippen und stemme meine Hüfte kräftig hoch. Simon zuckt überrascht zusammen und fliegt über meinen Kopf. Ich rapple mich auf die Knie, um zu versuchen, ihm zu entkommen. Aber ich bin viel zu langsam. Ich arbeite hier mit zu wenig Schlaf und zu viel Hysterie. Bevor ich auch nur mehr als ein paar Zentimeter weit komme, packt Simon meine Knöchel und reißt mich zurück, sodass ich auf den Bauch falle.

„Wie kannst du es wagen, dich gegen mich zu wehren, Hure", brüllt er und dreht mich auf den Rücken.

Ich öffne den Mund, um etwas zu erwidern, aber er schlägt mit der Hand hart gegen mein Gesicht. Alles wird schwarz.

Schmerz schießt mir durch den Kopf, als ich meine Augen öffne. Alles ist verschwommen. Wo bin ich? Was ist mit mir geschehen? Ich schaue auf und blinzle gegen das Licht, das durch die Fenster hereinfällt. Eine schattenhafte Gestalt geht vor mir auf und ab, bis ihr Kopf das Licht ausblendet. Simon.

Erinnerungen strömen zurück und Panik überkommt mich. Ich reiße meine Arme nach vorn, um ihn abzuwehren, als er sich nähert, aber sie bewegen sich nicht. Nichts bewegt sich. Als ich meinen Kopf zur Seite drehe, erkenne ich, dass meine Arme über mir am Kopfende des Bettes festgebunden sind. Man muss kein Genie sein, um zu wissen, dass dies auch mit meinen Beinen passiert ist. Ich folge Simons Bewegungen mit dem Blick, während er um das Bett herumschleicht.

„Ich habe dich geliebt, weißt du" schließlich bricht seine Stimme das Schweigen.

„Ich habe dich auch geliebt. Du bist mein Bruder!", krächze ich. Der Schmerz dieses Verrats vermischt sich mit dem von Adrian und mein Herz beginnt noch mehr zu brechen. Jetzt habe ich wirklich niemanden mehr.

Er kommt näher, streicht mit der Fingerspitze an meinem Arm hinunter und hält dort inne, wo die Schulter zur Wölbung meiner Brust übergeht. Er verharrt eine Sekunde und begegnet meinem Blick, bevor er seinen Finger zurückzieht, und sich auf die Bettkante setzt. Mein Körper rutscht etwas näher zu ihm, als sein Gewicht das Bett hinabsenkt.

„Ahhh. Aber du hättest so viel mehr sein können. Das kannst du immer noch, nachdem du gereinigt wurdest."

Ich erstarre. Die einzige Bewegung ist das Klopfen meines Herzens in meiner Brust. Reinigung? Ich denke an die wenigen Male zurück, bei denen ich mich hineingeschlichen habe, um zu sehen, was dabei passiert. Die Schreie wecken mich jetzt noch manchmal nachts auf. Nachdem ich meinen Verstand darauf trainiert hatte, mich distanzieren zu können, fiel es mir leichter, zu schlafen. Aber manchmal bekomme ich immer noch Albträume.

Soweit ich es weiß, ist man nach der Reinigung geistig nicht mehr zu viel fähig. Die Familie schickt alle Kinder, die sie gereinigt hat, in spezielle Heime. Aber bis jetzt habe ich noch keinen Beweis dafür gesehen, dass dieser Prozess erfolgreich war oder diese Kinder ‚gerettet' wurden. Soweit ich weiß, handelt es sich dabei um ein Märchen, das man aufmüpfigen Mitgliedern erzählt, um sie bei der Stange zu halten – die Chance auf Erlösung. Aber so wie ich Die Familie kenne, könnte die Reinigung jemanden sehr wohl unfähig machen, die einfachsten Aufgaben zu erledigen.

„M-Mehr?" Ich versuche, hoffnungsvoll zu klingen, als sei dies die beste Idee, die ich je gehört habe.

„Ja, mein Schatz. So viel mehr. Weißt du, ich wollte eigentlich warten, bis du von dieser Mission zurückkommst, um dir einen Antrag zu machen."

Das Blut in meinen Adern gefriert zu Eis. Er hatte was geplant?

„Aber du bist mein Bruder."

Er runzelt die Stirn und erhebt sich. „Ich bin nicht dein Blutsbruder." Er speit es heraus, bevor er weiter im Raum auf und ab geht.

Als er meine Knöchel erreicht, fährt er mit den Fingern über die darum geschlungenen Seile. Es fühlt sich wie Nadelstiche in meinen Füßen an, als der Blutkreislauf immer weiter abgeschnürt wird. Meine Gedanken schweifen zu Adrian. Seine Seile fühlten sich wie eine warme Umarmung an: sicher und geborgen. Diese Seile hier sind kalt und grausam und beißen in meine Haut. Es gibt keinerlei Erregung, nur Angst und Schrecken. Von Adrian wusste ich wenigstens, dass er der Teufel ist. Aber ich habe keine Ahnung, wer dieser Teufel ist, der hier vor mir steht.

„Ich kann verstehen, warum er die mag. Du kannst dich nicht wehren, wenn du so aufgespreizt vor mir liegst."

Ich erstarre. Woher weiß er von Adrian und seinen Seilen?

„Ich weiß nicht, wovon du sprichst."

„Lüg mich nicht an!", brüllt er und stürmt zum Kopfende des Bettes herum. Er beugt sich hinunter, bis sein Gesicht nur noch einen Atemzug von meinem entfernt ist. „Du lügst mich andauernd an!"

„Wann habe ich dich jemals angelogen?" Ich gehe meine Erinnerungen durch, als würde ich einen Aktenordner durchblättern. Mir fällt keine Erinnerung ein, die diesen Vorwurf von ihm rechtfertigt.

Knurrend greift Simon mit den Händen an die Vorderseite meiner Bluse und reißt daran, sodass die Knöpfe aufplatzen und mein BH zum Vorschein kommt. Ich atme keuchend. Angst rast durch meinen Körper.

„Ich habe dich beobachtet, weißt du. Seit du in unser Haus gekommen bist", flüstert er und fährt mit den Fingerkuppen über meine Brust. Er hält inne, kurz bevor er die Brustwarze erreicht. „Ich habe gesehen, wie du dich in der Dusche selbst berührt und dann so getan hast, als hättest du keine Privatshow für mich abgezogen."

Ich winde mich und versuche, mich seinen Berührungen zu entziehen, während die Übelkeit in meinem Hals aufsteigt. Er streckt seine Hand aus und kneift mir in die Brustwarze, sodass ich sofort erstarre. Jaulend versuche ich stillzuhalten, um zu sehen, ob er vielleicht doch aufhört. Er lacht und schnippt mit seinem Daumen hin und her. Abscheu und Unbehagen kämpfen in mir.

„Du solltest meine Frau werden. Meine kleine, unschuldige, schöne Braut. Aber dann hast du alles komplett ruiniert. Weißt du", sinniert er weiter und greift mit der Hand nach meiner anderen Brust. „Ich hätte sogar darüber hinwegsehen können, dass du masturbierst und dich ohne Erlaubnis berührt hast. Aber ein Vampir?" Er drückt fest zu und Schmerz durchzuckt mich.

„Ein verdammter Blutsauger? Was hast du dir dabei gedacht?"

„Ich, ich, das habe ich nicht. Ich schwöre es!"

Seine Hand schlägt laut in mein Gesicht und lässt mich Sterne sehen.

„Ist das hier nicht gut genug für dich?", schreit er und zieht die Seile noch fester.

Stöhnend versuche ich, mich zurückzuziehen, aber die Seile halten mich gefährlich still.

„Ich weiß, ich bin kein Profi mit Seilen, aber komm schon! Du musst mir die Mühe anrechnen. Es schien dir zu gefallen, als er dich letzte Nacht an den Felsen gefesselt hat."

Seine Worte werden von weiterem Ziehen und Zerren an den Seilen unterbrochen, die sich um meine Beine schlingen und festziehen. Mit jeder Drehung um mein Fleisch schießt der Schmerz durch mich hindurch und das Kribbeln meiner unteren Extremitäten nimmt zu.

Schließlich trifft mich die Erkenntnis. Er hat uns gesehen. Irgendwie hat er uns gesehen. Oh Gott. Er weiß alles. Ich schaue wieder zu Simon auf. Er starrt aufmerksam auf mein entblößtes Dekolleté und Übelkeit durchzuckt mich. Jede Chance, die ich zu haben glaubte, ist mit seinen Worten zum Fenster hinausgeflogen. Jetzt kann ich auf keinen Fall lügen. Moment! Vielleicht kann ich es ja doch! Vielleicht komme ich ja doch noch lebend aus dieser Sache heraus. Es ist ja nicht so, als hätte Adrian noch einen Platz in meinem Herzen – davon kann ich ihn zumindest überzeugen.

„Ich habe es nicht genossen!" Die Lüge schmeckt wie Asche in meinem Mund. In Wahrheit reicht eine Berührung von Adrian, um mich in Flammen aufgehen zu lassen. Schluckend starre ich zu ihm auf und versuche, ihn davon zu überzeugen, mir zu glauben. „Er hat mich gezwungen, all diese Dinge zu tun. Ich ging dorthin, um mich mit ihm anzufreunden. Um ihn zu überrumpeln, damit ich ihn töten kann."

Simons düsteres Glucksen lässt mich noch mehr erschaudern. „Oh, meine Liebe, du bist so gut im Lügen. Fast hättest du mich überzeugt." Er schlingt seine Hand erneut um meinen Hals, bevor er sich vom Bett erhebt und sein Handy aus der Tasche zieht. Er hält es hoch und schwenkt es ein paarmal hin und her, bevor er es wieder in seine Tasche steckt. „Mir scheint es, dass es kein Ungeziefer gibt. Ich habe mich geirrt." Sein Griff wird fester. „Wie kann das sein? Es sei denn, du bist eine kleine Schlampe, die den Vampir ganz für sich behalten wollte. Außerdem", murmelt er und sein Gesicht verfinstert sich, „vergisst du, dass ich da war. Ich habe alles gesehen. Ich habe gesehen, wie deine Fotze im Mondlicht glitzerte. Ich habe das Stöhnen gehört, das von deinen Lippen kam. Du warst nicht einmal so erregt, wenn du mit dir selbst gespielt hast. Also lüge nicht und sage mir, dass es dir keinen Spaß gemacht hat. Ich habe den Beweis gesehen und gehört." Simon beugt sich noch näher zu mir heran, sodass sein Atem die Haare um meine Ohren herum aufwirbelt. „Und nicht ein einziges Mal habe ich gehört, dass du *Nein* gesagt hättest."

Er zieht sich wieder hoch und verlagert sein Gewicht mehr auf seinen Arm, sodass seine Handfläche gegen meine Luftröhre drückt. Verzweifelt zapple ich in den Seilen herum und versuche alles, um mich zu befreien. Ich versuche, ihn anzuflehen, aber meine Worte werden unterdrückt, bevor ich sie aussprechen kann. Dunkelheit macht sich in meinem Blickfeld breit, bevor er sich schließlich bewegt.

„Ich habe versucht, nett zu sein. Ich habe versucht, dir eine Chance zu geben. Aber alles, was du getan hast, war, zu lügen und so zu tun, als wäre ich ein Idiot. Nun, das bin ich nicht." Er kramt noch einmal in seiner Tasche herum und zieht ein Messer heraus. Mit einer Bewegung seines Handgelenks springt die Klinge mit einem unangenehmen Klicken heraus.

Verzweifelt beobachte ich ihn, während ich meine Handgelenke und Finger drehe und sie langsam bewege, um einen Weg zu finden, mich zu befreien, ohne dass er es bemerkt. Simon lässt die Messerspitze über mein Brustbein gleiten und ich halte den Atem an. Das hier ist kein Vergleich zu den sanften kontrollierten Bewegungen, die Adrian gemacht hat. Stattdessen sind Simons Bewegungen ruckartig und hektisch. Ich schließe die Augen und versuche, in Gedanken nichts Größeres daraus zu machen, als es wirklich ist. Ich werde nicht aufgeschlitzt. Ich werde nicht auf dem Bett verbluten. Adrian hat seine Klinge über meinen ganzen

Körper tanzen lassen, ohne auch nur einen Tropfen Blut zu vergießen, bis er von mir trinken wollte.

So wie ich Simon kenne, ist sein Messer nicht annähernd so scharf und so gut gewartet. Hoffentlich braucht es viel mehr Druck, um mich zu schneiden. So wie es ist, fühlt es sich an, als würde er nur über die Oberfläche meiner Haut streifen. Es fühlt sich höchstens nach Abschürfungen an. Es gibt jedoch keine Rinnsale von Blut, die ich an meiner Haut hintergleiten spüre. Für den Moment scheine ich in Sicherheit zu sein.

Mit einem kräftigen Ruck schneidet er den vorderen Teil meines BHs auf und entblößt mich damit vollständig für seinen verdorbenen Blick. Ich halte meine Augen geschlossen und hoffe, dass es den Übergriff irgendwie mildert, wenn ich ihn nicht sehen kann. Ich strecke und beuge die Finger, aber das Seil hält fest. Inzwischen brennt jede Bewegung gegen die Seile auf meiner Haut. Es ist unmöglich, dass meine Hände nicht abgeschürft und aufgescheuert sind. Aber mal ehrlich, was wäre mir lieber? Mein Leben oder perfekte Hände? Ein paar Blutstropfen benetzen meine Haut und die Seile rutschen ein wenig weiter auf und ab. Ein Fortschritt. Ein schmerzhafter Fortschritt, aber ein Fortschritt.

Ich spüre seine Oberschenkel über meiner Hüfte, als er auf das Bett klettert. Das zusätzliche Gewicht strafft die Seile noch mehr. Ich beiße mir auf die Unterlippe, um nicht laut aufzuschreien. Auf so etwas hat uns die Ausbildung nicht vorbereitet. Das Messer wandert weiter nach unten und mir wird bewusst, dass ich gar keine Hose anhabe. Das Einzige, was ihn davon abhält, mich zu schänden, ist meine Unterwäsche. Und der Richtung des Messers nach zu urteilen, wird sie mich nicht mehr lange schützen.

Ich kneife meine Augen noch fester zusammen und

schreie auf, als er das kalte Metall unter den Bund meines Höschens schiebt.

„Hör mal. Es ist aus zwischen uns. Du hattest recht. Okay? Er hat mich dazu gebracht, ihn zu wollen, und ich war schwach. Ich habe gebetet und die Bibel gelesen, aber er hat es trotzdem geschafft, zu mir zu gelangen. Ich weiß nicht einmal, wie. Nach dem, was ich gestern Abend gesehen habe … werde ich auf keinen Fall noch einmal auf die Tricks dieses Monsters hereinfallen."

Simon lehnt sich zurück und lacht so laut, dass das ganze Bett zu wackeln beginnt. „Warum habe ich das Gefühl, er könnte jetzt hier hereinspazieren und du würdest auf Händen und Knien darum betteln, ihm einen blasen zu dürfen."

Tränen brennen in meinen Augen. Mir war schon bewusst, dass es zwischen uns vorbei war, aber Simons Hohn ist der letzte Nagel im Sarg. Ein Gefühl der Leere macht sich in mir breit. In diesem Moment ist es völlig egal, was Simon tut. Wenn er mich nach Hause bringt, bin ich sowieso so gut wie tot, und alle Erinnerungen an Adrian und mich wurden in dem Moment ausgelöscht, als er Barbara getötet hat.

Immer noch glucksend beginnt Simon mit dem Messer über dem Bund meines Höschens hin und her zu sägen. „Wie konntest du nur so dumm sein? Was hast du eigentlich gedacht, was passieren würde? Dass er dir seine unsterbliche Liebe erklärt und dich in sein Schloss im Himmel entführt?"

Meine Tränen beginnen zu fließen. Ich war tatsächlich töricht und deshalb tut es jetzt so weh. Ich konnte nicht erwarten, dass er mich so schnell lieben würde, aber ich hatte gehofft, dass es eines Tages passieren könnte. Ausnahmsweise schien es plausibel. Ich habe mich der törichten Lüge hingegeben, dass ich tatsächlich geliebt werden könnte. Nun ja, zumindest von jemand anderem als dem verrückten Simon.

„Das hast du wirklich gehofft, nicht wahr? Du hast tatsächlich geglaubt, dass ein Monster zu Liebe fähig ist? Das ist so traurig."

Er wischt mit den Fingern über meine Tränen und ich reiße mein Gesicht zur Seite. Großer Fehler. Simon packt mein Kinn mit der Hand und presst seine Lippen auf meine. Seine Zunge ist schleimig, als sie sich ihren Weg an meinen Lippen vorbei und in meinen Mund bahnt. Er zieht sich zurück und grinst, als er seine Hände seitlich an meiner Taille hinuntergleiten lässt.

„Du bist sogar noch hübscher, als sie es war. Dieses Mal werde ich mich richtig amüsieren. Aber es hat sich gelohnt, um dir Adrians wahre Natur aufzuzeigen."

Simon zerrt kräftig an der Stelle, an der er zuvor geschnitten hat, und ich höre und spüre, wie er den Stoff von meinem Körper reißt. Meine letzte Schutzschicht. Während er an meinem Höschen zerrt, überschlagen sich meine Gedanken.

„Hübscher als wer?"

Er hält inne und schaut zu mir herauf. „Zerbrich dir nicht deinen hübschen kleinen Kopf darüber. Bald wird es sowieso keine Rolle mehr spielen, denn du wirst meine Braut sein. Körperlich und in den Augen unseres Herrn. Ich muss das tun, Evie. Entweder das oder die Reinigung und ich bin mir ziemlich sicher, dass du mich viel mehr genießen wirst als letzteres."

Simon tastet mit seinen rauen Fingern an meiner Öffnung herum. Ich muss mich ablenken. Was hat er damit gemeint? Während ich über seine Worte grüble und versuche, mich von dem zu distanzieren, was mit meinem Körper geschieht, wird mir plötzlich bewusst, wie ich gefesselt bin. Die grobe Art, wie er mich gefesselt hat, ähnelt auf unheimliche Weise der Art, wie Barbara gefesselt war. Oh Gott! Wie konnte ich das nur übersehen? In meinem Kopf blitzt die letzte Nacht wieder auf. Die Seile, Adrian, mein lieber Adrian. Er ist ein solcher Perfektionist. Die Seile gestern Abend waren plump und übereilt befestigt gewesen.

Selbst wenn er völlig erschöpft gewesen wäre, hätte Adrian eine andere Technik oder etwas Leichteres verwendet, um sie zu fesseln. Das würde er einer überstürzten Arbeit vorziehen. Außerdem bedeutet die Tatsache, dass Simon uns in der Nacht auf den Felsen beobachtet hat, dass es einen Zeitpunkt gab, an dem er Adrians Seil irgendwie in die Finger bekommen haben könnte.

Als ich die Puzzleteile in meinem Kopf zusammenfüge, höre ich das gefürchtete Geräusch seines sich öffnenden Reißverschlusses. Jetzt beginne ich ernsthaft zu kämpfen. Adrian mag vieles sein, aber er war nicht der Mörder. Ich darf nicht zulassen, dass meine Vorurteile uns voneinander trennen. Aber zuerst muss ich mit Simon fertig werden. Trotz der schmerzenden Seile verrenke ich mich und winde mich. Selbst wenn ich ihn nicht von mir hinunterkriege, kann ich ihn vielleicht so weit ablenken, bis jemand kommt und hilft.

Simon packt mich und versucht, mich ruhig zu halten. Die Spitze seines Penis gleitet an meinen Eingang und er versucht, in mich einzudringen, als ein lautes durchdringendes Geräusch aus seinem Handy ertönt.

„Scheiße!" Er rollt sich von mir hinunter und fängt an, seine Hose wieder zu schließen. „Beweg dich nicht. Ich werde dich ficken, nachdem ich dein Kuschelmonster getötet habe."

Simon zieht sein Hemd wieder an und stürmt zur Tür hinaus. *Adrian!* Meine Willenskraft verdoppelt sich. Schluchzend bewege ich meine Handgelenke hin und her und versuche, mich dem Schmerz entgegenzustemmen. Das Blut fließt ein wenig stärker und durchtränkt die Seile. Minuten vergehen wie Stunden. Irgendwann wird das Blut wie ein

Gleitmittel und ich merke, dass ich mit jedem Schieben und Ziehen meiner Befreiung immer näher komme. Mit einem letzten Schrei lösen sich meine Handgelenke und ich bin frei. Mit schnellen Handgriffen reiße ich an den Knoten herum, die die Seile um meine Beine festhalten. Mit den Fingern arbeite ich fieberhaft, obwohl sie durch das lange Gefesseltsein taub geworden sind. Ich ziehe verzweifelt daran, bis ich mich endlich befreien kann. In dem Moment, in dem ich meine Beine auf den Boden schwinge und versuche aufzustehen, breche ich zusammen. Meine beiden Beine sind eingeschlafen und der kribbelnde Schmerz des zurückfließenden Blutes ist das Einzige, was meinen Geist bei Bewusstsein hält. Ich liege da, bewege meine Beine und teste ständig, ob das Taubheitsgefühl und das Kribbeln langsam verschwinden. Ich blicke zu den Fenstern und sehe, wie schnell der Sonnenuntergang naht. Deshalb ist er so schnell hinausgestürmt. Der Feigling will ihn töten, während er noch schläft, anstatt sich ihm wie ein Mann zu stellen.

Bevor ich gehe, ziehe ich mich schnell wieder an. Ich durchstöbere mein Zimmer und versuche, irgendetwas zu finden, womit ich mich schützen kann. Er ist zwar kein Vampir, aber ein Pflock würde ihn trotzdem aufhalten. Ich greife mir drei, schnappe mir mein Jagdholster und schlinge es um meine Hüfte. Ich stürme zur Tür hinaus und mache mir nicht einmal die Mühe, sie abzuschließen. Soweit es mich betrifft, gibt es dort drinnen nichts mehr für mich. Dieser Teil meines Lebens ist vorbei.

Hoffentlich kann Adrian mir verzeihen und wir können diese Sache hinter uns lassen. Mein Herz überschlägt sich schnell. Nach dem, was ich getan habe, würde ich mich nicht zurücknehmen. Warum sollte er auch? Kopfschüttelnd stürme ich die Treppe hinunter und zu meinem Wagen. Als ich mich dem Fahrzeug nähere, bin ich dankbar, dass Simon nicht die Weitsicht hatte, meine Reifen aufzuschlitzen. Ich werfe die Sachen, die ich eingepackt habe, auf den Rücksitz, bevor ich einsteige und mich auf den Weg zu Adrians Rettung mache.

Ich biege auf die Straße und rase zu seinem Haus. Die ganze Zeit bete ich, dass ich es rechtzeitig schaffe. Mein Puls dröhnt in meinen Ohren. Ich fahre so schnell ich kann, ohne die Polizei zu alarmieren, aber es fühlt sich trotzdem nicht schnell genug an. Wie immer, wenn man entweder zu spät dran ist oder es eilig hat, versperren mir alle langsamen Autos der Welt den Weg. Meine Frustration wächst, während ich einem Wagen ausweiche und dann den nächsten überhole. Gut, dass ich allein unterwegs bin, denn meine Flüche würden einen Seemann zum Erröten bringen.

KAPITEL 16

vangeline

Ich nähere mich und parke in kurzer Entfernung, um Simon nicht zu alarmieren. Nur für den Fall, dass er nicht hineingelangen konnte und das Grundstück umkreist, um nach einer Schwachstelle zu suchen. Ich schnappe mir meine Sachen und stapfe in die Richtung von Adrians Haus. Mein Herz wird schwer, als ich mich dem Eingang des Anwesens nähere. Als ich das Tor erreiche, ist es nur angelehnt: Nicht ganz offen, aber mehr als zur Hälfte. Etwas stimmt definitiv nicht.

Wenn ich mich recht erinnere, war Simon schon immer sehr gut mit Computern und technischen Dingen. Deshalb war er bei jeder Mission stets eine Bereicherung. Als ich zur Tür gehe, steht sie einen Spalt weit offen. Gott sei Dank. Simon muss mir entweder eine Falle stellen oder er ist in Gedanken so bei Adrian, dass er es eilig hatte. Es sieht ihm nicht ähnlich, so unvorsichtig zu sein.

Ich ziehe meine Schuhe aus, stelle sie neben Adrians und ein Kloß schnürt mir die Kehle zu. Allein dieser Anblick bringt die warmen, wohligen Gefühle zurück, die ich für ihn empfinde. Ist es zu spät? Kann er noch gerettet werden? Ich will gerade weitergehen, als ich weiter drüben auf dem Boden ein paar Mary Janes-Schuhe entdecke. Die können nur Marion gehören. Großer Gott! Was hat Simon mit ihr gemacht? Mein Mund wird trocken, als ich mir den Weg aus dem Foyer in die Küche bahne. Nichts. Das einzige Geräusch ist ein dumpfes Klopfen, das aus einem entfernten Flur ertönt. Ich schleiche mich näher heran, lehne mich mit dem Rücken gegen die Wand und spähe um die Ecke.

Simons Gesicht ist knallrot, während er gegen eine Tür schlägt und stößt. Ich erkenne diese Tür. Das ist Adrians Zimmer! Zumindest ist das der Raum, in dem wir ... Ich unterbreche diesen Gedankengang. Ich brauche jetzt meinen gesamten Scharfsinn. Wenn er immer noch gegen die Tür trommelt, ist die gute Nachricht, dass Adrian immer noch sicher ist. Wir müssen nur noch ein wenig länger bis zum Sonnenuntergang ausharren.

Aber das verrät mir immer noch nicht, wo Marion ist. Ich drehe mich um und verfolge leise meine Schritte zurück, bis ich wieder in der Küche bin. Denk nach. Wo würde ich jemanden verstecken? In Gedanken rolle ich mit den Augen. Zu so etwas Verrücktem würde ich mich nie herablassen. Ich will gerade die Küche verlassen, als mich ein Klopfen zum Innehalten bringt. Vorsichtig drehe ich mich um und lege eine Hand auf einen Pflock, bereit, mich erneut Simon gegenüberzustellen. Aber als ich mich umdrehe, ist niemand da.

Ich schließe die Augen und lausche auf die Geräusche. Simon ist immer noch wütend und trommelt gegen die Tür, also kann er es nicht sein. Dann höre ich es erneut. Ein leises Klopfen. Ich suche die Umgebung ab, bis ich mich an die versteckte Speisekammer erinnere. Ich strecke die Hand aus, drücke gegen die Tür und warte, bis die Hydraulik die Klappe öffnet. Und da ist Marion. Ihr Haar ist zerzaust und der Mascara auf ihrem Gesicht zerlaufen. Ansonsten scheint sie unversehrt zu sein. Ich beuge mich vor und drücke meinen Finger auf meine Lippen. Sie nickt mit vor Angst geweiteten Augen und schaut sich im Zimmer um. Ich beuge mich hinunter, ignoriere meine schmerzenden Muskeln und binde sie so schnell wie möglich los. Zum Glück ist Simon kein Zauberer im Umgang mit Seilen. Seine Knoten sind tollpatschig und übereilt. Ich streiche ihr das Haar glatt und fahre über eine kleine Beule an Marions Kopf. Ich zucke für sie zusammen und nicke verständnisvoll. Dann helfe ich ihr auf und schließe sie fest in die Arme.

Immer noch schweigend, deute ich ihr an, zu gehen. Sie zieht ihr Telefon heraus und tut so, als würde sie den Notruf wählen. Hastig schüttle ich den Kopf und schiebe sie zur Tür hinaus. Sobald sie sicher draußen ist, beginne ich mit meinem Plan, Simon von der Tür wegzulocken. Auch wenn Adrian stark und fähig ist, ist seine Chance vielleicht doch gering, falls er in einen Hinterhalt gerät. Ich greife nach meinem Handy und schicke ihm eine kurze SMS. Ich habe keine Ahnung, ob er sie rechtzeitig bekommen wird oder nicht. Bis jetzt sind alle meine Informationen über Vampire falsch.

Er könnte möglicherweise in einem dunklen Zimmer sitzen, sich Liebesfilme ansehen und einen ‚Bloody Mary' trinken. Die Benachrichtigung zeigt an, dass sein Telefon die Nachricht empfangen hat, aber das war es auch schon. Ich warte noch ein paar Augenblicke und wünsche mir, dass er die Nachricht tatsächlich sieht. Aber es klappt nicht.

Ich hole tief Luft und schreie Simons Namen. Das Hämmern hört auf und ich höre eine Flut von Schimpfwörtern aus dem Flur. Ich habe seine Aufmerksamkeit. Innerhalb weniger Augenblicke füllt seine Gestalt den Türrahmen aus und Angst steigt in meinem Herzen auf. Ich muss nicht gegen ihn gewinnen. Ich muss ihn nur aufhalten, bis Adrian aus dem Zimmer kommen kann. Ich bete, dass er nicht kleinlich ist und meine Nachricht einfach ignoriert. Ich weiß, dass ich im Unrecht war, aber ich gebe mir jetzt Mühe. Ich hoffe, das zählt etwas. Mit einem mörderischen Blick in den Augen stürzt Simon auf mich zu.

„Ich schätze, ich hätte lieber Handschellen anstatt Seile benutzen sollen, nicht wahr?"

Er dreht den Hammer in seiner Hand, sodass das stumpfe Ende in meine Richtung zeigt. Ich schlucke. Hoffentlich ist das nicht der Moment, in dem ich sterbe. Aber wenn es so sein sollte, ist es mir egal, solange Adrian in Sicherheit ist. Als er näher kommt, weiche ich ihm aus. Mir wird bewusst, dass ich nicht voll bei Kräften bin, aber das Adrenalin ist mein Freund. Es ist das Einzige, was mich im Moment noch aufrechterhält. Er schwankt hin und her und versucht, mich auszutricksen, aber ich gebe mein Bestes, um mit seinen Bewegungen Schritt zu halten.

„Sag nicht, dass du hergekommen bist, um ihn sterben zu sehen. Das ist wirklich süß!"

„Er wird nicht sterben, nicht durch deine Hand."

„Ach, willst du ihn etwa selbst umbringen? Irgendwie glaube ich das nicht."

Höhnisch lachend stürzt er sich auf mich, bekommt mich aber nicht zu fassen.

Es ist jedoch knapp. Zu knapp. Meine Beine und Arme fühlen sich wie schwere Gewichte an, wenn ich sie bewege. Wie lange dauert es noch bis zum Sonnenuntergang? Zwei Minuten? Zwanzig? Ich wage es nicht, Simon lange genug aus den Augen zu lassen, um nachzusehen. Doch das Kribbeln in meinem Nacken sagt mir, dass es bald so weit ist. Ich kann fast spüren, wie Adrian sich regt. Eine unausgesprochene Wut brodelt im ganzen Haus. Nur noch ein klein wenig länger. Ich werde es schaffen.

Sein Blick schweift immer wieder in Richtung Flur und in dem Moment weiß ich, dass ich ihn habe. Ich warte darauf, dass er sich nicht länger auf mich konzentriert und senke meinen Schwerpunkt, bevor ich gegen seinen Unterleib stoße. Sein Aufschrei ist Balsam für mein Ego und ich drücke ihn im Laufen weiter, bis er mit dem Rücken gegen den Ofen knallt. Seine Augen quellen schmerzlich hervor und sein Hammer klappert auf den Boden. Die zuvor makellosen Kacheln reißen und zerplatzen, als der Hammer auftrifft.

Simon brüllt seine Wut heraus, während er versucht, seine Arme um meine zu schlingen. Aber ich lasse es nicht zu. Nicht mehr. Der Schweiß rinnt mir den Rücken hinunter, während ich mit Simon ringe. Er ist zwar größer als ich, aber ich habe durch meine Beweglichkeit einen Vorteil. Wie ein Aal drehe und wende ich mich und lasse nicht zu, dass er mich zu fassen kriegt. Diesen Fehler habe ich schon einmal gemacht. Wenn Adrians Leben auf dem Spiel steht, darf ich ihn nicht gewinnen lassen. Vielleicht kann ich es auf diese Weise wiedergutmachen. Ich muss nur lange genug gegen ihn kämpfen, bis Adrian aufwacht. Ich werde meinen Bruder, dieses Monster, mit all meiner Kraft bekämpfen. Selbst wenn ich sterbe, werde ich sterben, während ich das Richtige tue.

Alles in mir schmerzt, aber das Adrenalin strömt durch meinen Körper und hält mich aufrecht und in Bewegung. Ich muss in Bewegung bleiben. Ich werde nicht aufhören. Ich ignoriere das Brennen und die Proteste meiner Muskeln und konzentriere mich nur auf Adrian. Adrian. Im stillen spreche ich jedes Gebet, das mir einfällt, dass Adrian bald aufwachen möge. Simon schlingt seine Hände um meine Taille und gluckst in mein Ohr. Instinktiv stoße ich meinen Ellbogen in seinen Unterleib, sodass ich gerade genug Platz habe, um herumzuwirbeln und mein Knie in seine Eier zu rammen. Er sinkt zu Boden und schreit vor Schmerz und Wut.

Zorn packt meinen Körper und jetzt bin ich an der Reihe, mich auf ihn zu setzen. Wie kann er es wagen, mich so zu berühren, mich so zu behandeln und damit durchkommen zu wollen. Meine Liebe zu Adrian und meine Trauer um Barbara durchströmen mich und füllen mich ganz aus. Unbändige Kraft fließt in meinen Adern, als ich auf den Mann unter mir herabblickte. Meine geballte Faust knirscht durch den Knochen, als ich sie hart gegen seine Wange ramme. Schmerz durchströmt meine Fingerknöchel, aber das befriedigende Knirschen überwiegt das Gefühl.

"Wie kannst du es wagen, Hand an mich zu legen, du dreckiger Abschaum!" *Schlag.* "Du hast kein Recht, meinen Körper anzufassen!" *Schlag.*

Simon heult unter Schmerzen auf und reißt die Arme hoch, um weitere Schläge abzuwehren. Ich packe jedes Handgelenk mit einer Hand, drücke sie zurück zu Boden und halte ihn dort fest.

"Hast du ernsthaft geglaubt, du könntest mich vergewaltigen und damit davonkommen?"

Glucksend spuckt er etwas Blut aus seinem Mund. "Huren wie du verlangen sowieso immer danach. Du wärst schon bald nass gewesen und hättest darum gebettelt, so wie du es mit diesem Monster tust."

Schreiend lasse ich eine seiner Handgelenke los, um ihn erneut zu schlagen, aber meine Hand wird von einer anderen gestoppt. *Adrian*, haucht mein Gehirn erleichtert. Ich kann an Simons weit aufgerissenen Augen erkennen, dass ich recht habe. Ich lasse zu, dass die sanfte Kraft mich von Simon wegzieht. Ich drehe mich zu Adrian um, aber er sieht mich nicht an. Seine schönen Lippen sind zu einem wütenden Knurren verzogen, während er auf Simon hinabstarrt. Er schiebt mich hinter sich, packt Simon an der Kehle und zerrt ihn auf die Beine.

„Du hast es gewagt, Hand an sie zu legen?" Ohne sich umzudrehen, spricht Adrian zu mir. „Was hat er dir alles angetan?"

Er lässt einen Blick über meinen Körper wandern und seine Lippen verziehen sich bei jedem blauen Fleck, jeder Schürfwunde und jedem Mal auf meinem Körper, bis er auf meine Handgelenke hinunterschaut. Das Blut ist jetzt trocken, aber die Schürfwunden der Seile heben sich deutlich auf meiner blassen Haut ab. Adrians Nasenlöcher beben, als er meine Verletzungen betrachtet, bevor er seine Finger fester um Simons Kehle schließt. Innerhalb weniger Augenblicke fallen Simons Augen zu und sein Körper beginnt zu erschlaffen.

„Adrian, bitte tu das nicht." Meine Handfläche fühlt sich fiebrig auf Adrians kühler Haut an.

„Was soll ich nicht tun? Den Mann töten, der versucht hat, mich zu töten? Der es gewagt hat, dich anzufassen?" Er schaut mich an und in seinen Augen spiegeln sich Schmerz und Hass. Ich weiche einen Schritt zurück und zwinge mich zu atmen. „Ich schätze, ihr Jäger wollt zusammen sein. Ist es das?" Er schaut wieder auf Simon und knurrt. „Ihr habt einander verdient."

„Nein", jammere ich, ohne mich darum zu kümmern, wie ich in diesem Moment klinge. Meine einzige Chance auf Glück entgleitet durch meine Finger und ich kann es nicht ertragen. „Ich will ihn nicht. Ich habe ihn nie gewollt."

„Dann jemanden wie ihn." Er schließt seine Finger noch fester. „Eure Sorte neigt doch dazu, zusammenzuhalten."

„Ich will dich", flüstere ich, erleichtert, es endlich laut aussprechen zu können.

Adrian hält einen Moment lang inne, bevor er mich

ansieht. Seine Augen sind dunkel und kalt. Mein Herz krampft sich zusammen, als er mich teilnahmslos mustert.

„Dann hast du wohl Pech gehabt, denn ich will dich nicht."

Seine Worte treffen mich direkt im Magen. Was habe ich nur getan?

„Bitte", flehe ich. „Wenn schon nicht für mich, dann werde nicht das Monster, für das er dich hält."

Knurrend reißt Adrian den Kopf herum und starrt mich an. Simons Augenlider beginnen zu flattern und ich weiß, dass mir die Zeit davonläuft.

„Ich habe Hunderte von Menschen getötet. Welchen Unterschied macht dann dieser eine?"

„Bitte." Die Worte sind kaum hörbar, als ich in *Wariza* zu Boden sinke. „Bitte, Sir, verschone sein Leben." Tränen rinnen mir über die Wangen, als ich zu ihm aufschaue. Seine ganze Gestalt ist starr und angespannt. „Du musst das nicht tun. Du musst nicht so sein wie er. Wie ich."

Schmerz steigt in meiner Brust auf, als mich die bedeutungsvolle Schwere dessen, was ich bin, hart trifft. Ich beurteile Menschen nach dem, was sie sind, und nicht danach, was sie sein können. Adrian hat mir gezeigt, dass so viel mehr in ihm steckt als ein blutsaugender Unhold.

„Es tut mir so leid. Ich habe nur getan, was ich für richtig hielt."

Die kleinen Muskeln in seinem Kiefer zucken, während er mich mehrere Augenblicke lang anstarrt. Ich wage es nicht, zu atmen.

Adrian wendet sich wieder Simon zu und schüttelt ihn ein wenig, damit er sich wieder konzentriert. „Du wirst mir alles erzählen." Ich spüre den Zwang der Bezirzung und schaue zu, wie Simon aktiv dagegen ankämpft.

Simon schüttelt den Kopf und ich erhebe mich vom

Boden, um mich ihnen zu nähern. „Er trägt seine Kontaktlinsen. Halte ihn fest."

Ich strecke die Hand aus und reiße Simon die Augen weit auf, um die Kontaktlinsen zu entfernen. Er versucht, sich zu wehren, aber Adrian hält ihn fest, was mir die Arbeit sehr erleichtert. Simon hat immer Kontaktlinsen getragen, die seiner eigenen Augenfarbe entsprachen. Deshalb weiß man nie, ob er damit gewappnet ist oder nicht.

Sobald die Kontaktlinsen entfernt sind, lasse ich sie zu Boden fallen und zerquetsche sie unter meiner Ferse. Nickend weiche ich zurück und mache Adrian Platz.

Er starrt mir in die Augen und zieht eine Grimasse. „So hast du das also gemacht", murmelt er. „Beschissene braune Augen. Alles klar."

Ich ignoriere den scharfen Schmerz bei seinen Worten. Ich verdiene ihn.

„Also dann, versuchen wir es noch einmal. Du wirst mir alles erzählen."

Simon reißt die Augen weit auf, als die Worte über seine Lippen sprudeln. Er versucht verzweifelt, es zu stoppen, aber sie strömen einfach weiter aus ihm heraus. Das meiste, was er sagt, ist mir schon bekannt, also höre ich nicht genau hin. Ich muss nicht alles aus meiner Zeit bei Der Familie noch einmal durchleben.

Während er schwafelt, halte ich inne und horche plötzlich auf. Ich wusste, dass wir Monster getötet haben. Aber was mir nicht bekannt war, ist, dass die meisten von denen, die wir töteten, unschuldige Menschen waren. Es dreht mir den Magen um und mir wird schlecht. Ich verlasse die Küche, mache mich auf den Weg zum Gästebad und übergebe mich in die Toilette. Es kommt nicht viel heraus, da ich nicht wirklich viel gegessen habe, aber es tut trotzdem gut, mich zu entleeren.

Auf dem Weg zurück hinaus sehe ich mein Häschen auf

dem Bett sitzen. Mein Herz schmerzt, als ich danach greife und es an meine Brust drücke. Ich vergrabe mein Gesicht in dem Stofftier und schluchze, während mein Herz weiter bricht.

Wie konnte ich es nicht sehen? Wie konnte ich ihm nicht vertrauen? Meine Bibel liegt vergessen auf dem Boden und die blaue Prägung blinzelt mich aus dem schummrigen Licht an. Ich war nur eine Marionette in ihrer Mission. Mehr nicht. Jetzt habe ich niemanden mehr und es ist allein meine Schuld. Ein lautes Husten reißt mich aus meinen Gedanken und ich blicke auf. Ich sehe Adrian, der Simon trägt. Seine Augen sind weit aufgerissen und unkonzentriert.

„Ich habe seine Erinnerungen an alle und alles, was mit Der Familie zu tun hat, gelöscht. Das hat sein Gehirn ein wenig durcheinandergebracht, aber er sollte keine Bedrohung mehr darstellen. Ich werde ihn in dein Auto legen und du kannst mit ihm machen, was du willst. Er ist am Leben, aber geistig gesehen nur knapp. Ich hoffe, du bist damit einverstanden, denn es lässt sich nicht rückgängig machen."

Ein kleines Fünkchen Hoffnung blüht in mir auf. „Du kannst Erinnerungen löschen?" Ich lege meinen Stoffhasen ab und nehme meine Kontaktlinsen heraus. Nervös schaue ich zu ihm auf. „Bitte lösche meine. Ich kann in keiner Welt leben, in der es dich nicht gibt."

Adrian beugt sich vor und lächelt. Sein Atem spielt durch mein Haar und ich seufze erleichtert auf. Endlich wird der Schmerz verschwinden.

„Das ist deine Bestrafung, Kleines. Deine Art, Buße zu tun. Ich werde dir deine Erinnerungen nicht nehmen. Stattdessen wirst du mit ihnen leben müssen. Du hast deine Entscheidungen getroffen. Nun lebe mit den Konsequenzen."

Er verlässt den Raum und mein Herz wird schwer. Dann ist es wirklich vorbei. Ich greife nach meinem Hasen, folge ihm hinaus und beobachte, wie er Simon auf den Rücksitz meines Wagens wirft.

„Adrian ..."

„Schweig." Sein Zwang überwältigt mich und ich schließe die Lippen. „In fünfzehn Minuten darfst du wieder sprechen. Jetzt geh", bezirzt er mich.

Ich will bleiben. Jeder Teil von mir kämpft und will ihm beweisen, dass ich anders bin. Dass er mich verändert hat, aber ich kann mich seinem Willen nicht widersetzen. Nicht mehr. Nicht jetzt, da ich meine Kontaktlinsen nicht mehr habe. Wortlos steige ich in meinen Wagen und fahre davon.

* * *

ICH WEISS NICHT EINMAL, wohin. Aber ich fahre einfach weiter. Die Tränen kommen nicht mehr und ich bin völlig erschöpft. Der Himmel färbt sich rosa, als die Sonne sich nähert, und ich beschließe, endlich anzuhalten.

Eine große medizinische Einrichtung taucht vor mir auf. Ich gehe noch einmal durch, was ich sagen will, bevor ich den Wagen in der Nähe der Notaufnahme parke und hineinstürme.

Ich finde eine der Krankenschwestern und klammere mich an sie. „Bitte, Sie müssen mir helfen!", rufe ich und versuche, eine Panik heraufzubeschwören, die ich eigentlich gar nicht spüre. „Ich habe einen Mann am Straßenrand gefunden. Er taumelte und lallte. Ich glaube, er hatte einen Schlaganfall!"

Die Krankenschwester winkt ein paar andere herbei und sie schieben eine Trage zu meinem Auto hinaus. Simon liegt zum Glück immer noch da und murmelt allerlei Unsinn. Sie ziehen ihn aus meinem Wagen und schnallen ihn auf die trage.

„Miss, Sie müssen mit hineinkommen, einen Bericht

ausfüllen und mit den Beamten sprechen. Es sollte bald einer auf dem Weg sein."

„Oh, das verstehe ich vollkommen. Lassen Sie mich nur meinen Wagen aus der Notfallzone bringen. Dann komme ich gleich wieder hinein."

Ihr warmes vertrauensvolles Lächeln macht mir ein wenig zu schaffen, aber ich kann auf keinen Fall irgendwelche Fragen beantworten. Ich habe schon genug Schaden angerichtet. Ich darf keinerlei Verbindung mehr zu Tucson oder dem Club Toxic herstellen. Zum Glück habe ich noch mindestens einen halben Tank voll. Das wird mich irgendwohin bringen.

Etwa zwei Stunden später spüre ich den Sog der Erschöpfung. Wenn ich noch weiterfahre, komme ich vielleicht von der Straße ab. Ich habe immer noch das ganze Geld, das ich als Barkeeperin verdient habe; damit kann ich wenigstens ein paar Tage in einem billigen Motel übernachten. Danach habe ich keine Ahnung. Ich kann nicht zurück nach Hause gehen. Ich kann nirgendwohin.

Meine Lippen zucken, als ich die nächstgelegene Stadt mit einem Hotel entdecke. ‚Truth and Consequences' in Neu Mexiko. Wie passend. Ich fahre in den heruntergekommensten Schuppen, den ich finden kann, und bezahle für mein Zimmer. Es ist klein und riecht nach Rauch, aber es hat ein Bett, das relativ sauber aussieht. Ich schlüpfe hinein und zwinge mich, zu schlafen. Das ist gar nicht so schwer, denn das Bedürfnis nach Schlaf hat mich schon seit ein paar Stunden geplagt. Ich schlafe unruhig und klammere mich jedes Mal, wenn ich aufwache, an meinen Hasen.

KAPITEL 17

drian

Es ist jetzt drei Tage her, seit ich Evangeline das letzte Mal gesehen habe. Jedes Mal, wenn ich an sie denke, erfüllt mich ein tieferer Schmerz, als ich ihn je gekannt habe. Ich hätte nie gedacht, dass ich mich in jemanden verlieben würde, und schon gar nicht in eine sterbliche Jägerin. Welch Ironie. Jede Nacht ist gleich – ich gehe in die Bar, erledige etwas Arbeit, kippe mir ein wenig Blut hinunter und gehe dann wieder nach Hause.

Mehr als einmal werde ich von einem Süßblut angesprochen, aber keine von ihnen weckt mein Interesse. Das einzige Gesicht, dass ich betteln sehen will, ist ihres. Aber was soll ich dagegen tun? Ich kann niemanden hier haben, der versucht hat, mich zu töten. Man kann keine Beziehung auf einer Lüge aufbauen und sie hat von dem Moment an gelogen, als ich ihr das erste Mal in die Augen sah.

„Es reicht."

Ich schaue hinüber und sehe Lucius mit einem finsteren Blick neben mir an der Bar stehen.

„Du kannst dir das nicht länger antun."

„Was soll ich Eurer Meinung nach sonst tun? Ich traue mir im Moment nicht über den Weg, wenn es um Euer Personal geht. Ich glaube nicht, dass mich irgendeine von ihnen im Moment aushalten würde, und ich bin mir sicher, dass es Euch lieber wäre, wenn ich keins Eurer Spielzeuge kaputt mache." Ich winke der Barkeeperin zu, mir noch ein Glas Blut zu geben. „Dieses Mal A negativ."

Lucius schüttelt den Kopf. „Es ist also vorbei?"

Ich nicke und stürze mir das Blut hinunter, während ich auf das meinen Körper wärmende Kribbeln warte. Wie üblich liegt es mir wie Blei im Magen. Nachdem ich nun einmal Gottes Nektar gekostet habe, fällt es mir schwer, zu gewöhnlichem Sterblichenblut zurückzukehren.

„Simon schwafelt wie ein Idiot. Ich war nicht sonderlich vorsichtig dabei, als ich seine Erinnerungen löschte. Vielleicht findet er zu perfekter Gehirnfunktion zurück. Vielleicht aber auch nicht. Tatsächlich ist es mir egal."

„Und was ist mit Evangeline?", murmelt er und streicht mit den Fingern über die Theke.

„Was soll mit ihr sein. Sie hat versucht, mich zu töten."

Lucius lacht, aber der Klang ist hohl. „Und du hast noch nie jemanden getötet? Haben wir das nicht alle? Hör mal, ich war nicht dabei, als das zwischen euch passiert ist, aber ich erkenne Reue und sehe sie in jeder Faser von dir eingebrannt. Hol sie dir einfach zurück."

Knurrend klammere ich mich an die Theke, damit ich ihn nicht schlage. Es wäre nicht gut, sich Lucius zum Feind zu machen. Ich atme ein paarmal tief durch, um mich zu beruhigen, bevor ich ihm antworte.

„Sie ist hierhergekommen, um uns zu töten. Ich bin mir

sicher, dass ihr nicht so nachsichtig wärt, wenn sie hinter eurer kostbaren Selene her gewesen wäre."

Seine Augen blitzen kurz auf, als er zu seiner Gefährtin hinüberschaut. „Nein, wahrscheinlich nicht. Aber sie hat es nicht getan, nicht wahr? Schau, sie war wochenlang hier und hat ihren Zug nicht gemacht. Sie hat erst versucht, dich zu töten, als sie dachte, du hättest ihre Freundin ermordet."

„Das ist nicht der Punkt. Sie hätte mir vertrauen müssen!"

„Denk doch mal nach, mein Freund. Sie wurde, seit sie ein Kind war, einer Gehirnwäsche unterzogen. Trotzdem hat sie sich dir mit Leib und Seele hingegeben. Auf ihre Art hat sie dir vertraut, bis du in ihrer Vorstellung dieses Vertrauen gebrochen hast." Kopfschüttelnd starre ich vor mich hin. „Ich kann ihr nie wieder vertrauen."

Lucius streckt die Hand aus und klopft mir auf die Schulter. „Dann bist du ein noch größerer Idiot, als ich es jemals gedacht hätte."

„Was soll das denn heißen?"

„Es bedeutet, dass du dir das Glück durch die Finger gehen lässt, weil du deine Liebe zu Ehre und Pflicht über dein Herz stellst. Ich sage ja nicht, dass du ihr bedingungslos vertrauen sollst, aber sprich mit ihr. Gib ihr eine Chance, Buße zu tun. Nach dem, was du mir über sie erzählt hast, würde sie nichts lieber tun, als die Sache aus der Welt zu schaffen. Es wird auf beiden Seiten Zeit brauchen, aber wenn du es nicht versuchst, wirst du es dir für immer selbst vorhalten."

Ich sitze da und beobachte, wie er zu Selene hinübergeht. Die Liebe zwischen den beiden knistert in der Luft, wenn sie zusammen sind. Ich dachte, ich hätte das mit Evangeline auch. Könnte ich es immer noch haben? Wenn Lucius bereit ist, sie zurückkommen zu lassen, warum nicht dann auch ich?

In einem Punkt hat er recht – mein Stolz und meine Ehre

haben einen schweren Schlag erlitten. Ist sie es wert, ihr noch eine Chance zu geben? Mein Magen zieht sich als Antwort darauf zusammen. Meine Tage sind leer, seit sie weg ist. Sogar Marion hat mir angeboten, länger zu bleiben, nur damit ich nicht allein bin. Die Zeit zum Trübsal blasen ist jetzt vorbei.

Entschlossen schaue ich auf mein Handy. Anhand ihrer aktuellen Koordinaten hätte ich gerade genug Zeit, um vor Sonnenaufgang bei ihr zu sein. Morgen Abend werde ich sie zurückhaben. Ich begegne Lucius' Blick, nicke leicht und mache mich auf den Weg zu Evangelines Standort. Fast entgeht mir das wissende Grinsen auf seinem Gesicht, bevor ich mich abwende.

Wäre ich früher losgefahren, hätte ich sie vielleicht noch heute Abend zurückgewinnen können. Aber so, wie es aussieht, möchte ich nicht hilflos bei Sonnenaufgang draußen erwischt werden, ohne vorher ein offenes Gespräch mit ihr zu führen. Ich bin bereit, unser Vertrauen wieder aufzubauen, aber ich muss genau wissen, wo sie steht. Das Hotel, in dem sie untergekommen ist, ist schäbig und heruntergekommen, aber es ist ja nicht so, als könnte sie sich etwas anderes leisten.

Ein weiterer Stich der Schuld durchzuckt mich. Ich habe ihr im Grunde alle Möglichkeiten genommen. Sie kann nirgendwohin und hat keine Möglichkeit, für sich selbst zu sorgen. Was sie getan hat, war kriminell, aber sie wusste es nicht besser. Was ich getan habe, war viel schlimmer. Ich wusste, wie sehr es sie verletzen würde, habe es aber trotzdem getan.

Ich habe nur noch wenig Zeit bis Sonnenaufgang und zum Glück gibt es in diesem Hotel einen Kleiderschrank. Ich schnappe mir das Bett, stelle es schräg an den Rahmen und hänge Laken darüber und drumherum. Wenn nicht jemand hereinkommt und alles abbaut, sollte es die Sonnenstrahlen davon abhalten, mich zu erreichen. Vorsichtshalber hänge ich noch das „Bitte nicht stören"-Schild an die Tür, damit niemand hereinkommt, während ich nicht ansprechbar bin. Ich schlüpfe in mein Versteck, schließe die Augen und denke an Evangeline, während die Sonne aufgeht.

* * *

In dem Augenblick, in dem die Sonne untergeht, fliegen meine Augen auf. Zum Glück scheint alles noch so zu sein, wie ich es hinterlassen habe. Ich schiebe die Matratze beiseite, dusche schnell und ziehe mich an. Dann nehme ich mein Handy heraus, überprüfe ihren Standort und sehe, dass sie sich noch innerhalb der Stadtgrenzen befindet. Ich gehe zum Auto und fahre zu einer Bar nur ein paar Kilometer entfernt.

Der Geruch von ungewaschenen Körpern schlägt mir entgegen, als ich mich auf den Weg in das Gebäude mache. Wummernde Musik und tanzende Körper wirbeln um mich herum und überwältigen meine Sinne. Aber dann nehme ich einen Hauch ihres Duftes wahr. Sie riecht frisch und sauber und scheint nach mir zu rufen. Als ich an den Tresen komme, sehe ich, wie sie ein paar Gläser abräumt. Sie ist ein wenig dünner als noch vor ein paar Tagen und die dunklen Ringe unter ihren Augen waren vorher definitiv auch nicht da. Mein Herz schlägt heftig in meiner Brust, während ich mich ihr immer weiter nähere. Erst als ich direkt vor ihr stehe, bemerkt sie überhaupt, dass ich hier bin. Ihr überraschtes Keuchen lässt meinen Schwanz zucken, was es unangenehm macht, mich hinzusetzen. „Ich nehme ein Bier vom Fass."

Sie nickt und macht sich daran, mein Getränk zu holen. Während sie es einschenkt, sehe ich, wie sie mir verstohlene Blicke zuwirft. Ich kann nicht sagen, ob sie sich freut, mich zu sehen, oder ängstlich ist. Das Glas zittert ein wenig, als sie es zu mir bringt und vor mir abstellt.

„Kann ich noch etwas anderes für dich tun? Sir?", haucht sie und sieht mir so sehnsüchtig in die Augen, dass es mir den Atem raubt.

Ich war wirklich ein Idiot, als ich sie aus meinem Leben habe gehen lassen. Wenn ich sie nur ansehe, entspricht mein eigenes Verlangen dem ihren. Jeder Zentimeter meines Körpers, einschließlich meines hartnäckigen Schwanzes, möchte sie auf den Boden werfen und sie für immer als mein Eigentum markieren.

„Du kannst mit mir nach Hause kommen", flüstere ich und versuche, unser Gespräch privat zu halten. „Wenn du es möchtest."

Ihre Augen glitzern kurz und sie nickt heftig. „Ja bitte. Nichts würde ich lieber tun!"

Evangeline wirft ihre Schürze auf den Tresen und kommt zu mir herum.

„Was ist mit deinem Boss?", gluckse ich und streiche ihr eine verirrte Haarsträhne hinter das Ohr.

Sie rollt mit den Augen. „Glaub mir, für das, was sie mir zahlen, habe ich mich sowieso aktiv nach einem anderen Job umgesehen. Außerdem ist er ziemlich zudringlich."

Mein ganzes Auftreten muss sich verändert haben, denn sie packt mich sofort fest am Arm.

„Das war ein Witz. Ich schwöre es. Entschuldigung. Alle Mädchen haben nur Witze darüber gemacht, wie handgreiflich er wird, um mich einzuschüchtern. Er ist der netteste, schüchternste Typ, den ich je getroffen habe. Ich hole mein Auto und folge dir."

Evangeline will sich von mir entfernen, aber jetzt, da ich sie wiederhabe, kann ich sie keinen Moment mehr aus den Augen lassen. „Lass es hier. Ich werde es von jemand anderem abholen lassen. Oder besser noch, ich kaufe dir ein neues."

Sie wirft mir einen misstrauischen Blick zu. „Was geht hier wirklich vor sich? Willst du mich wirklich nach Hause bringen oder hast du beschlossen, mich zu töten und dir den Ärger zu ersparen?"

Ihr Zögern ist verständlich. Es ist ja nicht so, als hätten wir uns im Guten getrennt. Ich nehme ihre Hand und führe sie an die Vorderseite meiner Hose. Meine Erektion zuckt bei ihrer Berührung nach oben.

„Wenn ich dich wirklich umbringen wollte, würde ich dich jetzt nicht so gerne ficken wollen."

Sie zieht ihre Hand weg und ihre Wangen erröten leicht. Gott, ich liebe es, wenn sie in Verlegenheit gerät. Sie nickt und geht zur Tür, bleibt zuvor aber noch einmal stehen, um kurz mit dem Besitzer zu sprechen. Ihre aalglatten Lügen fließen mit Leichtigkeit von ihrer Zunge und ich werde einmal mehr an ihre Vergangenheit erinnert. Gut, dass wir einige Stunden Zeit haben, bevor wir nach Hause kommen, um alles zu besprechen.

Sobald sie angeschnallt ist, machen wir uns auf den Rückweg. Im Auto herrscht Schweigen, denn keiner von uns weiß so recht, was er sagen soll. Die Kluft zwischen uns schmerzt, wo wir uns doch vor nicht einmal einer Woche noch so nahegestanden haben. Ich räuspere mich und beschließe, das Gespräch zu beginnen.

„Ich möchte mich dafür entschuldigen, wie die Dinge neulich gelaufen sind."

Ihr ungläubiger Blick bringt mich fast zum Lachen, aber irgendwie glaube ich nicht, dass sie sich darüber freuen würde, wenn ich es tatsächlich täte.

„Ich bin diejenige, die versucht hat, dich zu töten. Und das tut mir leid. Es tut mir so sehr leid. Wenn ich doch nur kurz innegehalten und nachgedacht hätte."

Ich greife hinüber und nehme ihre Hand. „Wenn wir beide nur innegehalten und nachgedacht hätten", unterbreche ich sie. „Du bist nicht die Einzige, die ein Gehirn besitzt. Ich habe aus Schmerz und irrational gehandelt." Ihre Finger fühlen sich wie warme Seide unter meinen Fingerspitzen an. „Ich weiß nicht, wie die Zukunft aussehen wird, aber ich möchte versuchen, diese Brücke zwischen uns zu flicken, wenn ich darf."

Evangeline sackt auf ihrem Sitz zusammen. „Ich weiß nicht, wie es nach allem, was ich getan habe, wieder in Ordnung gebracht werden könnte. Ich habe so viele schlimme Dinge getan und dein Leben und das deiner Freunde in Gefahr gebracht."

„Das stimmt", murmle ich, während sich in meinem Kopf ein Gedanke formt. „Aber nach allem, was ich über dich weiß, sind Vergeltung und Buße eine große Sache für dich. Wie wäre es, wenn ich dir eine Möglichkeit gäbe, es wiedergutzumachen? Nicht nur mit mir, sondern auch mit den anderen Vampiren?"

„Du – du wirst doch nicht zulassen, dass sie mich bestrafen, oder?"

Knurrend drücke ich ihre Hand fester. „Niemand wird dich jemals anfassen. Nicht, solange ich da bin. Ist das klar?"

„Ja, Sir", flüstert sie. Ein Ausdruck der Zufriedenheit macht sich auf ihrem Gesicht breit.

Oh ja, meine kleine Abtrünnige wird für ihre Verbrechen bezahlen. Aber so können wir vielleicht endlich reinen Tisch machen und neu anfangen. Der Rest der Fahrt verläuft ereignislos. Endlich erfahre ich mehr über ihre Kindheit und wie sie zu der Frau geformt wurde, die sie heute ist. Mein Herz schmerzt, als sie von ihrer Ausbildung und Der Familie erzählt. Von diesem Moment an schwöre ich in meinem Herzen, ihr all die Liebe zu schenken, die ich zu geben imstande bin.

Als wir uns dem Haus nähern, schaut Evangeline einen Moment lang zu mir auf. „Ich schwöre, ich bin hierhergekommen, um dich zu töten. Aber nachdem ich dich kennengelernt habe, konnte ich es einfach nicht. Nicht, bis ich dachte ..."

„Sei jetzt still. Wir werden erst nach deiner Bestrafung wieder darüber sprechen. Hast du das verstanden?"

„Ja, Sir."

„Braves Mädchen. Und jetzt warte hier."

Sie legt die Hände in den Schoß und wartet geduldig darauf, dass ich herumkomme, ihre Tür öffne, sie abschnalle und in meine Arme hebe.

„Ich bitte dich jetzt, hier mit mir zu leben. Ich finde es angemessen, dass ich dich über die Schwelle trage."

„Mein Hase!", sagt sie keuchend und schaut mich mit entsetztem Gesicht an.

Glucksend halte ich sie fest. „Slash hat dein Auto geholt und alle deine Sachen eingesammelt. Ich werde mich bei ihm erkundigen, aber ich bin mir ziemlich sicher, dass dein Hase in Sicherheit ist."

Sie seufzt und schmiegt sich fest an meine Brust. Es fühlt sich richtig an. Zum ersten Mal seit Jahren fühle ich Frieden in mir. Und nach ihrer Bestrafung wird sie ihn auch spüren. Ich führe sie ins Haus und halte kurz inne, damit sie ihre Schuhe abschütteln kann. Wenigstens muss ich sie nicht noch mal neu erziehen. Aber warum enttäuscht mich dieser Gedanke?

* * *

IHR ZIMMER IST GENAUSO, wie sie es verlassen hat. Ich setze sie ab und ziehe die Decke zurück, bevor ich sie ausziehe. Der Anblick ihres Körpers, als Stück für Stück ihrer Kleidung auf den Boden fällt, erfüllt mich mit Lust. Aber ich werde sie nicht anfassen. Nicht, bevor nicht alles zwischen uns geklärt und wiedergutgemacht ist. Ich lege sie ins Bett, gehe zur anderen Seite herum und kuschle mich eng an sie. Es ist eine Qual, meinen pochenden Schwanz zu ignorieren, aber ich habe die ganze Ewigkeit Zeit, um meine Lust mit ihr auszuleben. Das heißt, wenn sie mich so lange haben will. Aber das ist eine Unterhaltung für ein anderes Mal.

Schon bald zeigt mir ihr leichtes Schnarchen und tiefes Atmen an, dass sie fest eingeschlafen ist. Und perfektes Timing. Als ich auf mein Handy schaue, sehe ich eine Benachrichtigung von Slash, dass er fast mit ihrem Auto da ist. Ich treffe ihn draußen und er überreicht mir sowohl Evangelines Hasen als auch ihr neues Handy.

„Vielen Dank dafür. Ich fahre dich zurück in den Club. Gib mir nur eine Minute."

Ich nehme ihre kostbare Fracht entgegen und schleiche mich zurück in ihr Zimmer. Dort klemme ich ihr den Hasen unter den Arm und lege ihr neues Handy auf den Nachttisch. Slash lehnt am Auto und wartet auf mich, als ich wieder nach draußen jogge. Wir steigen beide in mein Auto und ich fahre uns zurück zum Club.

Schnell schreibe ich Maria eine SMS und bitte sie, bei mir zu Hause zu übernachten. Nur für den Fall, dass Evangeline aufwacht. Ich will nicht, dass sie sich allein und verlassen fühlt. Während wir fahren, reiche ich Slash das Etui mit Evangelines alten Kontaktlinsen. Sie sind ein wenig ausgetrocknet, bevor ich sie erwischen konnte, aber sie sollten doch noch einige Informationen hergeben.

„Sowohl Simon als auch Evangeline haben sie getragen. Irgendwie haben sie es geschafft, meine Versuche, sie zu bezirzen, zu blockieren. Ich denke, es wäre klug, sie zu untersuchen. Nur für den Fall, dass es dort draußen noch mehr solcher Technologien gibt."

„Sicher doch", sagt er und nimmt sie mir ab. Ich sehe

bereits, wie sich die Zahnräder in seinem Kopf drehen.

„Evangeline wusste nicht viel darüber, aber Simon sagte, dass es sich um eine Art Zwei-Wege-Spiegeleffekt oder so etwas handle. Der Großteil ihrer Informationen war fehlerhaft. Alles basierte auf Legenden und Altweibergeschichten.

Sie erschufen im Grunde ihre eigene Echokammer, in der sie Menschen, die sie für Monster hielten, gefangen nahmen und töteten. Wenn ihre Tötungen erfolgreich waren, schrieben sie es ihrer funktionierenden Technologie zu und merkten nicht, dass es sich nur um den natürlichen Tod von Menschen handelte. Aber aus irgendeinem Grund funktionieren die hier. Und sie funktionieren gut."

„Interessant. Ich werde auf jeden Fall ein paar Nachforschungen anstellen."

„Danke."

Ich fahre vor den Club, lasse Slash aussteigen, parke und suche dann nach Lucius. Damit mein Plan funktioniert, muss ich mich mit dem großen Boss abstimmen. Als er mich sieht, wirft mir Lucius ein breites Grinsen zu und kommt zu mir hinüber. Bei den Göttern. Ich wette, er hält sich jetzt für einen Meisterverkuppler.

„Wie ich sehe, ist in deiner Welt jetzt alles in Ordnung?"

„Fast", grinse ich. „Aber ich brauche Eure Hilfe, um es perfekt zu machen. Evangeline braucht die Möglichkeit, Buße zu tun. Nicht nur mir gegenüber, sondern auch gegenüber den anderen Vampiren, die sie gefährdet hat. Ich habe gehofft, dass Ihr mir erlaubt, das Verlies zu benutzen, damit sie sich in aller Form entschuldigen kann."

Seine Augen glänzen, als er über meine Worte nachdenkt. „Was brauchst du von mir?"

„Ein paar Dinge müssen umgeräumt werden, damit ich eine große Fläche zur Verfügung habe. Ich dachte, wir könnten das Podium ein wenig nach hinten schieben. Erst dachte ich daran, es ganz herauszunehmen, aber ich möchte, dass Ihr und Selene auf Euren Thronen sitzt, damit es noch förmlicher und offizieller wirkt."

„Ich werde ihr meinen besten bösen Blick schenken", gluckst er.

„Aber ist es wirklich in Ordnung? Eine Jägerin in unsere Reihen zu holen?"

„Ich stelle sie in deine Obhut. Du bist für sie verantwortlich. Wenn du sie bändigen kannst, habe ich kein Problem damit. Wenn sie anfängt, sich irgendwie verdächtig zu verhalten, werde ich zu dir kommen."

„Ihr habt mein Wort."

Wir stehen einen Moment lang Gedanken versunken da, bevor Lucius das Schweigen bricht.

„Hast du daran gedacht, sie zu verwandeln?"

„Ich habe es in Erwägung gezogen, ja. Aber ich habe nicht das Gefühl, dass ich es in nächster Zeit tun sollte."

„Das würde ihrer Jägermentalität helfen. Wenn sie eine von uns ist, wird sie nicht mehr das Bedürfnis haben, uns töten zu wollen."

„Ja. Der Gedanke ist mir auch schon gekommen."

Lucius streckt die Hand aus und drückt meine Schulter. „Lass mich wissen, wie du dich entscheidest. Wann möchtest du sie bestrafen?"

„Ich hoffe auf morgen Abend. Ich will nicht, dass sie länger als nötig schmoren muss." Ich denke an meinen harten Schwanz, den ich ihr in die Kehle rammen will. Ich will es nicht zu lange verschieben, ihren Körper wieder unter meine Kontrolle zu bringen.

„Also gut. Sobald wir schließen, gehört das Verlies dir. Ich werde dafür sorgen, dass alle da sind."

„Vielen Dank." Ich rase zurück nach Hause, gehe in mein eigenes Verlies und packe eine Tasche für den kommenden Abend. Aufregung durchströmt mich, als ich Evangeline eine SMS schicke und mich für den Tag einschließe.

KAPITEL 18

drian

Die Sonne geht unter und ich springe aus meinem Versteck. Schon bald wird alles hinter uns liegen und wir können unser neues gemeinsames Leben beginnen. Dies ist unsere letzte Hürde. Ich dusche und ziehe mich an, bevor ich mich auf die Suche nach Evangeline mache. Sie sitzt mit Marion im Wohnzimmer, während Marion schluchzend in ihren Armen liegt.

„Was ist denn hier los?" Gedanklich wohl eher: *Bei den Göttern, was denn jetzt?*

Ich gehe hinüber, setze mich auf Marions andere Seite und drehe ihr Gesicht zu mir um. Ihre großen braunen Augen füllen sich mit Tränen und ihre Unterlippe bebt. Ohne weiter gebeten werden zu müssen, wirft sie sich in meine Arme. Evangeline gibt mir ein Zeichen, dass sie in die Küche gehen wird, und ich nicke. Ich weiß nicht so recht, was ich tun soll, denn ich höre nur Schluckauf und Schluchzen. Nach ein paar weiteren Augenblicken hebe ich Marions Kinn an, damit sie mich ansieht.

„Aber, aber, was ist denn los?"

„Daddy hat mich verlassen."

Ein Anflug von Wut durchzuckt mich, als ich diese bezaubernde Frau mustere, die nun schon seit ein paar Jahren meine Tageswache ist. Die Tatsache, dass jemand sie verletzen könnte, ist unfassbar.

„Warum würde er dich verlassen? Moment. Wie ist er denn gegangen? Ist es nicht sein Haus?"

Ihr Schluchzen nimmt noch zu. „Er hat mich rausgeworfen. Er sagt, diese Beziehung funktioniert einfach nicht."

Ich drücke sie sanft an mich und nehme sie wieder in die Arme. Es ist gut, dass er sterblich ist. Wäre er ein Vampir, würde es bei Sonnenuntergang ein Duell geben.

„Wo wohnst du denn jetzt?"

„Fairfield Inn."

„Sie ist jetzt schon seit drei Tagen dort!" Ich blicke erschrocken auf, als Evangeline das sagt. Sie setzt sich mit einer Schüssel Eis und einem großen Löffel wieder neben Marion hin.

„Es tut mir leid, Süße. Wir haben nur Vanille."

„Ist schon okay. Ich esse es trotzdem." Marion schnappt sich die Schüssel und fängt an, das Eis zu löffeln.

„Drei Tage?" Endlich finde ich meine Stimme wieder. „Du bist schon seit drei Tagen obdachlos und hast es mir nicht gesagt?"

Sie schaut zu mir auf. Die Schuld steht ihr ins Gesicht geschrieben. „Du warst wegen Evie so traurig. Ich wollte es nicht noch schlimmer machen."

Ich kneife mir in den Nasenrücken, stehe von der Couch auf und gehe davor auf und ab. Großartig. Jetzt muss ich mich um zwei Frauen kümmern, anstatt nur um eine ... Wenn es kommt, dann kommt es dicke, nehme ich an. Seufzend blicke ich wieder auf sie hinunter und weiß, dass ich nicht wütend bleiben kann.

„Hör mal, Marion. Du musst mir solche Dinge sagen. Ich bin zwar nicht dein Daddy, aber ich werde dir ganz sicher den Arsch versohlen und dich in eine Ecke stellen, wenn du mir so etwas noch einmal verschweigst."

Sie reißt die Augen weit auf und nickt heftig mit dem Kopf. „Es tut mir leid, Onkel Adrian. Ich werde es nicht wieder tun."

„Braves Mädchen. Also gut, Tante Evie und ich haben heute Abend noch etwas zu erledigen. Kommst du hier allein zurecht?"

Sie hält Evangelines Hasen und ihre Schüssel Eiscreme hoch und nickt. „Darf ich bleiben und mir was auch immer ansehen?"

Ich presse die Lippen zusammen, als ich über ihre Bitte nachdenke. Vermutlich wäre es keine schlechte Idee, sie heute Abend zu verwöhnen. „Also gut, aber beschwere dich nicht, wenn du morgen bei der Arbeit müde und launisch bist. Ich möchte, dass du und Evangeline deine Sachen packen gehen und dass du für eine Weile hier einziehst. Wir werden uns später überlegen, wo du wohnen kannst. Aber vorerst bleibst du bei uns."

„Wirklich?" Behutsam legt sie den Hasen und die Eisschüssel ab und stürzt sich in meine Arme.

Ich halte sie einen Moment lang fest und küsse ihren Scheitel, bevor ich sie zurück auf die Couch drücke. „Wirklich, wirklich. Aber jetzt ist es an der Zeit zu gehen, Evangeline."

„Ooh. Willst du ihr den Hintern versohlen."

„Marion!", ruft Evangeline mit hochrotem Kopf. „Das gehört sich aber nicht!"

„Jup. Du kriegst den Hintern voll."

„Marion." Ich senke meine Stimme und lasse sie wissen,

dass sie es zu weit treibt. „Es sei denn, du willst selbst einen Hintern voll bekommen, wirst du sofort damit aufhören. Ich weiß, du bist im Moment nicht ganz du selbst, aber du kennst die Regeln in meinem Haus. Ich erwarte, dass du sie trotzdem befolgst. Als Onkel werde ich dich disziplinieren, wie ich es für richtig halte."

„Ja, Sir", flüstert sie und presst die Eisschlüssel an sich, als ob ich sie ihr wegnehmen würde.

Lächelnd reiche ich Evangeline, die immer noch von der Kopfhaut bis zum Schlüsselbein errötet ist, die Hand. Ich ziehe sie an mich und knabbere an der Unterkante ihres Ohrläppchens, bevor ich sie auf die Wange küsse. „Du siehst hinreißend aus, meine Liebe."

Sie blickt auf ihr schlichtes, weißes Kleid hinunter und runzelt die Stirn. „Ich habe das Gefühl, dass ich schon hübschere Dinge getragen habe als das hier. Aber trotzdem danke."

Ich greife um sie und gebe ihr einen spielerischen Klaps, was Marion ein kichern entlockt. „Ich darf meiner Frau doch Komplimente machen, oder?", knurre ich.

Sie erschaudert und nickt, aber ihre Augen werden schon wieder feucht.

„Außerdem", flüstere ich, „interessiert es mich viel mehr, was du darunter trägst."

„Aber ich trage nichts darunter", flüstert sie zurück. „Das hast du doch gesagt."

„Genau." Ich wackle mit den Augenbrauen und führe sie aus dem Haus und zum Wagen.

Die Fahrt verläuft schweigend, aber das statische Vibrieren von Evangelines Nerven nimmt zu, je näher wir dem Club kommen.

„Was ist los mit dir?"

„Ich habe Angst", gesteht sie, bevor sie auf ihre Unterlippe beißt. „Ich weiß, dass ich Buße tun muss, ich weiß nur nicht, wie. Ich habe Angst, dass es wehtun wird."

Leise lachend hebe ich ihre Hand und führe sie an meinen Mund. „Es wird nicht kitzeln. So viel kann ich dir versprechen. Aber vertraue mir und alles wird gut werden. Meine einzige Regel für heute Abend ist, dass du jedes meiner Worte befolgst, ohne frech zu werden, ohne Widerworte, einfach nur gehorsam. Sie müssen alle sehen, dass du reumütig und bereit bist, ihnen dies mit allen Mitteln zu zeigen, die ich für nötig halte. Ich habe bereits mit Lucius gesprochen – nach dem heutigen Abend ist die Sache bereinigt." Als wir vor dem Club anhalten, beginnt Evangeline schneller zu atmen. „Sprich mit mir, Liebes."

„Ich weiß, dass du mir nicht schaden wirst. Diesbezüglich vertraue ich dir. Aber ich habe trotzdem Angst."

„Es ist in Ordnung, Angst zu haben, aber ich werde die ganze Zeit bei dir sein. Konzentriere dich auf mich und du wirst es überstehen."

Sie nickt und wartet geduldig, bis ich ihre Autotür öffne. Ich nehme sie bei der Hand und führe sie in den Club und die Treppe hinauf. Ausnahmsweise ist der Club völlig leer. Ich suche ihr einen beliebigen Stuhl, bevor ich wieder nach unten gehe. „Es wird erst passieren, wenn der Club geschlossen ist. Ich werde unten sein und die Dinge mit Lucius koordinieren. Du wirst hier oben bleiben, bis ich dich hole. Hoffentlich denkst du in dieser Zeit über deine Taten nach und darüber, wie sehr dir alles leid tut."

Ich verlasse sie, bevor ich es mir anders überlegen kann und sie einfach wieder mit nach Hause nehme, um sie in den Armen zu halten. Aber sie braucht das. Ich brauche es. Diese Absolution wird uns beide reinwaschen. Ich hoffe nur, dass sie mich am Ende nicht hassen wird.

* * *

Die Stunden vergehen wie im Flug. Ich kann mir vorstellen, was in Evangelines Kopf vor sich geht. Ich habe regelmäßig ein Süßblut hochgeschickt, um nach ihr zu sehen. Mir wurde berichtet, dass es ihr gut geht. Sie ist zwar still, aber okay. Endlich ist es so weit.

Sobald der letzte Kunde gegangen ist, helfe ich im Verlies, das Podium zu verschieben und alles vorzubereiten. Das Andreaskreuz wird in die Mitte des Raumes gebracht und ich lege die Utensilien, die ich verwenden werde, auf einen mit Samt bezogenen Ständer. Während wir alles vorbereiten, bemerke ich, wie die Vampire und ihre Gefährten hereinströmen und Platz nehmen. Die ganze Atmosphäre ist ruhig und irgendwie feierlich. Die ständige Musik wurde ausgeschaltet, was die unheimliche Wirkung noch verstärkt. Mit einem tiefen Atemzug schalte ich alle Lichter aus, bis auf einen Scheinwerfer, der das Kreuz in ein helles Licht taucht. Ich bin so bereit, wie ich nur sein kann.

Ich hole tief Luft und gehe nach oben, um meine Frau zu holen. Sie hat die Augen geschlossen und ihre Atmung ist kontrolliert. Gut, Meditation wird ihr helfen. Ich berühre sanft ihre Schulter, um sie auf meine Anwesenheit aufmerksam zu machen.

„Es ist an der Zeit, mein Liebling." Ihr ganzer Körper zittert leicht, als sie meine Hand nimmt. „Denk daran, konzentriere dich nur auf mich. Wenn wir unten ankommen, gehst du zu Lucius und Selene, verbeugst dich und entschuldigst dich aus tiefstem Herzen. Dann hörst du auf meine Anweisungen und wir machen von da aus weiter."

„Ja, Sir."

Ich führe sie durch den leeren Club und in die Garderobe. Ein Lächeln umspielt meine Lippen, als ich an unsere erste Begegnung in diesem Raum denke. Hoffentlich wird es heute Abend keine Trotzreaktionen geben. Als ich sie die Treppe hinunterführe, spüre ich die Augen aller Vampire auf uns gerichtet. Ihre Hand zittert jetzt noch ein wenig mehr. Ich drücke sie und versuche, sie so gut es geht zu trösten. Als wir das Podium erreichen, lasse ich los und schaue zu, wie sie sich vor Lucius und Selene verbeugt.

„Es tut mir so leid, was ich getan habe", schluchzt sie. „Ich kann nichts sagen oder tun, was dies je wieder gutmachen könnte. Aber ich werde Euch, so gut ich kann, zeigen, wie dankbar ich für diese Chance bin, mich zu rehabilitieren."

„Lucius, habe ich Eure Erlaubnis, von dieser Frau Buße zu verlangen, als Bezahlung für Euch und Eure Familie?"

Er nickt, bleibt jedoch stumm.

„Komm, Kleines."

Evangeline schlurft mit niedergeschlagenen Augen zu mir hinüber. Ich kann nicht sagen, ob es nur Reue ist oder ob sie versucht, sich vor neugierigen Blicken zu schützen.

„Ausziehen."

Dann schaut sie mit weit aufgerissenen Augen zu mir auf. Mit den Fingern klammert sie sich an ihr Kleidungsstück und schaut dann auf alle Gesichter in der Menge.

„Konzentrier dich auf mich, Evie. Ich hab dich."

Sie sieht mir wieder in die Augen und streift sich das Kleid über den Kopf. Ich unterdrücke ein Knurren in meiner Kehle, als alle Anwesenden meine wunderschöne Frau ansehen. Aber dies ist eine Strafe, die ich selbst gewählt habe. Ich kann ihnen nicht böse sein, dass sie zuschauen.

„*Wariza*."

Ohne zu zögern, kniet sie sich vor meinen Füßen nieder, bevor sie die Hüfte auf den Boden senkt und erwartungsvoll zu mir aufschaut. Ein stolzes Glühen brennt in meiner Brust.

„Schau dich einmal um. Deine Handlungen haben jeden einzelnen von ihnen in Gefahr gebracht." Ich halte inne, damit sie meinen Befehl befolgen kann. „Die Strafe, die ich dir erteile, wird nicht nur für sie sein, sondern auch für mich. Anstatt mir zu vertrauen, hast du versucht, mich zu töten. Ich kann deine Beweggründe verstehen, aber mein Verständnis macht deine Schuld nicht ungeschehen." Schmunzelnd trete ich näher an sie heran. „Was habe ich dir gesagt, als wir uns das erste Mal trafen? Ich bin jetzt dein Gott. Also wirst du jeden einzelnen Peitschenhieb nehmen, den ich dir gebe. Und am Ende wirst du sagen: Vergib mir, Master Adrian, denn ich habe gesündigt."

Ihr Gesicht wird noch blasser, aber sie spricht trotzdem die Worte, die ich am meisten liebe: „Ja, Sir."

„Aufstehen."

Als sie sich vom Boden erhebt, drehe ich sie um und stelle sie vor das Kreuz. Ihre Hände und Handgelenke werden in die Handschellen gelegt und ich ziehe sie fest. Angst durchströmt ihren Körper, aber ich kann auch ihre Erregung riechen. Ich gehe zu dem Ständer hinüber und greife nach einer Peitsche. Sie ist der, die sie an sich selbst benutzt hat, sehr ähnlich. Ich gehe zu ihr hinüber und neige den Kopf zur Seite, damit sie mich ansehen kann. Ich zeige ihr die Peitsche und fahre mit den Fingern durch die Riemen.

„Küsse sie und danke mir, dass ich dir diese Buße gestatte."

Als sie ihre Lippen auf die Riemen drückt, zuckt mein Schwanz. Es kostet mich all meine Willenskraft, die Bestrafung durchzuziehen und mich nicht an ihr zu reiben, während sie an dieses Kreuz gefesselt ist.

„Vielen Dank, Master Adrian, dass du mir diese Buße erlaubst", flüstert sie.

Ich trete zurück und schwinge die Peitsche ein paarmal in der Luft, um sie ein wenig zu necken. Wenige Augenblicke später versetze ich ihr den ersten Schlag. Ihr Arsch wackelt so schön unter dem Aufschlag. Meine Hoden sind bereits schwer und prall vor Verlangen. Dies wird für uns beide eine lange Nacht werden.

„Vergib mir, Master Adrian, denn ich habe gesündigt",

quietscht sie mit gedämpfter Stimme.

Ich lasse die Riemen auf ihre andere Pobacke knallen und freue mich über das Rot, das sich auf ihrer Haut ausbreitet.

„Vergib mir, Master Adrian, denn ich habe gesündigt."

Immer wieder schlage ich sie, wobei ich ihren Körper genau beobachte. Ich merke, dass sie kurz vor ihrer Grenze ist. Ihr Atem kommt stoßweise, aber sie schreit noch immer pflichtbewusst weiter. Ich bin so stolz auf sie. Nach dem letzten Schlag ist ihre Stimme nur noch ein leises Wimmern, aber ich kann sie gerade noch hören. Nässe benetzt jetzt ihre inneren Schenkel und glitzert auf ihren Schamlippen. Ich löse ihre Knöchel und drehe sie zu mir um. Sie zischt und stöhnt jämmerlich, als ihr misshandelter Rücken und ihr Arsch mit dem Kreuz in Berührung kommen.

„Du kannst es aushalten, Liebes, ich weiß, dass du es kannst", flüstere ich. Ich öffne meine Hose und lasse sie zu Boden sinken.

Während ihre Hände immer noch an das Kreuz gefesselt sind, packe ich ihre Schenkel und schlinge ihre Beine um meine Taille, bevor ich tief in sie eindringe. Ihre Schreie spornen mich an und ich stoße hart und schnell in ihre seidige Hitze.

„Du wirst nicht ohne Erlaubnis kommen", knurre ich und erhöhe das Tempo. Meine Hoden sind so gespannt, dass ich das Gefühl habe, ich würde gleich explodieren. „Und du hast keine Erlaubnis. Nicht heute Nacht. Ungezogene Mädchen dürfen nicht kommen."

Sie wirft ihren Kopf zurück und kneift die Augen zu. Ihr Wimmern und Stöhnen erfüllt den Raum und geht schnell in Flehen über. Ich weiß, dass sie nah dran ist, aber ich bin näher. Mit einem Brüllen komme ich in ihr. Ich presse meine Lippen auf ihre und reibe an ihrer empfindlichen Klitoris. Ihr Wimmern zaubert ein Lächeln auf meine Lippen.

„Du bist erlöst, meine Liebe", flüstere ich an ihren Hals,

bevor ich meine Zähne in ihrer zarten Haut versenke. Auf meiner Zunge explodiert ein Geschmack, der süßer ist als alles, was ich je zuvor gekostet habe. All ihre Angst, Lust und Verzweiflung strömen aus ihr heraus, während ich mich an ihr satt trinke. Vorsichtig ziehe ich meine Reißzähne zurück und lecke über ihre Haut, bevor ich meine Lippen auf ihre presse. „Ich liebe dich, Evangeline."

Ihre Augenlider flattern einen Moment, bevor sie mich ansieht. Ihre schönen braunen Augen strahlen vor Liebe und Lust. „Ich liebe dich auch, Master Adrian."

Ich behalte ihre Beine um mich herum, löse ihre Arme und lasse sie auf mich herabsinken. Ich trage sie in eine der privaten Nischen und lege sie auf den Bauch. Bevor ich wieder hinausgehen kann, bringt mir Lucius ein Fläschchen mit Salbe und zwinkert mir zu. Dann verlässt er unseren Bereich.

„Das hast du sehr gut gemacht, Kleines", lobe ich sie, während ich die Striemen und blauen Flecken auf ihrer Haut einsalbe.

„Darf ich wirklich nicht kommen?", wimmert sie mich von den Kissen an.

Ich werfe den Kopf zurück und brülle vor Lachen. „Nach alledem ist das deine Hauptbeschwerde?" Immer noch glucksend schüttle ich den Kopf. „Nicht heute Nacht, meine Liebe. Aber glaube mir, wenn du ein braves Mädchen bist, wirst du noch sehr oft kommen."

Seufzend lässt sie sich mit einem Lächeln in die Kissen sinken. Ich könnte dieses Gesicht bis in alle Ewigkeit betrachten. In diesem Moment wird mir klar, dass sie für immer zu mir gehört. Nicht heute Abend und schon gar nicht in nächster Zukunft, aber wir werden darüber sprechen, dass sie meine Vampirbraut wird. Bis dahin werde ich einfach weiter ihren süßen Geschmack genießen. Und zwar jeden von ihr.

EPILOG

vangeline

ADRIAN WUSELT im Wohnbereich umher und ich weiß, dass er eine Session vorbereitet. Ich kann hören, wie er seine Folterwerkzeuge zusammensucht. Außerdem wohnt Marion diese Woche bei einer Freundin, sodass wir nicht nur im Verlies spielen müssen.

Ich drehe mich im Bad um und betrachte meinen Hintern in dem einzigen Spiegel, den Adrian mir zugesteht. Die meisten blauen Flecken und Striemen aus jener Nacht sind verblasst und ich bin ein wenig traurig. Aber das macht nichts. Ich plane, mir noch viele weitere zuzuziehen, bevor diese Nacht vorbei ist. Ich ziehe einen neuen Body an, den ich bestellt habe, und der wie Seile auf meiner Haut aussieht. Er wird ihn lieben. Da bin ich mir sicher.

Auf Zehenspitzen gehe ich am Wohnzimmer vorbei in Richtung Foyer. Schnell schlüpfe ich in ein paar Schuhe, bevor ich zurück ins Wohnzimmer stakse.

„Du kommst genau richtig." Er grinst und betrachtet mein Outfit.

Meine Brustwarzen werden unter seinem intensiven Blick hart. In dem Moment, in dem er die Schuhe bemerkt, verwandelt sich sein Lächeln jedoch zu einem Stirnrunzeln. Nässe sammelt sich zwischen meinen Schamlippen, als er mit zusammengezogenen Brauen auf mich zugeht.

„Wir haben Regeln in diesem Haus."

„Tatsächlich, Sir?"

Er starrt finster auf meine Füße hinab. Ich folge seinem Blick, wippe mit dem rechten Fuß nach hinten und begebe mich in eine niedliche Pose.

„Du weißt, dass die Schuhe im Foyer ausgezogen werden müssen."

„Oh!" In gespielter Bestürzung schlage ich mir vor die Stirn. „Das stimmt, nicht wahr? Nun, es tut mir wirklich sehr leid, Sir."

Adrian grinst und bückt sich tief hinunter, um mich über seine Schulter zu werfen. Ich quietsche und winde mich, als er mich zurück ins Foyer trägt und mir die Schuhe auszieht. Sie fallen mit einem donnernden Geräusch auf den Boden.

„Aber, aber, das ist ja nicht gerade ordentlich", schimpfe ich und versuche, nicht zu kichern.

„Mach dir keine Sorgen, du wirst sie später wieder richten."

Er drückt mit der Hand auf meine empfindlichen Stellen und ich keuche auf, als mich Wärme durchflutet. Er trägt mich zur Couch und richtet mich wieder auf, bevor er mich über die Lehne der Couch beugt. Mein Hintern ragt in die Höhe, während mein Gesicht in die Kissen gepresst wird. Ein kühler Luftzug streicht über mich, bevor Adrians Lippen meinen Hintern berühren. Zitternd krümme ich meinen Rücken, um ihm besseren Zugang zu gewähren.

Er belohnt mich mit einem kräftigen Klaps auf den Po.

Ein leichtes Stechen durchzuckt die Gegend und ich stöhne kläglich in die Couch.

„Habe ich gesagt, du darfst dich bewegen?", knurrt er gegen meine Muschi. „Ich werde dich befriedigen, wenn ich dazu bereit bin, und keinen Moment vorher. Also gut." Seine Stimme entfernt sich weiter. „Da wäre noch die Sache mit deinem mutwilligen Ungehorsam."

Ich grinse in die Sofakissen und warte auf den nächsten Schlag auf meinen Hintern. Stattdessen packt er meine Wade und hebt meine Füße in die Luft. In der Annahme, er wolle mich kitzeln, wehre ich mich gegen seinen Griff und versuche, meine Füße zu befreien. Doch anstatt seiner Finger durchzuckt ein stechender Schmerz meine Fußsohle. Ich wehre mich heftig gegen ihn, aber Adrian hält mich fest. Augenblicke später schießt der Schmerz auch durch den anderen Fuß.

„Bastonade ist ein sehr effektives Mittel, um unruhige Füße zu trainieren. Meinst du nicht auch?"

„Nein, Sir", quietsche ich. Ich kralle mich mit den Fingern in die Couch und versuche, genug Druck auszuüben, um mich ihm zu entziehen. Es klappt aber nicht.

„Oh, ich glaube, es ist ziemlich effektiv", murmelt er und schlägt mehrfach auf meine Fußsohlen ein.

Keiner der Schläge ist hart genug, um wirklich wehzutun, aber das Stechen treibt meine Erregung in die Höhe. Meine Unterwäsche ist durchnässt und spannt sich fest über meine Klitoris. Stöhnend gleite ich vor und zurück und nutze die Reibung, um etwas von der aufgestauten Lust zu lindern. Glucksend lässt er sein Gerät fallen, verpasst mir einen Klaps auf den Hintern und schiebt mich dann ganz auf die Couch. Bevor ich zu Atem kommen kann, dreht er mich um und zieht mich zu sich heran. Ein Bein legt er über die Armlehne der Couch und das andere lässt er baumeln.

Mit den Lippen gleitet er an der Innenseite meines Oberschenkels hinauf und knabbert ganz sanft an der zarten Haut. Stöhnend umklammere ich die Couch und versuche, meine Hände ruhigzuhalten. Als ich mich das letzte Mal bewegt habe, hat er einfach aufgehört. Und ich will jetzt so unbedingt kommen, dass ich das Gefühl habe, ich könnte sterben, wenn er es noch einmal tut.

„Braves Mädchen", murmelt er und arbeitet sich nach oben.

Endlich leckt er mit der Zunge von unten bis nach oben über meine Klitoris. Ich verdrehe die Augen, als die Lust in mir aufsteigt. Er leckt noch einige Male, bevor er seine Finger in mich gleiten lässt. Ich ziehe mich um ihn zusammen und spüre, wie seine Finger mich dehnen.

„Bitte, Sir", stöhne ich.

„Willst du jetzt schon kommen?", neckt er mich, bevor er seine Lippen um meine Klitoris schließt.

Ich versuche so verzweifelt, mich nicht zu bewegen. Aber ich will nichts mehr, als seine Finger zu reiten, bis ich komme. „Bitte", flehe ich, ohne mich darum zu kümmern, wie bedürftig meine Stimme klingt.

„Also gut, meine Liebe. Weil du so lieb fragst."

Er stößt mit den Fingern hinein und heraus, während er meine Klitoris mit den Lippen reizt. Adrian saugt und leckt abwechselnd und es treibt mich in den Wahnsinn. Die Erregung steigert sich und ich weiß, dass ich nicht mehr lange durchhalten werde. Stöhnend ergebe ich mich seinen Fingern. Er krümmt sie und trifft genau die Stelle in mir, die meine Beine zum Zittern bringt. Mit einem Kratzen seiner Zähne über meine Klitoris schreie ich meinen Höhepunkt heraus, aber er hört nicht auf. Ich ziehe mich zurück und versuche, dem Ansturm seiner Finger zu entkommen.

„Oh, nein. Du wolltest unbedingt kommen. Jetzt wirst du nicht mehr aufhören, bis ich mit dir fertig bin."

Ich schaue hinab und sehe ihm in die Augen. Er meint es

ernst! Mein Körper ist heiß und fiebrig, ein starker Kontrast zu seiner kühlen Haut. Ich versuche erneut, mich zurückzuziehen, aber selbst als ich das tue, droht bereits ein weiterer Orgasmus. Besiegt werfe ich die Hände über den Kopf und lasse ihn alles mit mir machen.

Während seine Finger immer noch tief in mir stecken, benutzt er seine andere Hand und reibt mit den Fingerkuppen hektisch auf meiner Klitoris hin und her. Ein Stöhnen entweicht meinen Lippen, als er mir einen weiteren Orgasmus entlockt. Während ich diesen Höhepunkt erreiche, beißt er mir in die Innenseite meines Oberschenkels, wobei er seine Hände immer noch in rasantem Tempo bewegt. Mein Schrei bleibt in meiner Kehle stecken, als sich Schmerz und Lust zu meinem bisher stärksten Höhepunkt vermischen. Adrian streicht mit seiner Zunge über die Wunde, bevor er meinen erschlaffenden Körper von der Couch hebt. Er legt mich auf den Boden und lässt mir kaum Zeit zu Atem zu kommen, bevor er hart in mich stößt. Seine Muskeln spannen sich unter meinen Händen an, während ich mich an ihn klammere und mein Körper sich fest zusammenzieht. Ich hätte nicht gedacht, dass ich noch etwas geben könnte, aber Adrian schiebt seine Finger zwischen uns und reibt und klopft abwechselnd auf meinen Kitzler. Ich reite ihn genauso hart, wie er mich reitet und passe mich seinen Stößen an.

Sein Schwanz schwillt in mir an und ich weiß, dass er kurz vor seinem eigenen Höhepunkt steht. Wir tun es beide. Mit einem Schrei komme ich ein weiteres Mal zum Orgasmus, als er tief in mich eindringt und mich an sich zieht. Sein Stöhnen vermischt sich mit meinem, als er genauso heftig kommt wie ich.

Ich schließe die Augen und mein Atem kommt stoßweise. Seine kühlen Finger flattern über meine Haut, beruhigen mich hier und zwicken mich dort. Lächelnd schaue ich zu ihm auf.

„Wird es immer so sein?"

„Ich meine, ich muss arbeiten und du auch", neckt er und beugt sich zu mir hinunter, um mir einen zärtlichen Kuss zu geben.

„Du weißt, was ich meine", kichere ich und fahre mit einem Finger über seinen Kiefer. Ich präge mir sein Gesicht genau ein.

Adrian packt mein Handgelenk und hebt meine Finger an seine Lippen. Er knabbert kurz daran, sodass sich mein Inneres erneut zusammenzieht.

„Immer", flüstert er gegen meine Haut.

WOLLEN SIE MEHR?

MITTERNACHT DOMS
Alphas Blut
Ihr Vampir Master
Ihr Vampir Prinz
Ihr Vampir Held
Ihr Vampir Schuft
Ihr Vampir Rebell
Ihre Vampir Leidenschaft
Ihre Vampir Versuchung
Ihre Vampir Besessenheit
Ihr Vampir Fürst
Ihr Vampir Verdächtiger
Seine gefangene Sterbliche
Die Gefangene des Vampirs
Vampirbeute

LESEN SIE DIE BAD BOY ALPHA SERIE, DIE DEN
MITTERNACHT DOMS VORAUSGEHT

Bad Boy Alphas

WOLLEN SIE MEHR?

Alphas Versuchung
Alphas Gefahr
Alphas Preis
Alphas Herausforderung
Alphas Besessenheit
Alphas Verlangen
Alphas Krieg
Alphas Aufgabe
Alphas Fluch
Alphas Geheimnis
Alphas Beute
(Alphas Blut)
Alphas Sonne
Alphas Sonne
Alphas Mond
Alphas Schwur
Alphas Rache
Alphas Feuer

HOLEN SIE SICH IHR KOSTENLOSES BUCH!

Tragen Sie sich in meine E-Mail Liste ein, um als erstes von Neuerscheinungen, kostenlosen Büchern, Sonderpreisen und anderen Zugaben zu erfahren.

https://geni.us/jungfrauunddervampir

ÜBER DIE AUTORIN

Vivian Murdock ist eine freche und vorlaute Unterwürfige, die das geschriebene Wort liebt. Obwohl sie hauptberuflich mit ihren Händen arbeitet, erschafft sie in ihrem Kopf ständig erotische Welten, in denen ihre Charaktere spielen können. Sie lebt mit ihrem eigenen Alpha-Sexgott und drei Katzen zusammen, die alle sehr verwöhnt sind. Da sie gern aus einer Position des Wissens heraus schreibt, probiert sie, wann immer sie kann, jede höllische Tortur, die ihre Charaktere durchmachen müssen, zuerst selbst aus. Daher fallen die Worte „Im Namen der Wissenschaft" in ihrem Haushalt oft.

Printed in Germany
by Amazon Distribution
GmbH, Leipzig